KB166614

파르마의 수도원 1

La Chartreuse de Parme

세계문학전집 48

파르마의 수도원 1

La Chartreuse de Parme

스탕달

원윤수, 임미경 옮김

민음사

차례

1권   머리말 7

        1장   11

        2장   34

        3장   66

        4장   92

        5장   123

        6장   159

        7장   222

        8장   253

        9장   277

        10장   292

        11장   305

        12장   343

        13장   366

        14장   406

2권   15장

16장

17장

18장

19장

20장

21장

22장

23장

24장

25장

26장

27장

28장

작품 해설

작가 연보

머리말

이 소설은 1830년 겨울, 파리에서 1180킬로미터나 떨어진 곳에서 쓴 것이다. 그러므로 이 소설의 내용 중에 1839년의 세상사를 빗대는 것은 전혀 없다.

이 글을 쓰기 수십 년 전 내가 몸담은 군대는 유럽 방방곡곡을 원정하고 있었다. 그 시절 나는 이탈리아의 아름다운 도시 파도바에 머무른 적이 있었는데, 그때 내가 받은 숙박표는 우연히도 어느 주교좌 성당 참사원의 집으로 배정된 것이었다. 체류 기간이 길어지자 그 참사원과 나는 친해졌다.

1830년이 다 지나갈 무렵 파도바를 다시 지나게 된 나는 그 친절한 참사원의 집으로 달려갔다. 그는 이미 세상을 떠나고 없었다. 나도 그 사실을 알고 있었지만, 그와 함께 밤을 지새우던 그 집 객실을 다시 보고 싶었다. 나는 유쾌했던 그

숱한 밤들이 너무도 그리웠던 것이다. 그 집에는 참사원의 조카 내외가 살고 있었는데, 그들은 나를 옛 친구처럼 맞아 주었다. 손님이 몇 사람 더 왔고, 우리는 새벽녘이 거의 다 되어서야 헤어졌다. 참사원의 조카는 페드로티 카페에서 맛있는 잠바종[1]을 사오게 했다. 우리가 이렇게 밤을 지새우게 된 것은 누군가 산세베리나 공작부인의 이야기를 넌지시 꺼냈기 때문이었다. 조카는 나를 위해 밤을 새워 그 이야기를 전부 해주었다.

나는 함께 있던 사람들에게 말했다.

"이제 내가 갈 나라에서는 오늘 밤과 같은 자리를 갖지 못할 것입니다. 그래서 나는 그 길고 긴 밤들을 보낼 겸 지금 들은 이야기를 소설로 써 볼까 합니다."

그러자 참사원의 조카가 말했다.

"그렇다면 숙부가 기록해 둔 연감을 드리지요. 거기 파르마 공국 항목에는 공작부인이 그곳 궁정에서 대단한 권세를 누리던 시절 거기서 벌어졌던 몇 가지 음모 사건이 기록되어 있습니다. 하지만 조심하셔야 합니다. 그 이야기는 결코 도덕적이지는 못하거든요. 복음서에 나오는 것 같은 순결성이 프랑스에서 자랑거리가 되고 있는 요즘, 그런 이야기를 쓴다면 파렴치하기 그지없다는 오명을 뒤집어쓸 수도 있을 것입니다."

나는 1830년에 써 둔 원고를 아무런 수정도 가하지 않고 이렇게 소설로 펴낸다. 그런 탓에 두 가지 불편한 점이 있을

---

1) 계란 노른자와 포도주, 향료를 섞은 음료로 흔히 디저트로 이용된다.

것이다.

첫 번째는 독자 입장에서, 등장인물들이 이탈리아 사람이기 때문에 아마도 흥미가 덜하리라는 점이다. 이 나라 사람들의 감정적 성향은 프랑스 사람들과는 상당히 다르다. 이탈리아인들은 정직하고 선량하며 무슨 일에든 겁먹는 법이 없다. 그들은 생각하는 대로 말한다. 그들이 허영심을 품는 것은 단지 발작적인 경우일 때뿐이다. 그럴 때 그 허영심은 정념이 되는데, 이것을 푼티글리오[2]라고 한다. 요컨대 가난이란 그 사람들 사이에서는 조롱거리가 되지 않는다.

두 번째는 작가의 입장에서 느끼는 불편함이다. 과감하게도 나는 등장인물들의 성격을 다듬지 않고 원래 그대로 두었음을 고백한다. 그러나 분명히 말하는데 그들의 행동 중 많은 부분에 대해서는 비난을 퍼부었다. 사실 그들에게 프랑스인의 성격에서 보는 높은 도덕성이라든가 우아함을 부여한들 무슨 소용이겠는가. 프랑스인들은 무엇보다도 금전을 사랑하고, 미움이라든가 사랑 때문에 죄를 짓는 일이 좀처럼 없으니 말이다. 이 소설에 나오는 이탈리아인들은 프랑스인과는 거의 정반대라고 할 수 있다. 게다가 내 생각에는, 남쪽에서 북쪽으로 786킬로미터씩 거슬러 올라갈 때마다 당연히 새로운 풍경이 펼쳐지듯이 소설 역시 새로운 면이 있어야 할 것이다. 참사원에게는 상냥한 조카딸이 있는데, 그녀는 산세베리나 공작부인

---

2) puntiglio, 이탈리아어로 자존심에 상처를 입었을 때 생기는 충동적인 감정을 가리킨다.

을 알고, 이 부인을 퍽 사랑하고 있었다. 그래서 그녀는 내게
부탁하기를, 공작부인이 한 일은 비난받아 마땅하지만 그렇다
고 원래 이야기를 바꾸지는 말아달라고 했다.

1839년 1월 23일.

1장

1796년 밀라노

1796년 5월 15일, 보나파르트 장군은 저 젊고 활기 있는 군대 선두에 서서 밀라노에 입성했다. 그 군대는 방금 전 로디교(橋)[1]를 건너 들어오면서, 시저와 알렉산더 이래 수세기가 지나서야 그 후계자가 등장했음을 세상에 알렸다. 수개월 동안 이탈리아가 지켜본 용기와 천재성의 기적은 잠자고 있던 민중을 일깨웠다. 프랑스군이 도착하기 일주일 전까지만 해도 밀라노 사람들은 프랑스군이 오스트리아 황제의 군대 앞에서 늘 도망만 다니는 강도 집단이라고밖에 생각하지 않았다. 어쨌든 더러운 종이에 인쇄된 손바닥만 한 크기의 신문이 사람들

---

1) 1796년 3월 2일 이탈리아 원정군 총사령관으로 임명된 나폴레옹 보나파르트는 5월 10일 로디 전투에서 오스트리아군을 대파하고 15일에 밀라노에 입성했다.

에게 일주일에 세 번씩이나 되풀이해서 전하던 소식이란 바로 그런 내용들이었으니까 말이다.

중세에 공화주의자들이었던 롬바르디아인들은 당시에는 프랑스인들과 견줄 만한 용기를 보여 주었다. 때문에 이들의 도시는 독일 황제들에 의해 완전히 파괴되었다. 이들이 독일 황제의 '충실한 신민'이 된 이후, 이 백성들에게 남겨진 중대한 일이란 귀족이나 부호의 딸이 결혼할 때 장밋빛 타프타 손수건에 소네트[2]를 박아 넣는 따위였다. 그 처녀는 결혼이라는 절정기를 지나 이삼 년 후에는 시중드는 기사를 가지게 되며, 때로는 남편의 가문에서 골라준 호종기사(扈從騎士)의 이름이 결혼 증서에 보란 듯이 기재되는 일도 있었다. 느닷없이 밀려 들어온 프랑스 군대가 불러일으킨 깊은 감동은 이와 같은 유약한 풍습과는 거리가 먼 것이었다. 이내 새롭고 정열적인 풍습이 생겨났다. 1796년 5월 15일, 이 나라 사람들은 누구나 여태껏 자기네가 존중해 왔던 모든 것이 더할 나위 없이 우스꽝스럽고 때로는 추악하기도 하다는 사실을 깨달았다. 마지막까지 남아 있던 오스트리아 군대가 철수한 것과 더불어 낡은 사고방식들도 땅에 떨어졌고, 이제 자신의 생명을 거는 것이 유행이 되었다. 수세기를 무미건조하게 지냈으니 지금에 와서라도 행복해지려면 조국에 대해 진실한 애정을 가져야만 하며 영웅적인 행동들을 추구해야 한다는 사실을 사람들은 깨달았던 것이다. 카를로스 5세와 펠리페 2세의 의심으로 가득한

---

2) sonnet, 일정한 압운 체계를 지닌 14행으로 된 서정시이다.

전제 정치가 계속되는 동안 암흑 속에 파묻혀 있던 롬바르디아인들은 이제 자신들이 섬겨 온 전제 군주의 조각상들을 쓰러뜨렸다. 그러자 갑자기 광명의 빛이 밀려들어 왔다. 50여 년 전부터 프랑스에서는 『백과전서』와 볼테르의 영향이 퍼져 나가고 있었다. 하지만 그럴수록 밀라노의 성직자들은 선량한 시민들에게, 읽는 법을 배우거나 세상의 이치를 아는 일이란 아무짝에도 소용없는 짓이라고 소리 높여 외쳐 왔다. 그들이 주장하는 바에 따르면, 사람은 제각기 자기 교회의 사제에게 십일조를 어김없이 납부하고, 자신이 저지른 아무리 작은 죄라도 낱낱이 사제에게 고백하면 죽은 후 거의 틀림없이 천당에 가서 좋은 자리를 얻을 수 있다는 것이었다. 오스트리아가 자국 군대에 신병을 공급하지 않아도 좋다는 특권을 이 국민들에게 싼값으로 넘겨주었던 이유도 예전에 그토록 용맹무쌍했고 사리분별이 있었던 이들을 무기력하게 만들기 위해서였다.

1796년 당시의 밀라노군이라고 해 봤자 스물네 명의 건달을 모아 붉은 제복을 입혀놓은 것에 불과했고, 이들이 헝가리의 정예 척탄병(擲彈兵) 4개 연대와 협력해서 이 도시를 지키고 있었다. 풍기의 방종은 극에 달하였으나, 어느 곳에서건 정열을 발견하기란 힘들었다. 게다가 밀라노의 선량한 시민들은 성가시게도 모든 것을 사제에게 고백해야 했다. 만약 그러지 않으면 내세는커녕 이 세상에서조차 파멸을 면치 못하리라는 위협에 시달렸던 것이다. 그뿐만 아니라 군주정이 만들어 내는 자질구레한 속박들도 그들을 옭아맸다. 이런 속박은 사람들을 귀찮게 굴지 않고는 못 배기는 것들이다. 예를 들면 밀라노에서 사촌형인 오스트리아 황제를 대리 통치하고 있던 대공은 밀 장사로 한밑천 모을 생각을 했는데, 그 결과 대공 전하의 곡식 창고가 가득 채워질 때까지 농민은 곡물을 파는 것이 일체 금지되었다.

1796년 5월, 프랑스군이 입성한 지 사흘 후의 일이었다. 프랑스 군대를 따라 이 도시에 들어온 좀 엉뚱한 젊은 세밀화가(細密畫家)가 있었는데, 후일 명성을 날리게 되는 그로[3]라는 사람이었다. 그는 '세르비'(당시에는 아주 인기 있는 장소였다)라는 큰 카페에서 대공이 저지른 뻔뻔한 짓들에 대해 듣게 되었다. 이 대공은 아주 뚱뚱했다. 그로는 질 나쁜 누런색 종이에 인쇄된 아이스크림 메뉴를 집어 들어 그 뒷장에다 비대한 대공을 그렸다. 한 프랑스 병사가 총검으로 대공의 배를 찌르자 피 대신 믿을 수 없을 만큼 많은 밀이 쏟아져 나오는 그림이었다. 농담이라든가 풍자화 같은 것은 용의주도하게 지배되어 온 이 전제 국가에서는 그때까지 금기가 되어 왔던 터라서, 그로가 카페 '세르비'의 탁자 위에 펼쳐 놓은 그림은 마치 하늘에서 떨어진 기적처럼 보였다. 그리하여 이 그림은 그날 밤 인쇄되어 다음 날로 2만 부가 팔려 나갔던 것이다.

---

3) 앙투안 장 그로, Antoine Jean Gros(1771~1835), 프랑스의 낭만주의 화가. 세밀화가였던 부친에게 그림을 배웠고 이후 다비드의 문하생이 되었다. 그는 나폴레옹 시대 말기의 중요 사건을 그린 작품으로 유명한데, 역사적 장면을 낭만적인 열정과 극적인 힘으로 표현함으로써 나폴레옹의 신화에 공헌했다.

바로 그날 600만 프랑이라는 전쟁 배상금[4] 게시문이 게시되었다. 그것은 프랑스군의 궁색함을 메우기 위해 부과된 것으로서, 여섯 번의 전투에서 승리하고 스무 곳을 정복한 이 군대에 신발, 바지, 웃옷, 모자 따위가 부족했던 것이다.

프랑스군은 그처럼 가난했지만 이들과 함께 롬바르디아에 밀려들어온 행복과 환희는 대단한 것이었다. 그래서 6백만 프랑의 배상금과 그에 뒤이은 갖가지 요구를 짐스럽게 느끼는 사람은 성직자들과 몇몇 귀족들뿐이었다. 이들 프랑스 병사는 하루 종일 웃고 노래했다. 이들은 스물다섯 살이 채 안 된 청년들이었고, 이들의 사령관은 스물일곱 살로서 그 군대에서는 제일 연장자로 통했다. 이들의 쾌활함, 젊음, 그 무사태평한 태도를 본 사람들은 성직자들의 노기등등했던 설교를 떠올릴 때마다 웃음을 터뜨렸다. 성직자들은 6개월 전부터 신성한 설교단 위에 서서 다음과 같이 외쳐 왔던 것이다. 프랑스 군인들은 괴물 같은 자들로서, 모든 것을 불태우고 사람들의 머리를 남김없이 베어버리라는 명령을 받고 있으며, 그렇게 하지 않으면 그들은 처형을 당한다고, 그래서 프랑스군은 어느 연대건 기요틴(단두대)을 앞세우고 진군하고 있다고 말이다.

시골에서는 프랑스 병사가 초가집 앞에서 그 집 아낙네의 어린 아기를 품에 안고 열심히 어르는 모습이 눈에 띄었다. 또한 거의 매일 저녁마다 군악대의 고수가 바이올린을 켜서 즉

---

4) 점령지 국민에게 과하는 일종의 군용징세이다.

흥 무도회를 열곤 했다. 콩트르당스[5]는 병사들에게 너무 어렵고 복잡한 데다 그들은 그런 춤을 추어 본 적도 없는 터라서 그 고장의 여인네들에게 가르칠 수 없었다. 그래서 오히려 여인네들이 '몽페린느'라든가 '소퇴즈' 또는 그 밖의 다른 이탈리아 춤을 젊은 프랑스 병사들에게 가르쳐 주었다.

장교들은 가능한 한 부잣집에 묵도록 배정되었다. 그들은 빨리 기력을 회복해야만 했던 것이다. 로베르라는 중위도 델동고 후작부인 저택에 머무르게 되었다. 이 젊은 장교는 징발(徵發)에 나서면 아주 민첩했지만, 이 저택에 들어올 때 가진 것이라고는 피아첸차에서 받은 6프랑 금화 한 닢밖에 없었다. 로디교를 건너온 그는 포탄을 맞고 죽은 오스트리아 장교를 발견하고, 죽은 장교에게서 갓 지은 근사한 난징[南京] 직물[6] 바지를 벗겨 입었다. 의복이 그처럼 적절한 때에 손에 들어온 적은 처음이었다. 그의 장교 견장은 양모로 만든 것이었고, 웃옷 소매는 해어진 천이 흐트러지지 않도록 안감을 대서 꿰매 놓았다. 그러나 이보다 더 처량한 사정이 있었는데, 그것은 그의 구두 바닥이 모자 조각을 기워 만들었다는 사실로, 구두 바닥으로 쓰이게 된 모자 역시 로디교 너머 전쟁터에서 주운 것이었다. 즉석에서 만든 구두 바닥을 신발 아래 덧붙여 끈으로 동여매서 위쪽으로 매듭을 지었는데, 그 끈이 눈에 확 들어왔다. 그래서 그 저택의 집사장이 로베르 중위의 방으로 와

---

5) 영국의 컨트리 댄스가 18세기 프랑스에서 발전한 것으로, 서로 마주 보고 도형을 만들며 추는 춤이다. 주로 프랑스, 영국, 독일의 귀족들이 추었다.
6) 담황색의 면직물이다.

서 후작부인이 저녁 식사에 초대했다는 말을 전했을 때 중위는 정말이지 이만저만 낭패가 아니었다. 그는 부하와 함께 웃옷을 다시 꿰매도 보고, 신발 위로 난감하게도 두드러져 보이는 끈을 잉크로 검게 물들이기도 하면서 그 운명의 저녁 식사 때까지 두 시간을 보냈다. 드디어 두려워하던 시간이 다가왔다. 나중에 로베르 중위는 그날의 일에 대해 내게 이렇게 말했다. "평생에 그처럼 난처했던 적은 없었다오. 그 부인네들은 내가 자기들에게 무섭게 굴 거라고 생각하고 있었지만, 내가 그 여자들보다 더 떨고 있었거든요. 난 내 신발을 쳐다보며 맵시 있게 걷지 못하는 데만 신경을 쓰고 있었어요." 그는 또한 말하기를, "당시 델 동고 후작부인은 가장 아름다울 때였어요. 당신도 알겠지만, 아름다운 눈은 천사같이 다정하고, 짙은 금발의 윤기 있는 머리카락이 고운 얼굴의 타원형 윤곽을 더 돋보이게 했지요. 내 방에 있던 레오나르도 다 빈치의 에로디아드 초상화가 꼭 그녀의 모습 같았어요. 다행히도 나는 그녀의 눈부신 미모에 사로잡혀서 내 차림새 같은 것은 잊어버리고 말았지요. 어쨌든 나는 2년 전부터 제노바의 산악 지대에서 흉하고 비참한 것들만 보아온 터라, 그녀의 아름다움을 마주하여 내가 느끼는 황홀함에 관해서 몇 마디 털어놓고야 말았답니다."

"그러나 나는 언제까지고 찬사만을 늘어놓고 있을 만큼 무딘 사람은 아니었어요. 이것저것 화제를 바꾼 거지요. 그러면서 온통 대리석으로 꾸며진 식당에 늘어선 열두 명의 하인과 또 몇 명의 시종들을 보고 있었습니다. 그런데 당시 나에게는 그들의 복장이 너무나도 화려했어요. 생각해 봐요. 그 녀석들은 훌륭한 신발을 신었을 뿐만 아니라 은제 버클까지 하고 있었단 말입니다. 나는 그들이 내 옷만이 아니라 신발까지 얼이 빠져 바라보고 있는 것을 곁눈질로 보았지요. 정말 가슴을 날카롭게 찔리는 기분이더군요. 물론 나는 말 한마디로 그들을 겁먹게 할 수도 있었지만, 그렇게 따끔한 맛을 보여주자면 부인네들이 질겁하지 않겠습니까? 후작부인이 나중에 여러 번 말한 사실이지만, 사실 그녀는 조금이라도 용기를 얻으려고 당시 수녀원에 가 있던 시누이 지나 델 동고를 불러왔어요. 이 아가씨가 나중에 저 아름다운 피에트라네라 백작부인이 된 여인인데, 화려한 시절을 누릴 때 그 어떤 이도 그녀만큼 쾌활함과 사랑스런 기지를 발휘하지는 못했어요. 마찬가지로 역경에 처했을 때도 그녀는 용기와 침착함에 있어 그 누구보다도 뛰어난 사람이었지요."

"지나는 당시 열세 살쯤이었을 텐데, 아시다시피 발랄하고 솔직해서 마치 열여덟 살은 된 듯이 보였어요. 그녀는 내 차림새를 마주하고는 터져 나오는 웃음을 꾹 눌러 참느라 음식도 먹지 못하고 있었지요. 반대로 후작부인은 내게 친절하게 대하려고 애썼는데, 그것이 너무 부자연스러워서 오히려 난처하게 만드는 겁니다. 후작부인은 내 눈을 보고 내가 안절부절못하고 있다는 것을 알았던 거죠. 요컨대 나는 바보 같은 얼굴을 하고는, 사람들이 던지는 멸시의 눈길을 되씹고 있었는데, 프랑스인이 그런 태도를 취할 수 있었다는 사실은 믿기지 않을 겁니다. 마침내 좋은 생각 하나가 하늘에서 떨어진 것처럼 떠올랐어요. 자리에 앉은 그녀들에게 내 비참함에 대해 이야기하기 시작한 겁니다. 얼빠진 늙은 장군들이 우리를 2년 동안이나 제노바 지방의 산속에다 붙잡아 두고 얼마나 고생을 시켰는지 말이지요. 우리는 그 지방에선 통용되지도 않는 아시냐 지폐[7]를 받았고, 빵은 하루에 85그램씩 배급받았으니까요. 내가 그런 이야기를 시작한 지 얼마 안 있어 선량한 후작부인의 눈에는 눈물이 가득 고였고, 지나는 진지한 얼굴이 되었습니다.

'세상에, 중위님, 겨우 빵 85그램이라니!' 하고 지나는 말했어요.

'그렇답니다, 아가씨. 하지만 그 배급도 일주일에 세 번은 빼먹기 일쑤였지요. 게다가 우리가 묵고 있는 집의 주인인 농민들은 더 비참해서, 우리는 그 빵을 그들에게 조금씩 나눠주기까지 한 걸요.'

저녁 식사가 끝나자 나는 후작부인에게 팔을 내밀어 거실 입구까지 안내했지요. 그리고 급히 돌아와서 내 식사 시중을 들어준 하인에게 단 하나 있던 6프랑 금화를 주었어요. 그 돈을 어디에 쓸 것인가 갖가지 즐거운 공상을 해 왔었는데 말입니다."

"일주일이 지나서……. 하고 로베르 중위는 말을 이었다. "프

---

7) assignat, 1789년 프랑스 대혁명 시대에 국가 재산이 된 교회 재산을 담보로 발행된 지폐. 처음에는 이자를 지급하는 형식의 증권이었으나 곧 지폐가 되었으며, 몇 번의 가치 회복에도 불구하고 끊임없이 평가 절하되어 마침내 1796년 폐지되었다.

랑스군이 아무도 단두대에 올려놓고 목을 베지 않는다는 사실이 알려지자 델 동고 후작이 코모 호수에 있는 그리앙타 성관에서 돌아왔습니다. 그 사람은 프랑스군이 가까이 오자 과감하게도 젊고 아름다운 아내와 누이동생을 전쟁의 혼란 속에 버려 둔 채 그리로 피신을 했던 거지요. 후작이 우리들에게 품은 증오심은 그의 공포감과 마찬가지로 끝없는 것이었어요. 그가 내게 예절을 갖출 때면 그 투실투실한 얼굴이 창백해지며 근엄한 표정을 짓는데, 그 모습이 얼마나 재미있던지. 그가 밀라노로 돌아온 다음 날, 나는 전쟁 배상금 600만 프랑에서 내 몫으로 할당된 나사(羅絲) 3온느[8]와 200프랑을 받았지요. 그걸로 주머니 사정도 나아졌고, 마침 무도회도 열리기 시작하던 참이어서 나는 그 부인네들의 기사 역할을 하게 되었어요."

로베르 중위의 이 이야기는 거의 그대로 모든 프랑스 병사들이 겪은 것이었다. 사람들은 이들 정직한 병사의 가난함을 경멸하기는커녕, 그들을 동정하고 사랑했다.

뜻밖의 행복함으로 도취되었던 이 시기는 겨우 2년밖에 지속되지 못했다. 그때 모든 것을 휩쓴 열광은 참으로 엄청난 것이어서, 역사로 눈을 돌려 이 나라의 민중이 200년 전부터 권태에 시달리고 있었다는 점을 깊게 고찰하지 못한다면 그러한 열광을 이해하기란 도저히 불가능할 것이다.

---

8) 1온느는 1.118m이다.

지난날 비스콘티 가문과 스포르차 가문[9]이 밀라노를 지배할 당시, 이들 명성 높던 대공의 궁정에는 남쪽 나라 특유의 관능적 쾌락이 살아 있었다. 그런데 1624년 스페인이 밀라노인들을 정복한 뒤, 말없고 의심 많으며 거만한 데다가 항상 반란을 염려하는 통치자들이 군림하게 되었고, 그런 다음부터 이곳에서 쾌활함은 자취를 감추고 말았다. 이 나라 민중들은 자기네 군주들의 풍습을 따라 별것 아닌 모욕에 복수하기 위해 단도를 휘두를 생각만 했지, 현재의 즐거움을 누릴 생각은 하지 못했던 것이다.

1796년 5월 15일 프랑스군이 밀라노에 입성한 날부터 1799년 카사노 패전으로 퇴각할 때까지 밀라노에는 광적인 환희와 유쾌함, 관능적인 쾌락이 넘쳐흘렀고, 온갖 종류의 음울한 감정을 비롯해서 분별만을 찾는 고지식함은 완전히 잊혀졌다. 그 덕분에 거상(巨商)이나 고리대금업자, 공증인들 중 나이 많은 몇몇 이들조차 이 기간 동안 울상을 짓거나 돈 벌 궁리하는 것을 잊고 있었던 것이다.

기껏해야 몇몇 상류 귀족 가문만이 모든 사람들이 누리는 쾌활함과 감정적 도취를 불쾌해하며 시골 별장으로 피신했다. 사실 이들 부호 귀족들은 프랑스군에 대한 전쟁 배상금을 할당받으면서 고분고분하지 않은 처신을 해서 눈에 거슬리던 상황이었다.

---

9) 비스콘티가(家)는 1277년부터 1447년까지 밀라노를 통치했고, 이후 스포르차가가 비스콘티가로부터 밀라노 공국을 빼앗아 1535년까지 통치했다.

델 동고 후작은 온 사방에 넘치는 즐거움을 보고 화가 치밀어 가장 먼저 자신의 성관으로 되돌아온 사람 중의 하나였다. 그곳은 코모 호수 너머 그리앙타에 있는 화려한 성이었는데, 로베르 중위도 후작부인 일행의 안내를 받아 그곳에 가본 적이 있다. 예전에는 요새였던 이 성은 아름다운 호수로부터 45미터 정도 솟아오른 언덕에 자리 잡고 있어서 거의 호수 전역이 내려다보였는데, 아마 이런 위치는 그 어느 곳에서도 찾아볼 수 없을 것이다. 이 성은 델 동고 가문이 15세기경에 세운 것으로, 그런 사실을 증명이나 하듯이 대리석 여기저기에 가문의 문장(紋章)이 박혀 있었다. 아직도 도개교(跳開橋)와 그 아래로 깊이 파인 도랑이 남아 있었지만, 도랑의 물은 말라 있었다. 비록 도랑에 물은 없었어도 높이 24미터에 두께가 1.8미터나 되는 성벽은 불의의 습격을 받더라도 안전했다. 이 성관이 의심 많은 후작의 마음에 든 이유도 바로 이 때문이었다. 그는 이곳에서 스물다섯에서 서른 명가량 되는 하인들에게 둘러싸여 지내면서 밀라노에서보다는 공포에 덜 시달릴 수 있었다. 후작은 자신의 하인들이 충성스럽다고 믿었는데, 그런 믿음은 그가 그들에게 평생 욕설만 퍼부었지 자상한 말 한마디 건넨 적이 없었기 때문에 오히려 가능했다.

후작이 그처럼 공포에 눌려 지내는 데에는 전혀 이유가 없지 않았다. 후작은 전쟁 포로들을 탈출시키기 위해 오스트리아가 그리앙타에서 11킬로미터 떨어진 스위스 쪽 국경에 배치해 둔 첩자와 아주 긴밀하게 연락을 취하고 있었던 것이다. 만약 이 일이 발각되면 프랑스군 장군들이 그냥 넘어가지 않을 것이었다.

후작은 젊은 아내를 밀라노에 남겨 두었다. 밀라노에서 부인은 집안일을 처리했고, 그 지방에서 부르는 명칭으로 이른바 '카사 델 동고'에 부과된 배상금을 해결하는 일까지 떠맡고 있었다. 부인은 할당액을 줄이고자 했기 때문에 공직을 맡은 귀족이라든가 때로는 귀족은 아니더라도 영향력을 지닌 인사들을 만나야 했다. 그때 집안에 중대한 사건이 생겼다. 후작은 누이동생 지나를 결혼시킬 계획을 세우고 있었는데, 상대는 굉장한 부자에다 대단한 명문 출신이었다. 그런데 이 남자는 머리에 분칠을 하고 다녔으므로 지나는 그를 만날 때마다 웃음을 터뜨리곤 했다. 그러고는 피에트라네라 백작과 결혼하는 어처구니없는 짓을 저지르고 말았던 것이다. 사실 피에트라네라 백작은 훌륭한 귀족이고 풍채도 빼어났지만 부친의 대를 이어 재산을 날렸고, 더욱 마음에 들지 않는 점은 새로운 사상의 열렬한 지지자라는 사실이었다. 피에트라네라는 이탈리아 국민군[10]의 소위였는데, 그 점이 후작을 더욱 절망케 했다.

열광과 환희가 넘치는 두 해가 지나자 파리에 들어선 집정관 정부는 권력을 한 손에 틀어쥔 군주의 태도를 드러내며, 심상치 않으면 무엇에 대해서건 격렬한 증오심을 내보이기 시작했다. 파리 정부에서 이탈리아 원정군에 파견한 무능한 장

---

10) 1797년에 편성된 이탈리아 국민군은 당시 나폴레옹이 수립한 치살피나 공화국의 군대였다가 얼마 후 프랑스군에 편입되었다.

군들은 베로나의 평원에서 줄줄이 패배했다. 그곳은 불과 2년 전에 아르콜레와 로나토의 눈부신 승리를 거두었던 자리였다. 오스트리아군이 또다시 밀라노로 진격해 왔다. 당시 대대장으로 승진한 로베르 중위는 카사노 전투에서 부상을 당했다. 그는 다정하게 지내던 델 동고 후작부인의 집에 마지막으로 묵으러 왔다. 그들의 이별은 슬펐다. 로베르는 피에트라네라 백작과 함께 출발했다. 백작은 노비[11]로 퇴각하는 프랑스군을 따라간 것이다. 젊은 백작부인도 남편의 군대를 뒤따랐는데, 그녀는 자기 몫의 유산을 오라비가 주지 않았기 때문에 짐수레를 타고 갈 수밖에 없었다.

그리하여 밀라노 사람들이 '그 13개월간'이라고 부르는 반동의 시대, 옛 사상으로의 복귀 시대가 시작되었다. 그렇게 부른 까닭은 다행히도 이 어리석기 그지없는 복고 풍조가 마렝고 전투[12]까지 13개월밖에 지속되지 않을 것이기 때문이었다. 낡고 신앙심에 얽매인 침울한 것들이 또다시 앞으로 나서서 사회의 주도권을 잡았다. 그런 보수적 사상을 고수하고 있었던 사람들은 곧이어 이 마을 저 마을에서, 나폴레옹이 이집트에서 마멜루크 병사들에 의해 교수형을 당했고 또 그게 당연한 죗값이 아니냐고 떠들고 다녔다.[13]

---

11) 1799년 8월 15일 프랑스군은 노비에서 패하여 이탈리아의 거의 전지역을 오스트리아군에게 빼앗겼다.
12) 1800년 6월 18일에 있었던 마렝고 전투에서는 프랑스군이 대승을 거두었다.
13) 마멜루크는 노예로 편성된 토민군으로서, 1798년 나폴레옹이 이집트를

상황을 못마땅하게 여겨 각자의 영지로 물러가 있던 사람들이 복수심에 불타서 돌아왔다. 그중에서도 델 동고 후작은 단연 돋보일 만큼 격렬하게 분노를 토해 냈다. 그의 지나친 광분은 자연히 그를 일파의 우두머리 자리에 올려놓았다. 겁을 먹지 않았을 때는 꽤 훌륭한 신사들이었겠지만 늘 겁이 나서 부들부들 떨고 있던 이들 무리는 마침내 오스트리아 사령관을 감언이설로 구슬렸다. 사람 좋은 사령관은 가혹하게 다루는 것이 고등정책이라는 주장에 설득당해서 150명의 애국자들을 체포하게 했다. 이들이야말로 당시 이탈리아에서 가장 훌륭한 사람들이었다.

　이들은 즉시 '카타로 강 어귀'[14]로 유배되어 지하 동굴에 내팽개쳐졌다. 동굴의 습기와 특히 식사의 결핍은 이 요주의 인사들을 적절하고 신속하게 처치해 버렸다.

　델 동고 후작은 높은 자리를 차지했다. 다른 수많은 훌륭한 자질에 덧붙여 치사스런 인색함 또한 갖추고 있었던 후작은 자신이 여동생 피에트라네라 백작부인에게 한 푼도 보내지 않는다는 사실을 자랑스럽게 떠들고 다녔다. 그녀는 여전히 사랑에 푹 빠져 남편을 떠나지 않으려 했기 때문에 프랑스에서 남편과 함께 굶어 죽을 지경이었다. 마음씨 고운 후작부인은 절망감에 빠져 있다가 결국 자신의 보석 상자에서 작은 다이

원정하기 전까지 이집트는 그 군대 대장의 지배하에 있었다. 나폴레옹은 피라미드 전투에서 그들을 격파했으나 사막 싸움에서 고전했기 때문에 이런 소문이 퍼지게 되었다.
14) 아드리아 해안에 있는 항구, 전략상의 요지였다.

아몬드 몇 개를 빼내는 데 성공했다. 그 상자는 매일 밤 남편이 도로 가져가서 자기 침대 밑 쇠상자 속에 숨겨 두던 것이었다. 후작부인은 남편에게 결혼 지참금으로 80만 프랑이나 가져다주었지만, 매달 80프랑을 개인 용돈으로 받고 있었다. 프랑스군이 밀라노 밖으로 물러나 있던 13개월 동안 이 소심한 부인은 구실을 내세워 줄곧 검은 상복만을 입고 지냈다.

　여기서 밝혀 두건대 필자는 많은 진지한 작가들을 본받아 우리 주인공의 이야기를 그가 출생하기 1년 전으로 거슬러 올라가 시작했다. 우리의 주인공이란 다름 아닌 파브리스 발세라, 밀라노에서 마르케지노[15] 델 동고라고 불리는 바로 그 사람이다. 그는 프랑스군이 퇴각하던 바로 그때 세상에 태어나서, 우연히도 대귀족 델 동고 후작의 둘째 아들이 되었다. 알다시피 후작은 퉁퉁하게 살찐 핏기 없는 얼굴에 억지 미소를 지으면서, 진보적인 신사상에는 끝없는 증오심을 품은 사람이었다. 이러한 부친을 빼닮은 맏아들로 아스카니오 델 동고가 있었는데, 집안의 모든 재산은 그가 상속받기로 되어 있었다. 그런데 형이 여덟 살, 파브리스가 두 살이 되었을 때였다. 보나파르트 장군이 돌연 생베르나르산을 넘어 밀라노에 입성했다.[16] 귀족들은 모두 그가 오래전에 교수형을 당했다고 믿

---

15) 소후작. (원주)불어로 마르케진이라고 발음되는 이 칭호는 이 고장에서 후작의 아들들에게 부여하는 것으로 독일어에서 온 말이다. 마찬가지로 백작의 아들은 콩틴, 딸은 콩테시나로 칭한다.
16) 나폴레옹이 군대를 이끌고 생베르나르 산을 넘어 밀라노에 들어온 것은 1800년 5월 24일이다.

던 참이었다. 그의 밀라노 입성 또한 역사에 유례가 없는 대사건이었다. 민중이 얼마나 열광했을지 상상해 보라. 그리고 며칠 후 나폴레옹은 마렝고 전투에서 승리를 거두었다. 다음 일은 이야기할 필요도 없을 것이다. 밀라노인들의 도취는 절정에 이르렀다. 그런데 이번 도취에는 복수심이 섞여 있었다. 이 선량한 민중이 증오라는 것을 배웠던 것이다. 곧 이어 카타로강 어귀에 유배당했던 애국자들 중에서 살아남은 사람들이 돌아왔다. 이들의 귀환을 축하하기 위해 국민적 축제가 열렸다. 이들의 창백한 얼굴, 놀란 듯 휑한 눈, 비쩍 마른 팔과 다리는 사방에서 폭발하는 환희와 기묘한 대조를 이루었다. 이들이 돌아오자 이번에는 위험을 느끼던 일가들이 이곳을 떠났다. 델 동고 후작은 그리앙타성으로 제일 먼저 달아난 사람이었다. 대귀족의 가장들은 증오와 공포에 차 있었지만, 그들의 부인과 딸들은 프랑스군이 처음 와서 머물 때의 환희를 상기하며 밀라노를 그리워했다. 마렝고 전투가 있은 다음에 곧 카사 탕지에서 즐거운 무도회들이 열렸는데, 그네들은 또한 거기에 참석하지 못하는 것이 퍽이나 아쉬웠다. 전승을 거둔 며칠 후 롬바르디아의 치안 유지를 책임진 프랑스 장군은 다음과 같은 사실을 알아차렸다. 귀족의 소작인이나 늙은 시골 아낙네들 모두가 브레시아[17)]의 제1수호신인 성 지오비타의 예언에만 정신이 팔려 있지, 이탈리아의 운명을 바꿔놓은 마렝고 전투라든가 그 전투에서 하루에 열세 개의 요새를 정복했다

17) 밀라노 근처의 소도시이다.

든가 하는 따위는 염두에 두지 않고 있었던 것이다. 그 신성한 예언에 의하면 프랑스군과 나폴레옹의 번영은 마렝고 전투 이후 바로 13주 만에 끝나리라는 것이었다. 델 동고 후작을 비롯해서 시골로 피신한 불평 많은 귀족들은 이 예언을 정말로 진지하게 믿었는데, 이런 점이 그들의 태도를 조금이라도 변명해 줄 수 있을 것이다. 그들은 책이라고는 평생 네 권도 읽지 않는 사람들이었으니 말이다. 그들은 13주 후에 밀라노로 돌아갈 채비를 보란 듯이 하고 있었다. 그러나 시간이 흘러갈수록 프랑스 쪽에 새로운 성공이 보태질 따름이었다. 마렝고 전투 하나로 외부의 적으로부터 혁명을 지켜 낸 나폴레옹은 파리로 돌아와서는 현명한 법령을 내려 자국 내의 혁명을 구해 냈다. 그러자 각자의 성관에 피신해 있던 롬바르디아 귀족들은 자기들이 브레시아 도시의 수호성인의 예언을 처음부터 오해했다고 생각했다. 예언이 말한 기간은 13주가 아니라 13개월이라는 것이었다. 13개월이 흘렀다. 그래도 프랑스는 나날이 번영하는 것 같았다.

이후 1800년부터 1810년에 이르는, 진보와 행복이 가득했던 10년간에 대해서는 길게 이야기하지 않겠다. 파브리스는 그리앙타성에서 소년기를 보냈다. 시골 농부의 아이들과 어울려 때로는 주먹다짐을 벌이기도 했으며, 공부라고는 아무것도, 심지어 읽는 방법조차 배우지 않았다. 얼마 후 그는 밀라노의 제수이트(예수회) 학교에 들어갔다. 부친인 후작은 아들의 교육에 대해 주문하기를, 라틴어를 가르치되 늘 공화 정치에 대해 언급하는 고대 작가의 작품 말고 17세기 예술가들의 걸작 삽화가 백여 장 이상 들어간 어떤 화려한 책을 거론하며 그것으로 가르쳐 달라고 했다. 그 책이란 델 동고 후작 가문인 발세라 가의 라틴어로 쓰인 가계사로, 파르마의 대주교였던 파브리스 델 동고가 1650년에 펴낸 것이었다. 발세라 가문은 대대로 뛰어난 군인을 많이 배출했기 때문에 삽화들 중에는 전쟁 장면이 많았고, 그림 속에서는 늘 이 가문의 이름을 지닌 영웅이 검을 휘두르고 있었다. 어린 파브리스는 이 책이 아주 마음에 들었다. 둘째 아들을 무척 사랑하고 있던 후작 부인은 이따금 허락을 받아 밀라노로 아들을 보러 오곤 했다. 그러나 남편이 여비를 조금도 주지 않았기 때문에 그녀는 시누이 즉 인정 많은 피에트라네라 백작부인에게 돈을 꾸곤 했다. 프랑스군이 돌아온 이후 백작부인은 이탈리아 부왕 으젠느공(公)[18]의 궁정에서 가장 돋보이는 귀부인이 되어 있었다.

파브리스가 첫 성체 배령을 마치자, 백작부인은 후작으로부터 가끔 조카를 학교에서 데리고 나가도 좋다는 허락을 얻어냈다. 후작은 여전히 스스로 택한 유배 생활을 계속하고 있었다. 부인은 조카가 평범하지 않으며 재기 있고 아주 진지하다는 사실을 알았다. 그래도 미소년이었기 때문에 인기 있는 사교계 모임에 데려다 놓아도 어울릴 수 있을 거라고 생각했다. 그렇지만 아는 것이 너무나 없었고, 글조차 제대로 쓸까 싶을 지경이었다. 무엇에건 깊이 빠지는 성격의 백작부인은 자기 조

---

18) 나폴레옹의 황후 조제핀이 전남편 사이에서 낳은 아들로서, 1805년 나폴레옹이 이탈리아 국왕을 겸하게 되자 부왕이 되었다가 나폴레옹의 몰락과 함께 물러났다.

카의 학업이 크게 향상되어서 학년 말에 많은 상을 타게 되면 힘을 써서 학교를 후원해 주겠다고 교장에게 약속했다. 종종 그녀는 조카가 상을 받을 수 있도록 특별 지도를 한다는 구실을 대고 토요일 저녁마다 사람을 보내 그를 데려갔다가 수요일이나 목요일이 되어서야 선생들에게 돌려보내곤 했다. 제수이트 일파는 부왕 으젠느 공의 총애를 받고 있긴 했어도 이탈리아 왕국의 법률에서는 배척되던 상황이었다. 그래서 술수가 좋은 이 학교의 교장은 궁정의 유력한 부인과 친분을 맺어 두는 게 유익하다고 판단했다. 그는 파브리스가 학교 일과를 빼먹어도 군소리하지 않았다. 그리하여 파브리스는 학년 말에 이르러 전보다 아는 것이 더 없어졌는데도 일등상을 다섯 가지나 받았다. 화려하게 차려입은 백작부인은 근위 사단장인 남편과 더불어 부왕 궁정의 저명인사 대여섯 명을 대동하고 제수이트회 학교의 시상식에 참석했다. 교장은 윗사람들로부터 치하를 받았다.

백작부인은 사람 좋은 으젠느 공의 짧은 치세를 장식한 갖가지 화려한 연회에 조카를 빠짐없이 데려갔다. 그녀가 자신의 세력을 이용해서 이 소년을 경기병(輕騎兵) 장교로 만든 탓에 열두 살의 파브리스는 장교 제복을 입고 다녔다. 어느 날 백작부인은 조카의 귀여운 모습에 홀려서 그에게 궁정 시동 자리를 달라고 대공에게 청했다. 그러나 그것은 델 동고 집안이 궁정과 한편이 된다는 의미였다. 그래서 다음 날 부인은 자신의 체면도 내던진 채 전날의 청을 없었던 것으로 해 달라고 부왕에게 부탁해야만 했다. 부인의 청이 이루어지는 데는 다만 미래의 시동 부친의 동의만 있으면 되는 일이었지만, 그의 부친은 펄펄 뛰며 거절할 것이 틀림없었기 때문이다. 이런 어처구니없는 짓은 그렇잖아도 심술이 나 있던 후작을 화가 나 부들부들 떨게 했고, 이를 구실로 후작은 파브리스를 그리앙타로 불러들였다. 백작부인은 오라비를 몹시 경멸하고 있었다. 음침한 성격의 바보인 데다가, 권력이라도 잡게 되면 얼마나 못된 짓을 할지 모를 사람이라고 생각했다. 그러나 그녀는 조카에게 빠져 있었다. 그래서 10년 동안이나 말 한마디 없이 지내다가, 후작에게 조카를 보내달라는 편지를 써 보냈다. 그 편지는 아무런 회답도 받지 못했다.

호전적인 조상들이 세운 웅장한 성으로 돌아왔을 때 파브리스가 알고 있는 것이라고는 교련과 승마뿐이었다. 아내와 함께 파브리스를 지극히 아끼던 피에트라네라 백작이 자주 그를 말에 태워 열병식에 데려가곤 했기 때문이다.

파브리스가 고모와 함께 지낸 아름다운 살롱들과 이별하면서 흘린 눈물로 아직도 두 눈이 불그레한 채 그리앙타성에 도착하자, 어머니와 누이들의 포옹만이 그를 맞아 주었다. 후작은 맏아들 아스카니오 소후작을 데리고 서재에 틀어박혀, 영광스럽게도 빈에 보낼 암호 문서를 작성하고 있었다. 두 사람은 식사 시간이 아니면 나타나지 않았다. 후작은 곳곳의 영지로부터 거둬들이는 수입의 복식부기(複式簿記)를 상속자인 장남에게 가르치고 있다고 말했다. 그러나 사실 후작은 자신의 실권에 대한 집착이 너무 강해서, 물려줄 모든 재산의 당연한 상속인인 장남에게조차 그런 것을 알려줄 위인이 아니었다. 다만 암호 문서를 쓰면서 심부름을 시킬 뿐이었는데, 15쪽에서 20쪽가량의 이 암호 문서는 일주일에 두세 번 스위스를 거쳐 그곳에서 다시 빈으로 전달되었다. 후작은 이것이 자신이 섬기는 정통 군주들에게 이탈리아의 내부 정세를 알리는 일이라고 자부하고 있었지만, 그 내부 정세란 그 자신도 잘 모르는 것이었다. 그러나 그의 편지들은 상당한 성과를 올렸는데, 그 이유란 바로 다음과 같은 데 있다. 즉 후작은 믿을 만한 부하를 큰길로 내보내 주둔지를 옮기고 있는 프랑스군이나 이탈리아군 연대의 병사 숫자를 세도록 시켰다. 그러고는 그 사실을 빈의 궁정에 보고할 때는 실제 숫자에서 4분의 1 정도나 줄여서 전했다. 그러니 이 편지들은 터무니없기는 했어도 다른 편지가 전해 온 더 정확한 내용을 부정하는 장점을 가지고 있었고, 그 때문에 아주 마음에 드는 편지가 되었던 것이다. 그리하여 파브리스가 성관으로 돌아오기 얼마 전에 후작은 명예로운 훈장을 탔다. 이 훈장은 후작의 시종 제복을 장식하는 다섯 번째 훈장이 되었다. 사실 후작은 이 옷을 입고 서재 밖으로 나가서 보란 듯이 뻐기지 못하는 것이 여간 가슴 아프지 않았다. 하지만 밀서를 받아쓰게 할 때는 반드시 이 금실 수가 놓인 옷을 입었는데, 이 옷에는 자신이 지금까지 받은 훈장이 전부 주렁주렁 매달려 있었다. 그러지 않으면 예의에 어긋난다고 믿었던 것이다.

후작부인은 아들 파브리스의 사랑스러움에 감탄했다. 그런데 부인은 A백작, 지금은 장군이 된 로베르 중위에게 지금도 여전히 일 년에 두세 번씩 편지를 보내고 있었다. 부인은 자신이 사랑하는 사람들에게는 거짓말을 못 하는 사람이었다. 그녀는 아들에게 몇 가지 질문을 해 보고 그가 아무것도 아는 게 없자 근심에 빠졌다.

'이 아이는 나처럼 아무것도 모르는 사람에게조차 무지하게 비치니, 학문이 깊은 로베르 중위는 이 아이가 교육이라고는 전혀 받아 보지 못했다고 생각하겠지.' 부인은 생각했다. '지금은 무엇보다도 능력이 인정받는 때인데.' 이에 못지않게 부인을 놀라게 한 것은 파브리스가 제수이트 학교에서 배운 종교적인 가르침들을 전부 진지하게 받아들이고 있다는 사실이었다. 그녀 자신도 아주 신앙심이 깊었지만 아들의 광신적인 태도는 두려움을 불러일으켰다. '만약 후작이 이 아이에 대한 이런 감화 방법을 간파해 낸다면, 내게서 이 아이의 사랑을 빼앗고 말 거야.' 이렇게 생각하자 하염없이 눈물이 흘렀다. 그리고 파브리스를 사랑하는 마음이 더욱 애틋해지는 것이었다.

서른에서 마흔 명의 하인이 어슬렁거리는 이 성관에서 지내기란 아주 우울한 일이었다. 그래서 파브리스는 매일 사냥을 하든가 배를 타고 호수 위를 거닐면서 시간을 보냈다. 그는 곧 마부를 위시한 마구간 남정네들과 친해졌다. 이들은 모두 프랑스군의 열성적 지지자들로서, 후작이나 그 장남의 충직한 시종들을 공공연히 조롱하고 있었다. 진지한 표정을 짓고 다니는 이 시종들을 놀려 댈 거리란 주로 이들이 자기 주인의 본을 받아 머리에 분을 바른다는 사실이었다.

2장

……저녁 하늘에 샛별이 나타나 세상이 어두워지면 나는 앞으로 다가올 일에 온 정신을 모아 하늘을 바라보네. 하늘에는 신이 모든 피조물의 운명을 분명한 글씨로 써 놓았으니.

신은 저 하늘 깊은 곳에서 인간을 바라보다가 때때로 불쌍히 여겨 길을 가르쳐 주네. 자신의 문자인 별들로 좋고 나쁜 일을 미리 알려 주는 것이라네.

그러나 세상살이와 죽음을 걸머진 인간들은 신의 문자를 외면하고 읽지 않으려 한다네.　　　　　　　　　　— 롱사르

후작은 계몽주의를 드러내놓고 증오하는 사람이었다. '이탈리아를 망친 것이 바로 그런 사상들'이라는 것이다. 교육이라는 것을 그렇게 두려워하면서도 아들 파브리스가 제수

이트회 학교에서 시작한 공부를 좋은 성적으로 완성하는 것을 보고 싶다는 게 후작의 고민거리였다. 위험이 가장 적은 방법으로 후작은 그리앙타의 사제인 선량한 블라네스 신부에게 파브리스를 맡겨 라틴어 공부를 계속하게 했다. 그러려면 우선 사제 자신이 라틴어를 잘 알아야만 했겠으나, 사제는 라틴어를 경멸하고 있었다. 이 분야에서 그가 아는 것이라고는 미사 경본의 기도 문구를 암송하고, 그 대강의 뜻을 교구민들에게 전달하는 것이 고작이었다. 그럼에도 불구하고 사제는 교구민들에게 큰 존경을 받았고 경외심까지 불러일으켰다. 그는 브레시아의 수호성인 성 지오비타의 그 유명한 예언이 가리키는 시한이 결코 13주나 13개월이 아니라고 자주 말했다. 그러고는 믿을 만한 친구와 이야기할 때는, 그 13이라는 숫자에 대해 '아마 많은 사람들이 놀라겠지만 솔직히 말한다면 다른 뜻(1813년을 가리키는 것)'이라고 슬쩍 귀띔해 주는 것이었다.

원래 성실함과 미덕을 지닌 데다 재기를 겸비한 블라네스 신부는 사실 매일 밤을 자기 교회의 종루 위에서 보냈다. 그는 점성술에 몰두해 있었던 것이다. 낮 동안에는 별들이 나란히 서는 시각과 위치를 계산하면서 시간을 보냈고, 밤에는 내내 하늘을 보며 별들의 움직임을 좇았다. 가난했기 때문에 관측 장비라고는 마분지관을 붙인 긴 망원경뿐이었다. 세계의 모습을 바꿀 만한 나폴레옹 황제의 제국과 혁명이 언제 몰락할지 그 정확한 시기를 예측하는 데 일생을 바치고 있는 사람이니만큼 언어 공부 따위는 대수롭지 않게 여기리라는 것은 쉽게 짐작이 갈 것이다. 그는 파브리스에게 이렇게 말하곤 했다. "나도 라틴어로 말[馬]이 에쿠스(equus)라고라고 배우긴 했지만, 그렇다고 내가 말에 대해 더 아는 것이 뭐지?"

시골 사람들은 블라네스 신부가 굉장한 마술사나 되는 것처럼 두려워하고 있었다. 그로서는 늘 종루 위에 자리 잡고 있었던 덕분에 마을 사람들로 하여금 도둑질은 엄두도 내지 못하게 했다. 그의 동료인 인근 마을 사제들은 그의 세력을 질시한 나머지 그를 미워했다. 델 동고 후작은 단지 그를 경멸할 뿐이었는데, 그 이유는 신분이 낮은 주제에 너무 이치를 따진다는 것이었다. 파브리스는 신부를 존경하고 있었다. 신부의 마음에 들기 위해서 그는 때때로 밤늦게까지 덧셈과 곱셈을 하고 있을 때도 있었다. 그는 종루에도 올라갔다. 이것은 대단한 특전으로, 블라네스 신부가 일찍이 누구에게도 허락한 적이 없는 일이었다. 신부는 이 소년의 천진난만함을 사랑했다. 그는 파브리스에게 "위선자만 되지 않는다면 너는 아마 가치 있는 인간이 될 수 있을 거야."라고 말하는 것이었다.

파브리스는 즐거움을 찾아다니는 일에는 대담하고도 열정적이었던 까닭에 호수에 빠져 죽을 뻔하는 일이 1년에 두세 번씩은 생겼다. 그는 그리앙타와 카데나비아의 시골 아이들이 벌이는 원정 놀이에서 언제나 대장 노릇을 했다. 이 조무래기 아이들은 작은 열쇠를 몇 개 가지고 있었다. 달 없는 캄캄한 밤이 되면 아이들은 이 열쇠들을 써서, 호숫가 큰 돌이나 나무에 배를 매어둔 사슬의 맹꽁이자물쇠를 열었다. 코모 호수에는 부지런한 어부들이 호숫가에서 멀리 들어간 곳에 낚싯

줄을 쳐놓았는데, 긴 끈의 위쪽 끝을 코르크를 씌운 작은 널빤지 위에 붙들어 매고 그 널빤지 위에 잘 휘어지는 개암나무 가지를 붙여 거기에 작은 방울을 달았으므로 고기가 낚싯줄을 물고 흔들어대면 방울이 흔들렸다.

파브리스가 대장이 되어 지휘하는 그 야간 원정의 큰 목적이란 드리워놓은 낚싯줄을 어부들이 그 방울소리를 듣기 전에 살피러 가는 일이었다. 그러려면 천둥 치고 비바람이 부는 날이 제격이었다. 이 모험을 위해 아이들은 출정 시간을 새벽 동트기 한 시간 전으로 잡았다. 이들은 배에 올라타면서 자신들이 대단한 위험 속으로 뛰어들고 있다고 생각했다. 그런 위험이 주는 짜릿한 느낌이야말로 이 원정의 진짜 매력이었다. 아이들은 긴장과 흥분 속에서 아버지들이 하던 대로 경건하게 '아베 마리아'를 외어 댔다. 그런데 아베 마리아를 외운 뒤 출발하려는 순간 파브리스는 종종 어떤 예감에 사로잡힐 때가 있었다. 그것은 블라네스 신부의 점성술 연구가 낳은 결실이었다. 파브리스는 신부와는 친밀한 사이였지만 그의 예언을 믿는 편은 아니었다. 그러나 이럴 때 다가오는 예감은 파브리스의 아이다운 상상 속에서 그날 밤의 성공과 실패를 분명하게 알려 주는 것으로 여겨졌다. 파브리스는 같은 또래 그 누구보다도 결단력이 있었기 때문에, 차츰 아이들 모두가 그런 징조들을 받아들이게 되었다. 그래서 배를 타는 순간 호숫가에서 교회 사제를 본다거나 까마귀가 왼편에서 날아오르거나 하면, 아이들은 부리나케 배를 자물쇠로 다시 묶고 각자의 잠자리로 돌아가는 것이었다. 이런 일에서 보듯이 블라네스 신부가 파브리스에게 가르친 것은 지극히 까다로운 자신의 학문이 아니었다. 그는 자신도 모르는 사이에 이 아이에게 미래를 예언하는 전조 같은 것에 대한 끝없는 믿음을 불어넣어 주었던 것이다.

후작은 자신이 쓴 암호 문서 때문에 무슨 일이 생기면, 자신은 누이동생의 처분에 몸을 맡기는 신세가 되리라는 사실을 모르지 않았다. 그래서 해마다 피에트라네라 백작부인의 생일인 성 안젤라 축제일에는 파브리스에게 일주일간 밀라노에 가서 지내도록 허락했다. 파브리스는 이 일주일이 오기를 기다리면서, 또 돌아온 다음에는 그때를 그리워하면서 일 년을 보냈다. 이런 의미심장한 일을 치를 때마다 후작은 정치적 여행을 완수하라는 뜻에서 아들에게 4에퀴씩의 여비를 주었고, 동행하는 아내에게는 물론 늘 하던 대로 한 푼도 주지 않았다. 그러나 여행 전날이면 요리사 한 명과 시종 여섯 명, 그리고 마부가 말 두 필을 끌고 코모 호수를 향해 출발했고, 그래서 후작부인은 밀라노에서도 매일 마차를 마음대로 쓰고 열두 명분의 식탁을 차릴 수도 있었다.

성관에 들어박혀 세상을 불평하며 지내는 델 동고 후작의 생활은 확실히 재미가 없었다. 그러나 그것은 이런 생활을 고분고분하게 따르고 있는 가족을 계속해서 부자로 만들어 주는 이점이 있었다. 후작의 일 년 수입은 20만 프랑이 넘었지만 그 4분의 1도 쓰지 않았다. 그는 오직 희망만을 껴안고 살았던 것이다. 그는 1800년에서 1813년까지 13년 동안을 나폴레옹이 6개월 이내에 몰락할 거라고 끊임없이, 그리고 흔들리지 않고 믿었다. 1813년 초, 베레지나강[19]의 참패 소식을 듣게 되자 그는 얼마나 감격했던지! 파리가 점령되고 나폴레옹이 몰락하자 그는 거의 이성을 잃을 지경이었다. 그래서 아내와 누이동생에게 모욕적인 언사를 서슴없이 퍼부었다. 14년을 기다린 끝에 마침내 그는 오스트리아군의 밀라노 입성을 기쁨에 겨워 바라보았다. 빈에서 시달된 명령에 따라 오스트리아 장군은 후작을 대단히 정중하게 맞이했다. 정부의 최고위직 하나가 서둘러 그에게 마련되었고, 후작은 빌려준 돈을 받듯이 그것을 받아들였다. 그의 장남은 오스트리아 왕국의 유수한 연대 중위로 임명되었다. 차남에게는 견습 사관의 자격이 주어졌지만 이 아들은 그것을 받아들이려 하지 않았다. 후작은 유례없는 오만한 태도로 이러한 승리를 누렸으나, 불과 몇 달 만에 끝나고 말았다. 원래 그는 사무적인 재능이 없는 사람이었다. 게다가 종복들과 공증인, 의사에게 둘러싸여 지낸 지난 14년간의 시골 생활은 갑자기 찾아든 노년의 심술궂음과 합해져서 그를 아주 무능한 사람으로 만들고 말았다. 그런데 오스트리아 영토 안에서는 연륜 깊은 군주국의, 느리고 복잡하긴 하지만 꽤 합리적인 행정이 요구되는 이런 중요한 지위를 재능 없이 유지한다는 것은 불가능한 일이었다. 델 동고 후작의 갖가지 큰 실책은 부하들의 원성을 사고 업무의 마비를 초래했다. 당국은 일반 민중들이 되도록 무기력과 무관

---

19) 나폴레옹의 러시아 원정에 있어 1812년 11월 25일에서 29일 사이에 수행된 베레지나강 도하 작전은 전술상 프랑스군의 결정적인 패인이 되었다.

심 속에 잠겨 있기를 바랐는데, 후작은 극우 왕당파적 발언으로 이들을 자극하곤 했다. 그리하여 어느 날 황제는 후작이 제출한 행정관 사직서를 자비롭게 받아들이고 동시에 그를 롬바르디아 베네치아 왕국의 부집사장으로 임명했다. 이를 알게 된 후작은 자신이 그런 가혹한 부정의 희생물이 되었다는 사실에 분개해서, 출판의 자유에 그토록 반감을 갖고 있었음에도 불구하고 한 친구를 시켜 편지 한 장을 인쇄해 뿌리도록 했다. 끝으로 그는 황제에게 글을 올려서 대신들이 황제를 배반하고 있으며, 그들은 모두 자코뱅 당원(급진 공화주의자)들이라는 것을 알렸다. 이런 일들을 마친 후 그는 쓸쓸하게 그리앙타의 성관으로 돌아왔다. 그러나 한 가지 위안거리가 있었는데, 나폴레옹 몰락 후에 밀라노 유력인사 몇 명이 프리나 백작을 노상에서 살해한 것이다. 이 인물은 이탈리아 부왕의 대신(大臣)을 지낸 아주 뛰어난 사람이었다. 피에트라네라 백작은 목숨을 내걸고 그를 구하려 했으나, 그가 우산에 찔려 죽는 것을 막을 수는 없었다. 죽음의 고통이 다섯 시간이나 계속되었다. 이 불행한 대신은 한동안 길 한가운데 도랑에 버려져 있는 것을 사람들이 발견해서 성 지오바니 성당 철책 앞까지 끌어왔는데, 델 동고 후작의 고해신부였던 사람이 그 철책 문을 열어만 주었어도 생명을 구했을 것이다. 그러나 신부는 조롱을 퍼부으며 문을 열어 주지 않았고, 그리하여 여섯 달 후 후작은 흐뭇한 심정으로 그 신부를 승진시킬 수 있었다.

후작은 매제인 피에트라네라 백작을 몹시 싫어했다. 백작은 연금 50루이를 받는 처지에 건방지게도 아주 만족스러워했으며, 자신이 평생 사랑해 온 것에 여전히 충실하다는 사실을 대담하게도 내세우고 있었다. 또한 아무도 받아들이지 않고 후작이 추악한 자코뱅주의라고 부르는 그 정의의 정신을 감히 찬양했다. 백작은 오스트리아 치하에서 관직을 거절했다. 이 거절 때문에 그는 요주의 대상이 되었다. 그래서 프리나가 죽은 지 몇 개월 후, 암살자들에게 돈을 지불했던 바로 그 인사들은 피에트라네라 장군의 투옥 허락을 받아 냈다. 아내인 백작부인은 여행 증명서를 만들고 역마차를 불러 빈으로 가서 황제에게 진상을 호소하려 했다. 프리나의 암살자들은 겁이 났다. 그래서 빈으로 출발하기 한 시간 전, 패거리 중의 하나인 부인의 사촌이 백작의 석방 명령서를 가져왔다. 다음 날 오스트리아의 장군은 피에트라네라 백작을 불러 아주 정중히 맞이하며, 퇴직 연금은 즉시 가장 유리한 조건으로 지불될 것임을 확약했다. 사람 좋은 뷔브나 장군은 재기도 있는 데다 정직했기 때문에 프리마의 암살과 백작의 투옥에 대해 몹시 수치스럽게 여기는 모습이었다.

이런 소동은 백작부인의 굳센 성격 덕분에 가라앉았고, 이후 백작 부부는 뷔브나 장군이 주선해 준 퇴직 연금으로 그럭저럭 생활하게 되었다. 다행히 백작부인은 5, 6년 전부터 아주 부유한 한 청년과 친하게 지내 왔는데, 이 청년은 또한 백작과도 가까운 친구였으므로, 영국 말이 끄는, 당시 밀라노에서 가장 호사스러운 자신의 마차와 스칼라 극장의 특등 좌석과 시골에 있는 자신의 성관을 부부가 마음대로 쓰도록 제공해 주었다. 그런데 백작은 자신의 용기를 의식했고, 의협심이 강했다. 그런 사람이었기 때문에 쉽사리 격해지고 거침없는 말들을 쏟아붓곤 했다. 어느 날 그는 청년들과 어울려 사냥을 갔는데, 그와는 다른 편 군대에서 복무한 적이 있는 한 청년이 치살피나 공화국[20]병사들의 용감성을 우스갯거리로 삼자, 백작은 그를 한 대 갈겼고, 곧 싸움이 벌어졌다. 청년들 전부를 혼자 대적할 수밖에 없었던 백작은 살해되고 말았다. 결투라고 부를 수도 없을 이 싸움이 구설수에 오르자 그 자리에 있었던 사람들은 스위스로 달아나 버렸다.

자포자기라고나 해야 할 가소로운 용기, 즉 입을 꾹 다물고 자신을 교수대에 내맡기는 바보의 용기란 백작부인이 보기에는 가당치도 않은 것이었다. 남편의 죽음에 분노한 그녀는 리메르카티, 즉 친하게 지내는 그 부자 청년이 스위스로 쫓아가 피에트라네라 백작을 죽인 자를 총으로 쏘거나 아니면 한 방 먹여 주기라도 하기를 바랐다.

리메르카티는 이 계획이 어리석은 짓이라고 했다. 그런 그를 경멸하게 된 부인은 그에 대해 이제껏 품어 왔던 호감이 다 사라져 버렸다. 그러나 그녀는 리메르카티에게 한층 더 다정하게 대했다. 청년의 사랑을 일깨운 다음 궁지로 몰아 절망에 빠지게 하려고 마음먹은 것이다. 우리 프랑스에서는 이런

20) 1797년 나폴레옹이 북이탈리아 포강 유역 점령지에 수립한 공화국. 처음에는 롬바르디아 지역을 포괄하였으나 나중에 모데나와 볼로냐까지 확장되었다. 1801년 나폴레옹을 독재적 수반으로 하는 이탈리아 공화국이 되었다가, 1805년 이탈리아 왕국의 창설과 함께 사라졌다.

종류의 복수를 이해하긴 힘들겠지만, 멀리 떨어진 밀라노에서는 지금도 사랑 때문에 절망하기도 하는 것이다. 비록 상복을 입고 있었어도 그 누구도 따를 수 없을 만큼 매력이 넘쳤던 백작부인은 세력 있는 청년들에게 은근한 교태를 흘렸는데, 그들 중 N백작은 부인에게 완전히 마음을 빼앗기고 말았다. 그는 그토록 재기발랄한 부인의 상대가 되기에는 리메르카티가 좀 우둔하고 뻣뻣하다고 늘 말해 오던 사람이었다. 이렇게 되자 그녀는 리메르카티에게 다음과 같은 편지를 썼다.

한 번쯤은 재기 있는 남자답게 행동해 주지 않겠어요? 그러려면 나를 만난 적이 없었다고 생각하시면 된답니다.

약간의 경멸감을 품기는 했지만, 여전히 나는 당신에게 충실하답니다.　　　　　　　　　지나 피에트라네라.

이 편지를 읽은 리메르카티는 자기 성관 중의 한 곳으로 떠나 버렸다. 부인에 대한 연정이 격하게 소용돌이친 나머지 그는 머리가 돌아 버린 것 같았다. 그리하여 그는 권총으로 자기 머리를 쏘아 버리겠다고 나섰는데, 이런 행동은 지옥이 있다고 믿는 나라에서는 보기 드문 일이다. 그는 시골에 도착한 다음 날로 부인에게 청혼 편지를 보냈다. 자신의 연수 20만 프랑도 부인에게 바치겠다고 했다. 부인은 이 편지를 뜯지도 않고 N백작의 시동을 시켜 돌려보냈다. 이렇게 되자 리메르카티는 그로부터 3년 동안 자기 영지에 틀어박혀 지냈다. 두 달에 한번씩 밀라노에 오긴 했지만 계속 머물 용기가 없었던 데다가, 친구들을 붙잡고 부인에 대한 열렬한 연정을 하소연하고 예전에는 부인이 얼마나 자신에게 잘해 주었던가를 세세히 되뇌는 바람에 모두를 귀찮게 했던 것이다. 처음에는 말끝마다 이렇게 덧붙였는데, 즉 'N백작과 사귀면 부인은 신세를 망치고 말리라, 그런 관계는 부인의 명예를 떨어뜨리리라'는 것이었다.

사실 백작부인은 N백작에게 사랑 같은 것은 조금도 느끼지 않았다. 리메르카티가 절망하고 있다는 사실을 확실히 알게 되자 부인은 이런 자기 본심을 백작에게 털어놓았다. 백작은 몸가짐이 반듯한 사람이어서, 이런 괴로운 속사정을 결코 세상에 알리지 말아 달라고 부인에게 부탁했다. 그러고는 "너그러움을 베풀어 당신이 계속해서 나를 애인처럼 보이게 해주신다면, 나도 언젠가는 좋은 지위를 얻을 수 있을 테니까요."라고 덧붙였다.

백작부인은 본심을 이처럼 솔직히 털어놓은 다음부터 N백작의 마차라든가 극장 좌석을 더 이상 이용하지 않으려 했다. 그러나 그녀는 15년 전부터 가장 화려한 생활에 익숙해져 온 사람이었다. 그러니 밀라노에서 1500프랑의 연금만으로 살아야 한다는 어려운, 더 정확히 말하자면 해결 불가능한 문제에 부딪칠 수밖에 없었다. 그녀는 자신의 집을 팔고 다른 집 6층에 방 두 개를 세 얻었다. 시중을 들던 하녀까지 포함해 하인들을 전부 내보냈으며, 대신 수더분한 노파를 들여 집안일을 맡겼다. 사실 이런 희생은 우리가 생각하듯 그리 큰 용기가 필요한 것도, 그리 고통스러운 것도 아니었다. 밀라노에서는 가난이란 조롱거리가 아니었으며, 따라서 가난이 겁나는 사람도 그것을 최악의 불행으로 여기지는 않았다. 몇 달간 이런 도도한 궁핍 생활이 계속되었다. 그사이 리메르카티는 줄기차게 편지를 보내왔고, N백작 역시 청혼 편지를 멈추지 않았으므로 부인은 편지로 둘러싸이고 말았다. 이렇게 되자 매사에 인색하기가 이를 데 없는 후작도 자신의 적들이 누이동생의 가난을 보고 쾌재를 부를지도 모른다는 생각을 하게 되었다. 델 동고 가문의 여자가 빈 궁정에서 장군 미망인들에게 나눠주는 연금을 받아 사는 처지가 되다니! 그럴 수는 없지! 후작 자신이 그 연금에 대해 불만이 많지 않았던가.

후작은 누이동생에게 편지를 써서 그리앙타 성관에 그녀가 지내기에 마땅한 방을 마련해 놓았고, 또 편히 지낼 수 있게 해 주겠다고 전했다. 쉽게 마음이 흔들리는 백작부인은 다른 곳에서 새로운 방식으로 산다는 생각에 기뻐했다. 스포르차 가문이 통치하던 시절에 심어진 아름드리 밤나무들 사이로 당당하게 솟은 그 옛 성관, 그녀가 그 성관을 떠나온 것이 벌써 20년 전의 일이었다. '그곳에 가면 쉴 수 있을 거야. 내 나이에는 그게 행복이 아닐까?'(이제 서른한 살이 된 그녀는 자신이 은퇴할 때가 되었다고 생각하고 있었다.) '마침내 행복하고 평화로운 생활이 내가 태어난 호숫가에서 나를 기다리고 있어.'

그녀의 이런 생각이 옳았는지는 잘 모르겠다. 그러나 확실한 것은 막대한 재산을 손에 넣을 기회를 두 번이나 가볍게 거절해 버린 이 정열적인 여인이 그리앙타성에 행복을 가져왔다는 사실이다. 그녀의 두 조카딸은 좋아서 어쩔 줄 몰랐다. 후작부인은 시누이를 끌어안으며, "아가씨는 내게 젊은 시절 누리던 행복한 날들을 되돌려 주었어요."라고 말했다. "아가씨가 오기 전날만 해도 난 백 살 먹은 노파의 기분이었거든요." 백작부인은 파브리스와 함께 그리앙타 인근의 경치 좋은 곳을 다시 돌아보러 나섰다. 여행자들이 그토록 경탄해 온 풍경들이 바로 이곳에 있었다. 호수 건너편으로 성관을 마주 보는 멜치 별장에 오르면 성 전체가 한눈에 들어왔다. 그 위로는 스폰드라타의 고요하고 아름다운 숲이 펼쳐지다가 문득 튀어나온 곶(串)으로 이어지는데, 이 곳을 경계로 이편은 관능적 쾌락이 넘실거리는 코모 호수, 저편은 호수 한 갈래로 뻗어나가 준엄하게 펼쳐진 레코 호수를 향해 흘러들었다. 세상에서 가장 이름 높다는 나폴리만(灣)의 풍광이 이 숭고하고도 우아한 경치에 버금갈까, 그러나 나폴리조차 결코 이곳을 능가할수는 없다. 백작부인은 어린 시절의 일들을 되새겼고, 그럴 때마다 추억의 감흥에 젖어들며 지금의 느낌과 견주어 보는 것이었다. '코모 호수는 제네바 호수 같지는 않아. 제네바 호반 주위는 온통 잘 경작된 대규모 토지로 둘러싸이는 바람에 금전과 투기가 생각나거든.' 그녀는 생각했다. '여기는 온 사방을 둘러보아도 높고 낮은 언덕들뿐이야. 씨앗이 바람에 날려 움튼 나무가 숲을 이루어 이 언덕들을 뒤덮고 있지. 아직까지는 수익을 탐하는 인간의 손길이 닿아 억지로 바꾸거나 망쳐놓은 적은 없었어. 오묘한 모습을 띤 이 언덕들이 재미있는 경사면을 만들며 호수를 향해 내달리는 광경 속에 잠겨 있다 보니 타소[21]와 아리오스토[22]가 읊었던 그 아름다운 풍광이 환영처럼 떠오르는구나. 모든 것에 기품이 깃들이고 정겹다. 모든 것이 사랑을 속삭이고, 문명의 추한 모습을 드러내는 것은 아무 데도 없다.' 언덕 중턱 울창한 나무 뒤에는 마을들이 숨어 있는 듯했다. 나무 꼭대기 위로 아담한 종루가 맵시 있게 솟아오른 것이 보였다. 밤나무와 버찌나무가 야생으로 자라 우거진 작은 숲 사이로 군데군데 50보나 될까 싶은 작은 밭이 눈에 띄기도 하지만, 거기엔 작물들이 그 어느 곳보다 여물고 탐스럽게 자라고 있어 바라보는 눈길을 싱그럽게 해 주었다. 언덕 꼭대기마다 누구나 한 번쯤 살아 보고 싶은 오두막집들이 있고, 그 너머에는 놀랍게도 눈에 덮인 알프스의 준령이 펼쳐진다. 이 흰 봉우리들의 위엄 있는 모습은 바라보는 사람으로 하여금 인생의 갖가지 불행을 떠올리게 함으로써 오히려 현재의 감각이 주는 행복감을 더 절실히 느끼도록 해 주는 것이다. 나무 숲 아래 숨어 있는 어느 작은 마을에서 울리는 아련한 종소리를 들으면 공상이 날개를 펼친다. 그래서 호수의 수면을 타고 부드럽게 울리는 그 소리가 감미로운 우울과 체념의 음조를 띠며 우리들에게 이렇게 말하는 것 같다. '인생

---

21) 토르콰토 타소(Torquato Tasso, 1544~1595). 이탈리아 르네상스 후기의 위대한 시인. 종교적 서사시 『해방된 예루살렘』(1581), 목가극 『아민다』(1573) 등의 작품이 유명하다.
22) 루도비코 아리오스토(Ludovico Ariosto, 1474~1533). 이탈리아의 시인, 대표작인 서사시 『성난 오를랑도』(1516)는 이탈리아 르네상스의 예술적 경향과 정신적 자세를 완벽히 표현하는 작품이다.

은 너무도 빨리 지나가 버린다. 그러니 눈앞의 행복을 이리저리 재볼 것 없이 어서 그것을 즐겨라.'라고 말이다. 세상 그 어느 곳과도 견줄 수 없는 매혹적인 정경이 속삭여 주는 이 말은 백작부인을 열여섯 살일 적의 심정으로 되돌아가게 만들었다. 자신이 그토록 오랜 세월 동안 호수를 보지 않고 지내온 것이 이상할 지경이었다. 그녀는 생각했다. '그렇다면 행복이란 늙음의 문턱에 들어서서야 깃들이는 것인가!' 그녀는 작은 배를 하나 사서 파브리스, 후작부인과 함께 그 배를 직접 꾸몄다. 가장 화려한 집에 사는 그들이었지만 이런 작은 일에 쓸 만큼의 돈도 없었던 것이다. 후작은 어쩔 수 없이 사직한 다음부터 한층 더 귀족적인 호사를 부리고 있었다. 예를 들어 카데나비아 옆, 유명한 플라타너스 가로수길 가까이로 호수를 메워 열 걸음가량 되는 땅을 얻으려고 제방을 쌓게 했는데, 그 견적이 8000프랑에 달했다. 제방 끝에는 유명한 카뇰라 후작의 설계에 따라 예배당이 세워지고 있었다. 예배당은 전체를 큰 화강암 덩어리를 쌓아 올려 지었다. 예배당 안에는 밀라노의 인기 조각가 마르케지가 후작이 누울 무덤을 꾸몄는데, 그 무덤 위로 조상들의 눈부신 공적을 담은 부조를 빽빽이 새겨 장식할 예정이었다.

파브리스의 형 아스카니오 소후작은 고모 일행의 산보에 끼고 싶었다. 그러나 그의 고모는 분을 바른 그의 머리에 물을 뿌리고, 하루도 빠짐없이 무슨 꼬투리를 찾아내서 그의 점잖은 체하는 태도를 놀려 댔다. 그래서 그는 마침내 이 유쾌한 일행 앞에 자신의 창백하고 큰 얼굴을 드러내지 않게 되었다. 이들은 그가 있는 자리에서는 마음 놓고 웃지도 못했다. 그가 부친인 후작이 보낸 염탐꾼이라고 생각했고, 그 인정머리 없는, 게다가 공직에서 밀려난 이후로 늘상 성질을 부리고 있는 폭군에 대해서는 조심해야만 했던 것이다.

아스카니오는 파브리스에게 복수해야겠다고 마음먹었다.

한번은 파브리스 일행이 폭풍우를 만나 위험에 빠진 적이 있었다. 수중에 지닌 돈이 비록 얼마 안 되기는 했지만, 뱃사공 두 사람에게 두둑이 지불해서 이 일이 후작의 귀에 들어가지 않도록 했다. 후작이 두 딸을 뱃놀이에 데려가는 일에 대해 화를 낸 적이 이미 여러 번 있었던 것이다. 이들은 폭풍우와 또 한 번 마주쳤다. 이 아름다운 호수에는 느닷없이 무시무시한 폭풍우가 밀어닥치기도 하는데, 마주 보는 산들의 양쪽 골짜기로부터 갑작스레 돌풍이 불어와 호수 위에서 서로 겨루기 때문이었다. 폭풍과 천둥에 휘말리자 백작부인이 일단 배에서 내리자고 말했다. 호수 가운데 작은 방만 한 크기의 외딴 바위가 있는데, 그 바위 위에 올라서면 온 사방에서 몰려오는 성난 파도가 자신들을 둘러싸는 흔치 않은 광경을 볼 수 있으리라는 것이었다. 그러나 그녀는 배에서 뛰어내리다가 물에 빠지고 말았다. 파브리스가 그녀를 구하기 위해 뒤따라 물속으로 뛰어들었다. 두 사람은 물살에 아주 멀리까지 떠밀려갔다. 물론 물에 빠진다는 것이 유쾌한 일은 아니다. 하지만 이 일로 너무 놀란 나머지 봉건적 성관에서는 권태가 사라져버렸다. 백작부인은 블라네스 신부의 꾸밈없는 성격을 무척 좋아했으며, 그의 점성술에도 큰 흥미를 느꼈다. 배를 사고 남아 있던 얼마 안 되는 돈으로 작은 고물 망원경을 산 그녀는 거의 매일 저녁마다 조카딸들과 파브리스를 데리고 성의 중세 고딕 탑 망루에 올라가 자리를 잡고 앉았다. 파브리스는 일행 중에서는 박학한 사람으로 통했다. 거기서는 모두들 몇 시간 동안 염탐꾼 걱정 없이 즐거운 시간을 보냈다.

백작부인은 때때로 하루 종일 아무에게도 말을 건네지 않고 지내는 날이 있었다. 그런 날에는 우울한 생각에 잠겨 큰 밤나무들 아래를 거닐고 있는 그녀의 모습이 눈에 띄었다. 너무나 재기가 넘치는 사람이었던 탓에 누군가와 생각을 나눌 기회가 없어 때때로 권태를 느끼지 않을 수 없었던 것이다. 그러나 다음 날이면 그녀는 또다시 예전처럼 웃곤 했다. 부인의 기분이 이렇게 침울해지는 것은 올케인 후작부인이 늘어놓는 여러 가지 푸념에서 촉발되는데, 그렇지 않다면 천성적으로 발랄한 그녀가 침울해지는 경우란 거의 없었다. 후작부인은 이렇게 탄식하곤 했던 것이다.

"우리에게 남아 있는 젊음을 이런 쓸쓸한 성관에서 보내야만 하다니!"

후작부인은 백작부인이 성으로 돌아오기 전까지만 해도 그런 아쉬움을 품을 용기조차 없었다.

1814년에서 1815년 사이의 겨울이 이렇게 지나갔다. 그동안 백작부인이 곤궁함을 무릅쓰고 밀라노에 가서 며칠 묵은 일이 두 번 있었다. 스칼라 극장에서 공연되던 비가노의 아름다운 발레를 보기 위해서였는데, 후작도 아내가 시누이를 따라 나서는 것을 막지는 않았다. 백작부인은 자신의 얼마 되지 않는 연금 석 달 치를 탔고, 거부인 델 동고 후작부인에게는 치살피나 공화국 장군의 빈한한 미망인이 몇 스갱[23]의 돈을 빌려주었다. 여행은 즐거웠다. 옛 친구들을 저녁 식사에 초대하고, 다시 아이들이 된 것처럼 아무 일에나 웃어 대며 마음을 달랬다. '생기'와 즉흥성이 넘치는 이런 이탈리아식의 유쾌함으로 그들은 그리앙타의 분위기를 떨쳐 버렸다. 그곳에 있을 때는 후작과 장남의 눈초리에 눌려 주위 모든 것이 음울했던 것이다. 파브리스는 이제 겨우 열여섯이었지만 일행 중에서 한집안의 대표 역할을 의젓하게 해냈다.

1815년 3월 7일이었다. 백작부인 일행은 그 이틀 전 밀라노로의 즐거운 여행길에서 돌아온 터였다. 그날 이들은 최근에 호수 바로 앞까지 연장된 플라타너스 가로수 길을 산보하고 있었는데, 그때 작은 배 하나가 코모 호수 쪽에서 나타났다. 그러고는 무언가 묘한 신호를 보냈다. 후작의 밀정 한 명이 둑으로 뛰어 올라왔다. 나폴레옹이 주앙만으로 막 상륙했다는 것이었다. 온 유럽이 고지식하게도 그 사건에 깜짝 놀랐지만, 후작은 전혀 놀라지 않았다. 그는 자신의 군주에게 진정 어린 편지를 보냈다. 편지에서 후작은 자신의 재능과 수백만 금의 재산을 군주에게 바치겠노라고 하면서, 군주의 대신들이 파리의 선동자들과 내통하고 있는 급진 공화주의자들이라고 몰아붙였다.

3월 8일 아침 6시, 후작은 훈장을 가슴 가득히 달고 세 번

---

23) 옛 베네치아의 금화이다.

째 정치 문서의 초고를 장남에게 받아쓰게 하고 있었다. 그는 이렇게 초고를 만든 다음 그것을 군주의 초상이 배경 무늬로 들어 있는 종이 위에 엄숙한 태도로 직접 베껴 쓰는 것이었다. 파브리스가 피에트라네라 백작부인의 방으로 가서 이야기를 꺼낸 것도 바로 그때였다.

"떠나겠어요." 하고 파브리스는 말했다.

"나폴레옹 황제의 군대에 들어가겠어요. 그분은 이탈리아의 왕이기도 하니까요. 고모부에게도 그토록 잘해 주셨던 분인데! 나는 스위스를 통해 갈 겁니다. 어젯밤에 기압계 장사인 바지라는 친구가 내게 자기 여행 증명서를 주었어요. 저, 나폴레옹 금화를 몇 개만 주세요. 나한테는 두 개밖에 없거든요. 하지만 돈이 없다면 걸어가지요. 뭐."

백작부인은 기쁨과 걱정이 뒤섞인 울음을 터뜨렸다. "세상에, 어떻게 그런 생각을 다했을까." 그녀는 감탄하며 파브리스의 두 손을 잡았다.

그녀는 일어나 옷장으로 가서 깊이 감추어 둔 작은 주머니를 꺼냈다. 진주 장식이 달린 그 주머니에 든 것이 그녀가 지닌 전 재산이었다.

"자, 받으렴." 그녀가 파브리스에게 말했다. "하지만 절대로 목숨을 버려서는 안 돼! 너를 잃는다면 네 불쌍한 어머니와 나는 모든 것을 잃는 것과 같아. 네겐 상심이 되겠지만 나폴레옹이 다시 일어서는 것은 불가능해. 그의 적들이 그를 파멸시키고 말 거야. 너도 일주일 전 밀라노에서 듣지 않았니? 치밀한 암살 계획이 스물세 번이나 꾸며졌었다는 이야기를. 그가 암살을 모면한 것은 오직 기적 덕분이었어. 게다가 당시는 아직 그가 막강한 권력을 쥐고 있었을 때였는데도 말이야. 너도 알다시피 우리 적들이야 그를 없애지 못해 안달이 난 데다가, 프랑스는 그가 떠난 이후로 아무 힘도 쓰지 못하거든."

백작부인이 파브리스에게 나폴레옹의 장래 운명에 대해 이야기할 때, 그 어조는 격한 감정으로 떨렸다. "네가 나폴레옹 군대에 들어가도록 허락하는 것은 이 세상에서 내게 가장 소중한 것을 그를 위해 희생한다는 뜻이지." 파브리스의 두 눈이 촉촉해졌다. 백작부인을 껴안을 때는 마침내 눈물을 펑펑 쏟았지만, 떠나겠다는 결심은 한순간도 흔들리지 않았다. 그는 사랑하는 고모에게 자신이 이런 결심을 하게 된 이유를 전부 이야기했다. 그런데 그가 진심으로 털어놓은 그 이유라는 것이 우리가 보기에는 참 재미있는 것이었다.

"어제 저녁, 6시 7분 전쯤 우리는 카사 소마리바 아래 플라타너스 가로수 길을 따라 호숫가를 산책하고 있었잖아요. 우린 남쪽을 향해 걷고 있었지요. 그때 나는 저 멀리 코모 호수로부터 배가 오는 것을 보았어요. 그런 일은 처음인데, 그 배는 아주 중요한 소식을 전해 주었지요. 나는 나폴레옹 황제 생각은 전혀 못 하고 배를 바라보면서, 저렇게 이곳저곳을 여행할 수 있는 사람은 얼마나 좋을까 부러워만 하고 있었는데, 별안간 어떤 깊은 감동이 치밀어 오르는 거예요. 배를 기슭에 대고 밀정이 낮은 목소리로 아버지에게 무슨 말을 하자, 아버지는 안색이 확 변했고 우리를 불러 '끔찍한 소식'이라면서 그 일을 전해 주었지요. 나는 기뻐서 글썽이는 눈물을 숨기려고 호수 쪽으로 얼굴을 돌렸는데, 그때 갑자기 저 하늘 높이 오른편으로 독수리 한 마리가, 그 나폴레옹의 새가 날고 있는 것이 눈에 띄었어요. 새는 위엄 있게 스위스 쪽으로 그러니까 파리를 향해 날아가고 있었던 거예요. 그 순간 이렇게 생각했어요. '나 또한 저 독수리처럼 빠르게 스위스를 넘어가리라. 그래서 그 위대한 분에게 내가 보탤 수 있는 모든 힘을 바치리라. 비록 보잘것없는 힘이지만 말이다. 그분은 우리에게 조국을 주려 했고, 또 고모부를 사랑하셨다.' 그러고는 다시 한번 독수리를 쳐다보자 이상하게도 더 이상 눈물이 나지 않았어요. 그건 이 생각이 하늘에서 내려 준 것이라는 증거가 아니겠어요. 그 순간 나는 주저 없이 결심했어요. 그러자 길을 떠날 방법이 떠오르는 거예요. 고모도 알다시피 내 생활은 서글펐고 특히 일요일에는 더 그랬는데, 그런 우울함이 천상에서 불어온 바람에 날려가듯 순식간에 사라져 버렸어요. 내 눈앞에 이탈리아의 위대한 영상이 떠올랐어요. 독일인들이 우리 이탈리아를 진흙 구덩이에 밀어 넣었지만 이탈리아는 다시 떨치고 일어나는 거예요.[24] 이탈리아는 여전히 쇠사슬에 반쯤 묶인 채 그 상처투성이 두 팔을 황제이자 해방자를 향해 내뻗고 있었지요. 나는 이렇게 생각했어요. '나는 이 불행한 조국의 이름 없는 아들이다. 나는 가리라. 가서 저 풍운의 인물과 함께 죽든가 승리를 얻든가 하리라. 그분은 유럽 땅에서도 가

---

24) (원주)지금 이 인물은 정열에 넘쳐서 이렇게 말하고 있는데, 이 말은 유명한 시인 몽티의 시 몇 구절을 산문으로 옮긴 것이다.

장 비굴하고 천박한 인간들이 우리에게 안겨준 모욕감을 씻어 주었다.'"

"고모도 아는 일이지만." 하고 파브리스는 백작부인에게 몸을 붙이며 낮은 목소리로 말했다. 뚫어질 듯 쳐다보는 그의 눈에는 불꽃이 반짝였다. "내가 태어나던 겨울에 어머니께서 어린 마로니에 나무를 손수 심었지요. 여기서 8킬로미터쯤 떨어진 우리 숲의 큰 샘 근처에 말이에요. 나는 다른 일 다 제쳐두고 우선 그 나무를 보고 싶었어요. 이런 생각이 떠오른 거예요. '그래! 이제 겨우 봄이 왔지만, 그래도 만약 내 나무가 파릇파릇한 잎을 틔우고 있다면 그건 내게 보내는 신호인 거야. 이 음울하고 냉기가 도는 성에서 시들고 있던 나도 역시 그런 마비 상태에서 빠져나와야만 하는 거야.'라고 말이에요. 오래되어 거무스름해진 이 성벽, 예전에는 폭압의 수단이었고 지금도 그 상징으로 남아 있는 이 성벽이야말로 진짜 음울한 겨울철의 모습이 아니겠어요? 겨울이라는 계절이 내 나무를 움츠리게 하듯이 이 성벽이야말로 내게는 겨울 같은 곳이에요."

"믿을 수 있겠어요, 지나 고모? 어제 저녁 7시 반, 내 마로니에 나무가 있는 곳으로 갔는데, 나무에는 잎이 나 있었어요. 귀여운 작은 잎들이 돋아나 벌써 꽤 크게 자라고 있었던 거예요. 나는 그 나뭇잎들이 다치지 않도록 살짝 입맞추었어요. 그 소중한 나무 둘레의 흙도 북돋아 주었고요. 경건한 마음이 들었어요. 그리고 나서 곧 새로운 흥분에 휩싸여 산을 넘어 메나지오에 갔어요. 스위스로 들어갈 여행 증명서가 있어야 했거든요. 시간이 언제 그렇게 빨리 지나갔는지, 내가 바지의 집에 도착했을 때는 벌써 새벽 1시가 되어 있더군요. 그를 깨우려면 문을 한참 두드려야겠구나 하고 생각했는데, 그는 잠자리에 들지 않고 있었어요. 그의 친구 세 명도 같이 있었지요. 내가 첫마디 말을 꺼내자, 그가 이렇게 외치는 거예요. '자네가 나폴레옹 군대에 들어간다니!' 그리고 달려들어 내 목을 껴안았어요. 다른 세 명도 감격해서 나를 얼싸안았고요. 한 사람은 '아이고 내가 왜 결혼을 해 가지고!'라며 한탄하는 거예요."

피에트라네라 백작부인은 생각에 잠겼다. 부인은 파브리스의 말을 들으면서 그에게 무언가 자제할 만한 이야기를 해야겠다고 생각했다. 만약 파브리스가 조금이라도 세상 경험이 있었더라면, 사실 고모 스스로도 자신이 서둘러 일러 주는 이치라는 것들을 믿지 않는다는 걸 금방 알아차렸을 것이다. 그러나 그는 세상 경험이 없었기 때문에 더욱더 굳은 마음을 먹을 수 있었다. 그는 고모의 이야기를 들으려 하지도 않았다. 고작해야 백작부인은 그에게서 자신의 계획을 어머니에게 알리겠다는 약속을 얻어 냈을 뿐이었다.

"어머니는 누이들에게 이 일을 알릴 거고, 그러면 그네들은 그러려고 마음먹은 것은 아니더라도 수선을 피워 내 계획이 새 나가게 할 거예요." 파브리스는 영웅이나 된 듯 거만하게 말했다.

"여성에 대해 이야기할 땐 존중심을 좀 가지렴." 백작부인은 눈물을 글썽이면서도 조금 웃었다. "너의 행운을 이루어 주는 것은 여자일 테니까. 넌 남자들에게는 거슬리는 데가 있고, 세

속에 물든 사람들이 보기에는 너무도 열정적이거든."

후작부인은 아들의 느닷없는 계획을 듣자 울음을 터뜨렸다. 그녀는 아들의 결심이 장하다는 생각은 조금도 들지 않았다. 그래서 어떻게든 아들을 붙잡아 두려고 했다. 그러나 감옥에 가두어 두지 않는 한, 아들이 떠나는 것을 막을 수 없다는 사실을 깨닫고 나서 차라리 자신이 갖고 있던 돈을 모아 그에게 주었다. 그런 다음 문득 전날 후작이 밀라노에 가서 세공하라고 맡긴 아홉 개가량의 다이아몬드에 생각이 미쳤다. 그것은 아마도 만 프랑의 값어치는 될 것이었다. 백작부인이 그 다이아몬드들을 우리 주인공이 입고 갈 옷 속에 넣고 꿰매고 있을 때 파브리스의 누이들이 어머니의 방으로 들어왔다. 파브리스는 한 푼도 없이 남을 이 가엾은 여인들에게 그들의 귀중한 나폴레옹 금화를 돌려주었다. 그의 계획을 들은 누이들이 몹시 흥분해서 환성을 지르며 그를 포옹하는 바람에 파브리스는 아직 옷 속에 숨기지 못한 다이아몬드 몇 개를 손에 쥐고 그냥 떠나려 했다. 그가 누이들에게 말했다.

"너희들 때문에 이 계획이 탄로 나고 말 거야. 그럴 마음이야 없겠지만." 그리고 "돈은 충분하니까 옷가지는 가져가지 않아도 돼요. 그런 건 어디서든 살 수 있어."라고 말하고는, 사랑하는 사람들을 포옹하고 즉시 출발했다. 자기 방에 들를 생각도 하지 않았다. 그는 말을 탄 사람들이 쫓아올까 봐 아주 빨리 걸었기 때문에 그날 저녁에는 루가노에 도착했다. 운 좋게 스위스 마을에 다다른 것이다. 거기서부터는 외진 길에서라도 부친이 매수한 헌병들에게 습격당할 염려는 없었다. 거기서 그는 아버지에게 그럴 듯한 편지를 썼다. 이런 어린애 같은 나약한 짓이 오히려 후작의 노여움을 부채질했다. 파브리스는 역마차를 타고 생고타르를 지났다. 여행은 거칠 것이 없었다. 이어 퐁타르리에를 통해 프랑스 땅으로 들어갔다. 나폴레옹 황제는 파리에 있었다. 여기서 파브리스의 불운이 시작되었다. 그는 출발하면서 황제에게 직접 말을 하려는 결심을 단단히 품고 있었다. 그것이 얼마나 어려운 일인가는 전혀 생각해 보지도 않았던 것이다. 밀라노에 있을 때는 하루에도 열 번씩 으젠느 공을 만났고, 하려고만 했으면 그에게 말을 건넬 수도 있었다. 그러나 파리에서는 매일 아침 튈르리 궁전 광장으로 나폴레옹의 열병식을 보러 가긴 했지만 황제에게는 가까이 갈 수조차 없었다. 우리 주인공은 프랑스인이라면 모두 자기처럼 조국이 직면해 있는 중대한 위기를 깊이 우려하는 줄로 믿고 있었다. 그는 자신의 계획과 황제에 대한 헌신적인 마음을, 잠시 머물고 있는 여인숙의 식탁 앞에서 그대로 털어놓았다. 친절하고 상냥한 젊은이들도 만났다. 이들은 파브리스 자신보다도 더 애국심에 불타는 것 같았다. 그러나 며칠 후 이들은 파브리스의 돈을 몽땅 훔쳐가 버렸다. 다행히 그는, 오직 겸손한 마음으로 그랬던 것이지만, 어머니에게서 받은 다이아몬드에 대해서는 말하지 않았다. 밤새 술을 퍼마시고 떠들어 댄 다음 날 아침 깨어난 그는 자신이 분명 도둑을 맞았다는 사실을 알았다. 그는 상인한테 튼튼한 말 두 필을 사고 그의 병정 출신 마부를 하인으로 고용했다. 그리고 말주변만 좋은 프랑스 청년들을 경멸하면서 군대를 향해 떠났다. 그 군대가 모뵈주

방면에 집결해 있다는 사실 외에는 아무것도 아는 것이 없었다. 국경에 닿자마자 그는 자신이 집 안의 따뜻한 벽난로 앞에서 몸을 녹이고 있는 것이 가당찮게 여겨졌다. 병사들은 야영을 하고 있는데 말이다. 그래서 분별 있는 하인의 만류도 뿌리치고 무모하게도, 벨기에로 향하는 도로 위의 최전방 야영지로 달려가 합류했다. 그가 도로 옆에 배치된 첫 번째 대대에 들어서자마자 병사들은 이 말끔한 청년을 힐끔거리기 시작했다. 청년의 차림새로 보아 어느 한 군데서도 군인 티를 찾아볼 수 없었던 것이다. 밤이 되자 바람이 차가워졌다. 파브리스는 모닥불 곁으로 가서 돈을 내밀며 불을 쬐게 해달라고 청했다. 병사들은 무엇보다 돈을 치르겠다는 말에 놀라 서로 얼굴을 쳐다보고는, 친절하게도 불을 쬘 수 있는 자리를 내주었다. 하인이 그에게 바람을 피할 수 있는 자리를 그럭저럭 마련해주었다. 그러나 한 시간 후 연대 부관이 야영지 옆을 지나가자 병사들은 그에게 가서 프랑스 말이 서투른 외국인이 온 사실을 보고했다. 부관은 파브리스를 심문했다. 파브리스는 부관에게 자신이 얼마나 황제를 열렬히 숭배하고 있는지를 이야기했는데, 이렇게 말하는 그의 어설픈 프랑스어는 꽤 수상쩍은 데가 있었다. 이 하사관은 파브리스에게 인근 농가에 있는 연대장 숙소까지 따라오라고 했다. 파브리스의 하인이 말 두 필을 몰고 다가왔다. 그걸 보자 깜짝 놀란 하사관은 생각을 바꿔 하인도 심문하기 시작했다. 병사 출신인 이 하인은 마주한 심문자가 구상하고 있던 전투 작전을 눈치 채고는 선수를 쳐야겠다는 생각에, 자기 주인에게는 유력한 보호자가 있다는 이야기를 꺼내면서, 그러니 말을 '가로챌' 생각은 아예 말라고 덧붙였다. 그러자 부관이 부른 병사가 곧 그의 목덜미를 잡았고, 다른 병사가 말들을 가져가 버렸다. 부관은 파브리스에게 군말 말고 따라오라고 쌀쌀맞게 명령했다.

사방으로 지평선을 비추는 야영지의 불빛 때문에 오히려 한층 더 어둠이 깊어 보이는 암흑 속을 10분쯤 걸어간 다음 부관은 파브리스를 헌병 장교 한 명에게 인도했다. 헌병 장교는 그에게 심각한 표정으로 증명 서류를 보자고 했다. 파브리스는 여행 증명서를 내보였는데, 거기에는 상품을 운송 중인 기압계 상인이라고 적혀 있었다.

"바보 같은 놈들, 이건 너무 한심한 속임수잖아!" 헌병 장교가 소리쳤다.

그는 우리 주인공에게 여러 가지 질문을 퍼부었다. 파브리스는 열정이 넘치는 단어를 써가며 황제와 자유에 대해 이야기했다. 헌병 장교가 미친 듯이 웃어 댔다.

"맙소사! 자넨 정말 솜씨도 없군!" 그가 말했다. "자네 같은 애송이를 우리에게 보내다니, 좀 지나쳤어!" 그리하여 이제 파브리스가 자신이 사실은 기압계 상인이 아니라는 걸 애써 설명했지만, 장교는 그가 무슨 말을 해도 듣지 않았고, 결국 그를 B 감옥으로 보내고 말았다. 감옥이 위치한 곳은 이웃의 작은 마을이었는데, 우리의 주인공은 새벽 3시경에야 그곳에 도착했다. 그는 분해서 어쩔 줄 몰랐지만 곧 쓰러질 듯이 지쳐 있었다.

파브리스는 자신에게 일어난 일이 뭐가 뭔지 전혀 몰랐다. 처음에는 놀라고 다음에는 화가 치미는 상태로 33일간을 그

초라한 감옥에서 보냈다. 그는 주둔군 사령관에게 연이어 편지를 썼다. 그 편지를 맡아서 전달해 준 사람은 감옥지기의 아낙으로서, 서른여섯 살의 예쁜 플랑드르 여자였다. 그런데 사실 이 여자는 귀여운 청년을 총살당하게 하고 싶지 않았으며 게다가 그가 돈도 잘 치러 주었기 때문에 그의 편지들을 전부 불속에 차례로 던져 버리고 말았다. 그녀는 저녁 느지막이 찾아와 죄수의 하소연을 들어 주곤 했다. 여자는 남편에게 저 애송이가 돈을 갖고 있다라는 말을 했다. 그러자 꿍꿍이셈이 있던 감옥지기는 파브리스의 일이라면 못 본 체해 주었다. 그녀는 남편의 묵인하에 나폴레옹 금화 몇 닢을 챙겼다. 연대 부관이 뺏어간 것은 말뿐이었고 헌병 장교 역시 아무것도 몰수하지 않았던 것이다. 6월 어느 날 오후 파브리스는 꽤 멀리서 울리는 대포 소리를 들었다. '마침내 전투가 시작되었구나!' 그의 가슴은 초조감으로 달아올랐다. 마을 쪽에서도 시끄러운 소음이 들려왔다. 실제로 대규모 이동이 이루어지고 있어서, 세 개 사단이 B감옥 앞을 지나갔다. 그날 저녁 11시경, 감옥지기의 아내가 파브리스의 고통을 함께 나누려고 왔을 때, 그는 여느 때보다 한층 더 친근하게 굴었다.

그녀의 두 손을 잡고는 말했다. "나를 여기서 내보내 줘요. 전투가 끝나자마자 다시 이 감옥으로 돌아올 테니. 정말 맹세할게요."

"허튼소리 말아요! 퀴뷔스[25]는 좀 있어요?"

---

25) 라틴어 속어로 돈을 뜻한다.

그는 걱정스러운 듯한 표정을 지었다. 퀴뷔스란 말이 무얼 뜻하는지 몰랐던 것이다. 옥리의 아낙은 그 표정을 보자 이젠 그의 주머니가 바닥이 났다고 판단하고, 원래 작정대로 나폴레옹 금화 이야기를 꺼내는 대신 프랑 단위로만 이야기했다.

"이봐요, 100프랑만 내놓는다면, 밤에 보초 교대하러 오는 하사의 두 눈에다 나폴레옹 금화를 하나씩 붙여 드리지. 당신이 감옥에서 나가는 걸 보지 못하도록 말이야. 그리고 그 하사의 연대가 오늘 중으로 철수할 예정일 바에야 그가 거절할 이유가 없지 않겠소."

거래는 곧 성사되었다. 옥리의 아낙은 파브리스를 자기 방에 숨겨 주겠다고 했다. 그곳에서라면 다음 날 아침에 더 쉽사리 달아날 수 있을 것이었다.

다음 날 동이 트기 전 온통 측은한 마음에 잠겨 있던 그 여자가 파브리스에게 이렇게 말했다.

"젊은이. 당신은 이런 떳떳지 못한 짓을 하기에는 너무 어려. 이젠 정말 다시는 오지 말아요."

"아니 뭐라고요!" 파브리스는 이렇게 계속 외치기만 했다. "자신의 조국을 지키려고 한 것이 죄라니요?"

"아이고, 그만해요. 내가 당신 생명을 구해 주었다는 걸 잊지 말고. 당신 경우는 보나 마나지. 총살당했을 게 뻔해. 하지만 누구에게도 이 일을 말해선 안 돼요. 남편과 나는 이 일자리를 잃고 말 테니까. 특히 당신의 그 서투른 이야기, 밀라노 신사인데 기압계 장사로 위장했다는 둥의 이야기는 다시는 꺼내지 말아요. 너무 바보 같은 짓이니까. 내 말을 잘 들어요. 그저께 감옥에서 죽은 경기병의 옷을 당신에게 가져다줄게요. 되도록 말을 하지 말아요. 그러나 중사나 장교가 질문을 해서 뭐라도 대답하지 않을 수 없게 되면, 병이 나서 농가에 머물러 있었다고 해요. 길 옆 도랑에 처박힌 채 열이 나서 떨고 있는 것을 농부가 불쌍히 여겨 자기 집으로 데려갔다고 말이야. 그렇게 대답해도 미심쩍어하면 본 연대에 복귀하러 가는 길이라고 말해요. 아마 당신 억양이 어색해서 이것저것 트집을 잡을 텐데, 그럴 때는 피에몬테 출신이고, 작년에 프랑스에 주둔해 있었던 신병이라고 둘러대요."

속만 끓이며 33일을 보낸 끝에 파브리스는 이제야 처음으로 자신에게 일어난 모든 일의 진상을 알게 되었다. 사람들이 자신을 첩자라고 생각하고 있었던 것이다. 그는 아낙과 이야기를 나누며 자초지종을 따져 보았다. 마침 그날 아침 그녀는 아주 상냥했다. 그는 여자가 바늘을 들고 경기병 제복을 줄이고 있는 동안 마침내 자신의 이야기를 똑똑히 털어 놓았다. 여자는 아주 놀랐다. 잠시 그녀는 그의 말을 믿는 눈치였다. 그는 정말 순진해 보였고, 경기병 제복을 입은 모습이 너무나 멋졌던 것이다.

"당신이 그리도 전쟁을 하고 싶어 하니." 하고 마침내 반쯤은 설득된 그녀가 말했다. "파리에 도착해서는 곧장 어느 연대에 들어갔어야 했을걸. 중사에게 술값만 쥐여 주었더라도 당신 일은 해결되는 건데!" 옥리의 아낙은 앞일에 대해 이것저것 충고를 늘어놓다가 마침내 동틀 무렵 그를 보내 주었다. 무슨 일이 있어도 본래 이름을 대지 말라고 수없이 다짐시킨 후였다. 파브리스는 겨드랑이에 경기병의 칼을 차고 씩씩하게 걸어서 그 작은 마을을 빠져나왔다. 그때 문득 어두운 생각이 떠올랐다. '지금 나는 감옥에서 죽은 경기병의 옷을 입고 그의 이동 명령서를 지니고 있다. 아마 암소 한 필과 은식기 몇 벌을 훔친 죄로 갇힌 자였던 모양인데! 말하자면 나는 이제 그 자가 된 셈인가…… 이건 바란 적도 없고 전혀 예상도 못 했던 일이다. 감옥을 조심해라! ……이 일은 틀림없는 전조이다. 앞으로 내가 감옥에서 꽤 고생하게 될 거라는 전조 말이다.'

파브리스가 그 고마운 여자와 헤어진 지 한 시간도 못 돼서 비가 세차게 내리기 시작했다. 이 신참 경기병은 발에 맞지도 않는 투박한 군화가 거북해서 걸음도 떼어 놓지 못할 정도였다. 볼품없는 말을 탄 농부와 마주쳤다. 그는 손짓으로 뜻을 전달해서 그 말을 샀다. 옥리의 아낙이 억양이 이상하다고 일러준 대로 되도록 입을 열지 않은 것이다.

그 직전에 리니 전투에서 승리를 거두었던 군대는 그날은 브뤼셀을 향해 행군하고 있었다. 바로 워털루 전투가 벌어지기 전날이었다. 정오경, 아직도 비가 억수같이 쏟아지는 와중에 파브리스는 포성을 들었다. 이 행운은 부당한 투옥이 그에게 안겨 주었던 끔찍한 절망의 순간들을 완전히 잊게 해 주었다. 그는 밤이 아주 이슥해지도록 걷다가, 한길에서 상당히 떨어진 거리에 있는 농부의 집으로 가서 묵었다. 이제 어느 정도 분별이 생기기 시작했던 것이다. 그 집 농부는 울면서 모든 것을 약탈당했노라고 하소연했다. 파브리스는 그에게 에퀴 한 닢을 주고 귀리를 얻어 냈다. 파브리스는 생각했다. '이 말은 보잘것없지만, 뭐 상관없어. 연대 부관 중에는 이 말에라도 탐을 낼 사람이 있을걸.' 그는 외양간으로 가서 말 곁에서 잤다. 다음 날 동트기 한 시간 전에 파브리스는 한길로 나섰다. 말을 잘 쓰다듬어 준 덕분에 빠른 걸음으로 몰 수 있었다. 5시경 포성이 들려왔다. 그것이 워털루 전투의 서곡이었다.

3장

얼마 안 가 파브리스는 군대를 따라다니며 술을 파는 여자들을 만났다. B감옥의 옥리 아낙에게 고마운 마음을 갖고 있던 터라 그는 이 여자들에게 말을 걸고 싶었다. 그래서 그는 한 여자를 붙잡고 경기병 제4연대가 어디에 있는지 물었다. 거기가 자신이 가서 합류해야 할 연대였던 것이다.

"그렇게 서둘지 않아도 돼요, 젊은 병사 양반." 군영을 따라다니는 이동 매점의 주인 여자가 파브리스의 창백한 얼굴과 아름다운 눈에 마음이 끌려 말했다. "당신같이 연약한 손목을 갖고서는 오늘 벌어질 싸움에서 칼도 휘둘러 보지 못할 것 같구면. 총이라도 갖고 있다면 말이 다르지만. 다른 이들을 따라서 총알이나 쏴 대게 말이에요."

이 충고는 파브리스의 기분을 상하게 했다. 그러나 아무리 말을 몰아 대도 그 여자의 매점 마차를 앞지를 수 없었기에 두 사람은 나란히 가게 되었다. 간간이 들려오던 포성이 점점 가까워졌다. 요란한 포성 때문에 서로의 말소리를 잘 알아들을 수 없었지만, 그럼에도 불구하고 파브리스는 마음속에 넘쳐나는 열정과 행복감을 주체하지 못해 다시 여자에게 이야기를 시작했다. 그녀가 대꾸하는 한마디 한마디가 그로 하여금 자신의 행복감을 새록새록 느끼게 해 주었다. 그는 그 선량해 보이는 여자에게 자신의 본명과 탈옥했던 일만 빼놓고 모든 이야기를 털어놓고 말았다. 여자는 이 잘생긴 젊은 병사의 말을 들으며 몹시 어리둥절해했고, 그 내용을 전혀 이해하지 못하고 있었다.

마침내 그녀는 외쳤다. "이제 무슨 말인지 알겠네." 무언가를 해냈다는 의기양양한 표정이었다. "당신은 경기병 4연대의 어느 대장 부인과 사랑에 빠진 돈 많은 청년이구먼요. 당신이 입고 있는 기병 제복도 그 애인이 선물한 것일 테고. 그렇게 해서 지금 애인 뒤를 쫓아가는 거군요. 내가 하늘에 걸고 장담하건대 당신은 절대 군인이 아닐걸. 하지만 정직한 젊은이라서 그 연대가 전투를 벌이고 있는 이상 못 본 체할 수 없다는 거겠죠. 겁쟁이 취급받기가 싫어서 말이지."

파브리스는 전부 맞다고 대꾸해 주었다. 그러는 것이 여자의 도움을 얻을 수 있는 유일한 방법이었기 때문이다. '프랑스 사람들의 행동 방식은 도통 알 수 없어.' 그는 생각했다. '그러니 누군가의 도움을 받지 못하면 또다시 말을 도둑맞고 감옥에 갇힐지도 몰라.'

그에게 점점 친밀감을 느낀 매점 여자가 말했다. "우선, 젊은이, 스물다섯 살이라는 말이 사실이 아니라고 털어봐요. 기껏해야 열일곱 살이 고작일걸."

그것은 사실이었다. 파브리스는 순순히 시인했다.

"그러니 당신은 신병 등록도 못했을 텐데, 순전히 그 부인의 아름다운 눈 때문에 뼈를 부러뜨릴 작정이구면. 원 참! 그 부인도 지나친 걸 요구했어. 그녀가 당신에게 주었다는 금화가 아직도 몇 개 남아 있다면 우선 다른 말을 한 놈 사야 돼요. 자 봐요, 좀 가까운 데서 대포 소리가 나니까 당신의 시원찮은 늙은 말이 귀를 쫑긋 세우잖아요. 이런 농부의 말은 전투 대열에 들어서자마자 일을 내고 말 거야. 당신은 목숨을 잃게 되는 거지. 울타리 너머 보이는 저 하얀 연기가 바로 일제 사격이야, 젊은이! 그러니 총탄이 휙휙 날아오는 소리를 듣게 되면 어지간히 겁먹을 차비를 해야 해요. 아직 시간이 있을 때 뭔가 좀 먹어 두는 게 좋을걸요."

파브리스는 여자의 말을 따랐다. 그래서 나폴레옹 금화 한 닢을 그녀에게 내밀면서 치러야 할 값을 계산해 달라고 했다.

"참 보기 딱하군!" 여자는 큰소리로 말했다. "젊은이는 돈 쓰는 법조차 모르네! 내가 당신이 내민 금화를 받아 쥐고 말을 치달리면 그걸로 끝이잖아요. 당신의 그 시원찮은 말로는 나를 따라잡지 못할걸. 내가 도망가면 어쩔 거요, 이 바보 같은 사람아. 잘 알아 둬요. 대포가 터질 때는 결코 금화를 내보이는 법이 아니야. 자 받아요. 여기 18프랑 50상팀이 있어요. 당신 식사값은 30수니까. 이제 곧 주인을 잃어 되파는 말들을 볼 수 있을 거요. 말이 작을 경우는 10프랑만 줘요. 아무리 에 몽 사형제가 타던 말이라 해도,[26] 하여간에 20프랑 이상은 절 대 주면 안 돼요."

파브리스가 점심 식사를 끝냈을 때 어떤 여자가 밭을 가로 질러서 큰길로 올라왔다. 그 바람에 여전히 우쭐거리는 훈계 조로 긴말을 늘어놓고 있던 매점 여자도 말을 그쳤다. 다가온 여자가 외쳤다.

"어이 이봐, 마르고. 너의 경기병 6연대는 오른쪽에 있어."

"난 이제 그만 가 봐야 돼요, 젊은이." 매점 여자가 우리 주 인공에게 말했다. "그런데 당신을 보니 정말 마음이 안됐네. 젊 은이가 좋아졌어, 제기랄! 이렇게 아무것도 모르니, 틀림없이 호되게 당하고 말 텐데! 나와 함께 6연대로 갑시다."

"나도 내가 아무것도 모르는 줄은 알아요." 파브리스는 그 녀에게 말했다. "하지만 난 전투를 해 보고 싶고, 그래서 저 흰 연기 나는 쪽으로 가기로 마음먹었어요."

"봐요, 당신 말이 귀를 움찔거리잖아요! 이 말이 아무리 보 잘것없다고는 해도 그곳에 가자마자 주인은 아랑곳없이 마구 날뛰기 시작할 힘은 있어요. 말이 어느 쪽으로 치달릴지는 아 무도 모르는 거고. 내 이야기대로 해요. 병사들을 만나면 총 과 탄약 주머니를 주워 차고, 병사들 곁에 앉아서 그들이 하 는 대로 똑같이 따라해요. 아이고, 하지만 당신은 탄약통을

---

26) 준마를 타고 샤를마뉴 황제에 대항해서 용감하게 싸웠다는 에몽공(公) 의 네 아들의 전설을 가리킨다.

여는 법조차 모를 거야."

파브리스는 기분이 퍽 상했다. 그러나 이제 막 사귄 여자에게 그녀가 바로 알아맞혔다는 사실을 털어놓지 않을 수 없었다.

"가엾은 젊은이! 곧장 큰일을 당하고야 말겠군. 불을 보듯 뻔한 일이지! 얼마 안 가 곧 그럴 거라고. 그러니 좌우지간 나와 함께 가야 해요." 여자는 강제로라도 데려갈 듯이 말했다.

"하지만 난 싸우고 싶어요."

"싸울 수 있어요. 경기병 6연대도 명성이 자자하고 또 오늘은 누구든 싸우게 되어 있으니까."

"그런데 당신네 연대가 여기서 가까운가요?"

"고작 15분만 가면 돼요."

파브리스는 생각했다. '이 정직한 여자가 내 이야기를 해 주면, 내가 아무것도 몰라 보여도 첩자로 오인받지는 않을 거고 전투에도 낄 수 있을 거야.' 바로 그 순간 대포가 연달아 터지기 시작했다. '마치 염주 알이 이어지는 것 같잖아.' 하고 파브리스는 중얼거렸다.

"이젠 일제 사격 소리를 분간하겠더라고." 여인이 총소리에 흥분한 자신의 작은 말을 한 대 후려치면서 말했다.

매점 여자는 오른쪽으로 돌아서 목장 한가운데를 가로지르는 길로 들어섰다. 그 길은 발이 30센티미터 빠지는 진창이었다. 작은 마차는 꼼짝 못 하고 이 진흙길에 처박힐 판이었다. 파브리스는 마차 바퀴를 밀어 댔다. 그의 말은 두 번이나 쓰러졌다. 얼마 안 가서 풀밭 사이의 오솔길이 나왔다. 여기는 좀 덜 질척거렸다. 500걸음이나 갔을까, 파브리스의 늙다리 말이 걸음을 딱 멈추었다. 송장 하나가 오솔길에 가로 누워 있었다. 그 광경을 보고 말이나 말을 탄 사람이나 모두 깜짝 놀랐던 것이다.

파브리스의 얼굴은 원래가 좀 창백했지만 이제 아주 짙은 녹색이 되어 버렸다. 매점 여자는 송장을 바라보고는 혼잣말처럼 중얼거렸다. '이 작자는 우리 연대가 아닌데.' 그리고 눈을 들어 우리 주인공을 쳐다보더니 웃음을 터뜨렸다.

"하! 하! 애송이 양반, 이것 참 맛있어 보이지!" 하고 그녀는 큰소리로 놀려 댔다. 파브리스는 몸이 얼어붙어 버렸다. 무엇보다도 충격을 준 것은 신발이 이미 달아나 버린 두 발의 더러움이었다. 시체는 피가 범벅된 낡은 바지만 걸치고 있었다.

"가까이 와 봐요." 매점 여자가 그에게 말했다. "말에서 내려요. 이런 일에 익숙해져야 돼요. 이런, 머리를 총에 맞았군."

총알은 코 옆으로 들어가 반대편 관자놀이를 꿰뚫고 나와 죽은 이의 얼굴을 아주 볼썽사납게 만들어 놓았다. 시체는 한쪽 눈을 뜨고 있었다. 여자가 말했다.

"말에서 내리라니까, 젊은이. 그리고 손을 한번 잡아봐요. 반응이 있는가 보게."

구역질이 날 지경이었으나 파브리스는 주저 없이 말에서 내려 송장의 손을 잡고 힘껏 흔들어 댔다. 그러고는 혼이 나간 사람처럼 멍하니 서 있었다. 말에 다시 올라 탈 기력도 사라져 버렸다. 그를 특히 소름 끼치게 만든 것은 허공을 향해 치뜬 시체의 한쪽 눈이었다.

'이 여자는 나를 겁쟁이라고 생각하겠지.' 파브리스는 마음이 아렸으나 곧 쓰러질 것만 같아 도저히 움직일 수가 없었다. 끔찍한 순간이었다. 파브리스는 까무러치기 직전이었다. 매점 여자는 그의 상태를 재빨리 알아차리고 자신의 작은 마차에서 뛰어 내려와 아무 말 없이 그에게 브랜디 한잔을 건네주었다. 그는 그걸 단숨에 들이켰다. 가까스로 말에 올라 탄 그는 아무 말 않고 계속 길을 갔다. 여자가 이따금 그의 모습을 곁눈으로 바라보곤 했다.

"전투는 내일 하도록 해요, 젊은이." 마침내 여자가 말했다. "오늘은 나와 함께 눌러 있자고요. 병사라는 직업도 배워야 한다는 걸 알았을 테니."

"천만에요. 난 지금 즉시 싸우고 싶어요." 우리 주인공은 우울한 표정으로 소리쳤다. 여자가 보기에 그런 표정은 자신의 생각대로 될 징조였다. 포성이 더욱 잦아지면서 가까워진 것 같았다. 이윽고 대포 소리는 둔중한 음으로 이어지기 시작했다. 발포 간격이 완전히 없어진 것이다. 마치 멀리서 급류가 와르릉거리는 듯한 이 끊임없는 포성 사이사이로 일제 사격 소리가 뚜렷이 들리곤 했다.

그러는 사이에 길은 나무 숲 속으로 이어지고 있었다. 여자는 병사 서너 명이 이편을 향해 빠른 속도로 달려오고 있는 것을 보았다. 그녀는 재빨리 마차에서 뛰어내려 길 옆으로 스무 걸음 정도 뛰어 들어갔다. 그리고 큰 나무가 뽑혀져 움푹 파인 구멍 속으로 들어가 몸을 웅크리고 숨었다. '그래, 내가 겁쟁인지 아닌지 확인해 보자!' 하고 파브리스는 생각했다. 그는 여자가 버리고 간 마차 옆에 버티고 서서 칼을 뽑아 들었다. 병사들은 그에게 눈길조차 주지 않고 길 왼편 숲을 따라 지나가 버렸다.

"저 병사들은 우리 편이야." 가쁜 숨을 몰아쉬며 자신의 마차로 되돌아온 여자가 낮은 소리로 말했다. "당신 말이 빨리 달릴 수만 있다면 이 숲 끝까지 가서 벌판에 누군가 있는지 알아보고 오라 할 텐데." 그 말을 듣자 파브리스는 지체 없이 포플러 나뭇가지를 하나 꺾어 잎을 훑어내고 그걸로 자기 말을 힘껏 후려쳤다. 늙다리 말은 한순간 앞으로 치달렸으나, 곧이어 늘 하던 대로 자박걸음으로 돌아왔다. 매점 여자가 자신의 말을 몰아 달려오면서 "멈춰요, 멈춰!" 하고 소리쳤다. 두 사람은 곧 숲을 벗어났다. 벌판으로 나서자 무시무시한 굉음이 요동치고 있었다. 대포와 소총의 일제 사격 소리가 사방에서, 오른쪽, 왼쪽, 또 뒤쪽으로부터 울려왔다. 그들이 빠져나온 숲은 벌판보다 지대가 좀 높았으므로 한편에서 벌어지고 있는 전투 상황이 아주 잘 보였다. 그렇지만 숲 저편으로 펼쳐진 초원에는 아무것도 없었다. 초원 멀리로 잎이 무성한 버드나무들이 길게 줄지어 서 있었는데, 그 버드나무들 위로 흰 연기가 피어오르다가 때때로 회오리치면서 하늘로 치솟곤 했다.

"우리 연대가 어디 있는지 알면 좋으련만." 하고 여자는 당황해서 말했다. "이렇게 넓은 초원을 곧장 가로질러 갈 수는 없는 노릇이야. 그건 그렇고 적병을 만나게 되면 당신은 그 칼

끝으로 찔러야 해요. 공연히 멋을 내어 칼을 치켜들 생각은 말아요."

바로 그때 여자가 조금 전에 지나갔던 병사 네 명을 발견했다. 그들은 숲에서 빠져나와서 길 왼편을 따라 벌판으로 나오고 있었다. 그들 중의 한 명은 말을 타고 있었다.

"자, 당신 일을 해결하자고." 여자가 파브리스에게 말했다. "어이, 이봐요!" 하고 그녀는 말 탄 병사를 불렀다. "이리 와서 브랜디나 한잔해요." 병사들이 다가왔다.

"경기병 6연대는 어디 있죠?" 그녀가 물었다.

"저기, 여기서 5분만 가면 돼. 저 버드나무들을 따라 뻗은 운하 앞쪽에 있으니까. 그런데 마콩 대령이 좀 전에 전사했어."

"당신 말, 5프랑이면 어때?"

"5프랑이라니! 농담 작작해, 이 할망구야. 이건 장교의 말이야. 당장이라도 나폴레옹 금화 다섯 개는 받을 수 있다고."

"나폴레옹 금화를 한 닢 내봐요." 하고 여자가 파브리스에게 말했다. 그러고는 그 병사에게 다가서면서, "빨리 내려와요. 자, 여기 나폴레옹 금화가 있으니까."라고 말했다.

병사가 말에서 내려왔다. 파브리스는 유쾌하게 말안장에 올라탔다. 여자는 늙은 말에 얹혀 있던 그의 작은 여행 가방을 끌러서 벗겨냈다.

"모두 나 좀 도와줘요!" 그녀는 병사들에게 외쳤다. "아, 여인네가 혼자 일하는데 보고만 있다니!"

그러나 방금 산 말은 등에 여행 가방의 무게를 느끼자 곧 뒷발을 쳐올리며 날뛰기 시작했다. 말을 제법 탈 줄 아는 파브리스도 말을 진정시키느라 쩔쩔맬 수밖에 없었다.

"괜찮은 징조인데!" 여자가 말했다. "이 말 양반은 여행 가방 같은 것이 엉덩이를 간질이는 데 익숙지 않으시군."

"장군의 말이라니까." 말을 판 병사가 외쳤다. "아무리 싸게 쳐도 나폴레옹 금화 열 닢은 나간다고."

"자, 여기 20프랑이 있어요." 자신의 두 다리 아래서 말이 씩씩하게 움직이자 신이 나서 어쩔 줄 모르던 파브리스가 돈을 내밀었다.

그때 포탄 한 대가 비스듬히 날아와 버드나무들이 서 있는 곳에 떨어졌다. 파브리스는 잔가지들이 마치 낫으로 베어 낸 듯 사방으로 흩어지는 흔치 않은 광경을 보았다.

"저것 좀 보라구. 대포가 벌써 다가왔어." 병사는 20프랑을 받아 쥐면서 그에게 말했다. 시간은 2시경이 되어 있었다.

파브리스는 포탄이 터지며 만들어 낸 그 놀라운 광경에 아직도 넋이 빠져 있었다. 그때 한 무리의 장군이 스무 기 정도의 경기병을 이끌고 파브리스 앞으로 펼쳐진 초원 한 귀퉁이를 빠른 속도로 가로질러 갔다. 그러자 파브리스의 말이 히이잉 울어 대며 두세 번 계속해서 앞발을 치켜들더니 머리를 세차게 흔들어 자신을 붙들고 있는 고삐를 끌어당겼다. '그래, 좋을 대로 해 봐!' 하고 파브리스는 속으로 중얼거렸다.

말은 고삐가 느슨해져 자유롭게 되자 쏜살같이 내달려 장군들을 뒤따르던 호위병들과 합류했다. 무리 가운데 테를 두른 장군모 네 개가 파브리스의 눈에 들어왔다. 십여 분 후 파브리스는 옆에 가던 경기병이 해준 몇 마디를 통해 이들 장군

중의 한 사람이 그 유명한 네 원수(元帥)[27]라는 사실을 알게 되었다. 그러나 네 명의 장군 중 누가 네 원수인지는 알 수 없었다. 파브리스는 네 원수를 알아내기 위해서라면 무슨 일이든 했을 테지만, 절대로 말을 건네서는 안 된다는 충고가 머리에 떠올랐다. 호위대는 전날 밤에 내린 비로 물이 가득 불은 넓은 도랑을 건너려고 멈춰 섰다. 이 도랑 기슭에는 큰 나무들이 우거져 있었는데, 왼편에 펼쳐지던 초원은 이 도랑을 경계로 해서 끝이 났다. 파브리스는 초원의 한쪽 초입에서 말을 산 다음 초원의 다른 편 끝까지 가로질러 왔던 것이다. 거의 모든 경기병들이 말에서 내렸다. 도랑 기슭은 깎아지른 수직 경사면으로 굉장히 미끄러웠다. 도랑물은 초원으로부터 90센티미터 아래 깊이에서 흐르고 있었다. 파브리스는 기쁜 나머지 멍해져서, 자기가 탄 말에는 신경도 쓰지 않고 네 원수와 그의 영광만을 생각하고 있었다. 그런 탓에 아주 흥분해 있던 그의 말은 도랑 속으로 그대로 뛰어들어 물방울을 높이 튀겨 올렸다. 장군 한 명이 높이 튀어 오른 물을 뒤집어써서 흠뻑 젖고 말았다. 장군은 욕을 퍼부었다. "이 바보 같은 망할 놈아!" 파브리스는 그 욕 소리에 몹시 모욕을 느꼈다. '왜 욕을 하느냐고 물어볼까?' 하는 생각이 들었다. 우선 자신이 그렇게 서툴지 않다는 것을 보여주기 위해 그는 말을 맞은편 도랑 기슭으

---

27) 미셸 네(Michel Ney, 1769~1815). 나폴레옹 군대의 유명한 장군으로 러시아 원정 때 공을 세움. 워털루 전투에서 용감하게 싸웠으나 패전했고, 이후 나폴레옹의 백일 천하에 협력했다는 죄목으로 왕정복고하에서 총살되었다.

로 몰아댔다. 그러나 그 기슭은 깎아지른 듯 가팔랐고 높이도 20미터 가까이 됐기 때문에 그만 포기하지 않을 수 없었다. 대신에 그는 물을 거슬러 올라가기로 했다. 물이 말의 목까지 잠겨 들었다. 마침내 가축에게 물을 먹이려고 다듬어 놓은 듯한 장소를 발견한 파브리스는 그 완만한 경사면을 타고 쉽게 맞은편 벌판으로 올라올 수 있었다. 그곳으로 올라온 사람은 호위병 중에서 그가 첫 번째였다. 그는 으스대면서 기슭을 따라 말을 내달려 왔다. 도랑 속에서는 호위병들이 물에 빠진 채 우왕좌왕하고 있었다. 물의 깊이가 대충 2미터나 되었기 때문이었다. 두세 마리의 말은 겁을 먹고 헤엄을 치려 했다. 허우적대는 말들 때문에 물보라가 엄청나게 튀어 올랐다. 기병대 중사는 전혀 군인 같지 않은 그 애송이가 솜씨 있게 일을 해내는 모습을 눈여겨보았다.

"위로 거슬러 올라가! 왼쪽에 물 먹이터가 있어!" 그는 외쳐댔다. 차츰 모두가 도랑을 건너왔다.

파브리스가 맞은편 기슭으로 막 건너오자 그곳에는 장군들만 있었다. 포성은 더욱 요란해졌다. 그가 튕긴 물을 온몸에 뒤집어쓴 장군이 그의 귀에 대고 외치는 말도 겨우 들릴 정도였다.

"그 말은 어디서 난 건가?"

파브리스는 너무 어리둥절한 나머지 이탈리아어로 대답하고 말았다.

"조금 전에 샀어요. (L'ho comparato poco fa.)"

"뭐라고 하는 거야?" 장군이 소리쳤다.

그러나 그 순간 사방을 뒤흔드는 소음에 파브리스는 그에
게 대답할 수가 없었다. 우리 주인공이 그때 별로 영웅답지 못
했다는 사실을 고백해 두어야 하리라. 어쨌든 공포심은 조금
후에야 밀려왔을 뿐이고, 그 당시는 무엇보다 귀를 멍하게 만
드는 포성에 몸서리를 쳤다. 호위대는 다시 질주했다. 일동은
도랑 너머 펼쳐진 광대한 경작지를 가로질렀다. 그 밭이랑마
다 시체들이 깔려 있었다.

　"붉은 제복이다! 붉은 제복이다!" 호위 경기병들이 기쁜 듯
이 외쳤다. 파브리스는 처음에는 그 말을 알아듣지 못했지만,
마침내 시체들 거의 대부분이 붉은 복장을 하고 있다는 사실
을 깨달았다. 눈에 비치는 광경에 그는 소름이 끼쳤다. 그 불
행한 붉은 군복을 입고 누워 있는 사람들 중의 많은 수가 아
직도 살아 있다는 사실을 알아차린 것이다. 그들은 분명히 살
려 달라 외쳐 대고 있었다. 그러나 누구도 멈춰서 그들을 도
와주지 않았다. 인정 많은 우리 주인공은 자신의 말이 붉은
군복을 밟지 않도록 무진 애를 썼다. 호위대가 멈춰 섰다. 파
브리스는 병사로서의 자기 임무에 충분한 주의를 기울이지
못한 채 불쌍한 부상자들을 바라보면서 여전히 달려가고 있
었다.

　"멈춰, 이 애송이야!" 기병 중사가 그를 향해 소리쳤다. 파브
리스는 자신이 장군들을 앞서 오른쪽으로 스무 걸음가량 떨
어진 거리까지 와 있다는 것을 알아차렸다. 장군들이 바로 그
방향으로 망원경을 대고 바라보고 있었다. 파브리스는 장군
들로부터 몇 걸음 뒤에 멈춰 선 다른 경기병들의 후미에 다시

합류하러 돌아갔다. 그때 장군들 중에서 가장 뚱뚱한 사람이 곁에 있는 다른 장군에게 위엄 있게, 거의 꾸짖는 듯한 태도로 이야기하는 모습이 보였다. 그는 모욕적인 말을 퍼붓고 있었다. 파브리스는 호기심을 억누를 수가 없었다. 그래서 감옥지기의 아낙이 절대로 말을 해선 안 된다고 충고해 주었음에도 불구하고 옆의 병사에게 말을 걸었다. 물론 머릿속에다 짧고 정확한 프랑스어 문장을 미리 준비해서였다.

"저기 옆 사람을 '꾸짖고' 있는 장군이 누군가요?"

"그야 누구겠어. 원수님이잖아!"

"어느 원수님이요?"

"네 원수님이지, 이 병신아! 도대체 넌 여태껏 어느 부대에 있었어?"

파브리스는 아주 격하기 쉬운 성격이었지만, 이런 욕설을 듣고도 화를 낼 생각은 하지 못했다. 그는 어린애 같은 감탄으로 넋을 잃고, 용사 중의 용사로 알려진 그 유명한 모스크바 공(公)을 뚫어지게 바라보고 있었던 것이다.

별안간 일행이 전속력으로 질주했다. 얼마 후 전방 스무 보쯤 앞에서 경작지가 이상하게 파이면서 형태가 바뀌는 것이 눈에 들어왔다. 고랑 바닥마다 물이 가득 고여 있고, 고랑 위에 쌓인 축축한 흙이 작고 검은 덩어리가 되어 서너 자 높이로 튀어 오르고 있었다. 그 기묘한 현상이 지나가던 파브리스의 눈에 띄었다. 하지만 그의 생각은 다시금 영예로운 원수님에게로 옮겨갔다. 그때 바로 옆에서 날카로운 외침소리가 들렸다. 경기병 두 명이 포탄에 맞아 말에서 굴러 떨어진 것이다.

달려가던 파브리스가 그들을 뒤돌아보았을 때 호위대는 이미 그들로부터 스무 걸음이나 멀어져 있었다. 끔찍한 광경이 그의 눈에 들어왔다. 피투성이가 된 말 한 필이 밭이랑에 자빠져서 자신의 배 창자에 다리가 끼여 허우적대고 있었다. 그 말은 함께 가던 다른 말들을 따라오려고 했다. 피가 진창에 흥건히 흘러내렸다.

'아! 드디어 난 전쟁터에 왔구나!' 그는 생각했다. '난 포화를 본 거야.' 그는 만족스러운 심정이 되어, 속으로 이렇게 되뇌었다. '나는 이제 진짜 군인이야.' 그 순간에도 호위대는 쏜살같이 질주하고 있었다. 우리 주인공은 사방에서 흙덩어리가 날아오르는 이유가 바로 포탄 때문이라는 사실을 알아차렸다. 그는 탄환이 어느 방향에서 날아오는지 정확히 보려고 했지만 헛일이었다. 단지 아주 먼 거리에 포열(砲列)의 흰 연기가 피어오르는 것이 눈에 띌 뿐이었다. 대포가 연달아 터지면서 울려대는 멍멍한 소리가 한결같이 계속되는 가운데, 그보다 훨씬 가까운 곳에서는 소총 사격 소리가 들려오는 것 같았다. 그는 뭐가 뭔지 도무지 갈피를 잡을 수 없었다.

장군들과 호위병 일행은 물이 가득 고인 작은 길로 내려왔다. 그곳은 지대가 2미터 정도 낮았다.

원수는 멈춰서서 망원경을 다시 눈에 갖다 댔다. 파브리스는 이번엔 마음껏 원수를 바라볼 수 있었다. 원수는 짙은 금발에 혈색 좋은 큰 얼굴을 하고 있었다. '우리 이탈리아인에겐 저런 얼굴이 없어.' 파브리스는 생각했다. '나처럼 밤색 머리카락에 이렇게 창백한 얼굴을 해서는 절대로 저런 인물이 되지 못해.' 그는 우울한 심정이 되었다. 이런 생각은 곧 '나는 결코 영웅이 되지 못할 거야.'라는 뜻이었기 때문이다. 파브리스는 경기병들을 바라보았다. 한 사람 빼고는 모두가 노란 코밑수염을 기르고 있었다. 파브리스가 경기병들을 바라보자 그들도 역시 파브리스를 바라보았다. 시선을 받자 그의 얼굴이 붉어졌다. 파브리스는 자신이 당황하고 있다는 것을 감추려고 적들이 있는 방향으로 얼굴을 돌렸다. 붉은색 군복을 입은 사람들이 열을 지어 아주 넓게 전선을 만들고 있었다. 그런데 그 사람들이 아주 작아 보인다는 사실이 그를 굉장히 놀라게 했다. 연대인지 사단 규모인지 모를 그 긴 전열이 울타리 정도의 높이로 느껴졌다. 붉은 복장의 기병들이 열을 지어 빠르게 달려오고 있었다. 그들은 원수와 호위대 일행이 진흙탕을 헤치며 간신히 걸음을 옮겨놓고 있던 낮은 쪽 길을 향해 다가오고 있는 것이었다. 이들 일행이 전진하는 방향은 포연 때문에 아무것도 분간할 수 없었으나 때때로 자욱한 연기를 뚫고 질주하는 병사들의 모습이 드러나곤 했다.

갑자기 적군 쪽으로부터 네 명의 병사가 전속력으로 달려오고 있는 것이 파브리스의 눈에 띄었다. '아! 우리를 공격하려는 것이구나.' 파브리스는 이렇게 생각했다. 곧이어 그들 중 두 사람이 원수에게 무언가를 이야기하는 모습이 눈에 들어왔다. 원수를 뒤따르던 장군 한 명이 호위 경기병 둘과 조금 전에 달려온 네 명의 병사를 이끌고 적군이 있는 쪽으로 달려나갔다. 일행 모두가 작은 도랑을 건넜다. 그러면서 파브리스는 사람이 아주 좋아 보이는 기병중사 옆으로 가게 되었다. '이 사람과 이야기를 나눠야겠어.' 파브리스는 생각했다. '그러면 호위병들도 나를 더 이상 의심스럽게 쳐다보지 않을 거야.' 파브리스는 어떻게 이야기를 건넬지 한참 궁리했다.

"전 이번에 처음으로 전투에 참가한 거예요." 마침내 그는 기병중사에게 말을 걸었다. "그런데 지금 정말로 전투를 하고 있는 겁니까?"

"그렇다고 할 수 있지. 하지만 대체 자네는 누구야?"

"저는 이 군대 대위의 처남입니다."

"그 대위의 이름은?"

우리의 주인공은 퍽 당황했다. 그런 질문을 받으리라고는 예상하지 못했기 때문이었다. 운 좋게도 그때 원수와 호위병들이 다시 달리기 시작했다. '프랑스인 누구의 이름을 대야 할까?' 파브리스는 머리를 짜냈다. 마침내 파리에서 묵었던 호텔 주인의 이름이 떠올랐다. 그래서 자신의 말을 그 기병중사의 말에 바짝 갖다 대고 힘껏 외쳤다.

"뫼니에 대위입니다!" 사방을 울리는 포성 때문에 잘 알아듣지 못한 중사는 "아! 퇴리에 대위라고? 그렇군! 그 사람은 전사했어." 하고 대답했다. '만세!' 파브리스는 속으로 쾌재를 불렀다. '퇴리에 대위라. 슬픈 표정을 지어야만 하겠지.' "아, 저런!" 파브리스는 탄식과 함께 안타까운 듯한 표정을 지어 보였다. 일동은 낮은 지대로 나 있는 길에서 빠져나와 작은 목장을 가로질렀다. 모두들 전속력으로 달렸다. 또다시 포탄이 날아들었다. 원수는 기병사단 쪽으로 방향을 잡았다. 호위대 주위에는 무수한 시체와 부상병들이 널려 있었다. 그러나 이런 광경은 우리 주인공에게 그다지 깊은 인상을 주지 못하고 있었다. 마음을 끄는 것이 따로 생겼기 때문이다.

즉 파브리스의 눈에 작은 매점 마차 한 대가 들어왔던 것이다. 호위대가 정지하고 있는 동안의 일이었다. 파브리스는 이 존경할 만한 여상인 집단에 대한 애정이 너무나 강했던 탓에 그만 매점 여자를 만나러 달려 나가고 말았다.

"여기 있어, 이 멍청한 놈!" 하고 중사가 외쳤다.

'여기서 무얼 하라는 거지?' 파브리스는 생각했다. 그러면서 멈추지 않고 매점 여자에게로 달려갔다. 말에 박차를 가할 때는 혹시 그 마차가 오늘 아침에 만난 그 친절한 여자의 것일지도 모른다는 희망을 품고 있었다. 하지만 말과 마차는 아주 비슷했어도 주인은 전혀 딴 여자였다. 이번 여자는 성미가 아주 고약해 보였다. 가까이 다가가자 그 여자의 말소리가 들렸다. "참 멋진 남자였는데 말이야!" 그곳에는 아주 끔찍한 광경이 우리의 신참병을 기다리고 있었다. 어떤 흉갑기병의 다리를 허벅지에서부터 잘라 내는 것이었다. 누워 있는 청년은 키가 여섯 자나 되는 몸집에 아주 잘생긴 남자였다. 파브리스는 눈을 질끈 감고 연달아 브랜디 네 잔을 들이켰다.

"야! 위세 좋구먼, 풍채도 보잘것없는 처지에!" 매점 여자가 놀렸다. 브랜디를 보자 그에게 좋은 생각이 떠올랐다. '저 호위대 경기병들에게 호감을 사놔야 한다.'

"병에 남아 있는 술을 전부 주시오." 그는 여자에게 말했다.

"하지만 이봐요." 하고 여자가 대답했다. "오늘 같은 날은 남아 있는 이 술만큼을 사려면 10프랑은 내야 한다는 걸 아쇼?"

그가 호위병들 곁으로 다시 달려오자 중사가 말했다. "아! 한 잔 가지고 오는구먼! 그것 때문에 뛰쳐나갔었나? 자, 이리 줘."

병이 손에서 손으로 돌려졌다. 마지막으로 술병을 받아 든 친구가 남은 술을 마저 마신 다음 병을 공중으로 내던지며 파브리스에게 소리쳤다. "고마워, 친구!" 모두가 호의를 담은 눈으로 그를 바라보았다. 그것이 파브리스를 짓누르던 무거운 짐을 털어 버리게 했다. 파브리스의 마음은 올이 너무도 섬세한 천과 같아서 주변 사람들의 우정을 느끼지 못하면 안절부절 못하는 것이었다. 이제 그는 마침내 동료들의 눈총을 더 이상 받지 않아도 되었다. 그들과 끈이 이어진 것이다! 파브리스는 안도의 한숨을 내쉬었다. 이어서 편안한 어조로 중사에게 물었다.

"퇴리에 대위가 죽었다면, 대체 어디로 가야 우리 누님을 만날 수 있을까요?" 그는 뫼니에 대신 퇴리에라고 발음하면서 자신이 작은 마키아벨리쯤은 된 걸로 생각했다.

"오늘 저녁이 되면 알게 될 걸세." 기병 중사가 대답했다.

호위대는 다시 출발해서 보병사단 쪽으로 갔다. 파브리스는 흠뻑 취해 있었다. 브랜디를 너무 많이 마셨던 것이다. 안장 위에 앉아서도 몸이 흔들렸다. 마침 어머니의 마부가 늘 하던 말이 떠올랐다. 술을 많이 마셨을 때는 타고 있는 말의 양쪽 귀 사이를 바라보면서 옆 사람과 똑같이 행동하라는 것이었다. 원수는 여러 기병대들 옆으로 가서 한참씩 머무르며 돌격 지시를 했다. 그러나 우리 주인공은 한두 시간 동안 주위에서 무슨 일이 일어나고 있는지 전혀 의식하지 못하고 있었다. 그는 맥이 완전히 빠져서, 말이 달릴 때는 마치 납덩이처럼 말안장에 엎드려 버렸다.

갑자기 기병중사가 부하들에게 외쳤다.

"너희는 황제 폐하도 못 알아보느냐, 이 멍청이들⋯⋯!"호위병들은 즉시 '황제 폐하 만세!'를 소리 높여 외쳤다. 우리 주인공이 눈을 얼마나 크게 뜨고 둘러보았을지는 상상이 갈 것이다. 그러나 한 무리의 장군들이 그들의 호위대를 거느리고 질주하는 모습이 눈에 들어올 뿐이었다. 뒤따르는 용기병들의 투구에 매달린 긴 깃털이 시야를 가려 용모가 분간되지 않았다. '결국, 전쟁터까지 와서도 황제를 뵐 수 없게 되었다. 저 저주스런 브랜디 덕분이다!' 이렇게 생각하자 술이 확 깨버렸다.

일행은 물이 가득 고여 있는 길로 내려왔다. 말들이 물을 마셔야 했기 때문이었다.

"그렇다면 저쪽으로 지나간 사람이 황제 폐하인가요?"그는 옆 사람에게 물었다.

"물론이지! 옷에 수가 놓이지 않은 분이 황제이시지. 어쩌다가 못 보고 만 거야?"그 동료가 호의를 가지고 대답해 주었다. 파브리스는 황제의 호위대를 뒤따라 달려가 그들과 합류하고 싶은 생각이 굴뚝 같았다. 그 영웅을 따라다니면서 정말로 전쟁을 한다면 얼마나 행복할 것인가! 그가 프랑스에 온 것도 바로 그 때문이었다. '그렇게 못 할 것도 없지.' 하고 파브리스는 생각했다. '지금 이들을 따라다니게 된 것도 내 말이 저 장군들을 따르기 위해 달리기 시작했다는 이유밖에 없으니까.'

하지만 파브리스는 새 동료가 된 경기병들이 호의를 담은 표정으로 자신을 대해 주자 그대로 있기로 마음먹었다. 그는 자신이 이들 병사 모두와 친한 친구가 되었다고 생각했다. 몇 시간 동안이나 이들과 함께 달리지 않았는가. 타소와 아리오스토의 작품 주인공들이 나눈 숭고한 우정이 그들과 자신 사이에도 생긴 것처럼 느껴졌다. 황제의 호위대에 합류한다면 또 새로운 친구들을 사귀어야 할 것이다. 아마도 그들은 자신을 보면 인상을 찌푸릴지도 모른다. 그들은 용기병들이지만 자신은 원수를 뒤따르는 이 병사들과 마찬가지로 경기병 제복을 입고 있었기 때문이다. 이들이 지금 우리 주인공을 대해 주는 태도는 그로 하여금 행복의 절정에 도달하게 했다. 이 친구들을 위해서라면 그는 무슨 일이든 마다하지 않았을 것이다. 머리도 마음도 하늘을 둥둥 떠다녔다. 이들과 친구가 된 다음부터는 모든 것이 달라 보이는 것 같았다. 그래서 그는 여러 가지를 물어보고 싶어 죽을 지경이었다. '하지만 난 아직도 좀 취해 있어.' 그는 생각했다. '감옥지기의 아내가 해 준 말을 잊으면 안 돼.' 움푹 들어간 길에서 빠져나오면서 그는 자신들 호위대가 네 원수를 따라가고 있는 것이 아니라는 사실을 깨달았다. 그들 앞에 가고 있는 장군은 키가 크고 호리호리했으며, 냉담한 얼굴에 눈매가 매서웠다.

이 장군은 A백작으로, 1796년 5월 15일 당시 로베르 중위였던 바로 그 사람이었다. 그가 파브리스 델 동고를 만났다는 사실을 알았으면 얼마나 좋아했을까!

한참 전부터 파브리스는 포탄이 터져 검은 흙이 사방으로 튀어 오르고 있다는 사실을 의식하지 못하고 있었다. 일행은 흉갑기병 연대가 포진하고 있는 뒤편에 도착했다. 그때 산탄(霰彈)이 병사들의 흉갑을 때리는 소리가 또렷하게 들렸다. 병사 여러 명이 쓰러지는 모습이 보였다.

해는 이미 아주 낮게 기울었고, 그래서 호위대가 움푹 파인 길에서 빠져나와 1미터가량의 야트막한 경사면을 올라가서 경작지로 들어섰을 때는 석양이 지평선 너머로 사라지는 중이었다. 파브리스는 바로 곁에서 이상한 소리를 들었다. 얼굴을 돌리자 병사 넷이 말들과 함께 쓰러져 있었다. 장군도 쓰러졌다가 다시 일어났는데, 온통 피투성이였다. 파브리스는 땅위에 내팽개쳐진 경기병들을 바라보았다. 널브러진 세 사람의 몸에서는 아직도 경련이 일어나고 있고, 한 사람은 "여기서 좀 끌어내 줘."라고 외치고 있었다. 중사와 두세 명의 병사가 말에서 내려 장군을 부축했다. 장군은 부관에게 기대서 몇 걸음 걸으려고 했다. 땅위에 쓰러진 채 허우적거리며 미친 듯이 발길질을 해 대는 자신의 말로부터 떨어지려는 것이었다. 기병중사가 파브리스에게 다가왔다. 그 순간 우리 주인공은 뒤편 아주 가까이에서 이렇게 말하는 소리를 들었다. '아직 뛸 수 있는 말은 이놈뿐이야.' 옆에서 자신의 두 다리를 잡는 것이 느껴졌다. 두 다리가 쳐들림과 동시에 누군가 자신의 겨드랑이 밑으로 손을 넣어 상체를 들어올렸다. 그리고 말 엉덩이 위로 끌어내리는 것이었다. 그는 그대로 땅위로 미끄러져 엉덩방아를 찧고 말았다.

부관이 파브리스가 타고 있던 말의 고삐를 잡았다. 장군은 기병중사의 부축을 받아 말에 올라타고 전속력으로 떠나 버렸다. 뒤에 남은 여섯 명의 병사들도 급히 그 뒤를 따랐다. 파브리스는 몹시 화가 나서 벌떡 일어나 이탈리아말로 "도둑이야! 도둑이야!" 소리지르며 그들의 뒤를 따라 달리기 시작했다. 전쟁터 한가운데서 도둑을 뒤쫓아 나선 모습도 재미있는 일이었다.

얼마 안 가 호위병들과 장군, 즉 A백작은 빽빽하게 늘어선 버드나무들 뒤로 사라져 버렸다. 화가 나서 어쩔 줄 모르는 파브리스도 버드나무가 있는 데로 왔다. 앞에는 꽤 깊은 도랑이 흐르고 있었다. 파브리스는 그 도랑을 건넜다. 맞은편 기슭에 닿자 그는 다시 소리를 지르기 시작했다. 저 멀리에 장군과 호위대가 나무 사이로 사라져가는 것이 보였던 것이다. 그는 이번에는 "도둑이야! 도둑이야!" 하고 프랑스어로 외쳐 댔다. 말을 잃어버렸다는 사실보다는 배반을 당했다는 사실에 절망한 그는 피로와 허기에 지쳐 도랑 가에 쓰러졌다. 자신의 근사한 말을 적에게 빼앗긴 것이었다면 곧 잊어버리고 말았을 것이다. 그러나 자신이 그렇게도 좋아했던 기병중사와 형제처럼 여겼던 경기병들에게 배반당하고 도둑을 맞다니! 그의 가슴을 아프게 한 것은 바로 그 점이었다. 그렇게 지독한 모욕을 받고 마음을 달랠 길이 없었다. 그래서 그는 버드나무에 등을 기대고 눈물을 펑펑 쏟으며 울기 시작했다. 『해방된 예루살렘』[28]의 영웅들이 보여 준 기사도적이고 숭고한 우정에 대해 자신

─────────

28) 16세기 이탈리아의 시인 타소의 서사시이다.

이 품고 있던 아름다운 꿈이 하나씩 하나씩 무너졌다. 마지막 숨을 내쉬는 순간에 영웅적이고 다정한 마음을 지닌 숭고한 친구들이 주위를 둘러싸고 자신의 손을 잡아준다면 죽음이 다가온다 해도 무슨 대수랴! 하지만 비천한 악당들에게 둘러싸여서야 어떻게 자신의 열정을 펼칠 수 있으랴! 파브리스는 사람이 분개하면 으레 그렇듯 과장해서 생각하고 있었다. 줄지어 선 나무가 드리운 그늘 아래서 생각에 잠겨 한 15분간 있었을까, 그렇게 자신에 대한 연민에 빠져 있던 그는 포탄이 거기까지 날아들기 시작했다는 사실을 알아차렸다. 그는 일어나서 자신이 어디에 와 있는지 분간하려 했다. 넓은 도랑과 무성한 버드나무들이 눈앞에 펼쳐진 벌판의 경계를 이루고 있었다. 자신의 위치를 알 것 같았다. 전방 1킬로미터 지점에서 한 보병 부대가 도랑을 건너 벌판으로 들어서는 것이 보였다. '하마터면 잠이 들 뻔했어. 포로가 되어선 안 되지.' 그는 빠른 걸음으로 걷기 시작했다. 걸어가면서 보병의 제복을 확인하고는 안심했다. 붙잡힐까 봐 겁을 먹게 했던 부대는 프랑스군이었다. 그는 그들과 합류하기 위해 오른쪽으로 질러갔다.

그토록 비열하게 배반당하고 도둑까지 맞아서 마음의 고통을 겪고 나자 이번에는 또 다른 고통이 한층 생생하게 느껴졌다. 배가 고파 죽을 지경이었던 것이다. 그래서 그는 거의 뛰다시피 걸었다. 한 10분 정도 걸어가자 역시 빠른 속도로 진군해 오던 보병 부대가 진을 치기 위해서인 듯 멈춰 서는 것이 보였다. 그는 몹시 기뻤다. 몇 분 후 그는 제1진 병사들이 있는 데까지 왔다.

"친구들, 빵 한 조각 팔 수 있겠어?"

"어, 이놈이 우리가 빵장수인지 아네!"

그 거친 말과 뒤이어 너도나도 퍼붓는 조소에 파브리스는 모욕감을 느꼈다. 그렇다면 전쟁이란 나폴레옹의 포고문들을 보고 자신이 상상해 온 것처럼 영광에 헌신한 사람들이 일치단결해서 매진하는 저 고귀한 약동이 아니었단 말인가! 그는 잔디 위에 털썩 주저앉았다. 아니 쓰러져 버렸다고 하는 편이 나을 것이다. 얼굴이 아주 창백했다. 그에게 대꾸했던 병사가 열 발자국쯤 떨어진 자리에서 자기 총의 총신을 손수건으로 닦고 있다가 그에게 다가와서 빵 한 조각을 던져 주었다. 그러고는 파브리스가 빵을 주우려고도 하지 못하자 그것을 그의 입에 밀어 넣었다. 파브리스는 감았던 눈을 뜨고는 말할 힘도 없이 그 빵을 먹었다. 이윽고 값을 치르려고 눈으로 그 병사를 찾았을 때는 이미 주위에 아무도 없고 혼자만 남아 있었다. 멀리 백 보가량 앞에 행군해 가는 부대의 꼬리가 보였다. 파브리스는 무의식적으로 일어나서 그들의 뒤를 따라갔다. 가다 보니 숲이었다. 피곤해서 곧 쓰러질 것만 같았다. 이미 눈으로는 어디 누울 만한 자리를 찾고 있었다. 그때 처음에는 말이, 이어서 마차가, 그리고 마침내 아침에 만난 매점 여자가 눈에 들어왔다. 그녀를 알아본 그는 너무나 기뻤다. 여자는 곧 그에게로 달려왔고, 그의 안색을 보고 깜짝 놀랐다. 그녀가 말했다.

"어디 한번 더 걸어 봐요, 젊은이. 어디 부상을 당했나요? 그리고 그 멋진 말은 어떻게 했어요?" 여자는 이렇게 말하면서 그를 자기 마차로 데리고 가서 양팔로 겨드랑이 밑을 부축해 마차에 태웠다. 마차에 오르자마자 우리 주인공은 피곤에 지친 나머지 깊은 잠에 빠져들고 말았다.

4장

총탄이 매점 마차 바로 옆으로 날아가고 있었고, 매점 여자가 힘껏 휘두르는 채찍을 맞은 말이 쏜살같이 내달렸지만 파브리스는 잠을 깨지 않았다. 여자가 따라다니고 있던 연대는 하루 종일 승리를 믿었으나, 이제는 구름같이 밀려드는 프러시아 기병의 갑작스런 습격을 받아 후퇴하고 있었다. 아니 더 정확히 말해 프랑스 쪽으로 도망치고 있었다.

방금 전에 마콩의 뒤를 이어 연대의 지휘를 맡은 대령은 '옷맵시 좋은' 잘생긴 청년이었는데, 적의 칼에 당하고 말았다. 그 후임으로 지휘권을 넘겨받은 백발의 노대대장은 연대에 후퇴를 중지하라는 명령을 내렸다. "안 돼!" 하고 그는 병사들에게 외쳤다. "공화국[29] 시절에는 적이 코앞에 밀려들기 전까지는 결코 후퇴하지 않았어…… 한 뼘의 땅이라도 지켜야 한다. 목숨을 바쳐라." 그는 욕설을 퍼부으며 소리질렀다. "지금 저 프러시아 병사들은 조국의 땅을 짓밟으려는 거야!"

매점 마차도 멈춰 섰고 그 바람에 파브리스도 눈을 번쩍 떴다. 해가 넘어간 지는 한참 되었다. 사방이 어두워지자 그는 깜짝 놀랐다. 병사들은 혼란 속에서 이쪽저쪽으로 뛰어다녔다. 우리 주인공은 뭐가 뭔지 알 수가 없었다. 병사들이 모두 당황해서 얼이 빠진 것처럼 보였기 때문이다. 그는 매점 여자에게 물었다.

"어떻게 된 거예요?"

"별일 아냐. 우리가 결단이 난 거지 뭐, 젊은이. 프러시아 기병들이 우리 병사들을 모조리 쓰러뜨리고 있어. 그뿐이야. 바보 같은 장군놈은 처음엔 그들이 우리 편인 줄 알았지 뭐요. 자, 어서, 마차의 끈을 고치는 걸 도와줘요. 끊어졌거든."

몇 발의 총성이 열 발자국쯤 되는 거리에서 들렸다. 그러자 우리 주인공은 다시 원기를 되찾은 터여서 새삼 생각했다. '사실 오늘 하루 종일 나는 적과 싸운 것이 아니라 장군을 호위해서 따라 다녔을 뿐이야.' 그는 매점 여자에게 말했다. "난 싸워야 해요."

"걱정 말아요. 싸우게 될 테니. 바라는 이상으로 말이에요! 우리가 졌다니까."

그녀는 지나가던 하사를 보고 외쳤다. "이봐요, 오브리. 이

---

29) 나폴레옹이 황제에 즉위하면서 제정으로 복귀하기 전, 대혁명으로 수립되었던 공화국 체제 시절을 말한다.

따금 내 마차에도 좀 들르구려."

"싸우러 갑니까?" 파브리스가 오브리에게 물었다.

"아니, 이제 무도화를 신고 춤을 추러 갈 참인데!"

"나도 따라가겠습니다."

"이 귀여운 경기병을 부탁해요." 하고 여자가 큰 소리로 말
했다. "이 젊은 부르주아는 착한 사람이니까." 오브리 하사는
아무 말도 하지 않고 앞으로 걸어갔다. 여덟아홉 명가량의 병
사가 뛰어와서 그와 합류했다. 하사는 그들을 이끌고 가시덤
불이 친친 감고 있는 굵은 참나무 뒤로 갔다. 거기까지 가서
도 그는 여전히 아무 말도 하지 않고 병사들을 숲 가장자리에
넓은 간격을 두고 일렬로 배치시켰다. 각자의 거리가 적어도
열 걸음은 떨어져 있었다.

"자! 너희들 모두." 하고 하사가 말했다. 처음으로 입을 연
것이다. "명령할 때까지는 총을 쏘면 안 돼. 이젠 탄약포가 세
개밖에 없다는 걸 명심하도록."

'도대체 무슨 일이지?' 파브리스는 의아해졌다. 마침내 하사
와 단둘이 되자 그는 말했다.

"나는 총이 없는데요."

"조용히 해! 저 앞으로 가 봐. 이 숲에서 쉰 걸음쯤 걸어가
면 좀 전에 적의 칼을 맞은 불쌍한 우리 연대 병사들이 있을
거야. 그중 한 친구의 탄약 주머니와 소총을 집어오란 말이야.
부상당한 자의 것은 안 돼. 숨이 완전히 끊어진 자의 탄약 주
머니와 소총을 집어 와. 빨리 서둘러. 우리 편 총알에 맞지 않
으려면 말이야." 파브리스가 달려 나가서 소총과 탄약 주머니

를 주운 다음 급히 돌아왔다.

"총을 장전하고 이 나무 뒤에 있어. 내가 명령할 때까지 총을 쏴서는 안 돼…… 빌어먹을!" 하사는 잠깐 말을 끊었다. "이 친구, 총을 장전할 줄도 모르잖아!" 그는 파브리스를 도와주면서 계속 행동 요령을 일러 주었다. "만일 적의 기병이 너를 베려고 질주해 오면 이 나무 둘레를 빙빙 돌면서 피하라고. 그리고 적이 세 발자국 거리까지 오면 총구를 들이대고 쏘란 말이야. 거리가 멀면 기다려. 너의 총검이 적병의 제복에 닿을 수 있는 거리라야 한단 말이지."

"이봐, 그 긴 칼은 내던져 버려." 하사는 외쳤다. "그런 것을 꿰차고 다니다 걸려 넘어지고 싶어? 제기랄! 요즘은 희한한 애들을 보내주고 있단 말이야!" 이렇게 말하면서 하사는 손수 파브리스의 칼을 빼앗아 멀리 던져 버렸다. 성질이 났던 것이다.

"이것 보라고, 총의 부싯돌 공이를 손수건으로 좀 닦아 둬. 도대체 총을 쏴 본 적이나 있는 거야?"

"전 사냥꾼입니다."

"그렇다면 다행이군!" 하사는 한숨을 내쉬었다. "어쨌거나 내가 명령을 내리기 전엔 쏘면 안 돼."라고 말하고는 그는 가 버렸다.

파브리스는 아주 기뻤다. '드디어 정말로 싸우게 되는구나.' 하는 생각이 들었다. '적을 죽이는 거야! 오늘 아침에 적들이 우리 편에 포탄을 퍼부어 댔지만, 나는 아무것도 한 일이 없어. 포탄에 맞아 죽을 뻔한 것 외에는 말이야.' 그는 호기심에 넘쳐 사방을 둘러보았다. 잠시 후 아주 가까이서 일고여덟 발의 총알이 날아왔다. 그러나 총을 쏘라는 명령이 없었기 때문에 그는 나무 뒤에 몸을 피해서 잠자코 있었다. 사방은 거의 어두워졌다. 마치 그리앙타성 위편의 트라메치나산 속에서 곰 사냥을 할 때처럼 숨어서 사냥거리를 기다리고 있는 것 같았다. 그러자 자신이 사냥꾼인 듯이 생각되기 시작했다. 그는 탄약 주머니에서 실탄을 하나 꺼내 총알을 떼어 냈다. '사냥감을 보면 놓쳐서는 안 돼.' 그러면서 그는 총신에다 지금 꺼낸 두 번째 총알을 장전했다. 그가 숨어 있는 나무 아주 가까이로 두 발의 총성이 울렸다. 그와 동시에 청색 제복을 입은 기병이 전방 오른쪽에서 왼쪽을 향해 질주하는 것이 눈에 들어왔다. '세 발자국은 아니라도 이 정도 거리라면 맞출 수 있어.' 그는 기병을 쫓아 총구를 겨냥하여 마침내 방아쇠를 당겼다. 기병이 말과 함께 쓰러졌다. 우리 주인공은 자신이 사냥을 하고 있다는 생각에 빠져 있었다. 그래서 그는 자신이 막 쓰러뜨린 사냥감 곁으로 기쁨에 넘쳐 달려갔던 것이다. 죽어 가는 듯싶어 쓰러진 남자에게 손을 갖다 댄 순간 프러시아 기병 두 명이 칼을 치켜들고 맹렬한 속력으로 그에게 달려들었다. 파브리스는 걸음아 날 살려라 하고 숲 쪽으로 도망치기 시작했다. 총이 뛰는 데 방해가 되자 내던져 버렸다. 프러시아 기병들이 바로 뒤까지 따라오고 있었다. 내달리던 그는 때마침 숲 가장자리, 쭉쭉 뻗은 팔뚝만 한 굵기의 작은 참나무들을 새로 조림해 둔 곳으로 들어갔다. 그 작은 참나무 숲은 한순간 기병들을 주춤하게 만들었다. 그러나 그들은 그곳을 빠져나와 숲 안

쪽, 나무가 성긴 곳으로 나서자 다시 파브리스를 뒤쫓아 왔다. 또다시 그들이 파브리스를 잡아챌 듯한 거리까지 따라붙은 순간이었다. 그는 일고여덟 그루의 굵직한 나무들 사이로 미끄러져 들어갔다. 바로 그때 앞쪽에서 대여섯 발의 총알이 날아왔다. 내뿜는 불꽃에 그의 얼굴이 타는 듯이 느껴졌다. 그는 고개를 수그렸다. 다시 머리를 들어보니 바로 앞에 하사가 있었다.

"자네가 맡은 녀석은 처치했어?" 오브리 하사가 물었다.

"네, 하지만 총을 잃어버렸어요."

"총 같은 건 얼마든지 있어. 자네도 어지간한데…… 얼간이처럼 보여도 하루 종일 잘 해냈으니. 그런데 자네를 쫓아온 두 놈은 놓쳐 버리고 말았어. 저 병사들 바로 앞으로 왔는데도 말이야. 나는 그놈들을 보지 못했거든. 이제부터는 신속하게 퇴각해야 해. 우리 연대가 멀지 않은 곳에 있을 거야. 더군다나 저쪽은 작은 초원인데, 적군에게 포위당해 잡힐 수도 있는 지형이라고."

이렇게 말하면서 하사는 열 명의 부하들 선두에 서서 빠른 걸음으로 걸었다. 200보쯤 가서 그가 말한 초원에 들어섰을 때 일행은 부상당한 장군 한 명과 마주쳤다. 장군은 부관과 시종의 부축을 받고 있었다.

장군이 꺼져가는 목소리로 하사에게 말했다. "병사 네 명을 나한테 내주게. 나를 위생부대로 데려가야 하니까. 다리가 부러졌거든."

"망할 놈." 하고 하사는 대답했다. "오늘 네놈도, 다른 장군

놈들도 모두 황제를 배반했어."

"뭐라고." 장군은 화를 냈다. "내 명령을 못 알아듣는군! 나는 B백작이야. 자네들 사단을 지휘하는 사람이라고." 그러면서 장군은 장황한 말을 늘어놓았다. 그의 부관이 병사들에게 달려들었다. 하사는 총검으로 부관의 팔을 찔렀다. 그러고는 부하들과 함께 재빨리 달아났다. "다른 놈들 모두 너처럼 팔이나 다리가 부러졌으면 좋겠다!" 하사는 걸음을 재촉하면서도 계속 욕설을 퍼부어 댔다. "촐랑이 같은 놈들! 모두 부르봉 패거리들[30]에게 매수되었어. 그래서 황제를 배반한 거야!" 파브리스는 이런 욕설을 들으며 몸을 떨었다.

저녁 10시경, 이 소부대는 어느 큰 마을 입구에서 연대와 합류했다. 마을에는 아주 좁은 길이 여러 갈래로 나 있었다. 파브리스도 눈치 챈 사실이지만, 오브리 하사는 어느 장교와도 이야기를 나누지 않으려 했다. "앞으로 갈 수가 없군!" 하사가 외쳤다. 모든 길은 보병과 기병, 특히 포탄과 화물을 운반하는 수레들로 혼잡하게 막혀 있었다. 하사는 세 갈래 길로 갈라지는 지점까지 왔다. 몇 걸음 더 갔지만 멈춰 서지 않을 수 없었다. 모두들 그들 일행을 향해 욕설을 퍼붓고 화를 내고 있었던 것이다.

"또 배반자가 지휘하고 있군!" 하사가 소리쳤다. "만약 적이 영리하게도 이 마을을 포위한다면 우리들 모두가 개처럼 포

---

30) 나폴레옹에게 반대해서 외국의 군주와 결탁, 부르봉 왕가를 재옹립하려던 왕당파를 가리킨다.

로가 돼. 너희들은 날 따라와." 파브리스는 주위를 둘러보았다. 하사를 따르는 병사는 이제 여섯 명뿐이었다. 일행은 열려 있는 어느 대문 안으로 들어갔다. 넓은 가금 사육장이 나왔다. 그들은 가금 사육장을 지나 마구간으로 갔고, 마구간에 붙은 작은 문을 통해 뒤뜰로 나갔다. 뒤뜰에서는 한동안 방향을 못 잡고 우왕좌왕했다. 그러나 마침내 일행은 울타리를 넘어서 넓은 메밀밭으로 나설 수 있었다. 외침과 소음이 뒤엉킨 소리를 따라 그들은 반시간도 못 돼서 다시 한길을 찾아 들어섰다. 마을을 막 넘어온 것이다. 팽개쳐 버린 총들이 한길 양편의 도랑을 가득 메우고 있었다. 파브리스는 거기서 총 한 자루를 골라잡았다. 한길은 꽤 넓었으나 도망병과 마차로 빼곡이 메워진 탓에 하사와 파브리스는 30분에 500보를 전진하는 것이 고작이었다. 사람들이 하는 말로 이 길이 샤를루아로 간다는 사실을 알았다. 마을의 큰 시계가 11시를 쳤다.

"다시 밭을 가로질러 가자." 하사가 소리쳤다. 이 소부대에는 이제 병사 세 명과 하사, 그리고 파브리스만 남아 있었다. 한길에서 1킬로미터쯤 되는 곳에 왔을 때 병사 하나가 말했다.

"이젠 더 이상 못 걷겠어요."

"나도 그래." 또 다른 병사 하나가 맞장구를 쳤다.

"좋아! 우리 모두 여기서 야영을 해야겠다." 하사가 말했다. "하지만 내 말대로 해라. 그럼 너희들에게 득이 될 테니까." 끝없이 넓은 밀밭 가운데를 흐르는 작은 도랑을 따라 대여섯 그루의 나무가 서 있는 것이 그의 눈에 들어왔다. "저 나무 있는 곳으로 가자!" 그가 부하들에게 말했다. 모두 나무 있는 곳으로 왔다. 하사가 다시 지시했다. "이곳에 자리 잡고 누워라. 무엇보다 소리를 내지 말도록. 그런데 자기 전에 묻는데, 누가 빵을 가지고 있나?"

"접니다." 병사 하나가 대답했다.

"이리 내놔." 하사가 위엄 있는 태도로 말했다. 그러고는 그 빵을 다섯 조각으로 나누어서, 그중 가장 작은 것을 자기 몫으로 남겼다.

그는 빵을 먹으면서 말했다. "동틀 무렵이 되면 너희 등뒤로 적의 기병을 맞이하게 될 거야. 적의 칼을 피해야 돼. 등뒤로 기병이 달려들 때 혼자 있다면 끝장나는 거지만, 반대로 다섯 명이 있으면, 들판이 이렇게 넓으니 도망을 갈 수 있단 말이야. 그러니까 나와 함께 흩어지지 말고 있어. 총은 적이 아주 가까이 왔을 경우에만 쏴야 해. 그러면 내일 저녁에는 샤를루아에 갈 수 있을 거야. 내가 장담하지." 하사는 동트기 한 시간 전에 병사들을 깨워 무기를 다시 장전토록 했다. 한길의 소음은 그때까지도 여전했다. 밤새도록 소란이 계속되고 있었던 것이다. 그 소리는 멀리서 들려오는 세찬 물살 소리 같았다.

"마치 양들이 도망가는 것 같아요." 파브리스가 천진난만하게 하사에게 말했다.

"닥쳐, 이 애송이야!" 하고 하사가 화를 냈다. 이 작은 부대의 나머지 세 명의 병사들도 마치 모욕을 받기나 한 듯이 파브리스를 바라보았다. 그가 자기네 국민을 욕했던 것이다.

'어이없군!' 우리 주인공은 생각했다. '이런 모습은 저 밀라노 부왕한테서도 이미 봤었어. 그가 도망치지 않는다고? 천만에! 프랑스인들에게는 진실을 말해서는 안 돼. 그 진실이 이들의 허영심을 다치게 할 경우는 말이야. 게다가 이렇게 심술궂은 태도를 보인다고 해서 누가 겁낼 줄 알고. 이들에게 내가 자신들의 태도를 비웃고 있다는 걸 알려 줘야 해.' 일행은 한길을 뒤덮고 있는 도망병의 행렬로부터 계속해서 500보쯤의 간격을 두고 걷고 있었다. 1킬로미터가량 가서 하사와 그 일행은 어떤 길로 접어들었다. 벌판을 가로질러 다시 한길과 만나는 지름길이었다. 거기에는 수많은 병사들이 누워 있었다. 파브리스는 40프랑을 주고 꽤 좋은 말을 샀다. 그리고 사방에 내팽개쳐져 있는 검 중에서 똑바로 날이 선 큰 놈으로 신중하게 골라잡았다. '적을 만나면 휘두르기보다 찔러야 한다고 하니, 이놈이 제일 낫겠군.' 이렇게 무장을 한 후 그는 말을 달려 앞서 가고 있던 하사를 따라잡았다. 그는 말 위에 버티고 앉아 왼손으로 곧게 뻗은 칼집을 잡고 네 명의 프랑스 군인에게 이렇게 말했다.

"한길로 도망가고 있는 저 사람들은 마치 양 떼 같아…… 겁먹은 양떼들처럼 걸어가고 있잖아."

파브리스는 '양'이라는 단어에 힘을 주어 말했지만 소용없는 일이었다. 그의 동료들은 한 시간 전에는 똑같은 말에 화를 냈다는 사실을 이젠 잊어버리고 있었다. 이런 점에서 이탈리아인과 프랑스인이 지닌 상반된 성격의 한 단면이 드러난다. 프랑스인들이야말로 가장 행복한 사람들인 건 분명하다. 그들은 인생의 갖가지 사건들을 가볍게 스쳐 지나가면서 원한을 품지 않는 것이다.

'양 떼'라고 말한 다음부터 파브리스가 자기 자신에게 대단히 만족하고 있었다는 사실을 감추지는 않겠다. 그들은 자질구레한 이야기를 나누면서 걸어갔다. 8킬로미터쯤 걷고 난 뒤, 적의 기병이 나타나지 않는다는 사실에 계속 놀라워하고 있던 하사가 파브리스에게 말했다.

"자네는 우리 기병이야. 저기 작은 언덕 위의 농가로 달려가서 농부에게 식사를 '팔지 않겠느냐'고 물어봐. 우린 다섯밖에 되지 않는다고 말하라고. 선뜻 응하지 않으면 자네 돈으로 선금을 5프랑 주도록 해. 하지만 걱정할 것 없어. 식사를 한 다음엔 그 은화를 도로 빼앗아 줄 테니까."

파브리스는 하사를 바라보았다. 하사는 의연하고 근엄한 표정으로 정말이지 정신적으로 당당한 태도를 보여 주었다. 그는 명령을 따랐다. 모든 일은 지휘관이 예상했던 대로 진행되었다. 다만 농부에게 주었던 5프랑을 강제로 다시 뺏는 일에 파브리스가 반대한 것을 제외하면 말이다.

"그 돈은 내 것이야." 하고 그는 동료들에게 말했다. "난 자네들을 위해 그 돈을 치른 것이 아냐. 저 농부가 내 말에게 먹인 귀리값이라고."

파브리스의 프랑스어 발음이 너무 서툴러서 그 말을 들은 동료들은 그가 우쭐거리고 있다고 생각했다. 그들은 기분이 몹시 상했다. 그때부터 그들은 마음속으로 이 어린 녀석을 혼내 줄 준비를 하면서 하루 일정이 끝나기만을 기다렸다. 그들은 파브리스가 자신들과는 아주 다르다는 것을 알았고, 이 사실에 비위가 뒤집혔다. 파브리스는 반대로 그들에 대해 한층 더 깊은 우정을 느끼기 시작했다.

두 시간 전부터 그들은 아무 말도 하지 않고 행군만 계속하고 있었다. 갑자기 하사가 한길을 바라보며 환성을 질렀다. "저기 연대가 있다!" 모두들 즉시 한길로 나섰다. 그러나 어찌된 일인가! 독수리가 그려진 군기 주위로 무리를 이루고 가는 인원이 200명도 채 되지 않았다. 그 여자 상인의 모습이 곧 파브리스의 눈에 띄었다. 그녀는 걸으면서 붉어진 눈으로 이따금 눈물을 흘리고 있었다. 파브리스는 그녀의 작은 마차와 코코트라고 부르던 말을 찾아 사방을 둘러보았지만 보이지 않았다.

"뺏기고, 잃어버리고, 도둑맞았다우." 우리 주인공이 이리저리 두리번거리는 모습을 보고 여자가 소리쳤다. 그는 잠자코 자기 말에서 내려 고삐를 잡았다. "올라타요." 그녀는 사양하지 않고 재빨리 올라타더니 말했다. "발이 안 닿으니 등자를 좀 줄여 주구려."

말 위에 자리를 잡자 그녀는 지난밤에 겪었던 모든 재앙을 이야기하기 시작했다. 끝없이 긴 이야기였다. 우리 주인공은 열심히 들어 주었지만 사실은 무슨 내용인지 전혀 알아듣지 못하고 있었다. 그래도 그 이야기를 듣고 나자 우리 주인공은 그 여자에게 친밀감을 느꼈다. 그녀는 이렇게 덧붙였다.

"게다가 내게서 마차를 뺏고, 때리고, 이 지경으로 만들어 놓은 쪽은 바로 우리 프랑스 병사들이라우."

"뭐라고요! 적들이 그런 게 아니라고요?" 이렇게 말하는 파브리스는 순진하기 그지없었다. 그런 순진한 모습 때문에 심각한 표정을 짓고 있는 그의 잘생긴 창백한 얼굴이 귀엽게 보였다.

"당신은 참 바보구려!" 여자는 눈물을 흘리면서도 미소를 지었다. "그렇긴 해도 당신은 맘씨가 고운 사람이야."

"당신도 말하다시피 이렇게 바보 같은 친구가 프러시아 병사를 멋지게 해치웠다고." 온통 혼잡한 가운데서도 어쩌다 보니 매점 여자가 탄 말의 다른 편 옆에서 걸어가게 된 오브리 하사가 말했다. "하지만 이 친구는 거만스러워." 이 말을 듣자 파브리스는 항의하려는 듯 몸을 움찔했다. 하사가 말을 계속했다. "그런데 자네 이름이 뭐지? 보고서를 쓰게 되면 자네 이름을 올리고 싶은데."

"바지라고 해요." 이렇게 대답하던 파브리스는 기묘한 표정을 짓더니, "그러니까 불로라는 말이지요."라고 급히 고쳐 말했다.

불로는 B감옥의 감옥지기 아내가 준 이동 명령서에 적힌 이름이었다. 이틀 전에 그는 걸으면서 그 통행증을 세심하게 살펴 두었는데, 그건 이젠 조금은 깊이 생각하기 시작한 데다가 자기가 처한 상황에 대해 그리 놀라지 않게 된 덕분이기도 했다. 물론 그는 경기병 불로의 증명서 외에도 이탈리아에서 가져온, 기압계 상인 바지라는 고상한 이름으로 행세할 수 있는 여행 증명서도 잘 간직하고 있었다. 좀 전에 하사가 그를 보고 거만하다고 나무랐을 때 그는 하마터면 이렇게 대답할 뻔했다. '내가 거만하다니! 나는 파브리스 발세라라는 사람으

로 델 동고 '소후작'인데, 기압계 상인 바지라는 이름을 쓰고
있는 거예요.'

'내 이름이 불로라는 사실을 잊으면 안 돼. 그렇지 않으면
곧장 감옥으로 들어가게 될 거야.' 파브리스가 혼자 반성하고
있는 사이, 하사와 여자는 파브리스에 대해 몇 마디 말을 주
고받았다.

여자가 파브리스에게 여태껏 허물없이 대하던 말투를 고쳐
깍듯하게 물었다. "내가 여러 가지를 알고 싶어 한다고 나무라
지 말아요. 당신에게 이렇게 묻는 것은 당신을 위해서니까. 당
신 정말로 누구예요?"

파브리스는 처음에는 대답하지 않았다. 하지만 그는 생각
했다. 자기 일을 털어놓고 도움을 구하기에 이보다 더 좋은 친
구는 없으리라. 더구나 그는 누군가의 조언이 절실하게 필요
했다. '우리는 곧 사령부가 있는 요새로 들어갈 것이다. 그러면
사령관은 내가 누군지 알려고 할 것이고, 그 경우 서투른 대
답을 하는 바람에 지금 입고 있는 제복의 소속부대인 경기병
4연대에 아는 사람이 아무도 없다는 사실이 들통 난다면, 나
는 감옥으로 직행이다.' 오스트리아 신민(臣民)으로서, 여행 증
명서가 얼마나 중요한 것인가를 파브리스는 잘 알고 있었다.
그의 가문이 아무리 대귀족이고 신앙심 깊고 또 아무리 유력
한 당파에 속했어도, 여행 증명서가 문제가 되었을 때만은 성
가신 일을 당했던 적이 종종 있었던 것이다. 따라서 이 여자가
던진 질문에 그가 기분을 상한 것은 결코 아니었다. 어쨌든 대
답하기 전에 가장 명확한 프랑스어 단어를 찾고 있자, 호기심

이 솟아오른 여자는 그를 재촉하느라 이렇게 말했다. "오브리 하사와 나는 당신이 어떻게 처신하면 좋을지 조언을 해 주려는 거예요."

"잘 알고 있어요." 파브리스는 대답했다. "나는 바지라고 하고, 제노바 사람입니다. 누이가 아주 미인인데 어느 대위와 결혼했지요. 내가 열일곱 살밖에 안 되었기 때문에 누이는 나를 자기 곁으로 불렀습니다. 나에게 프랑스를 구경시켜 주고 또 교육도 좀 받게 하려는 것이었어요. 그런데 파리에서 누이를 못 만났어요. 그런데 매형이 이 군대에 있다는 사실을 알고는 여기까지 온 겁니다. 여기저기 찾아보았지만 누이를 만날 수 없었어요. 내 억양을 수상하게 여긴 병사들에게 체포되었는데, 마침 돈을 지니고 있어서 헌병에게 건네주었어요. 헌병이 통행증과 제복을 주면서 이렇게 말하더군요. '가 봐, 그리고 내 이름은 절대로 말하지 말라고.'"

"그 헌병 이름이 뭐죠?" 여자가 물었다.

"발설하지 않겠다고 약속했어요."

"이 사람이 옳아." 하고 하사가 말했다. "그 헌병은 비열한 놈이야. 하지만 그자의 이름을 대서는 안 되지. 그건 그렇고 누이의 남편인 그 대위의 이름은 뭔가? 이름을 안다면 우리가 찾을 수 있을 거야."

"퇴리에라는 제4경기병 연대 대위입니다." 우리 주인공이 대답했다.

"그렇게 해서." 하고 하사가 약빠른 태를 내며 말했다. "그 서툰 억양을 보고 병사들이 자네를 첩자로 알았단 말이지?"

"정말 치욕스러운 누명이에요!" 파브리스의 눈이 반짝였다. "나는 황제와 프랑스인들을 그토록 사랑하는데! 그런 모욕 때문에 제일 화가 나는 겁니다."

"모욕한 것이 아냐. 그건 자네가 몰라서 그래. 병사들이 오해한 것은 당연한 거라고." 오브리 하사가 위엄 있게 말했다.

그리고 나서 하사는 퍽 유식한 티를 내며, 군대에서는 어느 부대에든지 소속되어 제복을 입어야 하며 그렇지 않으면 첩자로 오해받는 것은 당연한 일이라고 설명하는 것이었다. "적들이 우리 편에 많은 첩자를 풀어놓았어. 이 전쟁에서는 전부 배반자들뿐이라고." 파브리스는 비로소 눈을 뜬 것 같았다. 지난 두 달 동안 겪어 온 모든 일에 있어서 자신이 잘못해 왔음을 처음으로 깨달은 것이다.

"아무튼 젊은이는 우리에게 전부 털어놔야겠어." 여자는 더욱더 호기심에 들떠서 말했다. 파브리스는 그대로 따랐다. 그가 이야기를 마치자, 여자가 하사에게 진지한 표정으로 말했다. "그러니 사실 이 어린 양반은 군인이 아니구면요. 전투에 지고 배반당한 지금, 우리 앞에 기다리고 있는 건 굴욕뿐이에요. 이 사람이 무엇 때문에 구태여 그런 험한 꼴을 당합니까?"

"더군다나 이 친구는." 하사가 말을 받았다. "총을 장전하는 방법도 몰라. 기본 동작도 임의 사격 자세도 안 되어 있지. 그 프러시아 놈을 해치웠을 때도 내가 총알을 장전해 줬다고."

"게다가 이 사람은 누구에게나 돈을 내보인다고요." 여자 상인이 덧붙였다. "우리가 옆에 없으면 곧 전부 도둑맞을 거예요."

"누구든 처음 만나는 기병 하사관이 빼앗아서 술값으로 써 버리겠지. 그러고는 아마 적병으로 몰아 버릴걸. 모두들 배반하는 지경이니 말이야. 누구든 처음 마주친 자가 따라오라고 명령하면 이 사람은 따라갈 거야. 역시 우리 연대에 들어오는 것이 좋겠어."

"아닙니다. 그러지 않아도 됩니다. 하사님! 말을 타고 가는 것이 더 좋습니다. 게다가 나는 총을 장전할 줄도 모르니까요. 그리고 당신도 보셨겠지만 나는 말을 다루는 데는 자신 있어요."

파브리스는 이 짧은 연설을 하고 난 다음 퍽 우쭐해졌다. 그의 앞일에 대해 하사와 여상인 사이에 오간 긴 논의는 생략하기로 하자. 파브리스는 두 사람이 말을 주고받으면서 자신의 이야기에 등장하는 모든 상황들을 서너 번씩이나 되풀이하는 것을 알아차렸다. 병사들이 의심을 품은 것이며 헌병이 그에게 통행증과 제복을 판 일, 전날 그가 네 원수의 호위대에 가담하게 된 사연이라든가, 질주해 가는 황제를 얼핏 본 일, 말을 '도둑맞은' 것 등등.

여자다운 호기심으로 여상인은 자신이 사도록 주선해 준 훌륭한 말을 파브리스가 어떻게 강제로 빼앗겼는가 하는 대목을 끊임없이 이야기했다.

"두 발을 잡혔다고 느꼈는데, 이어서 슬며시 말 엉덩이 위로 미끄러뜨려서 땅에 엉덩방아를 찧게 하더란 말이지!" '우리 세 사람 모두 다 알고 있는 이야기를 왜 이렇게 자꾸 되풀이하는 거지?' 파브리스는 생각했다. 프랑스에서는 민중들이 어떤 것을 이해하기 위해 이런 방식을 쓴다는 사실을 그는 아직 모르고 있었다.

"돈은 얼마나 갖고 있어요?" 여자가 갑자기 물었다. 파브리스는 주저하지 않고 대답했다. 그는 이 여자가 마음이 고결한 사람이라는 점을 의심치 않았다. 이런 고결한 마음을 만날 수 있다는 것이 프랑스가 아름다운 나라인 이유다.

"전부 해서, 나폴레옹 금화 서른 닢이 있고, 나머지는 5프랑짜리 에퀴 열 닢이 채 안 돼요."

"그렇다면 어디든 마음대로 갈 수 있잖수!" 여자가 큰소리로 말했다. "도망치기 바쁜 이 군대에서 벗어나요. 옆으로 빠져서 저기 오른편에 보이는 첫 번째 오솔길로 들어가요. 말을 부지런히 몰아서 군대로부터 멀리 떨어지라고요. 기회가 되면 우선 민간인의 옷을 사 입어요. 8킬로미터 이상 가서 더 이상 병사들이 눈에 띄지 않게 되면 역마를 타고 어디 괜찮은 도시로 가서 한 일주일 쉬며 맛있는 음식이나 들어요. 군대에 있었다는 말은 아무에게도 하지 말고. 헌병이 도망병으로 잡아들일 테니까. 젊은 양반, 당신은 비록 마음씨가 곱긴 해도, 아직도 헌병이 묻는 말을 잘 받아넘길 수 있을 만큼 약삭빠르진 못하거든. 민간인 복장을 하게 되면 즉시 통행증은 찢어 버리고, 당신 본명을 쓰도록 해요. 바지라고 했죠. 헌데 어디서 왔다고 해야 할까?" 여자는 하사에게 물었다.

"에스코강 근처에 있는 캉브레에서 왔다고 하는 게 좋겠어. 좋은 도시인데 아주 작은 곳이야, 알았지? 성당이 있고 페늘롱³¹⁾이 살았던 곳이라고."

"그래, 그게 좋겠어." 여자가 맞장구를 쳤다. "결코 전투에 참가했었다는 이야기를 해서는 안 돼요. B감옥의 일이라든가, 당신에게 통행증을 팔아 먹은 헌병의 이야기는 내비치지도 말아요. 파리로 돌아갈 생각이면 우선 베르사유로 가서, 그곳에서부터 산보하는 사람처럼 빈둥거리며 걸어서 파리 성문을 통과하는 거예요. 나폴레옹 금화는 바지 속에 꿰매 넣어요. 그리고 무엇보다도, 돈을 치러야 할 일이 생기면 정확히 치러야 할 돈만 내보이도록 해요. 내 맘이 안쓰러운 것은 당신이 속아넘어가서 가지고 있는 것을 전부 도둑맞게 될 것 같아서라오. 돈이 없어지면 어떻게 하겠어요? 당신은 어떻게 처신해야 좋을지도 모르는 사람인데."

인정 많은 여상인은 이야기를 한참 더 늘어놓았다. 하사는 말할 틈을 얻지 못해 다만 머리를 끄덕이며 그녀의 의견에 동의하고 있었다. 그때 갑자기 한길이 웅성거렸다. 길을 가득 메우고 있던 사람들이 처음에는 발걸음을 빨리 하더니 곧이어 길 왼편 도랑을 뛰어넘어 걸음아 날 살리라는 듯이 줄행랑을 치기 시작했다. "코자크 병사다! 코자크 병사다!" 사방에서 외치는 소리가 들렸다.

---

31) 프랑수아 페넬롱(François Fénelon, 1651~1715). 프랑스 절대 왕정 시대의 작가이자 성직자. 루이 14세의 손자 부르고뉴 공작의 사부였으며, 이후 캉브레의 대주교로 임명되어 이곳에서 숨을 거두었다. 주로 신학 문제를 다룬 작품을 썼는데, 대표작인 『텔레마크』에는 루이 14세의 통치에 대한 비판과 새로운 정치 사상이 담겨 있다.

"자, 당신 말을 도로 타고 어서 가요!" 여자가 소리쳤다.

"그럴 순 없어요!" 하고 파브리스는 대답했다. "어서 달아나요! 이 말은 당신이 가져요. 작은 마차를 살 돈이 필요한가요? 내 돈 반을 줄게요."

"어서 이 말을 받아 타요, 어서!" 여자는 화를 내며 말에서 내리려고 했다. 파브리스는 칼을 빼서 눕혀 잡고는 "꼭 잡아요!" 하고 소리치며 두세 번 말을 두들겼다. 말은 쏜살같이 내빼서 후퇴하는 병사들 일행을 따라갔다.

우리 주인공은 한길을 바라보았다. 조금 전까지만 해도 삼사천 명의 병사가 행렬을 따라가는 농부들처럼 길을 빽빽이 메운 채 붐비고 있었는데, 코자크라는 외침이 들린 후 말 그대로 단 한 사람도 보이지 않았다. 도망병들은 모자고 총이고 칼이고 다 던져두고 달아나버렸다. 놀란 파브리스는 길 오른편 밭으로 올라갔다. 그 자리는 길보다 꽤 높이 솟아 있었다. 그는 거기서 길 양편과 벌판 저 멀리까지 둘러보았다. 코자크 병사는 그림자도 없었다. '프랑스인들은 묘한 사람들이야!' 그는 중얼거렸다. '오른쪽으로 가야 하니까 이대로 곧장 가는 것이 좋겠다. 사람들이 그렇게 도망친 데도 무언지는 모르지만 사연이 있겠지.' 그는 총 한 자루를 주워들었다. 장전이 되어 있는지 확인하고 뇌관의 화약을 흔들어 보고 부싯돌 공이를 닦았다. 그러고는 가득 차 있는 탄약 주머니를 하나 골라 들고는 다시 사방을 살폈다. 조금 전까지도 그렇게 많은 사람들로 뒤덮여 있던 벌판 한가운데 이제 자기 혼자밖에 없었다. 아주 멀리 나무들 뒤로 사라지고 있는 도망병들의 모습이 눈에 들어왔다. 그들은 여전히 뛰고 있었다. '참 이상하군.' 파브리스는 생각했다. 그는 전날 하사에게 배운 요령대로 밀밭 한가운데 가서 앉았다. 그러고는 한동안 그 자리를 떠나지 않았다. 혹시 친구가, 매점 여자와 오브리 하사가 다시 오지 않을까 싶어서였다.

그는 밀밭 속에 들어 앉아 나폴레옹 금화를 확인해 보았다. 자신의 계산대로라면 서른 닢이 있어야 했지만 남아 있는 것은 열여덟 닢뿐이었다. 그래도 전날 아침 B감옥지기 아내의 방에서 경기병 장화 안바닥에 넣어둔 작은 다이아몬드들은 남아 있었다. 그는 나폴레옹 금화를 되도록 꼼꼼히 감추면서 돈이 어째서 그리 갑자기 사라져버렸는지 곰곰이 생각했다. '이건 무슨 흉조가 아닐까?' 그가 가장 아쉽게 느끼는 점은 오브리 하사에게 '내가 정말 전투를 한 건가요?' 하고 물어보지 못했다는 사실이었다. 그는 아마도 그랬을 거라고 생각했다. 전투에 참가한 것을 확인받을 수 있었더라면 그는 정말 행복했을 것이다.

'그렇지만 나는 죄수의 이름으로 참가한 거야. 주머니에 그 죄수의 통행증을 넣고 더구나 그의 옷을 걸치고 있었으니! 이거야 말로 미래가 불길해지는군. 블라네스 신부님은 뭐라고 말씀하실까. 불로라던 그 불쌍한 자는 감옥에서 죽었지! 이 모든 게 다 좋지 않은 전조야. 어쩌면 내 운명에 감옥으로 가게 돼 있는지도 몰라.' 파브리스는 불로라는 그 경기병이 정말 죄가 있었는지 아니었는지 꼭 알고 싶었다. 기억을 더듬어보니, 그 경기병이 은식기만이 아니라 어떤 농부의 소까지 훔치고 그 농부를 지독하게 때린 죄로 체포되었다는 이야기를 감옥지기 아내가 해 준 것 같기도 했다. 파브리스는 자신도 언젠가 무슨 잘못을 저질러 감옥에 들어갈 것이 틀림없다는 생각이 들었다. 그 잘못이란 경기병 불로가 저질렀다는 죄와 무슨 연관이 있는 것이리라. 그러자 친하게 지내던 블라네스 신부가 생각났다. 그에게 조언을 들을 수 있다면 얼마나 좋을까! 이어서 파리를 떠난 이래 고모에게 편지를 쓰지 않았다는 것에 생각이 미쳤다. '가엾은 지나 고모!' 그는 중얼거렸다. 두 눈에 눈물이 고였다. 그때 갑자기 아주 가까이에서 바스락거리는 소리가 들렸다. 한 병사가 재갈을 벗긴 말 세 마리에게 밀을 먹이고 있었다. 말들은 몹시 배가 고픈 것 같았다. 병사는 그중 한 마리에 올라 타 말끈을 느슨하게 붙잡고 있었다. 파브리스는 자고새 새끼처럼 벌떡 일어섰다. 병사는 겁을 먹었다. 우리 주인공은 그런 눈치를 채고 재미 삼아 잠시 경기병처럼 굴기로 했다.

"이봐, 그중 한 마리는 내 거야. 망할 자식아!" 그는 큰소리로 말했다. "그래도 여기까지 데리고 온 수고가 있으니 5프랑을 주지."

"날 놀리자는 거야?" 병사가 되받았다. 파브리스는 여섯 걸음 정도 거리를 두고 총을 들어 그를 겨누었다.

"말을 내놔. 그러지 않으면 쏠 테다."

병사는 총을 등뒤에 메고 있었기 때문에 총을 잡으려고 어깨를 돌렸다.

"조금만 움직이면 죽는 줄 알아!" 파브리스가 그를 향해 달려들며 소리질렀다.

"좋아! 5프랑 내놓고 한 필 가져가." 아무도 없는 한길 쪽을 원망스럽게 쳐다본 병사가 당황해서 말했다. 파브리스는 왼손으로 총을 높이 들고 오른손으로 5프랑 세 닢을 그에게 던져 주었다.

"말에서 내려 서. 안 그러면 쏠 테다. 검은 놈에게 재갈을 씌워 놓고, 다른 두 놈은 데리고 꺼져 버려…… 딴청 피우면 무사하지 못할 거야."

병사는 상을 찌푸리면서도 하라는 대로 했다. 파브리스는 말에게로 다가가 왼팔을 접어 말고삐를 붙들면서 저만치 멀어져 가는 병사로부터 시선을 떼지 않았다. 병사가 쉰 걸음가량 되는 곳까지 간 것을 보고 그는 재빨리 말 위에 올라탔다. 막자리를 잡고 발로 오른쪽 등자를 찾는 참인데 바로 곁으로 총알이 휙 날아오는 소리가 났다. 총을 쏜 것은 그 병사였다. 파브리스는 화가 치밀어서 이미 걸음아 날 살려라 도망치는 병사를 쫓아 전속력으로 달리기 시작했다. 곧 병사는 말 두 필중 한 마리에 올라타고 달아나 버렸다. '됐어. 이젠 총을 쏴 봤자 닿지도 않아.' 그는 중얼거렸다. 그가 방금 산 말은 훌륭한 놈이었지만 몹시 굶주린 것 같았다. 파브리스는 한길로 다시 들어섰다. 길에는 여전히 한 명도 보이지 않았다. 그는 한길을 가로질러 말을 달려서 왼편 작은 언덕으로 내달았다. 어쩌면 그곳에 그 매점 여자가 있을지 모른다는 생각이 들어서였다. 그러나 작은 언덕 위로 올라가도 아주 멀리로 드문드문흩어져서 가는 병사들만 눈에 띌 뿐이었다. '이제 다시는 만나지 못할 거야.' 그는 한숨을 쉬며 중얼거렸다. '정직하고 좋은 여자였어!' 파브리스는 길 오른편 멀리로 보이는 농가에 가서 말에서 내리지도 않은 채 돈을 내밀고 말에게 귀리를 얻어먹였다. 말은 하도 굶주려 구유를 물어뜯을 지경이었다. 한 시간 후 파브리스는 매점 여자나 아니면 오브리 하사라도 다시 만날지 모른다는 막연한 기대를 여전히 품은 채 한길을 달리고 있었다. 사방을 살피며 계속 가다 보니 늪처럼 질퍽한 시내에 아주 좁은 나무다리가 놓인 곳에 다다랐다. 다리를 건너기 전, 길 오른쪽으로 '백마'라는 간판을 단 외딴 집 한 채가 보였다. '저기 가서 저녁을 먹어야겠다' 하고 파브리스는 생각했다. 다리 입구에 붕대를 감은 팔을 목에 걸어 맨 기병장교가 보였다. 그는 말을 타고 있었는데, 몹시 침울한 얼굴이었다. 열 걸음 떨어진 곳에서는 기병 세 명이 말은 어디에 두었는지 땅바닥에서 파이프를 손질하는 중이었다.

'저 친구들 얼굴을 보니 내가 치른 것보다 훨씬 싼값으로 내 말을 사고 싶어 하는 눈치군.' 부상당한 장교와 세 명의 도보병은 그를 바라보며 다가오기를 기다리는 것 같았다. '다리를 건너기보다 오른쪽 강기슭을 따라가는 편이 낫겠다. 매점 여자가 일러 준 대로 궁지에서 빠져나가자면 그래야겠지……그건 맞아.' 파브리스는 생각했다. '하지만 내가 여기서 도망친다면 하룻밤만 지나도 몹시 부끄러워질 거야. 게다가 내 말은 튼튼한 다리를 갖고 있고, 저 장교의 말은 아마도 지쳤을 테지. 내 말을 빼앗으려는 기색이면 달아나 버리지 뭐.' 이런 생각을 하면서 파브리스는 천천히 다가갔다. 그러면서 언제라도 내뺄 태세로 말고삐를 단단히 잡았다.

"어서 오라고, 경기병." 장교는 위엄 있게 소리쳤다.

파브리스는 몇 걸음 다가가서 멈췄다.

"이 말을 빼앗으려는 거죠?"

"절대 그렇지 않아. 이리 오라고."

파브리스는 장교를 쳐다보았다. 코밑수염이 흰, 아주 정직해 보이는 얼굴이었다. 왼팔을 목에 걸어 맨 수건은 피투성이였다. 오른손을 감싼 천도 피로 얼룩져 있었다.

'그렇다면 내 말고삐에 달려들어 잡아챌 역할은 저기 땅바닥에 있는 자들 몫이겠군.' 그러나 가까이 가보자 그들 역시 부상당한 상태였다.

"명예의 이름으로." 하고 장교가 말했다. 그는 대령의 견장을 달고 있었다. "이곳에서 파수를 서 주게. 그리고 용기병이든 엽기병이든 경기병이든 간에 보는 대로 이렇게 이르도록. 르바롱 대령이 저 여인숙에 와 있으며, 저기로 집합하라는 명령을 내렸다고 말이야." 노대령은 부상 때문에 몹시 고통스러운 모습이었다. 그는 첫머리에 '명예'라는 말을 꺼내면서 우리 주인공의 마음을 사로잡고 말았다. 파브리스는 다음과 같이 대답했다. 분별 있는 대답이었다.

"제가 너무 젊어서 아무도 제 이야기를 듣지 않습니다. 따라서 몸소 쓰신 명령서가 꼭 필요할 것 같습니다."

"그 말이 옳군." 대령이 그를 자세히 들여다보며 말했다. "라로즈, 명령서를 쓰게. 자네는 오른손을 쓸 수 있으니까."

라 로즈는 말없이 주머니에서 작은 양피지 수첩을 꺼내 몇 줄 적고는 그것을 뜯어 파브리스에게 건네주었다. 대령은 명령을 한 번 더 반복한 뒤, 두 시간 보초를 서고 나면 함께 있는 부상당한 기병 세 명 중 누군가가 교대해 줄 것이라고 덧붙였다. 그러고는 부하들과 함께 여인숙으로 들어갔다. 파브리스는 나무다리 한쪽 끝에서 꼼짝도 하지 않고 그들이 걸어가는 것을 바라보고 있었다. 그는 세 사람의 기병이 부상의 고통 속에서 침울하게, 한마디 소리도 내지 않는 것을 보고 충격을 받았던 것이다. '마술에 걸린 사람들 같아.' 그는 혼자 중얼거렸다. 그러다가 접힌 종이를 펴서 명령서를 읽어 보았다.

제14군단 기병 제1사단 제2여단을 지휘하는 제6용기병대의 르 바롱 대령은 모든 용기병, 엽기병 그리고 경기병들에게 명령하건대, 이 다리를 건너가지 말고 다리 옆 사령부가 설치된 '백마' 여인숙으로 집합하기 바란다.

1815년 6월 19일 라 생트교(橋) 부근 사령부에서.

르 바롱 대령이 그의 오른팔에 부상을 당했으므로, 명에 의해 대필함.

중사 라 로즈.

파브리스가 다리에서 보초를 선 지 겨우 반 시간가량 지났을 무렵이었다. 엽기병 한 무리가 다가오는 것이 보였다. 여섯 명은 말을 탔고, 세 명은 걷고 있었다. 파브리스는 대령의 명령을 그들에게 전했다.

"다시 돌아오지."라고 대꾸하며 말 탄 네 명이 재빨리 다리를 건너갔다. 파브리스는 남은 두 사람에게 다시 명령을 전했다. 옥신각신 이야기가 오가는 사이에 걸어오던 세 명도 다리를 건너가 버렸다. 말을 탄 두 엽기병 중 하나가 마침내 명령서를 내보이라고 했다. 그러고는 명령서를 받아 쥐자, "이걸 저친구들에게 가져가서 보여 줘야겠어. 그러면 저들도 틀림없이 돌아올 거야. 꼭 기다리고 있어." 이렇게 말하고는 전속력으로 달려갔다. 그의 동료도 그 뒤를 따랐다. 모든 것이 순식간에 일어난 일이었다.

파브리스는 화가 치밀어 여인숙 안으로 들어간 부상병을 불렀다. 한 사람이 '백마'의 창 하나를 열고 얼굴을 내밀었다. 소매에 두른 그의 중사 계급장이 파브리스의 눈에 들어왔다. 그는 방에서 내려와 파브리스에게 다가오면서 큰소리로 이렇게 말했다.

"칼을 빼 들고 있으라고! 자네는 보초를 서고 있는 거야." 파브리스는 그의 말대로 칼을 빼 들었다. 그러고는 말했다.

"명령서를 가져갔어요."

"어제 일 때문에 다들 화가 난 거야." 중사는 침울하게 말했다. "권총을 한 자루 줄 테니 또다시 보초선을 돌파하려는 자가 있으면 하늘에 대고 한 방 쏴. 그러면 내가 나오든가 대령님이 몸소 나오든가 할 테니까."

명령서를 빼앗겼다고 말했을 때 중사의 몸짓에 놀라움이 섞여 있는 것을 파브리스는 분명히 보았다. 그는 그런 몸짓이 자신을 얕잡아 본 거라고 생각했다. 그래서 더 이상 그런 식으로 농락당하지 않겠다고 굳게 마음을 먹었다.

중사의 승마용 권총으로 무장한 후 파브리스는 의기양양하게 다시 보초를 섰다. 그러자 경기병 여섯이 말을 타고 다가왔다. 그는 다리를 가로막듯이 버티고 서서 그들에게 대령의 명령을 전했다. 이 명령에 그들은 울화가 몹시 치민 듯했고, 불끈 성질이 대단한 한 친구는 다리를 그냥 건너가려고 했다. 파브리스는 친구가 된 여자 상인이 전날 아침 상대를 베지 말고 찌르라고 했던 충고를 따라 곧은 장검의 끝을 내려 잡고 보초선을 돌파하려는 병사를 찌르려는 시늉을 했다.

"아니! 이 녀석이 우릴 죽이려고 해, 이 애송이놈이!" 하고 경기병들이 외쳤다. "어제 우리가 그렇게 죽었는데도 부족하다는 건가!" 그들은 모두 칼을 빼들고 파브리스에게로 달려들었다. 그는 이제 죽었구나 싶었다. 하지만 조금 전 중사가 했던 몸짓이 떠올랐다. 또다시 경멸받을 일을 해서는 안 되겠다는 생각이 들었다. 그는 다리 위로 후퇴하면서 계속 칼을 겨눠 찌르려고 했다. 그러나 그가 들고 있는 중기병의 곧은 장검은 그에겐 너무 무거운 것이었다. 그것을 다루는 그의 얼굴이 너무 우스꽝스러웠기 때문에 기병들은 그의 실상을 알아채지 않을 수 없었다. 그래서 그들은 상대방을 다치게 하지는 않고 입고 있는 제복이나 베어 버려야겠다고 생각했다. 파브리스는 양팔을 서너 번 가볍게 찔렸다. 그러나 그는 여자의 충고를 여전히 충실히 지키느라 상대편들을 힘껏 찔러 댔다. 불행히도 그렇게 찔러댄 파브리스의 칼이 한 경기병의 손에 상처를 입히고 말았다. 이 경기병은 이런 풋내기 병사한테 당한 것이 화가 나서 검을 깊숙이 휘두르며 반격해 왔다. 경기병의 검이 파브리스의 넓적다리 위쪽을 뚫고 들어왔다. 그렇게 찔리게 된데는 우리 주인공의 말이 그 싸움판에서 피하려고 하기는커녕 오히려 흥이 나서 상대편을 향해 뛰어들었기 때문이었다. 경기병들은 파브리스의 오른팔에서 피가 흘러내리는 것을 보고 장난이 너무 지나쳤다는 생각이 들었는지 그를 왼편 다리 난간 쪽으로 밀어내고는 말을 전속력으로 달려 떠나 버렸다. 파브리스는 겨를이 생기자마자 곧 대령에게 알리기 위해 허공에 대고 총을 쏘았다.

앞서 간 경기병들과 같은 연대의 경기병들이 넷은 말을 타고 둘은 도보로 다리를 향해 오고 있었다. 권총 소리가 울린 것은 이들이 다리에서 200걸음쯤 떨어진 지점까지 왔을 때였다. 이들은 다리에서 무슨 일이 일어나고 있는지 유심히 바라보던 차에, 파브리스가 자기 동료들을 향해 총을 쏘았다고 생각했다. 그래서 말을 탄 네 명이 검을 높이 치켜들고 전속력으로 그를 향해 달려들었다. 이번에는 진짜 습격이었다. 권총 신호를 들은 르 바롱 대령이 여인숙 문을 열고 달려 나와, 곧장 질주해 온 경기병들이 다리에 막 닿는 순간 그들에게 정지 명령을 내렸다.

"이런 판국에 이제 대령 따위가 무슨 상관이야!" 그들 중하나가 외치면서 말을 계속 몰았다. 대령은 화가 나서 그들에게 하던 말을 중단하고 부상당한 오른손으로 말고삐를 움켜잡았다.

"멈춰! 괘씸한 놈." 그가 경기병에게 외쳤다. "네가 누군지 알고 있다. 네 녀석은 앙리에 대위의 중대원이지."

"맞아! 그러니 대위한테나 내게 명령하라고 해 보시지! 앙
리에 대위는 어제 전사해 버렸거든." 경기병은 비웃으면서 덧
붙였다. "당신 따위는 이제 꺼지라고."

경기병은 그렇게 말하더니 기어이 지나가려고 노대령을 밀
어젖혔다. 대령은 다리 포석 위에 엉덩방아를 찧고 말았다. 다
리 위로 두어 걸음 나가 있던 파브리스는 여인숙 쪽을 향해
말을 몰아오다가, 경기병이 말의 앞가슴으로 대령을 밀어 넘
어뜨리는 것을 보았다. 대령은 받혀 쓰러지면서도 상대방의
말고삐를 놓지 않았다. 그 장면을 보자 파브리스는 화가 나
서 있는 힘을 다해 경기병을 깊숙이 찔렀다. 다행히도 경기병
의 말이 대령에게 붙잡힌 말고삐에 끌려 옆으로 기우뚱 움직
인 덕분에 파브리스가 세차게 뻗은 경기병 검의 긴 칼날이 상
대의 조끼 위를 가볍게 스쳐 바로 눈앞으로 휙 지나갔다. 격앙
된 경기병은 돌아서더니 검을 사정없이 휘둘렀다. 경기병의 검
이 파브리스의 옷소매를 베고 팔 속으로 깊숙히 박혔다. 우리
주인공은 말에서 떨어졌다.

다리를 지키던 두 사람이 바닥에 쓰러지자 걸어오던 경기
병 하나가 기회를 놓치지 않고 파브리스의 말을 빼앗아 타고
다리를 건너 내빼려고 했다.

여인숙에서 달려온 중사는 대령이 넘어져 있는 것을 보고
크게 다친 거라고 생각했다. 그는 파브리스의 말에 올라타던
병사 쪽으로 내달아 그 말도둑의 허리를 찔러 버렸다. 병사가
말에서 굴러 떨어졌다. 다른 경기병들은 다리를 지키는 자가
말도 타지 않은 채 달려 나온 중사뿐인 걸 보자 다리를 건너

전속력으로 말을 몰아 도망쳐 버렸다. 걸어오던 다른 한 명은 벌판으로 내뺐다.

중사는 파브리스와 대령이 쓰러져 있는 쪽으로 왔다. 파브리스는 벌써 몸을 일으키고 있었다. 그리 아픈 것은 몰랐으나 피를 많이 흘리고 있었다. 대령은 천천히 일어났다. 넘어지는 바람에 머리가 얼얼했지만 다친 곳은 없었다.

"다쳤던 손이 아픈 것뿐이야." 하고 그는 중사에게 말했다.

중사에게 찔린 병사는 숨이 끊어지고 있었다.

"뒈져 버려라!" 대령이 외쳤다. 그러고는 중사와 뒤미처 달려온 두 부하에게 이렇게 말했다. "이 젊은이를 돌봐 주게. 저런 험한 꼴을 당하게 된 것은 내 탓이니 말야. 이제부터는 내가 다리 위에 남아서 저 미친 놈들을 붙들어 놔야겠다. 젊은이를 여인숙으로 데리고 가서 팔에 붕대를 감아 줘. 내 셔츠를 한 장 쓰게."

5장

　다릿목에서 있었던 이 모든 일은 극히 짧은 순간에 일어난 것이다. 파브리스의 상처는 그리 심하지 않았다. 부하들은 그의 팔에 대령의 셔츠를 찢어 붕대 삼아 감아 주었다. 그러고는 여인숙 2층에 침대를 마련해 주려고 했다.

　"하지만 내가 2층에서 간호를 받는 동안 내 말은 마구간에 매여 있다가 다른 주인을 만나 가 버릴지도 모릅니다." 파브리스는 중사에게 말했다.

　"풋내기 치곤 제법인데!" 중사는 말을 매어 둔 마구간에 파브리스를 데려가 눕히고 깨끗한 짚을 깔아 주었다.

　그러고는 파브리스가 몹시 파리하게 늘어져 있는 것을 보고 포도주를 따뜻하게 데워 한 대접 가져다주고는 잠시 이야기를 건넸다. 그의 입에서 나온 몇 마디 칭찬은 우리 주인공을 더할 수 없이 행복한 꿈속으로 빠져들게 했다.

파브리스는 다음 날 동틀 무렵에야 겨우 눈을 떴다. 말들이 울음소리를 길게 끌며 요란스럽게 들썩이고 있었다. 마구간에 연기가 가득했다. 파브리스는 처음엔 이 소동을 깨닫지 못하고 있었다. 자신이 어디에 있는지조차 모를 지경이었다. 마침내 연기로 숨이 막혀왔다. 집에 불이 났다는 생각이 들었다. 재빨리 말을 끌고 마구간 밖으로 뛰어나와 말에 올라탔다. 고개를 들어 살펴보자 마구간 위편 창문 두 개에서 연기가 마구 뿜어져 나오고 있었다. 검은 연기는 둥글게 휘감아 돌며 지붕을 뒤덮었다. 백여 명의 패잔병들이 밤새 '백마' 여인숙에 모여들었는데, 그들은 모두 아우성을 치며 욕설을 퍼부어 댔다. 파브리스 가까이 있던 대여섯 명은 완전히 취한 것 같았다. 그들 중 하나가 파브리스를 붙잡으려 하면서 이렇게 소리질렀다. "내 말을 데리고 어딜 가려는 거야?"

파브리스는 1킬로미터쯤 가서 뒤를 돌아보았다. 따라오는 사람은 아무도 없었다. 집은 불길에 휩싸여 있었다. 개울의 다리가 눈에 들어왔다. 상처에 생각이 미치자 붕대를 감은 팔이 조여 오면서 온몸에 열이 느껴졌다. '그 나이든 대령은 어떻게 되었을까? 내 팔의 붕대로 쓰라며 자신의 셔츠까지 내주었는데.' 그날 아침 우리 주인공은 더할 수 없이 침착했다. 많은 피를 흘린 탓에 그의 성격에서 공상적인 부분이 완전히 빠져나가고 말았던 것이다.

'오른쪽으로 해서 이곳을 벗어나자.' 냇물은 다리 밑을 지나 한길 오른편을 끼고 흐르고 있었다. 그는 냇물이 흐르는 방향을 따라 조용히 걸음을 옮겨 놓았다. 그 사람 좋던 매점 여자의 충고가 떠올랐다. '참 친절하게 대해 주었는데! 정말 솔직한 사람이었어!'

한 시간쯤 가다 보니 몹시 기진해서 몸이 비틀거리는 것이 느껴졌다. '아 이런! 정신을 잃게 되려나?' 그는 생각했다. '내가 여기서 기절해 버리면 말을 도둑맞고 아마도 옷과, 옷 속에 감춘 보석도 도둑맞고 말 텐데.' 그는 이제 말을 몰 힘도 없어서 다만 말에서 떨어지지 않게 균형을 잡으려고 애쓰고 있었다. 그때 한길 옆 밭에서 삽을 들고 일하고 있던 농부가 그의 창백한 얼굴을 보고 맥주 한 잔과 빵을 나누어주었다.

"당신 얼굴이 하도 창백해서 어제 전투에서 부상당한 사람이구나 생각했다오!" 농부가 그에게 말했다. 파브리스로서는 정말이지 도움이 필요한 상태였다. 검은 빵을 한 입 베어 물고 우물거리는 순간 눈이 아파 오기 시작해서 앞을 바라보기가 힘들었다. 조금 정신을 차린 후 그는 농부에게 고마움을 표하며 물었다. "그런데 여기가 어디인가요?" 농부가 일러 주기를, 여기서 4킬로미터쯤 못 미처 종데르라는 마을이 있는데 그곳에 가면 기운을 차릴 수 있게끔 돌봐 줄 거라고 했다. 파브리스는 자신이 무엇을 하고 있는지도 모르는 상태로, 한 걸음 한 걸음 옮길 때마다 말에서 떨어지지 않을 생각만 하면서 그 마을에 닿았다. 큰 문 하나가 열려 있는 것이 보였다. 그는 문 안으로 들어갔다. 그곳은 '에트리유'[32]라는 여인숙이었다.

---

32) 말의 털을 쓸어 주는 글경이라는 뜻이다.

곧 몸집이 큰 주인 여자가 달려 나왔다. 사람 좋아 보이는 주인 여자는 측은함 때문에 잠겨 들어가는 목소리로 도와줄 사람을 불렀다. 젊은 두 아가씨가 파브리스를 부축해 말에서 내려놓았다. 그는 땅에 발을 딛자마자 완전히 정신을 잃고 말았다. 의사가 불려와서 응급 처치로 그의 손가락을 바늘로 찔러 피를 빼냈다. 그날은 물론이려니와 그 후 며칠씩이나 파브리스는 거의 계속해서 잠만 잤다. 그러는 동안 누군가 자신을 돌봐 준다는 사실조차 전혀 느끼지 못했다.

칼에 찔린 허벅지가 아주 심하게 곪아 들어갈 것 같았다. 파브리스는 의식을 회복할 때마다 말을 돌봐 달라고 부탁하며 이어서 값은 충분히 치르겠노라고 되풀이했다. 그것은 사람 좋은 여주인과 두 딸의 감정을 상하게 하는 일이었다. 정성스러운 간호를 받은 지 2주가 지나자 그는 주위를 돌아볼 겨를이 좀 생겼다. 그러던 어느 날 저녁 파브리스는 여인숙 주인네들이 무척 당황하고 있다는 것을 눈치챘다. 얼마 지나지 않아 독일군 장교 한 명이 그의 방으로 들어왔다. 그 장교의 질문에 여자들이 대답했다. 그들이 쓰는 말은 파브리스로서는 알아듣지 못할 것이었으나 자신에 관한 이야기라는 점은 짐작할 수 있었다. 그래서 그는 잠이 든 시늉을 했다. 얼마 후 이제는 장교가 갔겠다 싶어 그는 주인 여자를 불렀다.

"그 장교는 나를 조사해서 감옥에 넣으려고 온 것이 아닌가요?"

주인 여자는 눈물을 글썽이며 그렇다고 대답했다.

"그렇다면 내 군복 안에 돈이 있으니까." 하고 그는 침대에서 몸을 일으키며 다급하게 말했다. "민간인의 옷을 사다 주세요. 오늘 밤에 말을 타고 떠나겠어요. 길거리에서 굴러 떨어져 죽을 뻔한 나를 받아 주어 이미 한 번 목숨을 살려 주셨으니 한 번 더 구해줘서 부디 어머니를 만날 수 있게 해 주세요."

그러자 주인 여자의 두 딸이 울음을 터뜨렸다. 그들은 파브리스가 어떻게 될까 봐 떨고 있었다. 두 딸은 프랑스 말을 조금 할 줄 알았기 때문에 파브리스의 침대로 다가와서는 이것저것 물었다. 그러고는 다시 어머니에게로 가서 플랑드르 말로 소곤거렸다. 그러는 동안에도 처녀들은 다정한 눈길을 끊임없이 우리 주인공에게로 돌리는 것이었다. 파브리스는 자신이 도망가면 그녀들이 위태로워지리라는 사실을 깨달았다. 또한 그럼에도 불구하고 이들이 그 위험을 무릅쓰고 자신을 도망가게 하리라는 것도 알 것 같았다. 그는 두 손을 모아서 진심으로 감사해했다. 마을의 유태인 한 명이 옷 한 벌을 마련해 주었다. 그러나 두 딸은 유태인이 밤 11시경 가져온 옷을 파브리스의 군복과 견주어 본 다음, 옷의 치수를 대폭 줄여야만 했다. 두 딸은 이 일에 즉시 달려들었다. 잠시도 지체할 시간이 없었다. 파브리스는 군복에 나폴레옹 금화를 숨겨둔 곳들을 가르쳐 주고 그 돈을 새로 마련한 옷에 넣어 꿰매달라고 부탁했다. 옷과 함께 가져온 새 장화도 보였다. 파브리스는 망설이지 않고 처녀들에게 자신의 경기병 장화 한 귀퉁이를 가리키며 잘라 보라고 했다. 그렇게 해서 작은 다이아몬드들도 새 장화 안가죽에 감추도록 했다.

피를 많이 잃고 쇠약해진 것이 엉뚱한 결과로 나타난 것인지 파브리스는 프랑스어를 거의 잊어버리고 말았다. 그는 처녀들에게 이탈리아어로 이야기를 했는데, 상대편에서는 플랑드르 방언을 썼기 때문에 손짓으로만 서로의 의사를 나눌 뿐이었다. 아가씨들은 다이아몬드를 보자, 원래 그런 것에는 별 관심이 없는 사람들이었지만, 파브리스에 대한 감격을 주체할 수 없을 지경이었다. 두 딸은 그가 변장한 왕자라고 믿었다. 동생이면서 한층 순진한 아니캥은 거리낌 없이 그를 껴안고 입을 맞추었다. 파브리스에게도 이 아가씨들이 무척 귀여웠다. 그래서 자정쯤, 의사가 앞으로 가야 할 거리를 고려해서 약간의 포도주를 주었을 때 그는 거의 떠나고 싶지 않은 기분이 되어 있었다. '여기보다 더 좋은 데가 어디 있을까?' 그는 생각했다. 그러나 그는 새벽 2시경 마침내 옷을 입고 길을 떠날 차비를 했다. 그가 막 방에서 나오려 할 때 친절한 주인 여자는 수시간 전 이 집에 왔던 장교가 그의 말을 끌고 가 버렸다는 이야기를 해 주었다.

"아, 악당 같은 놈! 부상자의 것을 훔쳐가다니!" 파브리스는 욕을 퍼부었다. 이 이탈리아 청년은 반성적인 사고력이 부족해서 자신이 그 말을 살 때 어떻게 했었던가 하는 것은 잊고 있는 것이다.

아니캥은 울면서 그를 위해 말 한 필을 세내 놓았다고 알려 주었다. 그녀는 그가 떠나지 않기를 바랐다. 그들의 이별은 애틋한 것이었다. 여주인의 친척이라는 키 큰 청년 두 명이 파브리스가 말안장에 오르는 것을 도와주고, 길을 가는 내내 그가 말에서 떨어지지 않도록 받쳐 주었다. 한편 또 한 청년은 일행보다 몇백 보 앞서 가며 길 위에 수상스러운 정찰대가 있는지 살폈다. 두 시간 동안 길을 간 끝에 '에트리유' 여인숙 여주인의 사촌 집에 도착했다. 파브리스가 청년들을 아무리 설득하려 해도 그들은 그의 곁을 떠나려 하지 않았다. 숲속 길은 누구보다도 자신들이 더 잘 알고 있다는 것이었다.

"그렇지만 내일 아침 내가 도망친 것이 탄로 나고 당신들을 마을에서 볼 수 없으면, 그곳에 없다는 사실만으로도 당신들은 위태로워질 겁니다."

일행은 다시 길을 나섰다. 동이 트자 다행히도 짙은 안개가 평원을 덮었다. 아침 8시경 작은 도시 인근까지 왔다. 청년 하나가 일행에서 벗어나 이곳 역참에는 말이 징발되지 않고 남아 있는지 알아보러 갔다. 마침 역장은 그 당시 시간 여유가 있었던 덕분으로 역마들을 숨기고 마구간에는 형편없는 늙은 말들을 매어 두었다가 징발당할 때 대신 내어 주었다는 것이었다. 늪지에 숨겨 두었던 말 두 필을 다시 끌고 왔다. 세 시간 후 파브리스는 여기저기 성한 데 없이 부서지긴 했지만 그래도 건장한 역마 두 필이 끄는 작은 이륜마차에 올라탔다. 그는 원기를 좀 회복하고 있었다. 여인숙 여주인의 친척 청년들과 헤어지는 순간은 정말 비감스러웠다. 파브리스가 아무리 그럴듯한 구실을 내세워도 그들은 돈을 받으려 하지 않았다.

"당신 같은 처지에는 우리보다 돈이 더 필요합니다." 이 정직한 젊은이들은 한결같이 대답했다. 마침내 그들은 파브리스가 여인숙 여자들에게 보내는 몇 통의 편지를 갖고 떠났다. 거처 온 여정의 흥분 때문에 어느 정도 힘을 낸 파브리스는 편지에서 자신이 그 여자들에게 느끼는 감정을 빠짐없이 전하려고 했다. 파브리스는 눈에 눈물을 글썽이며 편지를 썼다. 어린 아니캥에게 쓴 편지에는 틀림없는 사랑의 감정 같은 것이 스며 있었다.

이후의 여정은 순조로웠다. 아미엥에 닿자 허벅지의 상처가 몹시 아팠다. 시골 의사는 상처를 절개해서 치료할 생각은 하지도 못했다. 몇 번이나 피를 뽑아내도 농양이 생겨났다. 파브리스가 아미엥의 여인숙에서 아첨꾼에다 탐욕스러운 여인숙 식구들에게 붙잡혀 지내는 2주 동안 연합군은 프랑스를 침략하고 있었다. 그리고 그동안 파브리스도 딴사람이 되었다. 그만큼 그는 최근 자신에게 일어났던 여러 가지 일에 대해 깊이 생각했다. 그가 아직 어린애인 것은 오직 이 한 가지 점에서였다. 즉 자신이 본 것은 정말 전쟁이었을까? 그리고 그것은 워털루 전투였을까 하는 의문을 떨치지 못하는 것이었다. 처음으로 그는 읽는 즐거움을 느꼈다. 신문이나 전쟁 소식들 속에서 그는 자신이 네 원수를 따라 그리고 나중에는 다른 장군들과 함께 말을 달렸던 장소를 알아보는 데 도움이 될 무슨 구절을 찾을 수 있지 않을까 늘 기대했던 것이다. 아미엥에 머무는 동안 그는 거의 매일 '에트리유' 여인숙의 친절한 여인네들에게 편지를 썼다. 몸이 회복되자마자 그는 파리로 왔다. 그가 전에 묵었던 호텔에는 어머니와 고모가 보낸 수많은 편지가 와 있었다. 어느 편지에나 되도록 빨리 돌아오라는 간절한 청이 담겨 있었다. 그런데 피에트라네라 백작부인이 보낸 마지막 편지는 무언가 수수께끼 같은 내용을 담고 있어서 그를 퍽 불안하게 만들었다. 그 편지를 읽고 나자 그때까지 맛보았던 달콤한 기대감들이 싹 가시고 말았다. 그는 단 한마디 말에 자극을 받아도 쉽사리 극도의 불행을 떠올리는 성격이었다. 그렇게 되면 이번에는 상상력이 발휘되어 오싹할 정도로 세밀하게 그 불행을 스스로에게 그려보이는 것이었다.

'네 소식을 알리려 편지를 보낼 때는 서명을 하지 말아라.' 백작부인은 그 편지에 이렇게 쓰고 있었다. '돌아올 때는 곧장 코모 호수로 향하지 말고 스위스 영토인 루가노에 잠시 머물도록 하렴.' 부인이 일러준 바에 따르면 파브리스는 이 작은 도시로 가서 카비라는 이름으로 행세해야 했다. 그리고 그곳의 제일 큰 여인숙에서 부인의 시종을 만나라는 것이었다. 시종이 앞으로 그가 해야 할 일을 말해 줄 거라고 했다. 그러면서 고모의 편지는 다음과 같은 말로 끝을 맺고 있었다. '무슨 방법을 사용하든지 네가 했던 그 무분별한 짓을 숨기도록 해라. 특히 인쇄되었거나 글로 쓴 서류는 무엇이든 몸에 지녀서는 안 된다. 스위스에는 생트마르그리트[33] 무리들[34]이 온 사

---

33) (원주)생트마르그리트는 밀라노의 거리 이름으로, 이 거리에는 경시청과 감옥이 있다. 이 거리 이름은 펠리코 씨에 의해 유럽에 널리 알려졌다. (역주)스탕달이 여기서 펠리코 씨라고 지칭한 사람은 이탈리아의 애국자이며 극작가인 실비오 펠리코(Silvio Pellico, 1789~1854)이다. 그는 1820년 카르보나리 당원으로 체포되어 9년간 투옥되었으며 출옥 후 『나의 옥중기』를 발표했는데, 이 작품은 이탈리아 낭만주의 문학의 대표작으로서, 이탈리아 민족주의 운동인 리소르지멘토에 대한 폭넓은 공감을 불러일으켰다.
34) 경찰 첩자들을 의미한다.

방에 깔려 있으니 조심해야 한다. 돈이 충분히 생기면 누군가를 제네바의 발랑스 호텔로 보내마. 그가 가면, 내가 여기에 쓰지는 못하지만 네가 도착하기 전에 반드시 알아두어야 될 자세한 이야기를 들을 수 있을 거다. 하지만 제발 하루라도 더 이상 파리에 머물지 말아라. 거기 있으면 이쪽에서 보낸 첩자들에게 들키고 말 테니까.' 파브리스의 상상력은 더할 수 없이 엉뚱한 상황들을 떠올리기 시작했다. 고모가 왜 이렇게 이상한 소식을 자신에게 전해야만 했는지를 짐작해 보는 것 외에는 다른 데 눈을 돌릴 여유가 없었다. 그는 프랑스 땅을 벗어나는 도중 두 번이나 검문에 걸렸지만 용케 빠져나왔다. 그런 불쾌한 일을 당했던 이유는 이탈리아 여권을 몸에 지니고 있었던 데다가, 앳된 얼굴과 붕대를 감아 목에 건 팔에는 어울리지 않게도 기압계 상인이라는 이상한 신분을 댔기 때문이었다.

마침내 제네바에 도착한 파브리스는 그곳에서 백작부인이 보냈다는 사람을 만났다. 그 남자는 백작부인의 말을 전했다. 파브리스가 밀라노 경찰에 고발되었는데, 그 고발 내용이란 그가 이탈리아 왕국 내에 조직된 대규모 비밀 결사의 건의문을 전하러 나폴레옹을 찾아갔다는 것이었다. 만일 여행의 목적이 그런 것이 아니라면 그가 무엇 때문에 가짜 이름을 썼겠느냐고 주장한다는 것이다. 파브리스의 모친은 진상이 고발장과 다르다는 것을 밝히려 애쓰고 있는데, 다음과 같은 점들을 무죄의 증거로 내세울 계획이라고 했다.

첫째, 그가 절대 스위스를 벗어난 적이 없으며, 둘째, 그가 자기 형과 다툰 뒤 갑자기 성관을 떠났다는 점.

　이야기를 듣고 나서 파브리스는 자부심을 느꼈다. '그렇다면 내가 일종의 대사로서 나폴레옹에게 간 것이 되는구나.' 그는 생각했다. '나는 명예롭게도 그 위대한 인물에게 말을 건넬 자격을 부여받았던 거야!' 파브리스는 스포르차 공의 적들 손에 참수되었던 자신의 7대 조상 한 사람을 떠올렸다. 그는 스포르차 공을 따라 밀라노에 왔던 사람의 손자로서, 공에게 우호적인 자치구에 건의문을 전달하고 병사를 모집하기 위해 스위스로 갔다가 적들에게 붙잡혔었다. 가문의 역사를 기록한 책에서 본 적이 있는 그 사건의 삽화가 파브리스의 눈앞에 생생하게 떠올랐다. 파브리스는 백작부인이 보낸 사람에게 여러 가지 질문을 하다가 이 남자가 무엇엔가 울화가 나 있다는 것을 알았다. 백작부인의 하인은 결코 이야기하지 말라는 단호한 지시를 부인으로부터 거듭 들었음에도 불구하고 마침내 사실을 털어놓았다. 그것은 파브리스를 밀라노 경찰에 고발한 사람이 바로 그의 형 아스카니오라는 점이었다. 이 잔인한 사실에 우리 주인공은 미친 듯이 화가 났다. 그래서 파브리스는 두 시간 후면 로잔느행 합승마차가 있는데도 곧장 도보로 40킬로미터도 넘는 길을 떠나려 했다. 제네바에서 이탈리아로 가려면 로잔느를 거쳐 가야 하는 것이다. 제네바를 떠나기 전 그는 어떤 허름한 카페에서 한 청년과 싸움을 벌였다. 파브리스 자신의 말에 의하면 그 청년이 자신을 이상한 눈초리로 빤히 쳐다보았다는 것이다. 그것은 사실이었다. 파브리스가 카페에 들어서며 성난 눈초리를 사방에 던지더니 날라온 커피를 바지에 엎지르는 것을 보고, 그 제네바 청년은 그를 미친놈이라고 생각했다. 그 청년은 냉정하고 합리적이며 돈밖에는 생각하지 않는 사람이었으니 말이다. 그 싸움에서 파브리스가 가장 먼저 한 행동은 완전히 16세기적인 것이었다. 그는 제네바 청년에게 결투를 신청하는 대신 단도를 빼들고 그에게 달려들어 찌르려 했다. 이렇게 마음속에 격정이 끓어오를 때면 파브리스는 이제까지 배운 명예의 규칙 같은 것은 완전히 잊어버리고 본능으로, 다시 말해 어린 시절의 기억 속으로 돌아가 버리는 것이다.

루가노에서 합류한 또 다른 비밀 전령은 새로운 사실을 세세히 알려 주었다. 파브리스는 한층 화가 났다. 그리앙타 사람들은 모두 파브리스를 좋아하고 있었기 때문에 아무도 그의 일을 발설하지 않았을 것이다. 따라서 그의 형이 그런 인정 넘치는 수작만 벌이지 않았더라면 모두들 그가 밀라노에 있다고 믿는 체했을 것이고, 밀라노 경찰도 그가 없는 것을 알아차리지 못했을 것이다.

"국경 세관원들은 틀림없이 도련님의 인상착의를 갖고 있을 겁니다." 고모의 전령이 그에게 말했다. "그러니 큰길로 가게 되면 롬바르디아 베네치아 왕국 국경에서 체포되고 말걸요."

파브리스와 백작부인이 보낸 심복들은 코모 호수와 루가노 사이를 가로지르는 산악 지대의 오솔길들을 낱낱이 알고 있었다. 그래서 그들은 사냥꾼으로, 즉 사냥꾼을 가장한 밀수꾼으로 변장했다. 일행이 세 사람인 데다가 단단히 벼르는 듯한 표정들을 짓고 있었기 때문인지 세관원들과 마주쳤어도 인사만 건네고 통과되었다. 파브리스는 자정쯤에나 성관에 닿도록 걸음을 아꼈다. 자정 무렵이면 아버지와 머리에 분을 칠한 하인들이 이미 오래전에 잠자리에 들었을 시간이다. 그는 별로 힘 들이지 않고 성관을 둘러싼 깊은 웅덩이로 내려가서 지하의 작은 창문을 통해 성안으로 들어갔다. 그의 어머니와 고모가 안에서 그를 기다리고 있었다. 곧 누이들이 달려왔다. 애정과 흥분으로 모두들 한참이나 눈물을 흘렸다. 그런 다음 겨우 마음을 가라앉히고 차분히 이야기를 나누기 시작하자 벌써 동이 텄다. 동녘을 뿌옇게 밝히는 새벽 햇살에 이들은 새삼 시간이 쏜살같이 달아난다는 사실을 깨달으면서 아쉬움을 음미했다.

"네 형은 네가 돌아온 것을 모를 거야." 피에트라네라 백작부인이 그에게 말했다. "그 애가 그런 심술궂은 무모한 짓을 하고 난 다음부터 나는 그 애한테 거의 말을 걸지 않았어. 때문에 그 아인 자존심이 상해 있었는데, 오늘 저녁 식사 때는 이야기를 걸었지. 내가 기쁨에 들떠 어쩔 줄 모르는 걸 보면 그가 의심할지도 모르니 무언가 구실을 찾아야 했거든. 내가 화해하자는 듯한 태도를 보여 주니까 그는 아주 으쓱거리더구나. 그래서 기분을 추어주면서 술을 마구 마시게 했단다. 그랬으니 늘 하던 첩자 짓을 하느라고 어디 숨어 살필 생각은 하지 못할 거야."

"우리의 이 경기병을 아가씨 방에 숨겨야겠어요." 후작부인이 말했다. "이 아이가 곧장 떠날 수는 없으니 말이에요. 지금은 처음이라 우리도 냉정하게 사리를 따지기 힘들고, 하여간

저 무서운 밀라노 경찰이 눈치채지 못하게 할 좋은 방법을 찾아야지요."

모두들 이 의견을 따랐다. 그러나 다음 날이 되자 후작과 그의 장남은 후작부인이 줄곧 자기 시누이의 방에 있다는 사실을 의아하게 생각했다. 열광적인 애정과 즐거움이 그날도 역시 이 행복한 사람들의 마음을 들뜨게 했다. 여기서 그들의 열광을 묘사하느라 지체하고 싶지는 않다. 원래 이탈리아인들이란 성급한 상상이 낳는 의혹이라든가 어리석은 생각 따위에 빠지면 우리들 프랑스인보다 훨씬 더 고통스러워하는 법이지만, 대신 그들의 즐거움은 더 크고 더 오래 지속된다. 그날 백작부인과 후작부인은 완전히 이성을 잃고 있었다. 파브리스는 자신이 겪은 일들을 처음부터 다시 이야기해야 했다. 마침내 이들은 자신들이 함께 맛보고 있는 이 즐거움을 감추러 밀라노로 가기로 결정했다. 후작과 장남 아스카니오 편의 경찰을 계속해서 피하기가 그만큼 힘들었던 것이다.

이들은 집에서 평소에 이용하는 배를 타고 코모 항구로 갔다. 평상시와 다른 행동을 보이면 갖은 의심을 살 것이기 때문이었다. 그러나 코모 항에 도착해서 후작부인은 잊었던 것을 막 생각해 낸 듯이 그리앙타에 아주 중요한 서류를 놓아 두고 왔다고 말했다. 부인은 서둘러 뱃사공들을 그리앙타로 돌려보냈다. 그래서 뱃사공들은 부인들이 코모에서 무엇을 하며 시간을 보냈는지 아무 눈치도 챌 수 없었다. 육지에 도착하자마자 부인들은 밀라노 성문 위로 솟은 중세기 탑 부근으로 가서, 거기서 손님을 기다리고 있는 마차들 중에 한 대를 되는 대로 빌렸다. 이들은 즉시 떠났기 때문에 마부가 누군가에게 이야기를 내비칠 겨를도 없었다. 시가지로부터 1킬로미터쯤 가서 한 젊은 사냥꾼이 합류했다. 마부가 보기에 부인들과 아는 사이인 이 사냥꾼은 부인들을 호위하는 남자가 없다는 구실로, 자신도 사냥차 밀라노에 가니까 그곳까지 가는 길에 자신이 부인들의 기사가 되겠다고 자청하는 것이었다. 모든 일이 다 잘되어 가고 있었다. 부인들은 젊은 여행자와 이야기를 나누며 아주 즐거워했다. 그때였다. 산 지오바니 언덕의 아름다운 능선과 숲을 둘러가느라 길이 꺾어지는 모퉁이에 이르자 변장한 헌병 세 명이 달려들어 말 고삐를 낚아챘다. 후작부인은 "남편이 우리 일을 일러바친 거야!" 하고 외치더니 기절해 버렸다. 뒤에 좀 처져 있던 중사가 비틀거리며 마차로 다가와서는 금방 주막에서 나온 듯한 소리로 이렇게 말했다.

"유감이지만 임무를 수행해야겠습니다. 당신을 체포합니다. 파비오 콘티 장군."

젊은 사냥꾼으로 행세하던 파브리스는 중사가 자신을 장군이라고 부르자 짓궂게 놀리는 거라고 생각했다. 그는 '어디 나중에 보자.' 하고 속으로 중얼거렸다. 그러고는 틈을 봐서 마차를 뛰어내려 밭을 가로질러 달아나기 위해 변장한 헌병들을 살폈다. 백작부인이 미소를 짓더니 중사에게 말했다. 이 글을 쓰는 내가 보기에는 무슨 일에든 다 대비가 되어 있다는 듯한 미소였다.

"여보세요, 중사님. 그래 이 열여섯 살 난 아이가 중사님이 보기엔 콘티 장군으로 보이시나요?"

"당신은 장군의 딸이 아니오?" 중사가 반문했다.

"자, 그럼 우리 아버지를 좀 보세요." 하며 부인은 파브리스를 가리켰다. 헌병들은 큰소리로 웃어 댔다.

"쓸데없는 소리 말고 여행 증명서를 보이시오." 모두들 웃는 것에 화가 난 중사가 말했다.

"이 부인들은 밀라노에 가시는데, 그런 것은 갖고 가지 않소." 마부가 침착하고 조리 있는 태도로 말했다. "그리앙타 성관에서 오시는 분들로, 이분은 피에트라네라 백작부인이시고, 저분은 델 동고 후작부인이시라오."

무척 당황한 중사는 말 머리께로 가서 부하들과 의논했다. 그들은 거기서 5분간이나 수군거리고 있었다. 그러자 백작부인은 마차를 좀 앞으로 몰아서 나무 그늘로 들어가자고 청했다. 아침 11시밖에 안 된 시각이었는데도 몹시 무더운 날씨였다. 파브리스는 도망 갈 방법을 궁리하면서 사방을 주의 깊게 둘러보고 있었다. 그때 열다섯 살가량이나 되었을 성싶은 소녀가 눈에 들어왔다. 소녀는 밭 가운데로 난 오솔길을 벗어나 먼지가 자욱한 한길로 들어서면서 손수건으로 얼굴을 가린 채 겁먹은 듯 울먹이고 있었다. 그녀가 걸어오는 양옆으로 제복을 입은 헌병 두 명이 보였고, 그보다 세 걸음 뒤에는 키가 크고 마른 남자가 걸어오고 있었는데, 마찬가지로 헌병 두 명이 그 남자를 에워싸고 있었다. 남자는 행렬을 뒤따르는 도지사처럼 짐짓 위엄 있는 태도를 지어 보였다.

"이들을 어디서 발견했어?" 이젠 완전히 취기를 못 가누는 중사가 물었다.

"밭을 가로질러 도망가고 있었어요. 게다가 여행 증명서도 없어요."

중사는 정신이 돌아 버릴 만큼 당황했다. 잡아야 할 사람은 둘인데 자기 앞에는 다섯 명의 죄수가 있었기 때문이다. 그는 부하 한 명더러 그중 위엄을 떼고 있는 한 죄수를 감시하게 하고, 또 한 명에게는 말이 앞으로 못 가도록 지키게 해놓고는 몇 걸음 물러섰다.

"그냥 있어." 하고 백작부인이 벌써 땅으로 뛰어내리고 있는 파브리스에게 말했다. "잘될 거야."

한 헌병이 큰소리로 말하는 것이 들렸다.

"상관없어요! 여행 증명서를 안 갖고 있으니, 어쨌든 체포해 마땅한 사람들이잖아요!" 중사는 그렇게 할 결심이 완전히 서지 않는 모양이었다. 피에트라네라 백작부인이라는 이름에 불안해졌던 것이다. 그는 장군이 이미 죽었다는 사실은 몰랐지만, 그가 어떤 사람인지는 알고 있었다. '그 장군은 내가 까닭 없이 그의 아내를 체포했다는 걸 알면 복수하지 않고 넘어갈 사람이 아니야.' 중사는 생각했다.

헌병들이 의논을 계속하는 동안 백작부인은 사륜마차 옆에 먼지가 자욱한 한길에 서 있는 소녀에게 말을 걸었다. 부인은 소녀의 아름다움에 놀라고 있었다.

"이 햇빛을 받고 그냥 서 있으면 병에 걸리겠어요, 아가씨." 그러면서 부인은 말 앞에 버티고 선 헌병을 향해 덧붙였다. "저 친절한 병사 양반은 아가씨가 마차에 오르는 걸 허락해 줄 거예요."

마차 주위를 서성거리고 있던 파브리스가 소녀가 마차에 오르는 걸 도우러 다가갔다. 소녀가 팔을 파브리스에게 받치고 디딤대 위로 뛰어올랐을 때, 마차 뒤 여섯 걸음쯤 되는 거리에 떨어져 있던 근엄한 남자가 한껏 위세를 차리려는 듯 엄한 소리로 이렇게 외쳤다.

"길에 그냥 있어라. 남의 마차에 함부로 타는 게 아니다."

파브리스는 그 소리를 잘 알아듣지 못했다. 소녀는 마차 안으로 올라서려다가 다시 내려오려고 방향을 틀었다. 파브리스가 여전히 그녀를 떠받치고 있었기 때문에 소녀는 파브리스의 팔 안에 안기고 말았다. 그는 미소를 지었고 소녀는 얼굴이 빨개졌다. 소녀가 그의 품안에서 빠져나온 다음에도 두 사람은 한동안 서로 마주보고 있었다.

'내가 감옥에 가게 되면 이 소녀야말로 매력적인 감옥 친구가 되겠구나.' 파브리스는 생각했다. '깊은 생각이 깃든 이마를 지녔어! 이 소녀는 사랑을 할 줄 아는 사람일 거야.'

중사가 위엄을 부리며 다가왔다.

"부인 중에 누가 클렐리아 콘티입니까?"

"저예요." 소녀가 대답했다.

"그리고 나는." 하고 나이 든 남자가 큰소리로 말했다. "파르마 대공 전하의 시종장 파비오 콘티 장군이오. 나 같은 사람을 마치 도둑 잡듯이 다루는 것은 참으로 무뢰한 짓이라고 생각되오."

"그저께 코모 호수에서 승선하실 때 여행 증명서를 보여 달라는 검사관을 뿌리치지 않으셨소? 어쨌거나 좋소! 오늘

은 그 검사관 권한으로 당신이 멋대로 돌아다니지 못하게 할
테니."

"그때 나는 이미 배를 타고 기슭에서 멀어져 가고 있었네.
비바람이 칠 것 같아 서두르는 중인데 제복도 입지 않은 남자
가 둑에서 선창으로 돌아오라고 외치길래 난 이름을 대고 그
냥 갔던 것일세."

"그리고 오늘 아침 당신은 코모에서 도망쳤지요?"

"나 같은 사람은 밀라노에서 호수를 보러 가는데 여행 증명
서를 지니고 다니진 않아. 오늘 아침 코모에서 이야기를 들으
니 내가 성문에서 체포될 거라고 하더군. 그래서 나는 내 딸
과 함께 걸어서 출발했어. 도중에 밀라노까지 타고 갈 마차를
잡을 셈이었지. 밀라노에 가면 물론 제일 먼저 지방 사령관에
게 가서 항의할 참이네."

중사는 큰 짐을 던 듯한 모습이었다.

"좋아요! 장군. 당신은 체포되었습니다. 내가 당신을 밀라노
로 데려가겠소. 그리고 당신은 누굽니까?" 그가 파브리스에게
물었다.

"내 아들이에요." 백작부인이 대답했다. "피에트라네라 중장
의 아들 아스카니오입니다."

"이 사람도 여행 증명서가 없나요, 백작부인?" 중사가 아주
누그러진 어조로 물었다.

"나이가 어리니 여행 증명서 같은 것은 받은 적도 없어요.
이 아이는 혼자 다닌 적도 없고 언제나 나와 함께 있으니까."

이런 대화가 오가는 동안 콘티 장군은 헌병들을 향해 더욱

더 화를 내며 위세를 부렸다.

"군소리 마시오." 헌병 하나가 그에게 말했다. "당신은 체포되었어요. 그게 다요."

"그래도 당신은 운이 아주 좋은 거요." 중사가 말했다. "농부에게서 말 한 필을 세 내도록 허락해 드릴 참이니까 말이오. 우리가 허락지 않으면 아무리 파르마의 시종장이라 하더라도 이 먼지, 이 더위에 우리가 탄 말들 한가운데서 걸어가야만 할 테니까요."

장군이 욕설을 퍼붓기 시작했다.

"입 다무시오!" 헌병이 대꾸했다. "당신의 장군 제복이 대체 어디 있다는 거야? 아무도 모르는데 누군들 자기가 장군이라고 주장하지 못하겠어?"

장군은 더욱더 분개했다. 그러는 동안 마차 안에서는 일이 잘 진행되고 있었다.

백작부인은 헌병들을 마치 자기 집 종처럼 다뤘다. 부인은 그들 중 한 사람에게 에퀴 한 닢을 주고 좀 떨어진 곳에 보이는 오두막 집에 가서 포도주와 특히 시원한 물을 구해 오라고 시켜둔 참이었다. 파브리스가 "나에겐 좋은 권총이 있어요."라고 하며 언덕을 덮은 숲 속으로 기어코 도망가려 했으므로, 부인은 여유를 찾아 파브리스를 진정시키려 한 것이다. 부인은 화를 내고 있는 장군으로부터 자기 딸을 마차에 태워도 좋다는 승낙을 얻어 냈다. 자신과 자기 가문에 대해 떠들기 좋아하는 장군은 그 기회를 이용해 부인들에게 자기 딸이 1803년 10월 27일에 태어났으므로 겨우 열두 살밖에 되지 않왔다는 이야기를 했다. 그러나 그녀는 누구 눈에라도 열너더 댓 살쯤으로 보였는데, 그만큼이나 철이 들어 있었던 것이다.

'정말 저속한 사람이군요.' 하고 백작부인이 후작부인에게 눈짓을 보냈다. 백작부인 덕분에 한 시간쯤 이야기를 나눈 뒤에는 모든 일이 해결되었다. 헌병 한 사람은 백작부인이 10프랑을 주겠다고 제안한 후에야 자신이 이웃 마을에 볼일이 있다는 걸 생각해 내고는 콘티 장군에게 자기 말을 빌려주었다. 중사는 혼자 장군과 함께 떠났다. 다른 헌병들은 오두막에 심부름 갔던 헌병이 농부를 시켜 가져온 커다란 포도주 병 네 개를 들고 나무 그늘로 가 앉았다. 작은 크기의 '담 잔느'[35]처럼 생긴 술병이었다. 클렐리아 콘티는 아버지인 위엄 있는 시종장으로부터 밀라노로 가는 길에 부인들의 마차를 타도 좋다는 허락을 받았다. 용감한 장군 피에트라네라 백작의 아들을 체포할 마음을 먹는 사람은 아무도 없었다. 첫인사를 나누고, 지금 막 결말을 본 작은 사건에 대해 몇 마디 말이 오갔다. 그런 다음이었다. 클렐리아 콘티는 백작부인처럼 아름다운 부인이 파브리스에게 이야기를 하면서 얼굴에 떠올리는 열정적인 기미를 알아차렸다. 부인이 그의 어머니가 아님은 분명했다. 특히 소녀의 주의를 끌었던 것은 최근에 있었던 일인 듯싶은 어떤 대담하고 위험한, 그의 영웅적 행동에 대한 되풀이되는 암시였는데, 그것이 무엇인지 나이 어린 그녀로서는 아무리 총명하다고 한들 짐작할 수 없는 일이었다.

---

35) 버들가지를 엮어서 만든, 목이 가늘고 몸체가 큰 병이다.

그녀는 놀라운 표정으로 이 젊은 영웅을 바라보았다. 그의 눈은 아직도 무엇인가에 대한 열정을 발산하고 있는 듯했다. 한편 그는 이 열두 살 난 소녀의 참으로 독특한 아름다움을 마주하고 다소 어찌할 바를 모르고 있었다. 자신의 시선에 소녀는 얼굴을 붉히는 것이었다.

밀라노에 도착하기 1킬로쯤 앞서 파브리스는 삼촌을 보러 가겠다는 말로 부인들과 헤어졌다.

"내가 곤경을 벗어나면." 하고 그가 클렐리아에게 말했다. "파르마의 아름다운 그림 작품들을 보러 가겠습니다. 그때가 되면 파브리스 델 동고라는 이 이름을 기억해 주시겠습니까?"

"어쩌면!" 백작부인이 말을 이었다. "너는 신분을 감추는 데 아주 능란하구나. 아가씨, 이 악동은 내 아들이고 피에트라네라이지 델 동고가 아니라는 걸 기억하세요."

그날 저녁 아주 늦게 파브리스는 렌차 성문을 통해 밀라노에 들어갔다. 그 문은 당시 사람들이 많이 모여들던 산책로로 통했다. 일전에 하인을 두 명씩이나 스위스에 보내느라 후작부인과 그 시누이가 갖고 있던 약간의 저축금은 바닥이 나 있었다. 다행히 파브리스는 아직도 나폴레옹 금화 몇 닢을 지니고 있었고, 다이아몬드도 하나 있어서, 그것을 팔기로 결정했다.

부인들은 밀라노에서 인기가 높았고, 이 도시 사람들 누구와도 교분이 있었다. 오스트리아 편인 데다가 교권을 지지하는 당파의 가장 유력한 인물들도 경찰청장 빈데르 남작을 찾아가서 파브리스를 옹호해 주었다. 이들 신사들이 경찰청장

앞에서 한 말이란, 형과 다투고 부친의 집을 뛰쳐나간 열여섯 살 먹은 소년의 엉뚱한 짓을 왜 그리 심각하게 다루는지 자기들은 이해할 수 없다는 것이었다.

"무엇이건 심각하게 다루는 것이 내 직무입니다." 신중하고 침울한 성격의 빈데르 남작이 부드럽게 대답했다. 그 무렵 그는 저 유명한 밀라노 경찰을 조직해서, 오스트리아인들을 제네바에서 쫓아냈던 1740년 혁명과 같은 불상사가 다시 일어나지 않도록 미연에 방지하는 일에 전념하고 있었다. 이후 펠리코 씨 사건과 앙드리앙 씨 사건을 거치면서 성가를 드높이게 될 밀라노 경찰은 정확히 말해 잔인한 것은 아니었으나, 준엄한 법률을 합리적으로 그리고 가차 없이 시행하고 있었다. 오스트리아 황제 프란츠 2세는 대담하기 그지없는 이탈리아인들에게 상상 속에서나마 공포심을 불어넣으려 했던 것이다.

빈데르 남작은 파브리스의 후원자들에게 거듭 말했다.

"젊은 델 동고 소후작이 3월 8일 그리앙타를 출발한 다음부터 어제 저녁 이 도시에 도착해서 모친의 방에 숨어 있을 때까지의 매일의 행적을 증거와 함께 제출해 주십시오. 그러면 나도 그를 이 도시에서 가장 사랑스럽고 장난기 많은 젊은이로 대접할 용의가 있습니다. 그리앙타를 출발한 이후의 매일의 여정을 빠짐없이 입증할 수 없다면 아무리 출신이 훌륭해도, 또 그의 가문과 친분을 나누시는 여러분들께 내가 아무리 큰 존경심을 품고 있다 해도, 내 의무상 그를 체포해야 하지 않겠습니까? 그가 몇몇 불평분자들의 의뢰를 받아 나폴레옹에게 보내는 전언을 가지고 간 것이 아니라는 증거를 확보

할 때까지는 그를 감옥에 잡아두는 것이 당연한 일이 아닌가요? 그런 불평분자들이란 이 롬바르디아 땅에서 황제 폐하의 신민들 가운데 있을 수 있으니까요. 또 여러분께서 주의하셔야 할 점이 있습니다. 젊은 델 동고가 이상과 같은 자신의 혐의점에 대해 무죄를 증명한다 하더라도 정식으로 발부받은 여행 증명서 없이 외국으로 갔다는 사실과 심지어 가명을 써서 일개 일꾼, 말하자면 자신보다 훨씬 낮은 하층민에게 발부된 여행 증명서를 사용했다는 사실만으로도 그는 역시 유죄인 것입니다."

경찰청장은 이렇게 가혹하리만큼 이치 정연한 답변을 했지만, 물론 델 동고 후작부인과 그녀를 위해 중재에 나선 유력 인사들의 높은 신분에 대해 그 자신이 갖추어야 할 온갖 예의와 경의를 덧붙이는 일은 잊지 않았다.

후작부인은 빈데르 남작의 회답을 전해 듣자 절망에 빠져 버렸다.

"파브리스는 체포되고 말 거야." 하며 그녀는 울었다. "한 번 감옥에 들어가면 언제 나올지 누가 알겠어! 이 아이의 아비는 자기 자식도 아니라고 할 거야!"

피에트라네라 부인과 그녀의 올케는 가까운 친구 두세 명과 의논했다. 그 친구들이 뭐라 하든 후작부인은 아들을 그날 밤으로 기필코 떠나게 하려 했다. 백작부인이 올케에게 말했다.

"하지만 그 말은 빈데르 남작이 이 아이가 여기 있다는 것을 알고 있다는 뜻이잖아요. 그는 심술궂은 사람은 아니지요."

"그런 사람은 아니지만 프란츠 황제의 마음을 사려고 열심이에요."

"그가 파브리스를 감옥에 잡아넣는 것이 자신의 진급에 유리하다고 생각했다면, 이 아이는 벌써 감옥에 들어가 있을 거예요. 그러니까 이 아이를 도망시킨다는 것은 그에 대한 불신을 표시하는 거고 그에게는 모욕이 될 거예요."

"파브리스가 어디에 있는지 자기가 안다고 우리에게 귀띔한 것은 이 아이를 빨리 도망가게 하라는 말이에요. 아, 이 아이가 곧 감옥에 가게 될지도 모른다는 생각에서 벗어날 수 없는 한, 나는 사는 것 같지 않을 거예요." 후작부인은 말을 이었다. "빈데르 남작의 야망이 무언지는 모르겠으나, 그는 이 나라에서 내 남편 같은 지위에 있는 사람에게 내놓고 경의를 표하는 것이 자신에게 유리하다고 생각하고 있어요. 어디에 가면 우리 애를 잡을 수 있느니 하고 말하는 이상스런 속내가 그 증거지요. 더구나 남작은 못된 형의 고발에 따라 파브리스의 죄목이 된 다른 두 가지 내용도 자세히 설명했어요. 그 두 가지 위반 사항만으로도 감옥에 들어가게 된다고 하고 있잖아요. 그 말은 우리에게 차라리 도망치는 편이 낫다고 생각하면 그렇게 하라는 소리가 아니겠어요?"

"만일 파브리스가 도망쳐서 추방 생활을 한다면 우리는 다시는 이 아이를 보지 못할 거예요." 백작부인은 여전히 이 말만 되풀이했다. 이 의논 자리에는 후작부인의 옛 친구이자 현재는 오스트리아 정부가 구성한 재판소의 판사인 인물도 파브리스와 줄곧 함께 있었고, 그는 도망치는 의견으로 크게 기울어져 있었다. 그래서 결국 그날 저녁 파브리스는 어머니와 고모를 스칼라 극장으로 모셔가는 마차에 숨어서 저택을 빠져나왔다. 마부는 신뢰할 수 없는 사람이었는데, 늘 그렇듯이 그날도 마차를 세워 놓고 술집에 한잔하러 가고 하인이 말을 지켰다. 하인은 믿을 만한 사람이라서 이때를 이용해 파브리스는 농부로 변장하고 마차를 빠져나와 도시를 벗어났다. 다음 날 아침 그는 국경도 문제 없이 통과했다. 몇 시간 후에는 피에몬테에 있는 어머니의 영지로 가서 머물 곳을 마련했다. 그곳은 노바라 근처, 정확히 말해 로마냐노라는 곳으로 바야르[36]가 목숨을 잃은 곳이기도 하다.

스칼라 극장에 도착해 자신들의 복스에 자리 잡은 이 부인 네들이 무대에 귀 기울일 경황이 없었으리라는 점은 짐작할 수 있을 것이다. 부인들이 그곳에 간 이유는 다만 자유당파에 가담한 친구 몇 명과 의논해 보기 위해서였다. 복스 좌석에서 이들이 결정한 방법은 빈데르 남작과 한 번 더 교섭해 보자는 것이었다. 이 관헌 나리는 아주 정직한 사람이었으므로 그에게 뇌물을 준다는 것은 가당치 않았다. 더구나 부인들은 아주 가난했다. 두 사람은 다이아몬드를 팔아 남은 돈 전부를 파브리스에게 억지로 쥐여서 보냈던 것이다.

---

36) 피에르 테라유 드 바야르(Pierre Terrail de Bayard, 1473~1524). '두려움 없고 나무랄 데 없는 기사'로 불릴 만큼 완전무결한 군인의 전형으로 추앙받는 프랑스의 무사. 샤를 8세와 루이 12세를 도와 영웅적 공로를 세웠으며, 프랑수아 1세의 밀라노 원정에 참전하여 세지아 강을 건너다 적의 화승총에 맞아 전사했다.

아무튼 남작의 진정한 의향을 알아보는 일이 아주 중요했다. 백작부인의 친구들은 부인에게 보르다라는 어떤 성당 참사원[37]을 상기시켜 주었다. 그는 꽤 상냥한 젊은이로 예전에 백작부인의 사랑을 얻으려고 애썼고, 그러려고 몹시 야비한 방법까지 동원했던 사람이었다. 즉 자신의 뜻을 이루지 못하자 부인이 리메르카티와 가깝게 지내는 것을 피에트라네라 장군에게 일러바쳤던 것이다. 때문에 그는 비열한 자로 낙인 찍혀 따돌림을 당했다. 그런데 그 참사원이 요즈음에는 매일 저녁 빈데르 남작부인과 트럼프 놀이를 하고 있으며, 자연히 남작과도 격의 없는 친구로 지낸다는 것이었다. 백작부인은 그 참사관을 만나러 간다는, 몹시도 싫은 그 일을 하기로 결심했다. 다음 날 이른 아침 참사원이 집을 나서기 전에 부인이 그의 집을 방문했다.

참사원은 하나밖에 없는 하인이 피에트라네라 백작부인의 내방을 알리자 말이 안 나올 정도로 감동했다. 그래서 자신이 입고 있는 평범한 실내복의 흐트러진 매무새를 가다듬을 생각도 못 했다.

"들어오시게 하고 자네는 물러가게." 그는 꺼져 가는 목소리로 말했다. 백작부인이 들어왔다. 보르다는 몸을 던져 무릎을 꿇었다. 그가 말했다.

"이 불행한 바보는 부인의 하명을 받기 위해 이렇게 엎드렸

---

37) 주교의 주위에서 교회법에 따라 공동체 생활을 하는 성직자로서 성당의 참사회를 구성한다.

습니다." 그날 아침 백작부인은 남의 눈을 피하기 위해 허술한 차림새를 하고 있었는데, 그 모습이 저항할 수 없는 매력을 발산하고 있었다. 파브리스가 이 나라에서 쫓겨나야 한다는 큰 슬픔과 자신에게 비열한 행동을 했던 남자를 찾아가느라 감내한 고통, 이 모든 것이 뒤섞여서 부인의 눈에 비상한 광채를 주었다.

"이렇게 엎드려 부인의 하명을 받겠습니다." 참사원이 외쳤다. "분명 제게 무언가 시키실 일이 있으실 테니까요. 아니면 부인께서 이 불행한 바보의 보잘것없는 집을 찾으셨을 리 없지요. 이 몸은 지난날 자신이 부인의 마음을 얻을 수 없다는 것을 알고 사랑과 질투에 정신이 나가서 부인께 비겁한 행동을 했었으니 말입니다."

그의 말은 진지했으며 현재 주교좌 성당 참사원으로서 대단한 권력을 누리고 있는 만큼 한층 가상한 것이었다. 부인은 그의 말에 감동해서 눈물을 글썽이기까지 했다. 굴욕감과 불안으로 얼어붙었던 그녀의 마음에 일순간 측은함과 약간의 희망이 고개를 들었다. 짧은 순간에 그녀는 더할 수 없는 불행에서 거의 만족감에 가까운 기분을 누렸다.

"손에 입 맞춰 줘요." 부인은 참사원에게 손을 내밀며 말했다. "자, 일어나요." (여기서 부인은 그를 허물없이 '자기'라고 불렀는데, 이탈리아에서는 상대를 이렇게 부르는 것이 다정한 감정이 오가는 사이임을 나타낼 뿐 아니라 격의 없는 솔직한 우정을 표시하는 방식이기도 하다.) "나는 조카 파브리스를 도와 달라는 부탁을 하기 위해 여기 왔어요. 옛 친구에게 하는 이야기이니까 진실을 조금도 숨김 없이 말하지요. 이제 열여섯 살하고 반년밖에 지나지 않은 조카가 가당찮은 바보짓을 저질렀어요. 우리들이 코모 호숫가 그리앙타 성관에 머물 때였지요. 어느 날 저녁 7시경, 코모 호수에서 배가 한 척 와서는 나폴레옹 황제가 주앙만에 상륙했다는 사실을 알려주었어요. 다음 날 아침 파브리스는 신분이 낮은 친구인 기압계 상인 바지에게서 여권을 얻어 프랑스로 떠났지요. 하지만 그 아이가 기압계 상인처럼 보이지는 않았던 터라, 프랑스 영토 안으로 40킬로미터도 채 못 들어가서 그만 체포당하고 말았어요. 그의 미끈한 용모를 보고 수상하게 여겼던 거지요. 그 아이는 프랑스말도 잘하지 못하면서 마음속의 열광을 쏟아내 의심을 샀어요. 얼마 후 조카는 도망쳐서 제네바로 올 수 있었지요. 우리는 사람을 보내 루가노에서 그 애를 만나게 했어요……."

"그러니까 제네바에서 그랬단 말씀이지요." 참사원은 미소를 지으며 말했다.

백작부인은 이야기를 마쳤다.

"부인을 위하는 일이라면 사람의 힘이 미치는 한 무엇이든 다하겠습니다." 참사원은 감격해서 대답했다. "무슨 일이든 지시하시는 대로 하겠습니다. 아주 무모한 일이라 해도 마다하지 않겠습니다. 그러니 말씀해 주십시오. 천사 같은 자태로 이 보잘것없는 거실에 오셔서 제 인생에 새 시대를 열어 주신 부인께서 떠나신 다음 제가 무엇을 해야 하는지를요."

"빈데르 남작의 집에 가서 당신이 파브리스를 태어날 때부터 사랑하고 있으며, 당신이 우리 집에 드나들 때 그 애가 태어나는 것을 보았다는 말을 해 주세요. 요컨대 그가 당신에게 품은 우정에 호소해서 그에게 이렇게 청하세요. 파브리스가 그때 스위스로 가기 전에 남작이 감시하는 자유주의자들 중 그 누구와 혹시라도 만난 적이 있는지, 밀정을 모두 동원해서라도 밝혀 달라고 말입니다. 부하 밀정들이 임무를 잘 해낸다면 남작은 이 사건에서 문제되는 것이 단지 풋내기 청년이 저지른 경솔한 행동일 뿐이라는 사실을 알게 되겠지요. 당신도 알겠지만 뒤냐니 저택의 내 방에는 나폴레옹의 승전을 그린 판화집이 있는데, 내 조카는 그 판화집을 펼쳐 보면서 읽는 법을 배웠습니다. 그 애가 다섯 살일 때부터 남편은 전쟁 이야기를 들려주었습니다. 우리들은 그 애 머리에 남편의 투구를 씌워 주었고 아이는 긴 칼을 질질 끌면서 돌아다니곤 했지요. 그랬던 그 아이가 어느 날 내 남편의 수호신이었던 황제가 프랑스로 돌아왔다는 소식을 들었으니 어떻게 되었겠어요. 그 아이는 철없이 나폴레옹을 만나러 떠났지만 뜻을 이루진 못했어요. 그런 일시적인 무분별을 도대체 어떤 죄로 다스리려 하는지 남작에게 물어봐 주세요."

"제가 한 가지 잊고 있었습니다." 참사원은 말했다. "이야기를 들어보시면 제가 부인의 용서를 받을 자격이 전혀 없는 위인은 아니라는 것을 알게 되실 겁니다. 자 이것을 보세요." 그러면서 그는 책상 위의 여러 서류를 들추었다. "여기 그 비열한 위선자의 고발장이 있습니다. 보세요, 아스카니오 발세라 델 동고라는 서명이 있지요. 이 고발장이 이번 사건의 모든 발단입니다. 어제 저녁 저는 경찰에서 이걸 갖고 나와서 곧장 스칼라 극장으로 갔었습니다. 당신이 계신 복스에 늘 들르는 누군가를 만나 그를 통해 당신께 이걸 전하려 했었지요. 이 고발장 사본은 이미 오래전에 빈 당국에 제출되어 있습니다. 우리가 싸워야 할 상대는 바로 그곳에 있습니다." 참사원은 백작부인과 함께 고발장을 읽고, 그날 중으로 누군가 믿을 만한 사람을 시켜 그 사본을 부인에게 보내 주기로 했다. 백작부인은 기쁜 마음으로 델 동고 저택으로 돌아갔다.

"예전의 그 악당도 회개를 하고 나니 그보다 더 친절할 수 없겠더군요." 그녀는 후작부인에게 말했다. "오늘 저녁에 스칼라 극장에서 시계가 10시 45분을 가리키면 우리 복스 좌석에 와 있던 사람을 전부 내보내야 해요. 그리고 촛불을 끄고 문을 닫아 버리는 거죠. 그러면 11시쯤 그 참사원이 와서 자신이 오늘 모색한 일을 이야기할 거예요. 이렇게 하는 것이 그로서는 가장 덜 위험한 방법이라고 의견일치를 보았어요."

이 참사원은 퍽 똑똑한 인물이었다. 그는 약속을 지켰다. 그러고는 진정한 호의와 거리낌 없는 솔직함을 보여 주었다. 그것은 모든 감정 속에 허영심이 섞여 있는 나라에서는 볼 수 없는 미덕이다. 그가 백작부인의 일을 남편인 피에트라네라 장군에게 고자질했던 것은 그에게 있어 일생일대의 후회를 남겼다. 그런데 그는 여기서 그 후회를 씻어 버릴 수 있는 기회를 찾아냈던 것이다.

그날 아침 백작부인이 돌아간 뒤였다. '부인은 자기 조카에게 연정을 품고 있구나.' 참사원은 이렇게 씁쓸하게 중얼거렸다. 그도 사랑의 상처를 전혀 떨치지 못하고 있었던 것이다. '그

토록 오만하던 여인이 나를 찾아왔다! …… 그 가엾은 피에트
라네라가 죽었을 때 나는 그녀에게 무엇이든 돕겠다고 제안했
었지. 한때 그녀의 애인이었던 스코티 대령을 통해 내 뜻을 아
주 예의 바르게 잘 전달했는데도 그녀는 끔찍하다는 듯이 거
절했었어. 그 아름다운 피에트라네라 부인이 1500프랑의 연금
으로 살아가다니!' 참사원은 방안을 오가며 감정이 북받치는
몸짓까지 했다. '그러고는 혐오스런 악당 델 동고 후작에게 얹
혀살려고 그리앙타 성관까지 갔어! …… 이제 모든 것이 분명
해졌어! 사실, 파브리스라는 그 젊은이는 매력이 넘치고 큰 키
에 멋진 체격을 가졌지. 언제나 웃는 얼굴에다가…… 그리고
그보다 더 근사한 것은 달콤한 관능이 가득 담긴 그의 눈길이
야…… 코레조[38]의 그림 같은 얼굴이라고나 할까.' 참사원은
서글픈 심정으로 생각을 이어 나갔다.

'나이 차이가 나긴 하지만…… 그다지 큰 차이도 아니
야…… 파브리스는 아마 프랑스군이 입성한 후인 1798년경에
태어났을 테고, 백작부인은 스물일고여덟가량, 아름답고 사랑
스럽기 이를 데 없는 한창때지. 미인이 많은 이 나라에서도 그
녀를 능가할 미인은 없어. 마리니 양, 게라르디 양, 뤼가 양, 아
레시 양, 피에트라그뤼아 양 등[39] 이 여인들 누구보다도 그녀

---

38) 안토니오 알레그리 다 코레조(Antonio Allegri Da Corregio,
1494~1534). 파르마 수도원에 벽화를 남긴 화가다.
39) 이 여인들은 스탕달이 1800년 나폴레옹 군대의 소위로 밀라노에 들어
갔을 당시 실재했던 여인들로서, 특히 피에트라그뤼아 양은 스탕달이 열렬
히 사랑했던 여인이다.

는 월등해…… 그녀와 조카는 아름다운 코모 호숫가에서 세상과 담을 쌓고 행복하게 지냈다는데, 그러던 중에 그 젊은이가 나폴레옹을 찾아 떠났다지…… 아직도 이탈리아에 지사들이 있구나! 그 어떤 신분이건 상관없지, 조국에 대해 그토록 열렬한 사랑을 간직하고 있다니!…… 아니야.' 하고 이 질투에 불타는 남자는 생각을 가다듬었다. '그녀가 시골 생활을 기꺼이 감수한 것이 조카에 대한 사랑 때문이 아니라면 달리 어떻게 설명할 수 있겠는가. 더구나 매일같이 식사 때마다 저 델 동고 후작의 혐오스런 얼굴을 마주해야 한다는 불쾌함을 참아 내면서, 게다가 아스카니오 소후작의 그 핏기 없이 뻔뻔한 얼굴까지 보태서 말이다. 이 큰아들 놈은 장차 아비보다 더 가관일 거야…… 좋아! 그녀를 진심으로 돕자. 그러는 동안은 적어도 그녀를 오페라 안경으로 훔쳐보는 대신 가까이에서 만날 수는 있을 테니.'

보르다 참사원은 백작부인 일행들과 만난 자리에서 이 사건의 추이를 분명하게 설명했다. 빈데르 남작은 꽤 유쾌한 심사가 되어 있었다. 그로서는 빈에서 지시가 내려오기 전에 파브리스가 도망친 것이 흡족했다. 사실 이 빈데르라는 남자는 아무 결정권도 없었다. 그는 다른 사건들에서도 그랬듯이 이 경우에도 명령을 기다리고 있었다. 온갖 정보의 사본을 만들어 매일 빈 당국에 보내고 그에 대한 지시가 내려오기만을 기다렸던 것이다.

참사원이 부인들을 통해 일러준바, 파브리스가 로마냐노에서 숨어 지내며 지켜야 할 사항들이란 이런 것들이었다.

1. 매일 빠짐없이 미사에 참석할 것. 군주제 신봉자로서 영민한 자를 고해 신부로 삼되, 고해소에서는 비난받을 여지가 없는 감정만을 털어놓을 것.

2. 재사라는 평판이 있는 사람과는 결코 사귀지 않으며, 기회가 있을 때마다 반역에 대해 절대 반대라는 입장을 표명할 것.

3. 카페에는 출입하지 않으며, 토리노와 밀라노에서 발간되는 어용 신문 외의 다른 신문들은 읽지 말 것. 평상시 독서를 좋아하지 않는 듯이 보일 것이며, 특히 1720년 이후에 출판된 작품은 월터 스콧의 소설을 제외하고는 그 어느 것도 읽지 말 것.

4. 마지막으로(여기서 참사원은 좀 짓궂은 심사를 내보였다.) 그 지방 어느 아름다운 부인을 골라 공공연히 연정을 구할 것. 물론 귀족 계층에 속한 부인이어야 한다. 이렇게 하면 그가 음울하고 불만에 찬 생각을 품은 풋내기 모반자가 아니라는 사실을 입증할 수 있다.

백작부인과 후작부인은 잠자리에 들기 전 각각 파브리스에게 긴 편지를 썼다. 애정 어린 염려와 함께 보르다에게서 들은 충고를 빠짐없이 적었다.

파브리스는 정치적 음모를 꾸밀 생각은 전혀 없었다. 다만 그는 나폴레옹을 사랑했다. 그리고 자신은 귀족이므로 다른 사람보다 더 행복해야 한다고 믿었고, 부르주아들을 하찮게 여겼다. 책이라고는 학교에 다닐 때 예수회 신부들이 편찬한 책을 읽었을 뿐이고, 이후로 단 한 권의 책도 펼쳐 본 적이 없었다. 그는 로마냐노에서 좀 떨어진 거리에 있는 화려한 저택에 거처를 정했다. 이 저택은 유명한 건축가 산 미켈리[40]가 남긴 걸작 중의 하나였다. 그러나 이 집은 30년 동안이나 사는 사람 없이 비어 있어서, 방이란 방은 모두 비가 새고 창문 하나 제대로 닫히는 것이 없었다. 그는 관리인의 말을 얻어 올라타고 하루 종일 멋대로 돌아다녔다. 누구에게 말을 건네는 일도 없이 생각에 잠겨 있기만 했다. '극우왕당파'의 가문에서 애인을 하나 고르라는 충고는 꽤 재미있을 법해서 그대로 따랐다. 고해를 들어줄 신부로는 (스피엘베르그의 고해 신부처럼) 주교가 되고 싶어 하는 젊은 모사꾼을 택했다.[41] 그러나 또한 그는 11킬로미터 길을 마다 않고 걸어가서 《입헌신문》을 구해 읽었는데, 그러면서 이렇게 걸어다니면 아무도 눈치 채지 못할 거라고 생각했다. 그는 《입헌신문》이 숭고하다고 생각했으며 종종 '이 신문은 알피에리[42]나 단테의 작품만큼 훌륭해.'라고 중얼거렸다. 파브리스는 위험한 생각이란 전혀 하지 않는 애인보다는 자신의 말[馬]이라든가 이 신문에 더 열심이었고, 이런 점에서 프랑스 젊은이와 비슷한 점이 있었다. 그러나 이 소박하고 굳센 영혼 속에는 프랑스인들처럼 '타인에 대한 모방'이 끼어들 여지는 없었다. 그래서 그는 로마냐노 같은 지방 도시

---

40) 미켈레 산미켈리(Michele Sanmicheli, 1484~1559). 이탈리아 베로나의 건축가로서 미켈란젤로와 함께 주로 로마에서 활약했다.

41) (원주)스피엘베르그의 고해 신부 이야기에 대해서는 앙드리앙 씨가 쓴 『회상록』을 보라. 이야기처럼 재미있는 책이지만, 타키투스처럼 후세에 오래 남을 작품이다.

42) 비토리오 알피에리(Vittorio Alfieri, 1749~1803). 이탈리아의 비극 시인으로서 이탈리아의 국민 정신을 일깨우는 데 이바지했다.

의 사교계에서 친구를 사귀지 못했다. 그의 단순성은 거만처럼 여겨졌다. 사람들은 그런 그의 성격을 어떻게 받아들여야할지 몰랐다. 주임사제에 의하면 그는 '장남이 되지 못해 불만에 찬 차남'이었다.

6장

성당 참사원 보르다의 질투가 전혀 근거 없지는 않았다는 사실을 우리는 솔직히 고백하는 바다. 파브리스가 프랑스에서 돌아왔을 때 피에트라네라 백작부인의 눈에는 그가 마치 전부터 알고 지내던 잘생긴 외국인처럼 비쳤다. 만일 그가 사랑이라는 단어를 꺼냈더라면 그녀는 그를 사랑했을 것이다. 그렇지 않아도 그녀는 이미 그의 행동거지와 인품에 대해 열정적이고도 끝없는 경탄을 보내오지 않았던가? 하지만 파브리스가 그녀를 가슴에 껴안곤 했던 것은 순수한 감사와 따뜻한 우정을 주체하지 못해서였다. 그러므로 만약 그녀가 모자(母子) 사이의 정 같은 둘 사이의 우정에서 다른 어떤 감정을 찾으려 했었더라면, 그녀는 스스로를 혐오했을 것이다. 백작부인은 홀로 생각했다. '사실 6년 전 으젠느 공의 궁전에서 나를 알게 된 친구들은 나를 여전히 아름답다고, 어쩌면 젊다고까지 생각해 줄지도 몰라. 하지만 그 아이에게 있어 나는 공경해야 할 한 여인……, 내 자존심일랑 접고 곧이 곧대로 말한다면 나이 든 여자일 뿐이야.' 백작부인은 지금 자신이 맞이하고 있는 인생의 시기에 대해 그릇된 생각을 품고 있었다. 평범한 여자들이 흔히 빠지는 착각과는 달랐지만 말이다. '게다가 그 아이만할 때는 나이 먹는다는 것을 아주 심각하게 받아들이기 마련이지. 혹시 인생의 연륜이 좀더 쌓인 남자라면…….'

백작부인은 거실을 이리저리 거닐다가 거울 앞에 멈춰 섰다. 그러고는 미소를 지었다. 여기서 이야기해야 할 일이 있는데, 사실 몇 달 전부터 어떤 특별한 인물이 피에트라네라 부인에게 아주 진지하게 사랑을 호소해 오고 있었던 것이다. 파브리스가 프랑스로 떠난 얼마 후부터 백작부인은 스스로도 의식하지 못하는 사이에 몹시도 그가 염려되기 시작했다. 그녀는 깊은 우울 속으로 빠져들어 갔다. 무슨 일을 해도 즐겁지 않았고 말하자면 흥이 나지 않았다. 부인 혼자만의 상상이었지만 나폴레옹이 이탈리아인들의 지지를 얻고자 파브리스를 자신의 부관으로 삼을지도 모른다는 생각이 들었다. '그렇게 되면 나는 그 애를 잃어버린 거나 마찬가지야!' 이렇게 그녀는 울먹였다. '다시는 그 아이를 보지 못하게 되겠지. 편지는 보내 올 테지. 하지만 10년이 지난 후에 내가 그 아이에게 무슨 의미가 있겠어?'

이런 심정으로 부인은 밀라노로 여행을 갔다. 그곳에서라면 나폴레옹에 대한 소식을 좀 더 직접적으로 접할 테고 어쩌면 그것과 함께 파브리스의 소식도 들을 수 있을 것 같아서였다. 본인은 인정하지 않고 있었으나 그녀의 활발한 기질은 단조로운 시골 생활에 지루함을 느끼기 시작하던 차였다. '이건 죽지 못하는 것일 뿐이지 사는 게 아냐.' 하고 그녀는 혼잣말을 하곤 했다. '오라버니, 조카 아스카니오, 그리고 이들의 시종들, 머리에 분을 칠한 이 얼굴들을 하루도 빠짐없이 보아야 하다니! 파브리스도 없이 호숫가를 거닐어 보았자 무슨 낙이 있단 말인가?' 그녀는 유일한 위안을 후작부인과의 우정에서 구하려 했다. 그러나 얼마 전부터는 이 친밀한 관계에서도 그다지 큰 즐거움을 얻지 못했다. 파브리스의 모친은 자신보다 나이도 많았던 데다가, 산다는 것에 별 의욕을 느끼지 못했다.

피에트라네라 부인은 이런 막막한 입장에 처해 있었다. 파브리스가 떠나 버리자 그녀는 미래에 대한 희망이 없어졌다. 그럴수록 그녀의 마음은 위안과 색다른 자극이 필요했다. 밀라노에 온 부인은 당시 유행하던 오페라에 열중했다. 옛 친구인 스코티 장군이 스칼라 극장의 박스 좌석을 그녀에게 내주었는데, 그 자리에 파묻혀 그녀는 오랜 시간을 혼자 있곤 했다. 나폴레옹과 그 군대 소식을 듣고자 만나 본 사람들에게서는 저속하고 천박한 인상을 받았다. 집에 돌아오면 새벽 3시까지 피아노를 쳤다. 악보 없는 즉흥적인 곡들이었다. 그러던 어느 날 저녁이었다. 스칼라 극장에서 그녀는 프랑스 소식을 들을까 싶어 한 여자 친구의 박스로 갔다. 거기서 그녀는 파르마 공국의 대신 모스카 백작을 소개받았다. 그는 상냥한 사람으로서 프랑스와 나폴레옹의 소식을 전해 주었다. 그가 들려준 이야기들은 그녀의 마음속에 희망을, 혹은 우려를 불러일으키는 새로운 원인이 되었다. 다음 날도 그녀는 친구의 좌석으로 갔다. 모스카 백작 역시 거기에 와 있었다. 오페라 공연 내내 그녀는 그와 즐겁게 이야기를 나누었다. 파브리스가 떠난 이후 그처럼 활기 찬 저녁 시간을 보낸 적이 없었다. 그녀를 즐겁게 해 준 모스카 델라 로베레 소레자나 백작은 저 유명한 파르마 대공 에르네스트 4세의 육군대신이었으며 경찰청장과 재무대신도 겸하고 있었다. 파르마 대공은 당시 준엄하기로 소문난 정치를 펴고 있었고, 이러한 그의 정책은 밀라노의 자유주의자들로부터 가혹하다는 비난을 듣고 있었다. 모스카는 마흔에서 마흔다섯 살 사이로 보이는, 선이 굵은 용모를 지닌 남자였다. 거드름 따위는 찾아볼 수 없었고 소박하고 명랑해서 호감을 주는 사람이었다. 그가 섬기는 대공은 기벽(奇癖)이 있어서 온건 정치사상의 징표로 머리에 분을 바를 것을 신하들에게 강요했는데, 그렇게 머리에 분을 칠하지 않았더라면 이 남자는 훨씬 매력적인 풍모였을 것이다. 이탈리아에서는 사람들이 상대방의 허영심에 상처를 주게 될지도 모르는 일에 그다지 마음을 쓰지 않는다. 따라서 이들은 누구와도 곧 친숙하게 이야기를 나누고 개인적인 이야기까지 하게 된다. 그러다 자존심에 상처를 입었을 때는 두 번 다시 만나지 않았는데 그러는 것이 이런 문화 풍토에서는 중화제 같은 역할을 했다.

"백작님, 왜 머리에 분을 바르시지요?" 백작부인은 그를 세 번째 만나는 자리에서 물었다. "분칠을 하시다니! 당신처럼 매력 있고 아직 젊은 데다가, 스페인에서는 우리 편에 서서 싸우셨던 분이 말이에요!"

"그 스페인에서 아무것도 훔쳐 내지 못한 데다가 어떻게든 먹고살아야 하니까 그렇게 된 것이지요. 그 시절 저는 명예를 얻고자 몸이 달아 있었습니다. 우리 지휘관이던 프랑스군의 구비옹 생 시르 장군이 해 주는 칭찬 한마디가 제게는 모든 것이었거든요. 나폴레옹이 몰락했을 때, 공상가이던 제 부친은 당시 제가 벌써 장군이나 된 듯이 파르마에다가 제게 줄 저택을 짓고 계셨지요. 그동안 저는 나폴레옹을 위해 봉사하면서 재산이나 축내고 있었는데 말입니다. 그러다보니 1813년[43]에 제게 남은 전 재산이란 짓다 만 저택과 연금뿐이었습니다."

"연금이라면, 3500프랑의 금액 말씀인가요? 제 남편이 받았던 것처럼?"

"피에트라네라 백작께서는 사단장이었지요. 일개 중대장에 불과했던 저의 연금은 고작 800프랑이었습니다. 그것조차도 제가 재무대신이 된 다음에야 받을 수 있었지요."

박스 좌석에는 좌석 주인인 여자 친구밖에 없었고 이 부인은 지극히 자유주의적인 견해를 지닌 사람이었기 때문에 두 사람의 대화는 여전히 솔직하게 계속되었다. 모스카 백작은 백작부인이 궁금히 여기자 자신이 파르마에서 어떻게 살고 있는지 이야기해 주었다. "스페인에서는 생 시르 장군 휘하에서

---

43) 나폴레옹은 1812년 겨울 러시아 원정에서 참패하고, 이어 1813년 반프랑스 동맹군에게 연이어 패퇴하면서 위기를 맞는다. 그리고 이듬해 나폴레옹은 황제에서 퇴위당하고 엘바 섬으로 유배된다.

훈장을 받으려고, 나아가 약간의 명예를 얻으려고 총탄에 맞서 싸웠었지요. 그러나 지금은 대저택에 살면서 수천 프랑 정도 벌기 위해 희극 속의 인물 같은 역할을 하고 있습니다. 일종의 장기판처럼 상대편의 패나 따먹는 생활에 일단 한번 발을 들여놓자, 그 뒤로는 상관의 오만스런 태도에 울화가 치밀어 나도 최고위직에 올라야겠다는 마음이 들더군요. 그래서 그런 자리에 도달했습니다. 하지만 여전히 내게 있어 가장 행복한 시간은 이렇게 때때로 밀라노에 와서 지내는 날들입니다. 이 도시에는 아직도 당신네 이탈리아 원정군의 열정이 살아 있는 것 같거든요."

비록 모두들 두려워하는 파르마 대공의 대신이었지만 그의 말 속에서 배어 나오는 솔직함과 소탈함에 끌린 백작부인은 그에게 호기심을 갖게 되었다. 처음에 그녀는 그의 지위로 봐서 그가 거드름을 피며 유식한 체하는 인물일 거라고 생각했었는데, 알고 보니 그는 자신의 지위에 붙어 다니는 위세를 오히려 부끄러워하고 있었다. 모스카는 부인에게 프랑스에 관한 정보를 자신의 힘이 닿는 한 모아서 전해주겠다고 약속했다. 백작이 부인에게 이런 약속을 했던 당시는 워털루 전투가 벌어지기 한 달 전으로, 그것은 그때의 밀라노의 정황으로 보아 아주 조심성 없는 행동이었다. 그때 이탈리아로서는 나라가 망하느냐 살아남느냐가 문제였다. 모든 사람들이 희망에 들떠 있거나 혹은 공포에 사로잡혀 있었다. 이처럼 모두들 동요하고 있는 가운데서도 부인은 이 남자의 신변에 대해 여기저기 탐문해 보았다. 이 남자가 세인의 질시의 대상이면서 동시에 그 자신에게는 세상살이의 유일한 방편이기도 한 자신의 지위를 아무렇지도 않게 여기는 것이 그녀로서는 흥미로웠던 것이다.

피에트라네라 부인의 귀에 들어온 이야기들은 아주 흥미로웠다. 사람들이 들려준 말에 따르면 모스카 델라 로베레 소레자나 백작은 머지않아 파르마의 전제군주이자 유럽에서 가장 부유한 군주로 손꼽히는 에르네스트 4세의 재상이 되어 총신(寵臣)으로서의 공인된 자리를 부여받게 되리라는 것이었다. 백작이 좀더 준엄한 표정을 짓고 다녔더라면 그는 이미 예전에 이 최고 지위에 올랐을 것이다. 이 점에 관해서는 대공도 자주 그에게 충고하는데, 그에 대해 백작은 이렇게 거리낌 없이 대답한다고 했다.

"제가 국사를 훌륭히 처리하는 한, 제가 어떤 방식으로 행동하든 전하께서 상관하실 바가 아니지요."

부인에게 백작의 신상 이야기를 들려준 사람은 또한 이런 이야기를 덧붙였다. "이 총신은 권세를 누릴 만큼 누리고 있지만 그렇다고 고초가 없는 것은 아닙니다. 물론 대공은 양식과 기지가 있는 사람이긴 해도, 절대군주로 군림한 다음부터는 머리가 좀 돌아 버린 것 같아요. 예를 들어 어린 계집아이에게나 어울릴 법한 의심을 품곤 하거든요."

에르네스트 4세는 전쟁에 있어서만 용감한 사람이었다. 사람들은 그가 전쟁터에서 용감한 장군으로 종대의 맨 앞에서 공격에 나서던 모습을 수없이 보아 온 바다. 그러나 부왕 에르네스트 3세가 서거한 후, 돌아와서 공국의 통치를 맡은 그의 앞에는 불행히도 무한한 권력이 놓여 있었고, 그로부터 그는 자유주의자들[44]과 '자유'에 대한 반감을 맹렬하게 드러내기 시작했다. 얼마 안 가 그는 사람들이 자신을 미워하고 있다고 생각했다. 그러다가 마침내 어느 날인가는 기분이 언짢다는 것이 계기가 되어 죄가 별로 무겁지도 않은 자유주의자 두 명을 처형시키고 말았다. 그렇게 하도록 대공을 옆에서 부추긴 사람이 일종의 법무대신격인 라씨라는 치사한 인물이었다.

그런 치명적인 사건이 일어난 다음부터 대공의 삶은 바뀌고 말았다. 아주 어처구니없는 의심들이 그를 괴롭히는 것 같았다. 쉰 살도 안 되었건만, 말하자면 공포심 때문에 폭삭 시들어버렸다고나 할까, 그래서 자코뱅 당원(급진공화파)이라든가 파리 중앙위원회가 도모하는 책략 이야기를 꺼내는 순간 그는 이내 팔십 먹은 노인의 얼굴이 되는 것이었다. 대공은 어린애 같은 밑도 끝도 없는 두려움에 사로잡히곤 했다. 그가 총애하는 검찰총장(혹은 대법관) 라씨는 군주의 이런 공포심을 이용해서 자신의 세력을 유지했다. 신임을 잃을까 봐 걱정되면 서둘러서 세상에서 가장 음흉하고 황당한 어떤 새로운 음모를 찾아냈다. 한번은 서른 명 가량의 분별 없는 자들이 모여 《입헌신문》을 읽은 적이 있었는데, 라씨는 이들에게 모반자라는 선고를 내리고 파르마의 그 유명한 성채에 가두어버렸다. 높디높은 그 성채는 롬바르디아 전역에 걸쳐 공포의 대상

---

44) 절대군주제를 반대하고 공화정을 지지하는 정치적 성향의 인사들을 가리킨다.

이었다. 높이가 55미터나 된다고 하는데, 끝없이 펼쳐진 평원 한가운데 우뚝 솟은 모습이 아주 먼 곳에서도 눈에 들어왔다. 이 성채 감옥은 그 위용이 불러일으키는 두려움에다 사람들 사이에 돌아다니는 여러 가지 무시무시한 이야기가 덧붙여져서 밀라노에서 볼로냐까지 펼쳐진 이 평원 위에 군림하고 있었다.

파르마에서 왔다는 또 한 사람의 여행자는 백작부인에게 이렇게 말했다. "도저히 믿지 못하시겠지만, 밤마다 에르네스트 4세는 궁전 4층의 자기 침실에다 여든 명의 보초를 세워 지키게 합니다. 보초들이 15분마다 정해진 암호를 외치며 지키고 있는데도 대공은 부들부들 떨고 있답니다. 문이란 문은 모두 빗장을 열 개씩이나 채워놓고 침실을 에워싼 방마다 군인들을 가득 데려다 놓았음에도 불구하고, 그는 자코뱅 당원들이 겁이 나서 어쩔 줄 모르는 것이지요. 마룻바닥의 판자 한 장이 삐걱 하는 소리만 나도 대공은 침대 밑에 자유주의자가 숨어들었다고 생각하고 즉시 달려가 권총을 집어 듭니다. 그러면 곧 궁정 전체에 경계령이 울리고 시종무관이 모스카 백작을 깨우러 달려갑니다. 그런데 궁정에 도착한 이 경찰청장이 음모 같은 것은 없다면서 대공을 진정시키는 일은 절대 없습니다. 오히려 그 반대지요. 완전무장을 하고 대공과 단둘이서만 구석구석 방들을 둘러보고 침대 밑도 들여다봅니다. 한마디로 노친네나 할 법한 우스꽝스런 짓들을 하느라 여념이 없는 겁니다. 이런 조바심은, 예전에 대공이 전쟁에서 탄환을 주고받는 경우 말고는 아무도 죽일 일이 없었던 행복한 시절에는, 대공 자신에게도 몹시 어리석게 느껴졌을 테지요. 그렇지 않아도 대공은 아주 명민한 사람이라서 내심 이런 심약한 경계를 창피하게 여기고 있습니다. 자신이 그렇게 두려워서 안절부절못하는 순간에도 스스로는 그것이 우스꽝스러운 일이라는 사실을 아니까요. 모스카 백작이 지극히 신임받는 이유도 그가 대공이 자기 앞에서 얼굴을 붉히지 않도록 능란하게 처신한다는 데 있습니다. 파르마에 떠도는 소문에 따르면, 바로 그 모스카가 경찰청장이라는 자신의 직분을 내세우면서 가구 밑바닥마다 들여다보고 콘트라베이스를 넣어 둔 통까지 열어 보자고 고집한다는 것입니다. 그러면 대공이 오히려 그렇게까지 할 건 없다고 반대하고, 신하의 지나친 조심성을 놀려 댄답니다. 백작의 대답이란 이렇지요. '이건 이기지 않으면 지고 마는 내기와 같은 겁니다. 한번 생각해 보십시오. 만약 전하께서 자객에게 당하시도록 저희가 두 손 놓고 있다면 자코뱅 당원들은 풍자시를 꾸며내서 우리를 조롱해 댈 것입니다. 저희는 단지 전하의 생명만 지키고 있는 것이 아니라 저희 체면도 지키고 있는 겁니다.' 그런데 대공도 그저 속아 넘어가고 있는 것은 아닌 모양입니다. 왜냐하면 누군가가 지난밤에 대공이 궁정에서 뜬눈으로 밤을 새웠다는 이야기를 입 밖에 내기라도 하면, 검찰총장 라씨가 그 경망스런 자를 잡아들여 성채 감옥에 넣어 버리거든요. 그리고 그 높디높은 감옥, 파르마에서 하는 이야기로 '공기 좋은' 처소에 일단 한번 갇히면 기적이 일어나지 않는 한 사람들 사이에서 잊혀지고 말지요. 대공이 자기 기분을 맞춰주거나 비굴하게 아첨하는 데 있어 훨씬 뛰어난 라씨보다 모스카 백작을 더 좋아하는 까닭은 백작이 군인이고, 스페인에서 몇 번이나 적의 기습을 맞아 권총을 쏘며 탈출해서 목숨을 구한 적이 있기 때문입니다. 성채 감옥에 갇힌 그 불운한 죄수들은 철저한 비밀 사항이고, 그들에 대한 소문만 돌아다니지요. 자유주의자들의 주장에 의하면, 죄수들로 하여금 거의 매달마다 한 명씩 사형을 당한다고 믿게 하라는 명령이 감옥지기와 고해신부들에게 내려와 있는데, 그런 생각을 해낸 자가 라씨라는 겁니다. 그런 날은 죄수들이 55미터나 되는 탑의 전망대로 끌려가서는 거기서 불쌍한 죄수 역할을 맡은 밀정을 사형장으로 데려가는 행렬을 바라보게 된다는군요.”

이런 이야기들과 또한 전혀 꾸며 낸 것만은 아닌 비슷한 종류의 여러 가지 이야기들은 피에트라네라 부인을 퍽 재미있게 해주었다. 다음 날 부인은 모스카 백작을 짓궂게 놀려 대며 더 자세한 내용들을 물었다. 부인은 백작이 유쾌한 사람이라고 생각했다. 그리고 그에게 말하기를, 당신은 자신도 모르는 사이에 괴물이 되어 버린 것 같다고 했다. 어느 날 자신의 숙소로 돌아오던 길에 백작은 생각했다. ‘저 피에트라네라 백작부인은 매력 있는 여인이야. 그 뿐만 아니라 그녀의 오페라 좌석에서 저녁 시간을 보낼 때는 파르마에서 젊어지고 있던 괴로운 일들을 잊게 된단 말이야.’ 여기서 다음과 같은 이탈리아어 번역 문장을 그대로 옮기는 것을 용서해 주기 바란다. ‘이 대신은 경쾌한 태도와 세련된 행동방식을 지니고 있었음에도 불구하고 ‘프랑스식’의 심성은 없었다. 그는 자기 마음속의 번민을 덮어 버릴 줄 몰랐다. 베개에 가시가 박혀 있으면 살아 있는 자신의 팔다리로 그 가시를 짓눌러서 부러뜨리고 무디게 하는 방법밖에 모르는 사람이었다.' 부인을 새롭게 보기 시작한 다음 날, 백작은 밀라노에서 처리해야 할 용무가 있었음에도 불구하고 낮 시간이 너무나 길게 여겨졌다. 그는 도저히 가만히 있을 수가 없어서 말들이 지칠 때까지 마차를 타고 돌아다녔다. 6시 무렵이 되자 말을 타고 코르소(산책로)로 갔다. 그곳에 가면 피에트라네라 백작부인을 만날 수 있으리라는 희망이 있었던 것이다. 거기서 그녀를 보지 못하자, 스칼라 극장이 8시에 문을 연다는 사실을 생각해 내고 이번에는 그리로 갔다. 그러나 넓은 극장 안에는 관객이 채 열 명도 모이지 않았다. 백작은 그런 이른 시각에 극장에 와 있다는 사실에 약간 창피함을 느꼈다. '마흔다섯 살이나 먹은 내가 일개 장교도 얼굴을 붉힐 만한 철없는 짓을 하다니!' 그는 생각했다. 다행히 이 일을 알 사람은 아무도 없었다. 그는 극장에서 도망치듯 빠져나와 주위의 아름다운 거리를 거닐면서 시간을 보내려 했다. 그 거리에는 카페들이 늘어서 있었는데, 바야흐로 사람들이 붐빌 시각이었다. 어느 카페 앞이건 호기심 많은 사람들이 한길 가운데까지 진출한 테이블에 자리 잡고 아이스크림을 먹으며 지나가는 사람들을 평가하는 것이다. 백작은 눈에 띄는 행인이었다. 그를 알아본 사람들이 이야기를 걸어왔다. 아주 무시해 버릴 수도 없는 서너 명의 성가신 이들이 마침 좋은 기회를 만났다며 이 권력 있는 대신과 면담하려 했다. 이들 중 두 명은 백작에게 청원서를 내밀었으며, 세 번째 남자는 백작의 정치적 처신에 대해 긴 충고를 늘어놓는 것으로 만족했다.

백작은 속으로 중얼거렸다. '머리가 너무 좋으면 잠을 이루지 못한다는 말처럼 이렇게 권세가 있으니 산책도 할 수 없군.' 그는 극장으로 다시 들어갔다. 문득 세 번째 줄의 박스 좌석을 사야겠다는 생각이 들었다. 거기서는 두 번째 줄의 좌석을 들키지 않고 내려다볼 수 있었다. 그는 아래층 좌석에 백작부인이 들어와 자리 잡기를 기다렸다. 두 시간이 넘게 앉아 있었지만 사랑에 빠진 이 남자에게는 그 시간도 그리 길게 느껴지지 않았다. 누구의 눈에도 띄지 않는다는 것이 확실하자 그는 행복한 심정으로 자신의 미치광이 같은 열정에 몸을 내맡겼다. '늙는다는 것은 무엇보다도 이런 어린애 같은 감미로운 짓을 할 수 없다는 것이 아닌가?' 그는 생각했다.

마침내 백작부인이 나타났다. 그는 들뜬 마음으로 오페라 안경을 들고 그녀를 훔쳐보았다. '젊고 재치 있고 새처럼 경쾌하구나. 아직 스물다섯도 안 된 나이겠지. 외모의 아름다움이란 저 여인이 지닌 매력에서 가장 작은 부분에 불과하다. 한순간도 성실함을 잃지 않는, 이리저리 재어 보는 일 없이 그때그때 얻는 인상에 자신을 온통 내던지며 무언가 새로운 대상에 이끌려 가기만을 바랄 뿐인 이런 마음의 소유자를 대체 어디서 만날 수 있단 말인가? 나니 백작이 혼을 빼앗긴 것도 무리는 아니다.'

백작은 자신의 분별없는 열정을 변명해 줄 만한 구실들을 생각했다. 그만큼 그는 지금 자신의 눈앞에 있는 행복을 얻는 데만 골몰하고 있었다. 그러나 자신의 나이를 떠올리고 하루의 대부분을 차지하는 골치 아픈 업무에 생각이 미치자, 자신을 달아오르게 하던 열띤 감흥을 계속 품고 있기란 쉽지 않았다. '수완이 좋던 한 군주가 공포심으로 멍청해지는 바람에 나를 자신의 신하로 삼아 호화로운 생활과 많은 급료를 제공해 주고 있지. 하지만 그는 내일이라도 나를 쫓아낼 수 있어. 그렇게 되면 나는 늙고 가난한, 말하자면 세상에서 가장 하찮은 존재가 되고 마는 것이다. 지금 백작부인에게 자신을 받아들여달라고 청할 내 모습이란 이렇게 허울 좋은 인간이란 말이다!' 이런 생각들이 그의 마음을 우울하게 짓눌러 왔다. 그래서 그는 다시 피에트라네라 부인에게로 생각을 돌렸다. 그녀는 아무리 바라보아도 싫증이 나지 않았다. 그는 부인의 복스 좌석으로는 내려가지 않았다. 그녀에 대한 상념에 마음껏 빠져들고 싶어서였다. '부인이 나니 백작을 가까이 한 것도 저 바보 같은 리메르카티에게 본때를 보여 주기 위해서라고 일전에 누군가 말해 주었지. 리메르카티 녀석이 부인의 남편을 살해한 자와 결투를 하려 하지도 않고 그렇다고 자객을 시켜 복수할 생각도 없어서였다더군. 나라면 저 여인을 위해 몇 번이고 결투를 할 텐데.' 백작은 격앙된 심정으로 중얼거렸다. 그는 줄곧 극장 안의 시계에 눈길을 주고 있었다. 검은 문자판 위로 또렷하게 빛나는 숫자들이 5분이 지날 때마다 관객들에게 제 각각 염두에 두고 있는 대로 친구의 복스로 가도 좋을 시각을 알리고 있었다. 백작은 생각했다. '그녀의 복스로 간다 해도 아주 최근에야 인사를 나눈 내 처지로는 기껏해야 반

시간밖에 머무르지 못할 것이다. 그 이상 앉아 있으면 남의 이목을 끌게 되겠지. 그리고 이 나이에 이렇게 분칠까지 한 볼썽사나운 머리 꼴을 보면 카상드르[45])처럼 픽이나 보기 좋을 것이다.' 하지만 이어서 다음과 같은 생각이 미치자 그는 갑자기 마음을 바꾸었다. '만일 부인이 저 자리를 떠나서 누군가의 박스로 가 버리면, 지금 이렇게 인색하게 즐거움을 아껴 둬 보았자 아무 소용없는 일이지.' 그는 부인이 있는 좌석으로 내려가기 위해 일어섰다. 그러다가 그는 갑자기 그곳에 얼굴을 내밀고 싶지 않다는 감정에 사로잡혔다. '아! 정말 꼴 좋군!' 그는 계단에 멈춰 서서 스스로를 비웃었다. '정말이지 소심하기 이를 데 없구나! 이런 당황스런 감정을 느껴본 지 족히 스물다섯 해는 된 것 같은데.'

그는 마음을 애써 진정시키며 부인의 박스로 들어갔다. 그리고 총명한 사람이었던 만큼 상대방에게 자신의 존재를 각인시키기 위하여 현재 자신에게 일어나고 있는 일을 그대로 활용했다. 즉 결코 마음의 여유를 부리거나 농담을 던지며 기지를 발휘하려 하지 않았으며, 대신 용기 있게 자신의 수줍음을 내보였다. 우스운 꼴이 되지 않으면서도 자신의 마음속 번뇌를 부인에게 살짝 내비치는 명민함을 부린 것이다. '부인에게 좋지 않은 인상을 주면 만사 끝장이다. 분칠한 머리를 해 가지고 수줍어하다니! 분을 칠하지 않았더라면 백발이 희끗

---

45) 이탈리아 희극에 등장하는 인물로 사람들에게 속아 넘어가는 우스꽝스러운 노인이다.

희끗 보일 텐데 말이다! 사실이 이러하니 허세를 부리거나 우쭐대면 우스꽝스럽기밖에 더하겠는가.' 백작부인은 그리앙타 성관에 있을 때 오라버니와 조카, 그리고 인근의 따분하기 그지없는 몇몇 온건파 인사들이 머리에 분을 바르는 모습에 진력이 나서, 새로 등장한 자신의 찬미자가 머리 치장을 어떻게 하든 관심을 두고 싶지도 않았다.

백작부인은 배우들이 등장할 때마다 터지는 폭소에는 아랑곳하지 않고, 모스카 백작이 복스에 오면 늘 은밀히 전해 주는 프랑스 소식에만 정신을 쏟았다. 그 소식이란 물론 백작이 살을 붙인 것들이었다. 그날 밤 백작이 가져온 소식들에 대해 이야기를 나누던 부인은 백작의 눈이 아름답고 선량하다는 사실을 알아차렸다. 부인은 말했다.

"파르마에서 아랫사람들에게 둘러싸여 지낼 때는 그렇게 상냥한 눈빛을 지으시지는 않겠지요. 그러면 모두들 버릇없이 굴 것이고, 교수형 같은 것은 당하지 않으리라는 어떤 희망을 품게 될 테니까요."

이탈리아 최고의 외교관이라는 사람에게서 전혀 거만함을 찾아볼 수 없다는 점이 백작부인으로서는 좀 뜻밖이었다. 더군다나 그는 아주 세련된 사람이었다. 그런 우아함이 있었기 때문에 부인은 지금처럼 열기를 띠고 멋진 말을 쏟아 내는 백작을 보면서, 이 신사분이 그냥 하룻저녁의 친절을 연기하기로 마음먹은 것이 아닐까 하는 생각이 들었어도 그리 기분이 상하지 않았다.

사실 오늘 저녁 백작의 태도는 상당한 진전을 이루었지만 또한 큰 위험을 무릅쓴 것이기도 했다. 파르마에서 지내면서 여인들로부터 쌀쌀한 대접을 받아 본 적이 없는 이 대신으로서는 다행한 일이었지만, 그때 부인은 그리앙타를 떠나온 지 며칠 되지 않아서 지루한 시골 생활로 아직도 감각이 무뎌져 있는 상태였다. 그녀는 누구를 살짝 놀려 준다든지 하는 일을 잊고 있었다. 또한 세련되고 경쾌한 삶의 방식이라고 할 수 있는 것들이 새삼스럽게 여겨지며 아주 소중해 보이는 것이었다. 따라서 그녀는 마흔다섯 살에 사랑에 빠진 남자의 소심함조차도 놀려줄 마음이 들지 않았다. 일주일 후였다면 그녀는 백작의 이런 무모한 행동을 전혀 다르게 대접했을 것이다.

스칼라 극장에서는 다른 사람의 좌석을 방문할 때 20분 이상 지체하지 않는 것이 상례였다. 그런데 백작은 피에트라네라 부인이 있는 박스에서 그녀를 만나는 행복을 맛보며 온 저녁 시간을 다 보냈다. '이 여인은 나로 하여금 젊은 시절의 모든 열정을 되살려 주는구나!' 그는 속으로 이렇게 생각하면서도 내심 위기감도 느끼고 있었다. '여기서 157킬로미터 떨어진 나라에 가면 권세 당당한 위정자가 되는 내가 이런 바보 같은 짓을 해도 좋은 걸까? 하지만 그런 만큼이나 파르마는 지겹다!' 여하튼 그는 15분이 지날 때마다 자리에서 일어나야겠다고 다짐하고 있었다.

"부인, 고백할 것이 있는데요." 백작은 웃으며 말을 꺼냈다. "파르마에서 저는 몹시도 지루하게 살고 있습니다. 그래서 여행 중에 무언가 즐거움을 주는 일을 만나면 그것을 마음껏 누려야겠다고 생각했지요. 그래서 말씀드리는 건데, 뒷일은 아무것도 생각할 것 없이 그냥 오늘 하루 저녁만 당신 곁에서 연인의 역할을 하게 해 주십시오. 당신 옆에 머무는 이 자리는 내게 모든 근심을, 그리고 아시다시피 이렇게 모든 예의범절까지도 잊어버리게 해 주었지만, 아! 슬프게도 얼마 안 있으면 나는 이곳에서 아주 먼 곳에 있을 테니까요."

스칼라 극장 박스에서의 그 심상치 않은 일이 있은 지 일주일이 지났다. 그 사이에도 여러 가지 사소한 사건들이 뒤따랐지만, 다 이야기하자면 아마도 길어질 것이다. 이제 백작은 완전히 사랑에 빠지고 말았다. 이미 백작부인의 생각도 사랑에 있어서 나이란 상대방이 사랑스러워 보이는 한 아무런 장애가 되지 않는다는 쪽으로 기울고 있었다. 그러던 중에 모스카는 급보를 받고 파르마로 돌아갔다. 그가 모시는 대공이 아마도 혼자 있는데 겁이 난 모양이라고 사람들은 수군거렸다. 백작부인도 그리앙타로 돌아갔다. 백작부인에게는 이 아름다운 고장도 더 이상 상상력을 자극하지 못했기 때문에 황무지처럼 보였다. '그 사람에게 마음이 끌린 것일까?' 부인은 생각했다. 모스카는 그녀에게 편지를 썼다. 이제는 무언가 연극을 한다는 기분은 전혀 없었고 오직 열렬한 연정뿐이었다. 그녀가 없으니 무엇을 해야 할지 머릿속이 텅 빈 것 같았다. 그가 쓴 편지는 유쾌했다. 편지를 보내면서 그는 좀 묘한 방식을 썼는데, 그렇다고 오해를 받은 것은 아니었다. 즉 코모나 레코, 바레즈, 혹은 호수 인근 다른 소도시로 파발꾼을 보내 그곳의 역참에 자신의 편지 전달을 의뢰하고, 답신은 그 파발꾼 편으로 가져오게 했던 것이다. 델 동고 후작이 우편료를 지불하는 것이 마땅찮아서 퍼부을 잔소리를 피하기 위해서였다. 그렇게 해서 그는 답신을 받아 볼 수 있었다.

곧 백작부인은 파발꾼이 오는 날을 즐겁게 기다리게 되었다. 파발꾼들은 꽃이나 과일, 작은 선물들을 가지고 왔는데, 이 선물들은 그리 값나가는 것은 아니었으나 백작부인과 그녀 올케의 기분을 유쾌하게 바꿔 놓곤 했다. 부인이 떠올리는 백작에 대한 기억 위에 그가 대단한 권력자라는 생각이 겹쳐졌다. 백작부인은 세상 사람들이 그를 두고 수군거리는 내용에 관심이 갔다. 자유주의자들조차도 그의 재능을 인정하고 있었던 것이다.

백작이 악명을 얻게 된 주원인은 그가 파르마 궁정 내 극우 왕당파의 수장으로 통하는 데 있었다. 게다가 반대편 자유주의 당파의 우두머리는 대단한 재산가 라베르시 후작부인으로서, 이 여자는 무슨 짓이든 할 수 있고, 또 하면 반드시 성공하는 모사꾼이었다. 대공은 이 두 당파 중에서 현재 권력을 잡지 않은 세력의 기를 꺾지 않으려고 아주 신경을 쓰고 있었다. 대공은 라베르시 부인의 모임에 출입하는 사람이 대신이 되더라도 그 자신은 여전히 군주라는 사실을 잘 알고 있었던 것이다. 이런 세세한 내막들이 그리앙타에 있는 부인의 귀에 들어갔다. 모스카에 대해, 가장 재능 있는 대신이라든가 행동력이 뛰어난 사람이라든가 하는 세간의 평을 듣게 되자 부인은 그의 분칠한 머리를 더 이상 염두에 두지 않았다. 머리에 분을 칠하는 것은 부인에게 있어 굼뜨고 음울한 모든 것의 상징이었으나, 그에 대해서만은 사소한 흠으로서 궁정 생활에서의 한 의무에 불과하다고 생각했다. 게다가 그는 궁정에서 아주 중요한 역할을 맡고 있지 않은가. 백작부인은 후작부인에게 이렇게 말하곤 했다. "궁정 일이란 가소롭지만 재미있기도 해요. 흥미진진한 게임과도 같은데 그 규칙을 잘 지켜야만 하지요. 휘스트 놀이[46]의 규칙이 터무니없다고 해서 누가 거기에 항의하던 사람이 있던가요? 하지만 일단 규칙을 익히고 나서 상대방을 꼼짝 못하게 만들면 유쾌할 거예요."

백작부인은 그 많은 편지를 재미있게 써 보내는 사람을 자주 마음속에 떠올리기 시작했다. 편지를 받는 날은 즐거웠다. 그녀는 작은 배를 타고 호숫가의 경치 좋은 곳, 플리니아나, 벨랑, 스폰드라타 숲 같은 곳으로 가서 편지를 읽었다. 그의 편지는 파브리스가 없어 적적한 그녀의 마음을 조금이나마 달래 주는 것 같았다. 어쨌든 그녀는 백작의 열렬한 연정을 거절할 방법이 없었다. 부인이 그를 생각하면서 다정한 마음에 젖게 되기까지는 한 달이 채 안 걸렸다. 모스카 백작은 대신의 지위를 사임하고 밀라노나 혹은 다른 곳으로 가서 그녀와 함께 여생을 보내고 싶다고 제안해 왔는데, 그것은 백작으로서도 자신의 본 마음을 거의 드러내 보인 것이었다. 그리고 덧붙여 이렇게 써 보냈다. "제게는 40만 프랑의 재산이 있습니다. 그러니 1만 5000프랑의 연수입이 보장되는 셈이지요." 백작부인은 생각했다. '극장 박스 좌석, 마차를 끌 말들…… 이런 것들을 다시 갖게 된다!' 감미로운 몽상이 이어졌다. 코모 호수

---

46) 트럼프 놀이의 일종이다.

의 아름다운 경치를 바라보는 일이 다시금 즐거워졌다. 그녀는 밀라노의 산책로를 거니는 자신을 상상해 보았다. 상상 속에서의 자신은 예전 밀라노 부왕 시절에 그랬던 것처럼 행복하고 명랑한 모습이었다. '청춘이, 적어도 활기 있는 생활이 내게 다시 시작되는 거야!'

부인은 때때로 열렬한 공상에 빠져든 나머지 사물의 본질을 보지 못하는 경우가 있긴 했지만, 그렇다고 비굴해져서 스스로를 속여 가며 환상을 품는 사람은 결코 아니었다. 그녀는 무엇보다 자기 자신에게 성실한 여인이었다. 그래서 그녀는 생각했다. '정신없이 사랑에 빠지기에는 내 나이가 좀 들어버린 만큼, 시새움 때문에 밀라노에서의 생활을 망치게 될지도 몰라. 시새움이란 사랑과 마찬가지로 착각을 만들어 내는 법이니까. 남편이 세상을 떠난 뒤 내가 보여 준 고상한 청빈함은 좋은 평판을 얻었지. 대부호의 청혼을 두 번이나 거절했을 때도 마찬가지였어. 내가 지금 마음에 두고 있는 모스카 백작은 바보 같은 리메르카티나 나니가 내게 바치려 했던 재산의 20분의 1도 가지고 있지 않아. 힘들여 미망인 연금을 얻어 냈었고, 세간에 화제를 뿌리며 하인들을 모두 내보냈으며, 꼭대기 층의 작은 방에 살면서 문전에 사륜마차들이 모여들게 했던 그 모든 일들이 예전에는 나의 독특함을 과시할 수 있었어. 그런데 지금 내 소유의 재산이라고는 미망인 연금뿐인 채로 밀라노로 가서, 모스카 백작이 사임한 뒤에 손에 쥘 1만 5000리브르로 생활한다면 어떻게 될까. 두 사람이 부르주아답게 다소 넉넉하게는 살 수 있을 테지. 하지만 그런 정도의 생활로는 내가 아무리 요령을 부린다 해도 가끔은 불쾌한 순간들과 마주쳐야 할 거야. 또 다른 문제도 있어. 이 장애물이야말로 시새움이 기승을 부릴 만한 것인데, 그건 바로 백작이 이미 결혼한 사람이라는 사실이야. 비록 부인과는 오래전부터 따로 떨어져 살고 있기는 하지만 말이야. 그의 별거 생활은 파르마에서야 누구나 다 아는 사실이지만, 밀라노에서는 새로운 이야깃거리가 되겠지. 그리고 사람들은 그것을 내 탓으로 돌릴 거야. 그렇게 되면 스칼라 극장도, 이 아름다운 코모 호수도…… 이 모든 것과 작별해야만 해.'

백작부인은 앞날에 대한 이러한 우려를 지울 수 없었다. 그래도 자신에게 약간의 재산만 있었더라면, 그녀는 사직하겠다는 모스카의 제안을 받아들였을 것이다. 그녀는 스스로 한창 때가 지났다고 여기고 있었고, 궁정이라는 곳도 겁이 났던 것이다. 그런데 이탈리아로부터 알프스산을 넘어서 살고 있는 우리 프랑스인들로서는 도저히 믿어지지 않는 점이 있는데, 그것은 과연 백작이 기꺼이 사직을 했겠는가 하는 의문이다. 이 점에 대해서 백작은 적어도 자신의 연인에게는 믿음을 주었다. 그녀에게 편지를 보낼 때마다 그는 다시 한번 밀라노에서 만나 줄 것을 매번 더욱더 간절히 애원했다. 부인은 승낙했다. 밀라노로 다시 와서 부인은 어느 날 그에게 이렇게 말했다. "제가 당신을 열렬히 사랑한다고 맹세한다면 그것은 거짓말이 될 거예요. 서른 살이 넘은 지금까지 예전 스물두 살 시절에 사랑했듯이 사랑할 수 있다면 너무나 행복하겠지요! 하지만 저는 영원하다고 믿었던 것들이 무너져 내리는 것을 너무나 많이 보았어요. 당신에 대한 저의 마음은 지극히 다정한 우정입니다. 저는 당신에게 한없는 믿음을 갖고 있어요. 그리고 남자들만 놓고 본다면 제 마음이 가장 끌리는 사람도 당신이에요." 백작부인은 자신의 말이 진정 본심에서 우러나온 것이라고 생각했다. 그러나 마지막 말에는 약간의 거짓이 섞여 있었다. 만약에 파브리스가 그녀의 마음을 원했더라면 아마도 그녀는 자신의 온 마음을 그에게 주었을 것이기 때문이다. 그러나 파브리스는 모스카 백작이 보기에는 아직 어린아이에 불과했다. 이 경솔한 젊은이가 노바라로 달아나고 사흘이 지난 후 모스카 백작은 다시 밀라노에 왔다. 백작은 그의 일을 청원하기 위해 부랴부랴 빈데르 남작을 찾아갔었으나, 내심으로는 파브리스의 추방이 어떻게 손을 써볼 도리가 없는 일이라고 단념하고 있었다.

백작이 밀라노에 혼자 온 것은 아니었다. 그의 마차에는 산세베리나 탁시스 공작이 타고 있었다. 그는 예순여덟 살의 아담한 노인으로, 희끗한 머리에 아주 예의 바르고 단정한 데다가 엄청난 부자였다. 그러나 그다지 고귀한 출신이라고는 할 수는 없는 것이, 그의 조부가 파르마 공국의 총괄징세 청부인이라는 직책을 이용해서 막대한 재산을 긁어모았던 것이다. 그의 부친은 파르마 공의 대사로 임명되어 어느 나라의 궁정에 파견되었는데, 이 자리를 얻기 위해 부친은 다음과 같은 구구절절한 말로 대공에게 청원했었다. "전하께서 그 나라의 궁정에 보내는 사절에게 주시는 급료는 3만 프랑입니다만, 그 금액으로는 그곳에서 제대로 체면을 차리기가 어렵습니다. 만일 그 자리를 제게 주신다면 저는 급료로 6000프랑만 받겠습니다. 그리고 그 나라에서는 반드시 매년 10만 프랑 이상을 개인 비용으로 지출하겠으며, 그에 덧붙여 저의 재산 관리인을 시켜 해마다 2만 프랑씩 파르마 공국의 외교 기금으로 기탁하겠습니다. 그 금액이라면 원하시는 인물을 대사 보좌관 정도의 자격으로 고용하여 제 옆에 붙여 놓으실 수 있을 것입니다. 만약 외교상 기밀을 지킬 필요가 있는 일이 있다면 저는 그것을 애써 알고자 하지 않겠습니다. 제가 바라는 것은 나라의 요직을 맡음으로써 이제 갓 일어선 저희 가문을 빛내고 영예를 얻는 것이니까요."

그 대사의 아들인 현 공작은 한때 일면 자유주의자 같은 태도를 섣부르게 내보였었는데, 2년 전부터는 그 점을 몹시도 한탄하는 중이었다. 그는 또 나폴레옹 시절에는 기어코 나라 밖에 머무르려고 하는 바람에 이삼백만 프랑의 재산을 손해 보기도 했다. 그랬음에도 불구하고 그에게는 유럽의 질서가 다시 제자리를 잡은 후에도 훈장이 주어지지 않았다. 부친의 초상화를 장식하고 있는 것과 같은 훈장이 자신에게는 없다는 점이 그를 의기소침하게 만들었다.

이탈리아에서는 사랑으로 일단 친밀감이 조성되면 두 연인 사이에는 자존심의 허세라는 장애는 사라지고 만다. 그리하여 모스카는 자신이 사랑하는 여인에게 아주 솔직하게 이렇게 말했다.

"지금 당신께 두세 가지 계획을 말씀드리려 하는데, 꽤 공들여 궁리한 것들이지요. 석 달 전부터 나는 이 생각만 해 왔거든요.

첫 번째는 내가 사임하고 밀라노나 피렌체, 나폴리 같은 당신이 좋아하는 도시로 가서 함께 평범한 시민으로 살아가는 것입니다. 우리에게는 1만 5000리브르의 연수가 있고, 또 그와는 별개로 대공의 하사금도 당분간은 지급될 테니까요.

두 번째는 내가 영향력을 행사할 수 있는 고장으로 당신이 옮겨와서 토지를 사는 방법입니다. 예를 들면 사카가 좋겠는데, 이곳은 숲 속에 자리 잡은 아름다운 저택으로 포강의 물결을 바라볼 수 있는 곳입니다. 이곳이라면 일주일 만에 매매 계약을 마칠 수 있습니다. 대공은 당신을 자신의 궁정에 불러들이려 할 것입니다. 그런데 당신이 대공의 궁정에 나가는 데는 상당한 장애가 있습니다. 물론 궁정 인사들은 당신을 깍듯이 대접하겠지요. 누구도 내 앞에서 거북스럽게 어깃장 놓을 생각은 못 할 테니까요. 게다가 나는 당신이 대공비의 후원을 얻을 수 있도록 미리 손을 써 두었습니다. 대공비는 늘 자신의 불행한 처지를 한탄하고 있는 사람이지요. 그럼에도 불구하고 중요한 장애가 되는 것은 이 점입니다. 즉 신앙심이 독실한 대공으로서는 당신의 궁정 출입을 쉽게 승낙하기 껄끄러운 것이, 아시다시피 나는 얄궂게도 이미 결혼한 몸이지 않습니까. 바로 이 때문에 달갑잖은 온갖 자질구레한 일을 거쳐야 하는 겁니다. 당신은 남편을 잃은 홀몸이지만 이제 당신의 칭호를 다른 것으로 바꾸지 않을 수 없게 되었습니다. 이런 이유로 지금 내가 세 번째 제안을 하려는 것입니다.

그건 당신이 전혀 방해가 되지 않을 새로운 남편을 얻는다는 방안입니다. 우선 아주 나이가 많은 인물이어야겠지요. 그래야만 장차 내가 그 자리를 대신할 수 있을 테니까요. 당신도 그런 내 희망을 거절하시지는 않겠지요? 자! 이제 말씀드리자면, 나는 산세베리나 탁시스 공작과 이 유별난 흥정을 매듭지었습니다. 물론 공작은 누가 공작부인이 될지 모르고 있습니다. 그가 아는 것은 다만 새로 얻을 부인 덕분에 자신이 대사가 되고 자기 부친이 얻은 것과 같은 훈장을 자신도 받게 된다는 사실뿐입니다. 그 훈장을 못 받았다는 이유로 자신을 가장 불행한 인간으로 여기고 있었거든요. 이런 면을 빼고 본다면 공작이 그리 멍청한 인물은 아닙니다. 의상이나 가발을 파리에서 주문해 올 정도의 취미는 있으니까요. 그는 '미리 깊이 생각해서' 누구를 해코지할 그런 사람은 절대 아니지요. 명예란 바로 훈장을 받는 일이라고 진심으로 믿으면서 재산만 많다는 사실을 수치로 생각하거든요. 그 훈장을 타기 위해 일년 전에 그가 병원을 하나 세우겠다는 제안을 했는데, 내가 그 제안을 무시해 버린 적이 있습니다. 그런 일이 있었다고 해서 그가 이번에 내가 꺼낸 결혼 제안을 결코 무시할 수는 없는 일이지요. 내가 내세운 첫째 조건은 물론 그가 다시는 파르마에 발을 들여놓지 않는다는 것입니다."

"그런데 지금 당신이 내게 하신 제안이 아주 부도덕하다는 사실을 알고 계신지요?" 백작부인이 말했다.

"우리나라의 궁정이나 다른 많은 궁정들에서 벌어지고 있는 일에 비해 그다지 더 도덕에 어긋나는 것은 아닙니다. 절대권력이란 편리한 점이 있어서, 국민들의 눈앞에 모든 것을 신성화시켜 놓지요. 그러니 아무도 그 부도덕성을 눈치 채지 못할 터인데 누가 비웃는단 말입니까? 앞으로 20년 간 우리의 정치란 급진파들에 대한 공포심으로 좌우될 겁니다. 엄청난 두려움이지요! 매년 우리는 1793년의 그 시절이 목전에 닥치기라도 한 듯이 초조해할걸요.[47] 바라건대 앞으로 부인께서는 나의 이런 견해들을 내가 주최할 연회에서 듣게 될 기회가 있을 겁니다. 자, 사정이 이러하니, 무엇이든 이 두려움을 조금이라도 덜 수 있는 것이라면 귀족이나 신앙이 독실한 자들에게는 '지극히 도덕적인' 것으로 보일 거란 말입니다. 그런데 파르마에서는 귀족이라든가 신앙심 깊은 자가 아니면 전부 감옥에 들어가 있거나, 머지않아 들어가게 될 것이거든요. 그러므로 내가 대공의 총애를 잃고 실각하지 않는 한, 이 결혼을 의심스럽게 바라볼 사람은 없습니다. 즉 이런 거래를 사기라고 말할 사람은 아무도 없다는 겁니다. 내 생각엔 바로 이 점이 중요한 것 같군요. 대공 덕분에 우리가 지위도 얻고 잇속도 챙기고 있는데, 그는 이 일을 승낙하면서 한 가지 조건밖에 내세우지 않았어요. 미래의 공작부인이 귀족 출신이어야 한다는 조건이지요. 지난해 내가 이 지위에 있을 때 얻은 수익을 모두 계산해 보니 10만 7000프랑이었습니다. 내 전체 수입은 합해서 12만 2000프랑쯤 될 겁니다. 그중 2만 프랑은 리옹 은행에 맡겨두었지요. 자, 그러면 이제 당신이 선택하세요. 첫째, 12만 프랑으로 호사스럽게 사는 것이 한 방법입니다. 파르마에서

---

47) 1793년은 프랑스 대혁명 당시 공포정치가 펼쳐졌던 해다.

이 돈을 쓴다면 적어도 밀라노에서 40만 프랑을 쓰는 만큼의 생활은 될 겁니다. 하지만 이 경우 당신은 한 남자와 결혼해서 그의 이름을 얻어야만 되겠지요. 결혼 상대는 그다지 나쁘지 않은 사람이고 당신은 그를 단 한번 결혼할 때 교회에서만 마주하면 됩니다. 둘째, 앞의 방법을 단념하고 1만 5000프랑을 가지고 피렌체나 나폴리에서 중산층의 소박한 생활을 하는 것입니다. 당신도 생각하신 바와 같이 밀라노에서 살기에는 당신이 그곳에서 너무 잘 알려져 있지 않습니까. 질시하는 사람들이 우리를 그냥 두지 않을 테고, 그래서 아마도 기분이 상하곤 할 테니 말입니다. 당신은 으젠느 공의 궁정 생활을 경험해 보셨으니 파르마에서 호화롭게 사는 것도 어느 정도 새로운 맛이 있지 않겠습니까? 먼저 외면부터 하기 전에 그런 생활도 알아 두면 좋을 듯한데. 당신이 결정하실 일에 내가 끼어들려 한다고 생각지는 마십시오. 나는 벌써 나의 길을 정했습니다. 그건 이 호사스런 생활을 혼자 계속하기보다는 당신과 함께 꼭대기 방에서 살겠다는 것이지요."

두 연인은 날마다 이 별난 결혼이 과연 가능할지에 대해 의논했다. 백작부인은 라 스칼라 극장 무도회에서 산세베리나 탁시스 공작을 만나보았다. 부인 눈에 그는 그만하면 남부끄럽지 않을 사람으로 보였다. 최근 두 사람이 나눈 이야기 속에서 모스카가 제안한 내용을 간추리면 이렇다. "우리가 남은 인생을 즐기려면, 그리고 공연히 겉늙지 않으려면 결단을 내려야 합니다. 대공도 이 일을 승낙했습니다. 산세베리나는 그럭저럭 괜찮은 사람이지요. 재산이 막대한 데다가 파르마에서 제일 호사스런 저택을 갖고 있으니까요. 그는 예순여덟 살이나 되었고, 훈장 타기가 소원입니다. 하지만 큰 실수 하나를 저질러 일생에 장애를 만들고 말았는데, 예전에 카노바가 조각한 나폴레옹 흉상을 만 프랑이나 주고 사들였던 일이지요. 또 다른 죄도 있는데, 페란테 팔라라는 자에게 나폴레옹 금화 스물다섯 닢을 빌려준 적이 있다는 겁니다. 이것은 당신이 그를 구하려고 나서지 않으면 사형을 당할지도 모를 큰 죄입니다. 페란테 팔라는 우리 공국에서는 미치광이로 통하지만 다소 천재적인 면도 갖고 있습니다. 우리는 그가 달아난 다음에 결석재판을 열어 사형선고를 내렸어요. 페란테는 지금까지 살아오는 동안 200행의 시를 썼는데, 아주 훌륭한 시입니다. 나중에 읽어 드리겠습니다만 단테가 쓴 것만큼이나 아름다운 시거든요. 대공은 산세베리나를 어느 나라 궁정에 파견할 것이고 결혼식은 그가 출발하는 날 올릴 겁니다. 이곳을 떠나서, 자기로서는 대사직을 수행했다고 생각할 2년이 지나면 그는 훈장을 타기로 약속되었습니다. 이 훈장이 없다면 그는 살아갈 수가 없다는군요. 그는 당신께는 전혀 불쾌감을 주지 않는 오라비 같은 사람이 될 겁니다. 내가 하라는 대로 모든 서류에 서명할 것이고, 당신이 편하신 대로 한두 번 나타나든가 아니면 전혀 나타나지 않든가 할 것입니다. 그로서도 조부가 징세청부인이었다는 사실과 자신에 대한 자유주의자라는 평판 때문에 아무래도 파르마는 지내기 거북스러운 곳이니, 다시 이곳에 나타나지 않아도 된다면 더 바랄 나위가 없겠지요. 우리나라의 사형집행관격인 라씨가 주장하는 바에 의하면,

공작은 시인 페란테 팔라가 다리를 놓아 주어서 남몰래 《입헌신문》을 구독했다는 것입니다마는, 사실 이런 험구 때문에 그가 오랫동안 대공의 승낙을 얻지 못했던 겁니다."

역사가가 자신이 들은 이야기를 아주 세세한 것까지 충실하게 기술하는 것이 어째서 나쁘다고 할 것인가? 이야기 속의 인물들이 불행하게도 작가가 공감할 수 없는 정열에 이끌려 매우 부도덕한 행위를 저질렀다 하더라도 그것이 작가의 죄일까? 사실상 이런 종류의 행동들이란 금전이 허영의 방편이 되어 다른 어떤 정열보다도 끈질기게 살아남는 나라에서는 볼 수 없는 것들이다.

지금까지 이야기한 일들이 있고 나서 석 달이 지났다. 이제 부인은 산세베리나 탁시스 공작부인으로서 그 애교 있는 붙임성과 고상하고도 차분한 재치를 발휘하여 파르마 궁정을 놀라게 하고 있었다. 그녀의 집은 파르마에서 가장 유쾌한 장소가 되었다. 이 점은 모스카 백작이 대공에게 장담했던 일이기도 했다. 부인이 군주인 에르네스트 4세와 대공비를 처음 알현하는 자리에서는 이 나라에서 가장 높은 신분에 속한 귀부인 두 명이 그녀를 안내했고, 매우 정중한 응대를 받았다. 공작부인은 자신이 사랑하는 남자의 운명을 좌우하고 있는 이 대공을 만난다는 일에 호기심을 느꼈다. 그녀는 대공의 마음을 사려고 애썼으며, 그 노력은 지나친 성공을 거두었을 정도였다. 대공은 키가 크고 약간 비만해 보였다. 머리카락과 콧수염, 풍성한 볼수염은 이곳 궁정인들의 말로는 아름다운 금빛이라지만, 다른 곳에서라면 빛이 바랜 삼실뭉치 같다는 고상치 못한 평을 들었을 것이다. 큼직한 얼굴 한가운데서 거의 여성적이라고 할 만한 아주 작은 코가 조금 도드라져 있었다. 공작부인이 느끼기에는 대공의 생김새를 하나하나 따져 본 뒤에야 이 얼굴을 못생긴 것으로 만드는 요인들을 전부 알아낼 수 있을 듯했다. 전체적으로 볼 때 이 남자는 총명하고 심지가 굳어 보이는 외양을 지녔다. 풍채나 거동에 위엄이 없는 것도 아니었으나, 때때로 상대방에게 위압감을 주려고 애썼다. 그러면서도 스스로는 어색해져서 발을 이쪽저쪽 번갈아 가며 쉴 새 없이 흔드는 것이었다. 하지만 이런 면 외에도 에르네스트 4세에게는 남을 꿰뚫어 보는 듯한 날카로운 눈빛이 있었다. 팔을 놀리는 품도 고상하고, 말은 정연하면서도 간결했다.

모스카가 공작부인에게 미리 귀띔해 준 바대로 대공이 접견실로 사용하는 큰 집무실에는 루이 14세의 전신 초상화와 피렌체 산의 훌륭한 스카글리올라 테이블[48]이 있었다. 부인은 대공의 모방심이 대단하다는 사실을 알아차렸다. 분명 대공은 루이 14세의 눈짓이며 고상한 말투를 흉내 내고 있었고, 요제프 2세[49]식의 거동을 해보이느라 스카글리올라 테이블에 기대곤 했다. 그는 공작부인에게 첫인사 몇 마디를 건넨 다음 곧 자리에 앉았다. 부인의 지위에 맞춰 의자에 앉을 기회를 주기 위해서였다. 이 궁정에서는 공작부인, 공작영애, 스페인 대귀족의 부인들만이 마음대로 자리에 앉았다. 그 밖의 부인들은

---

48) 모자이크 무늬로 표면을 장식한 테이블이다.
49) Joseph II(1741~1790), 신성 로마 제국의 황제. 마리아 테레지아의 맏아들로서 중앙집권적 개혁을 단행했다.

대공이나 대공비의 허락을 기다려야 했다. 이 존엄하신 두 분은 공작부인이 아닌 부인들에게는 자리를 권하기 전에 약간의 뜸을 둠으로써 지위의 차이를 보여 주려고 언제나 신경을 썼다. 공작부인은 대공이 루이 14세를 본떠서 행동하는 정도가 때때로 너무 지나치다는 생각이 들었다. 예를 들면 머리를 뒤로 젖히며 인자한 듯 미소 짓는 품이 그러했다.

에르네스트 4세는 파리에 주문해서 맞춰 온 최신 유행의 연미복을 입고 있었다. 그는 파리를 몹시 싫어했지만 매달 파리로부터 연미복, 프록코트, 모자를 배달받았다. 그런데 그는 옷을 차려입을 때 기묘하게 뒤섞인 방식을 연출했는데, 마침 공작부인을 접견하는 날에는 붉은 반바지와 비단 양말에 발을 온통 덮어 싼 신발을 신고 있었다. 이런 옷차림은 요제프 2세의 초상화를 본뜬 것이다.

대공은 산세베리나 부인을 환대했다. 그녀에게 재치 있고 세련된 말도 건네왔다. 그러나 부인은 곧 이러한 환대가 정해진 틀에 맞춰 짜여진 의례에 불과하다는 사실을 눈치챘다.

"왜 그런지 아십니까?"

알현을 마치고 돌아오는 길에 모스카 백작이 그녀에게 물었다.

"대공은 내가 바랐던 것처럼 또 그 자신도 내게 암암리에 약속했던 대로 당신을 환대하긴 했습니다마는, 그러면서도 밀라노가 파르마보다 더 크고 훌륭한 도시라는 점 때문에 지레 움츠러들었던 겁니다. 자신이 큰 도시에서 온 아름다운 부인의 우아함에 넋을 놓은 시골뜨기처럼 보일까 봐 말이지요. 또 그는 아마도 뭔가 특별한 이유 때문에 기분이 상했을 것입니다. 그걸 내가 당신께 이야기하기는 쑥스럽습니다만, 말하자면 그의 궁정에는 '미모에 있어서' 당신과 겨룰 만한 여인이 한 사람도 없다는 점이지요. 대공은 어젯밤 잠자리에 들기 전에 시종장 페르니체와 줄곧 그 이야기만 했다더군요. 이건 이 시종장이 나와 친한 사람이라 알려 준 것입니다. 앞으로 이 궁정의 예법도 좀 변하겠군요. 이곳 궁정에서 나의 제일 큰 적수는 파비오 콘티 장군이라는 바보올시다. 아마도 평생 단 하루 전쟁터에 나갔을 텐데도 프리드리히 대왕[50] 같은 거동을 흉내 내는 괴짜인데요. 거기다 라파예트 장군[51]의 고상한 친화력마저 모방하려 들거든요. 자기가 이곳 자유주의 당파의 수장이기 때문이라나요. (대체 무슨 자유주의 당파라는 건지!)"

"파비오 콘티라면 나도 알아요." 공작부인이 말했다. "코모 호수 근처에서 본 적이 있어요. 헌병과 다투고 있었지요."

그녀는 아마 독자도 기억하고 있을 그 작은 사건을 이야기해 주었다.

"부인, 장차 이 나라 예법에 익숙해지면 아시게 되겠지만, 귀족 가문의 아가씨들은 결혼한 다음에야 궁정에 나올 수 있

---

50)) 프로이센의 왕(1712~1786), 절대군주로서 국가의 통치와 군대의 조직, 정복전쟁의 수행을 직접 담당하여 큰 업적을 남긴 위대한 지도자로 평가된다. 신성로마제국의 해체와 독일 통일을 이루는 데 주도적 역할을 했다.
51) 질베르 뒤 모티에 드 라파예트(Gilbert, du Motier de La Fayette, 1757~1834). 프랑스의 귀족. 미국 독립전쟁 때 영국에 대항하여 식민지 아메리카 편에서 싸웠으며, 후에 프랑스의 혁명적 부르주아와 손을 잡고 자유주의를 추종함으로써 프랑스 대혁명 초기에 영향력을 발휘했다.

습니다. 그런데 대공은 저 라파예트 흉내꾼의 딸인 어린 클렐리아 콘티가 궁정에 나올 무슨 구실을 틀림없이 마련할 겁니다. 대공은 자신의 파르마가 다른 어떤 도시에도 뒤지지 않아야 한다는 점에 있어서는 정말 열렬한 애국심을 갖고 있는 데다가, 이 소녀는 정말이지 매혹적이거든요. 당신이 이곳에 오기 전인 지난주만 해도 우리 공국 내에서 가장 아름다운 여인으로 통했습니다."

백작은 말을 이어 갔다.

"우리 군주의 적들이 그를 비방해서 퍼트렸던 모욕적인 말들이 그리앙타성에까지 전해졌을지도 모르겠군요. 사람들은 그를 두고 괴물이니 잔인한 인간이니 하고 수군거리지요. 그러나 실제 에르네스트 4세는 자잘한 장점들을 많이 지니고 있는 사람입니다. 만약 그가 아킬레스 같은 약점 없는 인간이었다면 끝까지 절대군주의 표본으로 남았을 겁니다. 그러나 그는 한때 권태와 분노에 사로잡혀서, 또 어느 정도는 루이 14세를 흉내 내느라 자유주의자 두 명을 잡아다가 목을 매단 적이 있었지요. 루이 14세도 프롱드 난[52]이 있은 지 50년이 지났건만 베르사유 근처 영지에서 조용히 은거하던 그 반란의 주동자를 잡아다가 목을 베어 버린 적이 있지 않습니까. 그때 대공이 처형시킨 자들은 무모하게도 일정한 날을 정해 모여서는 대공의 욕을 하고, 파르마에 페스트가 퍼져 자신들이 폭군으

---

52) 1642~1652년 사이 두 차례에 걸쳐 일어난 프랑스 귀족들의 반란을 뜻한다.

로부터 해방될 수 있게 해 달라고 열렬히 기원하기도 했던가 봅니다. 어쨌거나 그들이 폭군이라는 말을 썼다는 사실은 입증이 되었지요. 라씨는 이 사실을 가지고 그들을 모반자로 몰아서 사형을 선고했습니다. 그들 중 한 명인 모 백작의 처형은 참혹했습니다. 이미 내가 취임하기 전에 일어났던 일이지요. 그 돌이킬 수 없는 일이 있은 후부터." 하고 백작은 말소리를 낮추었다. "대공은 '남자답지 못한' 공포감에 발작처럼 사로잡히곤 합니다. 그런데 이 공포감의 발작이야말로 내가 지금 누리고 있는 총애의 유일한 원천입니다. 대공의 공포심이 없었더라면 얼간이들로 가득한 이 궁정에서는 내가 지닌 장점도 지나치게 퉁명스럽고 신랄한 것으로 보였겠지요. 대공이 잠자리에 들기 전 궁정 내의 모든 침대 밑을 일일이 들여다보고, 또 유능한 경찰을 부리는 데 100만 프랑의 돈을 지출하고 있다고 말한다면 당신은 믿어지십니까? 그 금액이라면 밀라노에서는 400만 프랑에 해당할 겁니다. 그리고 공작부인, 지금 당신 앞에 있는 이 몸이 바로 그 무서운 경찰의 총수이거든요. 경찰 덕분에, 즉 대공의 공포심 덕분에 나는 국방대신에 재무대신 직위까지 겸하고 있습니다. 그런데 경찰을 관할하는 권한은 내무대신이 쥐고 있는 만큼 그가 명목상 내 상관이 되는 셈인데, 나는 이 자리에 쥐를라 콩타리니 백작을 앉히도록 수를 썼지요. 이 사람은 멍청한 일벌레로서 매일 80통의 서신을 쓰는 일이 낙이거든요. 오늘 아침에도 나는 그가 쓴 서신 중의 하나를 받았는데, 거기다가 쥐를라 콩타리니 백작은 손수 제 20715호라고 만족스러운 듯 써 놓았더군요."

산세베리나 공작부인은 파르마의 침울한 대공비 클라라 파올리나를 알현했다. 대공비는 남편이 따로 애인(상당한 미인인 발비 후작부인)을 두고 있었기 때문에 자신이 이 세상에서 가장 불행한 여자라고 생각하고 있었다. 이런 생각이 아마도 그녀를 가장 매력 없는 여자로 만들었을 것이다. 공작부인이 만난 대공비는 아주 키가 크고 마른 체격에, 서른여섯 살도 안되었음에도 불구하고 쉰 살은 되어 보였다. 균형 잡힌 고상한 얼굴은 초점이 없어 보이는 커다랗고 둥근 눈 때문에 약간 점수를 잃기는 했으나, 만일 대공비가 스스로를 체념해 버리지만 않았다면 아름답다는 말을 들을 수도 있었을 것이다. 그녀는 너무나 조심스런 태도로 공작부인을 맞았다. 그래서 모스카 백작을 시기하는 몇몇 궁정인들은 마치 대공비가 인사를 올리는 것 같고 공작부인이 대공비인 것 같다고 기어이 빈정거릴 정도였다. 공작부인도 당황해서 어떤 말을 써서 겸손을 부려야 대공비보다 자신을 더 낮출 수 있을지 몰라 쩔쩔맸다. 이 가엾은 대공비는 원래 재기가 없었던 것도 아니므로, 그녀를 안심시키려면 식물학 이야기를 길게 꺼내 놓는 것이 가장 좋은 방법이겠다고 공작부인은 생각했다. 사실 대공비는 이 분야에 깊은 지식을 지녔고 열대식물로 가득한 근사한 온실도 갖고 있었다. 공작부인은 단지 어색함을 벗어 보려고 이 화제를 꺼냈지만, 이로써 클라라 파올리나 대공비의 마음을 결정적으로 사로잡고 말았다. 처음에는 소심한 데다 당황해서 말도 제대로 못 잇던 대공비는 나중에는 아주 느긋해져서 평소 예법도 무시하고 첫 알현을 1시간 하고도 15분을 넘게 끌고 갔다. 다음 날로 당장 공작부인은 이국 식물을 사오게 하는 등 대단한 식물 애호가를 자처하고 나섰다.

대공비는 파르마 대주교인 존경할 만한 란드리아니 신부를 접견하는 일로 하루하루를 견뎌 내고 있었다. 대주교는 학식과 재능을 갖춘 매우 성실한 인물이었다. 그러나 그가 진홍색 비로드 의자에 앉아(이것은 신분상 주어진 권리였다.) 귀부인들과 두 명의 시종부인으로 둘러싸인 대공비의 안락의자를 마주하고 있는 광경은 그다지 어울리는 것은 아니었다. 긴 백발을 늘어뜨린 연로한 대주교는, 이렇게 말해도 될지 모르겠지만, 대공비보다도 더 소심했다. 두 사람은 날마다 얼굴을 마주하면서도 언제나 매번 처음 15분 이상을 말없이 보냈다. 시종부인 중의 한 명인 알비치 백작부인이 총애를 받는 이유는 그럴 때마다 이 여자가 두 사람 사이의 침묵을 깨고 이야기를 끌어내는 재간이 있었기 때문이었다.

공작부인은 인사의 마지막 순서로 왕세자 전하에게 소개되었다. 그는 부왕보다 키가 크고 모친보다 더 소심한 인물로, 광물학에 조예가 깊은 열여섯 살의 청년이었다. 그는 부인이 들어서는 것을 보고 얼굴이 새빨개졌다. 이 아름다운 부인을 앞에 두고 그는 당황해 한 마디도 건네지 못하고 어찌할 바를 모르는 것이었다. 대단한 미남자인 이 청년은 날마다 손에 채석 망치를 들고 숲 속에서 시간을 보내고 있었다. 이 말없는 알현을 끝내려고 부인이 막 일어서려는데 왕세자가 외쳤다.

"아, 세상에! 부인, 어쩌면 그리도 아름다우십니까!"

이 말은 인사하러 온 부인이 듣기에 그다지 불쾌하지는 않았다.

스물다섯 살의 젊은 발비 후작부인은 산세베리나 공작부인이 파르마로 오기 2, 3년 전까지만 해도 이탈리아 미인의 완벽한 표본으로 통했다. 지금도 여전히 눈은 아름다웠고 우아한 교태도 있었다. 그러나 가까이서 보면 살갗에 미세한 잔주름 때문에 젊은 노파 같았다. 그래도 거리를 두고, 예를 들어 극장 박스 좌석 같은 데서 바라보면 역시 미인이었다. 그래서 극장 1층 홀에 자리 잡은 사람들은 대공의 안목이 아주 높다고 생각했다. 대공은 매일 저녁을 발비 후작부인의 집에서 보냈지만 전혀 말을 하지 않을 때도 자주 있었는데, 이렇게 대공이 권태를 느끼는 것을 보고 이 여자는 아주 수척해졌다. 그녀는 자신이 꽤 명민하다는 인상을 주고 싶어 해서 언제나 입가에 교활한 미소를 지었다. 상당히 예쁜 치아를 지니기도 했지만, 여하튼 그녀는 적절하지 않은 경우에도 약삭빠른 미소를 짓는 버릇 때문에 말하는 내용과는 다른 뭔가를 암시하려는 듯이 보였다. 모스카 백작이 말하기를 이 여자의 얼굴에 그처럼 많은 주름살이 생긴 이유는, 속으로는 하품을 하면서도 계속해서 미소를 짓고 있기 때문이라는 것이다. 발비 부인은 어떤 일에든 끼어들어서 한몫 하고자 했다. 당국에서는 이 여자에게 '기념품'(파르마에서는 이런 경우 이 말이 적당한 용어이다.)을 바치지 않고는 1000프랑의 거래조차 할 수 없었다. 공공연한 소문에 의하면 후작부인이 영국에 600만 프랑을 투자했다고 하지만, 최근에 진상이 알려진 바로는 그녀의 재산이

150만 프랑을 넘어서지는 않았다. 모스카 백작이 재무대신 자리를 자원해서 앉은 이유도 이 여자의 술수를 막고, 또 그녀가 자신에게 의지해 오도록 하기 위해서였다. 후작부인이 무엇엔가 유일하게 자신의 정념을 드러내는 부분이 있는데 그것은 두려움으로 위장하고 있는 그녀의 치사스런 인색함이다. "저는 덤불을 둘러쓸 만큼 가난해져서 비참하게 죽을 것 같아요." 때때로 그녀는 대공에게 이렇게 말하는데, 대공은 이런 말을 들으면 질색을 했다. 공작부인은 이 여자를 방문하면서 그 저택의 호화찬란한 응접실을 밝히는 빛이라고는 값진 탁자 위로 촛농이 흘러넘치는 단 한 자루의 촛불뿐이고, 거실 문은 하인들의 손때가 타서 시커먼 것을 보았다. 공작부인은 백작에게 이렇게 말했다.

"그 집에 찾아갔더니 그 여자는 마치 내게서 50프랑 정도의 보조금을 기대하는 듯이 대접하더군요."

궁정에서 가장 수완 좋다는 저 유명한 라베르시 후작부인이 그녀를 위해 베푼 연회에서만큼은 공작부인이 연이어 거둔 성공도 잠시 주춤했다. 이 후작부인은 모스카 백작 일파와 대립하고 있는 당파의 우두머리로서, 빈틈없는 모사꾼이었다. 그녀는 모스카 백작을 실각시키려 했고, 더군다나 산세베리나 공작의 조카딸이기도 했으므로 수개월 전부터는 새 공작부인의 매력으로 인해 혹시 자신의 유산 상속이 위태로워지지나 않을까 걱정하고 있었다.

"라베르시 후작부인은 얕잡아 보아서는 안 될 여자이지요." 백작은 공작부인에게 이렇게 말했다. "내가 보기에 그 여자는 무슨 짓이든 능히 할 수 있습니다. 그래서 나는 아내가 라베르시 후작부인과 친하게 지내는 기사 벤티보글리오를 애인으로 삼겠다고 고집하자 단지 그 하나의 이유만으로도 헤어졌던 겁니다."

라베르시 후작부인은 새까만 머리카락을 지닌 대단한 여장부로서, 아침부터 다이아몬드를 달고 연지를 온 뺨을 뒤덮듯이 칠하고 다녀서 눈길을 끌었다. 그녀는 처음부터 공작부인을 자기의 적으로 선언해 놓았고, 이제 자기 집으로 초대하여 싸움을 걸 작정이었다. 산세베리나 공작이 그의 부임지에서 보내온 편지로 볼 때, 그는 자신의 대사직과 특히 훈장을 받을 희망으로 매우 기뻐하고 있는 듯한 눈치였으므로, 공작의 친지들은 그가 혹시 재산의 일부를 새 부인에게 넘겨주지 않을까 걱정했다. 그러잖아도 그는 자신의 새 부인에게 자잘한 선물을 수도 없이 보내오고 있는 중이었다. 라베르시 후작부인은 누가 보더라도 못생긴 얼굴이었지만 궁정 제일의 미남인 발디 백작을 애인으로 삼고 있었다. 말하자면 그녀는 자신이 마음먹은 일에 있어 대개의 경우 기어이 성공하고야 마는 것이었다.

공작부인은 최고로 호사스러운 생활을 했다. 산세베리나 저택은 원래 파르마에서 가장 훌륭하다고 평판 높던 곳이었고, 또한 공작은 대사가 된 데다가 머지않아 훈장도 타게 되었기에 거액의 돈을 들여 집을 치장했다. 공작부인이 이 작업을 지휘했다.

백작의 예측은 옳았다. 공작부인이 대공에게 소개되고 나서 며칠 지나지 않아 어린 클렐리아 콘티가 궁정에 나타났다. 결혼 전에도 궁정에 나올 수 있도록 이 처녀에게 세속수녀의 자격을 부여했던 것이다. 이런 조치로 인해 어쩌면 백작의 위신에 타격이 올지도 몰랐으므로 공작부인은 새로 단장한 저택 정원을 처음으로 선보인다는 명분하에 연회를 개최하고, 클렐리아를 이날 밤 연회의 여왕으로 추어올렸다. 부인은 온갖 세련된 애교를 부리며 이 처녀를 코모 호숫가의 어린 친구라고 불렀다. 클렐리아의 이름 머리글자가 짐짓 우연인 양 연회장 가운데 걸린 투명 그림들 속에 나타났다. 어린 클렐리아는 다소 생각에 잠긴 듯한 모습이었지만, 귀여운 모습으로 호숫가에서 있었던 일과 그에 대한 고마움을 이야기했다. 이 처녀는 신앙심이 깊고 혼자 있는 걸 즐긴다는 소문이었다.

"그 아가씨는 분별이 있으니 자기 아버지를 분명 부끄럽게 여길 겁니다." 백작은 말했다. 공작부인은 이 처녀를 친구로 삼았다. 그녀가 마음에 들었던 데다가 질투하는 것처럼 보이기도 싫었으므로, 자신이 개최하는 연회에는 그녀를 빠짐없이 불렀다. 요컨대 부인의 방침은 백작을 겨냥한 갖가지 반감을 무마하려는 것이었다.

공작부인에게 모든 일은 순조롭게 이루어졌다. 부인은 어느 때고 폭풍을 걱정해야 하는 이 궁정 생활이 재미있었다. 인생이 새롭게 시작된 것 같았다. 부인이 백작을 다정한 애인으로 대해 주었으므로 백작은 말 그대로 행복감에 정신을 잃을 지경이었다. 이처럼 애정의 문제에 있어 행복했으므로 야망에 관계된 일에 있어서도 그는 언제나 나무랄 데 없는 침착함을 보일 수 있었다. 그리하여 공작부인이 이 나라에 온 지 두 달도 안 돼 수상 임명장과 그 직위에 따른 명예가 백작의 차지가 되었다. 그것은 군주에 버금가는 명예였다. 백작은 대공이 무슨 생각을 하는 데 있어 절대적 영향력을 행사했는데, 그것을 입증하듯이 다음과 같은 일이 일어나 파르마 사람들을 놀라게 했다.

파르마에서 동남쪽으로 10분쯤 가면 이탈리아에서 그렇게도 유명한 바로 그 성채가 우뚝 서 있다. 이 성채의 주탑은 높이가 55미터나 되기 때문에 멀리서도 보였다. 교황 파올로 3세의 자손인 파르네제 가문이 16세기 초에 로마의 아드리아누스 황제의 묘를 본따 세운 이 성탑은 폭도 아주 넓어서 탑 상부 전망대 위에 성채 사령관의 관저와 파르네제 탑이라고 불리는 감옥을 새로 지어 올릴 수 있었다. 이 감옥은 라뉴체 에르네스트 2세의 맏아들이 계모와 불륜의 사랑에 빠지는 죄를 짓자 그를 가둬 두기 위해 세운 것으로, 이 고장 사람들은 이 탑을 아름답고 특별한 곳으로 여겼다. 공작부인은 이 탑이 보고 싶어 찾아갔다. 그날 마침 파르마의 날씨는 몹시도 무더웠으나 탑 위로 올라가자 바람이 불어 시원했다. 부인은 기분이 상쾌해져서 그곳에서 몇 시간이나 머물렀다. 성채 관리인들은 부인의 환심을 사기 위해 부랴부랴 부인을 파르네제 탑 이곳저곳의 방으로 안내했다.

공작부인은 주탑 전망대에서 사흘에 한 번 30분씩 허용되는 산책을 하러 나와 있던 꾀죄죄한 자유주의자 죄수 한 명을 만났다. 절대군주의 궁정에서 지녀야 할 신중성이 아직 몸에 배지 않은 부인은 파르마로 돌아와서는 자신에게 신세 타령을 늘어놓던 그 죄수의 이야기를 전했다. 이 일을 알아챈 라베르시 후작부인 일파는 대공이 화가 나서 펄펄 뛰리라는 기대하에, 부인의 일을 사방에 퍼뜨렸다. 사실 에르네스트 4세는 국민을 다스리는 데는 무엇보다 이들의 상상력을 자극하는 일이 중요하다고 늘 강조하고 있었다. "'무기한으로'라는 말은 상당한 힘을 발휘하지. 더군다나 이탈리아에서는 이 말이 다른 곳에서보다 더 무시무시하게 들리거든.' 그는 이렇게 말하곤 했다. 당연히 대공은 이제껏 한 번도 특사를 내리거나 한 적이 없었다. 그런데 공작부인은 성채 감옥을 방문한 지 일주일 후 대공과 수상의 서명이 들어간 감형장을 한 통 받았다. 감형장에는 특사를 받을 죄수의 이름이 비어 있었다. 부인이 그 빈 자리에 이름을 적어 넣으면 죄수는 재산을 돌려받고 미국으로 건너가 여생을 보낼 수 있게 될 것이다. 공작부인은 자신이 만났던 그 죄수의 이름을 적어 넣었다. 불행히도 이자는 비겁한 악당이었다. 저 유명한 페란테 팔라가 사형을 선고받게 된 것도 이 작가가 자백했기 때문이었다.

이런 예외적인 총애는 산세베리나 부인의 위치에 더할 수 없이 감미로운 즐거움을 부여해 주었다. 모스카 백작은 몹시 행복했다. 그의 생애에서 가장 빛나는 시기가 찾아온 것이다. 두 사람이 누리는 이러한 화려한 시기가 바로 파브리스의 생애의 큰 줄기를 바꾸어 놓게 되는 것이다. 파브리스는 여전히 노바라 근처 로마냐노에서 지시받은 대로 살고 있었다. 고해성사도 하고, 사냥도 나가고, 책은 전혀 읽지 않고, 또 때로는 어느 귀부인의 꽁무니를 따라다니기도 했다. 공작부인으로서는 이 마지막 행동 지침이 늘 거슬렸다. 부인의 태도 중 또 한 가지가 백작의 마음을 불편하게 했는데, 그것은 부인이 그에게 아주 솔직하게 모든 것을 이야기하고 또 생각한 것이 있으면 거침없이 드러내면서도 다만 파브리스에 대해서만은 곰곰이 생각한 후에야 말을 꺼낸다는 점이었다. 하루는 백작이 부인에게 말했다.

"이건 당신의 허락을 얻은 후에야 할 일입니다만, 코모 호숫가에 사는 당신의 그 끔찍한 오라버니에게 편지를 써 보려 합니다. 나와 어느 중요 인사의 친구들이 조금만 힘을 쓰면 델 동고 후작에게 당신의 사랑스런 조카 파브리스의 사면 청원서를 제출하도록 만들 수 있을 겁니다. 파브리스가 영국 말이나 타고 밀라노 거리를 배회하는 청년들보다는 조금이라도 더 속이 찬 젊은이라면, 물론 그렇지 않다고 생각하는 것은 전혀 아닙니다만, 열여덟 살이나 되었으면서도 별로 하는 일 없이, 또한 장래 무슨 일을 할 것인가에 대한 전망도 없이 지낸다는 것은 말이 되지 않습니다. 무엇이 되었든 간에 한 가지 일에 그가 열의를 보인다면 나는 막을 생각이 없습니다. 그것이 비록 낚시질이라 하더라도 말입니다. 그렇지만 특사를 받는다 하더라도 그런 이후에 그가 밀라노에서 무슨 일을 하겠습니까? 영국에서 사 온 말을 타고 돌아다니거나, 아니면 말을 타는 일보다도 매력 없는 애인을 심심풀이로 찾아다니거나 할 테지요. 그래도 당신이 원하신다면, 조카가 그렇게 살 수 있도록 최선을 다해 돕긴 하겠습니다만……."

"나는 그를 장교로 만들고 싶어요." 공작부인이 말했다.

"나라에 위기가 닥칠 때면 어느 정도 중요한 역할을 할 지위를 일개 젊은이에게 내려 달라고 한 나라의 군주에게 청하기란 어려운 일이지요. 쉽게 흥분하는, 더군다나 워털루 전투에 참가했을 만큼 나폴레옹에게 열중해 있는 한 젊은이를 말입니다. 만일 워털루 전투에서 나폴레옹이 승리했더라면 우리 모두는 어떤 신세가 되었을지! 하기야 우리 공국에는 두려워할 만한 자유주의자들이 등장하지는 못했겠지요. 그건 사실입니다만, 그러나 유서 깊은 가문의 군주들은 나폴레옹 휘하 사령관의 딸과 결혼이라도 하지 않으면 자리 보전도 못 했을 겁니다. 그러니 그 반동으로 이제 파브리스가 군인이 된다 해도 그 군인 생활이란 다람쥐가 쳇바퀴 돌리는 듯한 것이 되겠지요. 아무리 뛰어도 앞으로 나아가지 못할 테니 말입니다. 그러다가 야망을 품고 노력하는 평민에게 점점 밀려나서 결국 상심에 빠질 겁니다. 오늘날 청년들에게 요구되는 첫 번째 자질은 무엇에든 열광하지 말아야 하고 기개를 품어서도 안 된다는 것입니다. 이 점은 우리네 권력자들이 여전히 혁명에 공포심을 품고 있고, 또 종교가 제자리를 찾지 못하는 한 50년간은 지속되리라고 봅니다.

내게 한 가지 계획이 있는데요, 이걸 들으시면 우선 화부터 내실 테고, 그러면 나도 여러 날을 괴로워해야겠지요. 하지만 당신을 위해 이 손해 볼 짓을 하렵니다. 당신도 아시지 않습니까? 당신의 미소를 위해서라면 나는 어떤 미치광이 같은 짓도 못할 바 없다는 것을."

"어떤 계획인가요?"

"말씀드리지요. 파르마에는 부인 가문에서 배출한 대주교가 세 명 있습니다. 그 유명한 책을 저술한 아스카니오 델 동고, 1699년에는 파브리스 델 동고, 그리고 또 한 사람의 아스카니오가 1740년에 대주교를 지냈지요. 혹시 우리의 파브리스도 고위 성직자가 되어 덕행으로 이름을 떨치게 하고 싶으시다면 내게 생각이 있는데, 그를 우선 다른 곳의 주교로 앉혔다가 곧 이곳의 대주교로 데려오는 겁니다. 물론 나의 권세가 그때까지 유지된다는 전제가 있어야지요. 그 점이 바로 실질적인 난관이지요. 몇 년은 소요될 이 계획을 완수할 만큼 오랫동안 내가 대신 자리에 앉아 있을 수 있을까요? 대공이 죽을 수도 있고 나를 쫓아내 버리려는 달갑잖은 마음을 먹을 수도 있습니다. 그러나 요컨대 이 방법이 당신의 지위에 어울리도록 파브리스를 위해 내가 할 수 있는 유일한 일입니다."

두 사람은 오랜 시간 동안 이 일을 의논했다. 공작부인으로서는 백작의 계획이 썩 마음 내키지는 않았다.

"파브리스가 그것 외에 다른 직업을 갖는 것은 정말 불가능할까요?" 부인은 백작에게 그의 계획을 쉽사리 납득하지 못하는 자신의 속내를 털어놓았다. 백작은 설명했다.

"당신은 화려한 군복에 미련이 많지만, 그 방면은 나로서도 어쩔 도리가 없습니다."

공작부인은 한 달을 끌며 차분히 생각해 보았다. 그리고 한 달이 지나자 한숨을 쉬며 수상의 현명한 의견을 따랐다. 그는 다시 한번 강조했다.

"어느 도시에서 건들거리며 영국 말이나 타고 다닐 것인가, 아니면 출생 신분에 어울리는 지위를 차지할 것인가. 이 두 갈래 외에는 다른 길이 없습니다. 이 시대는 변호사가 제일이긴 하지만, 불행히도 귀족은 의사도 변호사도 될 수 없거든요.

잊지 마세요, 부인. 당신은 조카에게 밀라노에서 가장 큰 부자 행세를 하는 또래 청년들이 누리는 것에 못잖은 생활을 마련해 주리라는 사실을 말입니다. 사면을 받게 되면 그에게 2, 3만 프랑쯤 주세요. 그리 어려운 일도 아니지요. 당신이나 나나 돈을 모아 둘 생각은 없는 사람들이니까요."

공작부인은 명예심이 강했다. 그녀는 파브리스가 단순히 인생을 낭비하는 사람이 되는 것은 싫었으므로 연인이 제시한 계획에 동의했다. 백작이 말했다.

"이 점을 유념해 주세요. 나는 파브리스에게 당신도 익히 보아 온 모범적인 신부가 되라고 할 뜻은 없습니다. 전혀 그렇지 않아요. 무엇보다 그는 대귀족 출신이니까요. 만약 그가 원하면, 공부는 전혀 하지 않아도 좋습니다. 그래도 주교나 대주교가 되는 데는 지장이 없습니다. 대공이 계속해서 이 몸을 필요로 한다면 말이지요. 그 점은 약속드립니다." 그리고 나서 백작은 덧붙였다. "당신이 나의 제안을 승낙하고 실행에 옮기기로 결정했을 때 할 일이란, 우리가 보호해야 할 파브리스가 허술한 꼴로 파르마 사람들 앞에 나타나게 해서는 안 된다는 것입니다. 이곳 사람들에게 평범한 신부인 그의 모습을 보여 주면 나중에 그가 출세할 때 모두들 놀라 수군거릴 겁니다.

그는 자주색 긴 양말[53]을 신고 적절한 행렬을 갖추어 파르마에 등장해야 합니다. 그러면 모두들 당신 조카가 언젠가는 분명 대주교가 될 걸로 짐작할 것이고, 그때가 되어서도 모두들 수긍할 겁니다.

내 말을 받아들이신다면 파브리스를 나폴리로 보내 한 3년 정도 신학 공부를 시키세요. 신학교 방학 기간에 마음 내키면 파리나 런던으로 여행을 가도 좋습니다. 그러나 절대 파르마에 와서는 안 됩니다."

이 말을 듣자 공작부인은 몸이 얼어붙는 것 같았다.

부인은 조카에게 편지를 보내 피아첸차에서 만나자고 했다. 편지와 함께 충분한 돈과 필요한 여행 증명서를 보냈음은 말할 것도 없다.

피아첸차에 먼저 도착한 파브리스는 공작부인을 마중 나가 열렬하게 그녀를 얼싸안았다. 부인은 기쁨에 겨워 눈물을 흘리고 말았다. 부인은 백작이 옆에 없다는 사실이 다행스러웠다. 두 사람이 연인이 된 이후 부인이 이런 기분을 느낀 것은 이번이 처음이었다.

파브리스는 공작부인이 자신을 위해 마련한 계획을 듣고 몹시 감격했으나 곧 이어 고민에 빠졌다. 언제나 그의 희망은

---

53) (원주)이탈리아에서는 유력한 보호자가 있거나 학식 있는 젊은이에게 고위 성직자와 같이 '몽시뇨르'나 '프렐라'라는 칭호를 붙여주는데, 이 칭호가 반드시 주교를 의미하는 것은 아니다. 이 경우 이들은 자주색의 긴 양말을 신는다. 몽시뇨르가 되기 위해 수도의 맹세를 할 필요는 없으며 자주색 양말을 벗고 결혼할 수도 있다.

워털루 사건이 해결되기만 하면 즉시 군인이 되겠다는 것이었다. 공작부인은 한 가지 일에서 크게 감동했는데, 그로 인해 부인이 조카에게 품고 있던 공상적인 생각이 더욱 강화되었다. 즉 파브리스가 이탈리아 어느 큰 도시에서 카페에나 드나들며 살아가는 생활을 단호히 거절했던 것이다.

"순종 영국 말을 타고 피렌체나 나폴리의 산책로를 거니는 네 모습을 상상해 보렴! 저녁에는 마차를 타고 또 아름다운 실내에서……."

공작부인이 이런 세속적 행복을 즐겁게 그려 보였으나 파브리스는 경멸하듯 거절하는 것이었다. '이 아이는 영웅이야.' 부인은 생각했다.

"그런 유쾌한 생활을 10년 한다 한들 내가 무얼 이룰 수 있겠어요?" 파브리스는 이렇게 말했다. "결국은 어떻게 되겠어요? 마찬가지로 영국 말을 타고 사교계에 등장하는 미소년을 만나 자리를 양보해야 할 시들어 가는 젊은이가 되고 말겠지요."

파브리스는 처음에는 성직에 들어간다는 계획을 들으려고도 하지 않았다. 그는 뉴욕으로 건너가서 아메리카의 시민이 되고 공화국의 군인이 되겠다고 말했다.

"너는 정말 잘못 생각하고 있어! 이제 전쟁은 없어. 그러니 그곳에 가도 결국 너는 카페나 출입하는 생활로 돌아가고 말 거야. 다만 거기에는 고상한 취미나 음악, 연애 사건들이 없을 뿐이지." 공작부인은 그의 생각을 막았다.

"내 말을 믿으렴. 나처럼 너에게도 역시 아메리카 생활은 쓸

쓸할 거야."

부인은 아메리카에서는 돈을 신처럼 섬긴다거나, 투표를 하기 때문에 모든 일에 투표권을 쥐고 있는 평범한 직공들에게까지 머리를 숙여야 한다는 등의 이야기를 그에게 해 주었다. 두 사람은 다시 성직 이야기로 돌아왔다. 부인이 말했다.

"그렇게 화를 내기에 앞서 백작이 네게 무엇을 원하는지 이해해야 돼. 블라네스 신부처럼 다소 모범적이고 덕망은 있으나 초라한 신부가 되라는 말이 절대 아니야. 파르마 대주교를 지낸 네 가문 조상들을 생각해 봐라. 가문 연보에 첨부된 그들의 행적을 다시 읽어 보렴. 무엇보다 너와 같은 가문 출신에게는 정의를 수호해야 하는 고귀한 고위직이 어울린단다. 동일한 신분에 있는 사람들을 이끌어야 할 운명을 애초부터 타고난 셈이지…… 그리고 일생 동안 단 한번의 술수만 쓰면 되는 거란다. 그것마저도 세상에 매우 유익한 거야."

"이제 내 꿈은 이렇게 사라지고 마는군요." 파브리스는 긴 한숨을 내쉬었다.

"너무 고통스런 희생이에요. 솔직히 나는 누군가가 열정이나 재능이 있다는 사실이 남들에게 그렇게 두려움을 준다는 것을 미처 생각지 못했어요. 그 열정이나 재능이 자기네들을 위해 발휘될 때조차도 두려워하거든요. 이런 두려움은 앞으로 절대군주들 사이에 널리 퍼지게 될 거예요."

"생각해 보렴. 열정적인 사람은 무슨 정치적 성명이 발표될 때나 혹은 마음이 바뀔 경우 자기가 평생 추종해 오던 당파에 등을 돌리고 곧잘 그 반대편에 뛰어들곤 하지."

"내가 열정적이라고요!" 파브리스는 이 말을 되풀이했다. "그 말은 듣기 이상해요! 나는 사랑에 빠질 수조차 없는데."

"뭐라고?" 공작부인이 놀라서 반문했다.

"영광스럽게도 좋은 집안 출신에다 신앙심도 깊은 아름다운 여인의 마음을 사려고 애쓸 때에도, 그 여인과 마주하는 경우가 아니면 얼굴이 생각나지도 않거든요."

이러한 고백은 공작부인의 마음에 야릇한 설렘을 불러일으켰다.

"내게 한 달만 여유를 주세요." 파브리스가 말을 이었다. "그동안 노바라의 C부인에게 작별인사를 하고 또, 이건 훨씬 어려운 일이지만 내 자신의 인생에 대해 품고 있던 공상과도 작별하겠어요. 어머니께 편지를 쓸 생각이에요. 어머니는 정이 깊으셔서 나를 만나러 마조레 호수 피에몬테 쪽 연안에 있는 벨지라테까지라도 와 주실 거예요. 그러고 나서 30일째 되는 날 몰래 파르마로 가겠습니다."

"와서는 안 돼!" 공작부인이 깜짝 놀라 말했다. 파브리스와 이야기를 나누는 모습을 모스카 백작에게 보이고 싶지 않았던 것이다.

두 사람은 피아첸차에서 다시 만났다. 이번에는 공작부인이 매우 불안해했다. 궁정에 파란이 일어나서 라베르시 후작부인의 당파 쪽으로 형세가 기울고 있었던 것이다. 모스카 백작은 파르마의 소위 자유당의 당수 파비오 콘티 장군에게 자리를 빼앗길지도 몰랐다. 백작의 경쟁자가 대공의 신임을 점점 키워 가고 있는 사정만 빼놓고 공작부인은 파브리스에게 모든 것을 다 이야기해 주었다. 그리고 파브리스의 장래에 관한 여러 가지 가능성들을 다시 의논했다. 이번에는 백작의 유력한 후원을 얻지 못할 수도 있다는 점을 고려해야만 했다. 파브리스가 말했다.

"나폴리 신학교에 3년간 가 있겠어요. 무엇보다 귀족 청년답게 행동해야 하니까요. 그리고 고모가 내게 고지식한 신학생처럼 엄격하게 지낼 것을 강요하는 것은 아닌 만큼, 신학교 생활은 전혀 두렵지 않아요. 로마냐노에서의 생활과 별로 다를 게 없겠지요. 그곳 상류 사회에서는 나를 과격한 공화주의자라고 여겼어요. 혼자 떨어져 지내는 동안 알게 된 것은 내가 아무것도 모른다는 사실이에요. 라틴어나 철자법조차 모르는 무식꾼이지요. 마침 노바라에서도 다시 공부를 시작하려던 참이었으니까 나폴리에 가서는 즐겁게 신학 공부를 하겠어요. 신학은 어려운 공부예요."

공작부인은 몹시 기뻤다.

"우리도 대공에게서 쫓겨나면 네가 있는 나폴리로 가겠다. 그런데 네가 앞으로 새로운 결정이 내려질 때까지 당분간은 자주색 양말을 신는다는 계획에 찬성했으니 말하겠는데, 이탈리아의 현 정세에 밝은 백작이 네게 이런 충고를 해 달라고 부탁하더구나. 신학교 선생들이 가르치는 내용들을 믿든지 안 믿든지는 네가 알아서 할 일이지만, 단 절대로 이의를 제기해서는 안 된다는 거야. 누군가 네게 휘스트 놀이의 규칙을 가르친다고 가정해 보렴. 그 규칙에 반대할 필요가 있겠니? 네가 하느님을 믿는다고 백작에게 이야기했더니 그가 기뻐하더구

나. 신을 믿는다는 것은 이 세상에서나 저세상에서나 쓸모 있는 일이거든. 그러나 신을 믿는다 하더라도 볼테르, 디드로, 레날, 그 밖에 의회제도라는 것을 주창해 온 경박한 프랑스인들에게 욕설을 퍼붓는 천박한 짓은 하지 말아라. 이런 이름들은 되도록 입에 올리지 않았으면 해. 부득이 그들을 거명해야 한다면 점잖게 빈정거리는 거야. 이런 사람들이 주장한 것은 이미 오래전부터 논박당해 왔기 때문에 반격을 해 온다 해도 대수롭지 않을 거야. 신학교에서 가르쳐주는 것은 무엇이건 무조건 믿어라. 네가 조금이라도 이의를 보이면 그 일을 자세히 적어 두는 자들이 있다는 사실을 잊어서는 안 돼. 사소한 연애 사건은 잘만 하면 용서받을 수 있지만, 의심하는 것은 용납되지 않는단다. 나이가 들수록 여인에 대한 흥미는 사라져도 의심은 더욱 커지는 법이니까. 이 원칙은 고해를 할 때도 지켜야 해. 나폴리 대주교 추기경의 대리집무를 보고 있는 한 주교에게 네 추천서를 써 보내마. 네가 프랑스로 몰래 건너갔던 일이며 6월 18일에 워털루 근처에 있었다는 사실은 오직 이 사람에게만 말해야 한다. 그것도 많이 줄여서 별일 아닌 이야기처럼 슬쩍 지나가야 해. 숨기고 있었다는 비난을 듣지 않기 위해 고백하는 것뿐이니까. 그때 너는 너무 어렸어!

백작이 네게 보내는 두 번째 충고는 머릿속에 재치 있는 이론이나 대화의 기세를 장악할 만한 멋진 대답이 떠올라도 반드시 침묵을 지키라는 것이지. 남의 눈에 띄려는 유혹에 결코 넘어가서는 안 돼. 명민한 사람이라면 네 눈빛만 보고도 재능을 알 테니까. 재능을 발휘하는 것은 주교가 되고 난 다음에

할 일이야."

파브리스는 수수한 마차에 고모가 보낸 사람 좋은 밀라노 출신 하인 네 명을 거느리고 나폴리에 나타났다. 1년간의 공부 후에는 아무도 그를 재기 있는 사람이라고 말하지 않았다. 그는 학구적이고 매우 너그러운 그러나 다소 방탕한 대귀족으로 통했다.

파브리스에게는 매우 유쾌했던 이 한 해가 공작부인으로서는 아주 힘든 시기였다. 백작은 서너 번이나 실각의 위기를 겪었다. 그해 병치레를 하느라 더 소심해진 대공이 백작을 면직시켜 그의 얼굴을 보지 않으면 백작이 입각하기도 전에 일어났던 그 지긋지긋한 처형의 기억을 떨쳐 버릴 수 있지 않을까 궁리하기에 이르렀던 것이다. 반면 라씨라는 작자는 여전히 곁에 놓아 두고 싶은 사랑스런 신하였다. 백작이 위기에 처할수록 공작부인은 그를 향한 애착이 더 간절해졌기 때문에 파브리스를 계속 떠올릴 겨를도 없었다. 부인은 조만간 있을지도 모를 두 사람의 퇴진에 구실을 마련해 놓기 위해, 롬바르디아 지방은 어디나 그렇지만 파르마의 공기는 사실 좀 축축해서 자신의 건강에 좋지 않다는 말까지 만들어냈다. 백작이 수상 자리에 있으면서도 때로 20일 가까이 군주를 직접 배알하지 못하는 경우가 생길 만큼 총애를 잃은 적도 있었다. 그러나 모스카는 마침내 승리했다. 백작은 라씨가 판결한 자유주의자들을 가두는 성채 감옥 사령관으로 자칭 자유주의자라는 파비오 콘티 장군이 임명되도록 손을 썼다. 모스카는 연인에게 이렇게 말했다.

"만일 콘티가 죄수들을 관대하게 대한다면 대공으로부터 장군으로서의 의무를 망각한 급진 공화파라는 비난을 듣게 됩니다. 반대로 엄격하고 무자비한 태도를 취하면, 아마 그로 시는 그래도 이 방식을 택할 거라 생각됩니다만, 그때는 자기네 당파의 우두머리 노릇은 그만두어야겠지요. 그리고 그 감옥 속에 친척 한 명이라도 갇혀 있는 집안 사람 전체로부터 배척을 당하게 될 겁니다. 이 가련한 인물은 대공 앞에서는 끔찍이도 공손하게 굽니다. 필요하다면 옷을 하루에 네 번이라도 갈아입을 겁니다. 그는 예법에 관한 문제라면 이러쿵저러쿵 말을 거들 수 있겠지만, 이런 궁지에서 빠져나갈 유일한 길이 있다 해도 그 길을 제대로 찾아내 헤쳐갈 만한 머리를 갖추진 못했습니다. 그리고 어떤 경우에든 내가 가로막고 있으니 될 턱이 없지요."

파비오 콘티 장군의 임명과 함께 내각의 위기를 매듭지은 다음 날, 파르마에서 극우 왕당파 신문이 발행된다는 소식이 알려졌다.

"그런 신문이 나오면 얼마나 시끄럽겠어요?" 공작부인이 걱정했다.

"그 신문은 내가 생각해 낸 걸작품입니다." 백작이 웃었다. "내 본의는 아니지만 이 신문을 점차 맹렬 극우파들에게 넘겨 주관하게 할 작정입니다. 신문 편집인들에게 급료를 후하게 주기로 했으니 사방에서 그 자리를 탐내 모여들 겁니다. 이렇게 한두 달 지나면 모두들 내가 겪었던 위기를 잊어버릴 겁니다. P나 D 같은 무게 있는 자들이 이미 편집인 후보 물망에 올라 있어요."

"하지만 그런 신문은 불쾌하기 짝이 없는 엉터리일 거예요."

"내 생각도 그렇습니다. 대공은 아침마다 그 신문을 읽고 그것을 창간한 내 취지에 감탄하겠지요. 세부적인 기사에 대해서는 찬성하거나 화를 내거나 하겠지만 여하튼 정무를 보는 데 할애된 시간 중 두 시간쯤은 이렇게 해서 소비될 겁니다. 신문은 여러 가지 문제를 불러일으키겠지요. 그러나 열 달가량 지나 불평이 심각해질 무렵이 되면 이미 신문은 극우파 미치광이들 손에 넘어가 있을 테고, 쏟아지는 불평에 대답해야 하는 성가시기 그지없는 책임이 그들 앞으로 고스란히 떨어지는 것이지요. 나는 오히려 신문의 논조에 항의하는 편에 설 것이고요. 사실 나는 한 사람을 교수대에 매다는 방편보다는 별별 가혹한 조치를 어리석다 싶게 늘어놓는 방식을 택하겠습니다. 2년이 지난 후 이런 어용신문이 존재했다는 사실을 기억하는 사람이 있을까요? 그렇지만 사형수의 아들딸이나 친척이라면 이 몸이 살아 있는 한 원한을 버리지 않을 겁니다. 그러면 아마도 나는 제 명에 죽지 못하겠지요."

항상 쾌활하게 어떤 일에 열중하며 좀처럼 한가로이 시간을 보내는 일이 없는 공작부인은 파르마의 궁정인 전부를 합한 것과 비교해도 기울지 않는 재치를 지니고 있었다. 그러나 무슨 일을 도모할 경우 그 일을 성공시키기 위해 요구되는 인내심과 태연함을 가장하는 자제력이 부족했다. 그렇지만 부인은 파르마 내 여러 당파의 이해관계에 진지한 관심을 갖고 주의를 기울인 결과 마침내 대공의 개인적 신임을 얻는 데 성공했다. 클라라 파올리나 대공비는 주위 사람들로부터 공경받았지만 낡아 빠진 예법에 얽매어 있었고 스스로를 가장 불행한 여자라고 생각했다. 산세베리나 공작부인은 대공비의 기분을 맞춰 가며 그녀가 그다지 불행하지 않다는 점을 설득시키려 했다. 여기서 말해 둬야 할 사실이 있는데, 대공이 아내를 마주 대하는 경우는 오직 만찬 때뿐이었다. 만찬 시간은 30분 정도였고 게다가 대공은 몇 주일 동안이나 클라라 파올리나에게 말을 건네지 않고 지내는 경우도 있었다. 산세베리나 부인은 이런 점을 바꾸려고 애썼다. 부인은 대공을 유쾌하게 했다. 대공은 자신의 독자적 견해를 내세울 줄 아는 부인이 더욱더 마음에 들었다. 바라던 바는 아니지만 부인이 이 궁정에 우글거리는 얼간이들에게 전혀 반감을 사지 않을 수는 없었다. 이들 평범한 궁정인들은 대개 연수 5000리브르 정도를 가진 백작이나 후작들인데, 이들이 부인을 미워하게 된 데는 그녀의 처세가 전혀 능란하지 못했던 탓도 있었다. 이런 불리한 점을 부인은 처음부터 알아차리고 오직 대공과 대공비의 마음에 드는 데만 전념했다. 더군다나 대공비는 왕위 후계자인 세자에게 큰 영향력을 지닌 터였다. 공작부인은 군주를 즐겁게 하는 비결이 있었다. 그래서 자신이 사소한 이야기를 하더라도 대공이 아주 주의 깊게 듣는다는 점을 이용해서 자신을 미워하는 궁정인들을 우스갯거리로 만들기도 했다. 대공은 라씨로 인해 어리석은 짓을 저지른 이후로는 때때로 공포에 사로잡혔다. 피를 흘리게 했던 일은 돌이킬 수 없는 바보짓이었던 것이다. 또한 권태에 빠지는 경우도 잦았는데, 그럴 때마다

6장   215

음울한 질투심에 휘둘렸다. 즉 자기는 조금도 즐겁지 않은데 다른 사람들은 즐거워하는 것 같아 우울해지곤 했다. 누군가 행복해 보이는 모습을 보면 화를 냈다. 이런 사정으로 공작부인은 연인에게 이렇게 말하지 않을 수 없었다. '우리의 사랑을 드러내지 말아야 해요.' 그리고 대공에게는 백작이 아주 뛰어난 사람이긴 해도 그리 마음을 둔 것은 아니라는 눈치를 보였다.

이런 암시를 받은 대공은 하루 종일 아주 흐뭇했다. 가끔 공작부인은 이런 말을 하기도 했다. 해마다 몇 달의 휴가를 내서 아직 가 보지 못한 이탈리아 여기저기를 다녀올 계획이라며 나폴리, 피렌체, 로마 등지를 거론하는 것이었다. 그런데 대공으로서는 누군가 자기 곁을 떠나려는 태도만큼 괴로운 것이 없었다. 이것은 그가 지닌 약점 중 가장 두드러지는 것이기도 했다. 자기가 다스리는 나라의 수도를 경멸하는 것으로 여겨질 수 있는 행동은 무엇이든 그의 감정을 몹시 상하게 했던 것이다. 그는 산세베리나 부인을 잡아둘 방법이 막막했다. 더구나 부인은 파르마에서는 아무도 따를 수 없을 만큼 돋보이는 여성이었다. 부인이 목요일마다 개최하는 파티에는 인근 마을 사람들까지 모여들었다. 이것은 게으른 이탈리아 사람들의 습성으로 볼 때 특이한 일이 아닐 수 없었다. 이 모임은 정말 잔치 같았다. 공작부인은 늘 무언가 새롭고 재미있는 즐길 거리를 마련해 놓곤 했다. 대공은 이 파티에 한번 가 보고 싶어 견딜 수 없었다. 그러나 어떻게 하면 좋을까? 일개 백성의 집을 찾아가다니! 그것은 선왕도 그 자신도 한 번도 해 본 적이 없는 일이었다.

어느 목요일, 비가 뿌리는 쌀쌀한 날이었다. 저녁 무렵부터 마차들이 산세베리나 부인의 저택을 향해 궁정 앞 광장의 포도를 울리며 지나가는 소리가 대공의 귀에까지 쉴 새 없이 들려왔다. 대공은 안절부절못하고 있었다. 남들은 즐기고 있는데, 대공이며 절대군주인 자신은, 세상 어느 누구보다도 즐거워야 할 자신은 권태에 빠져 있지 않은가. 그는 종을 흔들어 시종무관을 불렀다. 궁정에서 산세베리나 저택으로 가는 길목에 친위병 열댓 명쯤을 배치할 시간이 필요했다. 자객을 만날 위험을 무릅쓰고 별다른 호위 없이 그냥 나갈까 하는 유혹과 수없이 싸우느라 마치 100년처럼 느껴지는 한 시간을 보낸 후에야, 대공은 산세베리나 부인 저택의 제일 바깥 거실에 나타났다. 벼락이 떨어졌어도 모두들 그렇게 놀라진 않았을 것이다. 대공이 발을 들여놓자 그토록 소란스럽고 유쾌하던 실내에 순식간에 망연자실한 침묵이 흘렀다. 모든 눈이 휘둥그레져서 대공에게 못 박혔다. 궁정인들은 당황한 모습을 보였다. 공작부인만 전혀 놀라는 빛이 없었다. 자리에 있던 사람들은 겨우 입을 열 힘을 되찾게 되면서부터 누구나 다음과 같은 문제에 골몰했다. '공작부인은 대공의 방문을 미리 알고 있었던 것일까? 아니면 우리들과 마찬가지로 뜻밖의 사건에 놀라고 있을까?'

대공은 유쾌하게 즐겼다. 다음과 같은 일까지 있었다. 그런데 이 사건에서 독자 여러분은 공작부인의 지극히 충동적인 성격을 보게 될 것이다. 아울러 그녀가 이 도시를 떠나겠다는 모호한 암시를 교묘히 사용하여 무한한 권력을 얻어 냈다는 사실도 짐작할 수 있을 것이다.

기분 좋게 농담을 건네며 자리에서 일어서는 대공을 배웅하면서 부인은 불현듯 한 가지 생각을 떠올렸다. 그리고 아주 예사로운 듯 담담하게 말했다.

"만일 전하께서 저를 대해 주실 때처럼 다정한 말씀을 대공비 마마께 서너 마디라도 건네주신다면 저로서는 지금처럼 아름답다는 칭찬을 듣는 것보다 더욱 기쁠 것입니다. 전하께서 제게 이런 각별한 호의를 보이신 사실을 대공비께서 좋지 않게 생각하신다면 저는 정말 괴로울 테니까요."

대공은 부인을 뚫어지게 바라보더니 무뚝뚝하게 대답했다.

"가고 싶은 곳에 가는 것은 분명 내 자유일 텐데."

공작부인은 얼굴을 붉혔다. 그러고는 곧 그 말을 받았다.

"저는 단지 전하께서 공연한 발걸음을 하시지 않게 되기를 바랐습니다. 왜냐하면 목요일 모임은 오늘로서 그만둘 생각이기 때문이지요. 한동안 볼로냐나 피렌체에 가서 머물까 합니다."

부인이 거실로 돌아왔을 때 모두들 부인이 최고의 총애를 누리고 있다고 생각했다. 파르마에서는 누구도 감히 하지 못했던 일을 부인은 위험을 무릅쓰고 했던 것이다. 부인이 백작에게 눈짓을 보냈다. 그는 휘스트 놀이를 하고 있던 탁자에서 일어나 부인 뒤를 따라 아무도 없는 작은 곁방으로 들어왔다. 그곳에도 불이 밝혀져 있었다.

"정말 대담한 짓을 했군요." 백작이 부인에게 말했다. "나라면 그런 방법을 권하지는 않았겠지만, 우리처럼 사랑에 빠진 사람들에게야 행복이 사랑을 키워 가는 법이지요. 내일 아침 일찍 떠나신다면 나도 저녁에는 뒤따라가겠습니다. 어리석게도 떠맡고 있는 재무대신으로서의 귀찮은 일 때문에 나는 좀 늦어질 수밖에 없군요. 그러나 네 시간가량 꼬박 매달려 처리하면 회계 사무를 인계하는 일은 간단히 끝낼 수 있을 겁니다. 자, 사람들에게로 돌아갑시다, 내 사랑스런 여인. 그리고 마음 내키는 대로 거리낌 없이 대신으로서의 위세를 부려봅시다. 이것이 아마 우리가 이 도시에서 벌이는 마지막 연극이 될 듯하군요. 도전을 받았다고 생각하면 대공 그 사람은 무슨 짓이든 할 수 있습니다. 그는 본때를 보인다는 말을 쓸 겁니다. 저 사람들이 돌아간 다음에는 우선 오늘 밤 당신을 보호하기 위해 취해야 할 방책을 생각해 보아야겠습니다. 가장 좋은 방법은 포강 근처 당신의 사카 영지로 지체 없이 떠나는 것입니다. 그곳이라면 오스트리아까지 반 시간이면 도달한다는 이점이 있거든요."

공작부인의 사랑과 자존심으로 볼 때는 달콤한 순간이었다. 그녀는 눈물이 글썽이는 눈길로 백작을 바라보았다. 주변 궁정인 무리가 대공을 대할 때와 진배없는 태도로 끝없는 찬사를 바치고 있는 이 권세 있는 재상이 나를 위해 이렇게도 쉽게 모든 것을 내던지다니!

거실로 돌아와서도 그녀는 몹시 기뻤다. 모두들 그녀 앞에 엎드려 굽실거리는 것 같았기 때문이다. "기뻐서 그러는지 공작부인이 달라져 보이는군." 사방에서 궁정인들이 수군거렸다.

"정말 딴사람처럼 굴고 있잖아. 로마인처럼 도도하던 이 여자도 마침내 군주의 엄청난 총애를 받게 되니 기쁜 모양이지!"

야회가 끝나갈 무렵, 백작이 부인 곁으로 다가왔다.

"지금 막 들은 소식을 알려드려야겠는데……." 주위에 있던 사람들이 곧 자리를 피했다. "대공은 궁정으로 돌아가자마자 곧장 대공비에게 들렀답니다. 얼마나 놀라운 일이었겠습니까! 대공이 말하기를 '산세베리나 부인 저택에서 정말 재미있는 야회가 있었는데, 그 이야기를 해 주러 왔소. 부인이 그 우중충한 낡은 집을 얼마나 훌륭하게 수리했는지 당신에게 자세히 전해 달라고 내게 부탁하더군.' 그러고는 자리에 앉아 이집 거실 하나하나를 세세히 설명했다는군요.

대공이 대공비 옆에 반 시간가량이나 머물러준 덕분에 대공비는 기쁜 나머지 눈물을 다 흘렸답니다. 대공비는 전혀 재기가 없는 분이 아닌데도, 전하가 자신을 위해 애써 유쾌한 어조로 하는 이야기에 장단을 맞추려고 무지 애써 보았지만 결국 한 마디도 꺼내지 못하고 말았다는군요."

이탈리아의 자유쥬의자들은 뭐라고 비방할는지 모르나, 대공은 그리 나쁜 사람은 아니었다. 사실 그들 중 상당수를 감옥에 집어넣기는 했어도 그것은 단지 두려움 때문이었다. 대공은 몇 가지 아픈 기억을 달래려는 듯 이런 말을 되풀이하곤 했다. "악마의 손에 죽는 것보다는 악마를 죽이는 것이 낫지." 지금 이야기한 야회가 있은 다음 날 대공은 몹시 유쾌했다. 좋은 일을 두 가지나 했기 때문이었다. 목요일 야회에 갔었고, 대공비에게도 말을 걸었다. 그는 만찬 때도 역시 대공비에게 말을 건넸다. 요컨대 산세베리나 부인의 이 목요일 밤 야회는 파르마 전체를 뒤흔든 혁명 같은 결과를 가져왔다. 라베르시 부인은 당황했다. 공작부인으로서는 또 다른 기쁨을 얻었다. 자신에 대한 백작의 사랑이 그 어느 때보다도 깊다는 사실을 확인했기 때문이었다. 부인은 그에게 말했다.

"이 모든 일은 갑자기 떠올린 생각으로 빚어 낸 예기치 않은 결과지요. 로마나 나폴리에 있었다면 나는 훨씬 자유로웠겠지만, 그곳에서라면 이처럼 흥미로운 놀이를 찾을 수 있었겠어요? 아니에요, 정말 그럴 수 없었을 거예요. 백작님, 당신은 나를 행복하게 해 주셨어요."

7장

그로부터 계속된 4년간의 이야기를 다 하자면 지금까지 한 것과 마찬가지로 하찮은 궁정 이야기를 세세히 적지 않으면 안 된다. 델 동고 후작부인은 매년 봄이면 딸들을 데리고 산세베리나 저택이나 포 강 기슭의 사카 영지로 와서 두 달 가량 머물곤 했다. 이 기간 동안 그들은 매우 다정하게 지냈으며 함께 파브리스 이야기를 나누었다. 그러나 백작은 파브리스가 파르마를 찾아오는 것은 결코 허락하지 않았다. 공작부인과 수상이 파브리스가 저지른 몇 가지 경솔한 행동의 뒷감당을 해야 했으나, 그래도 대체로 파브리스는 지시받은 대로 신중히 처신했다. 그리고 출세를 위해 오직 자신의 재능에만 의지할 필요가 없기 때문에 신학이나 공부하는 대귀족으로 행동하고 있었던 것이다. 나폴리에서 그는 고대 연구에 꽤 심

취해서 발굴 현장을 쫓아다녔다. 이 새로운 열정 때문에 이제까지 말에 대해 품어왔던 흥미도 시들해질 지경이었다. 그는 자기 소유의 영국 말들을 팔아 미제노에서 발굴을 하다가 로마 티베리우스 황제의 젊은 시절 흉상을 발견했다. 고대 유물 중에서도 극히 뛰어난 작품으로 꼽힐 만한 것이었다. 이 흉상을 얻은 일이 그가 나폴리에서 맛본 가장 큰 기쁨일 것이다. 심성이 고귀했던 그는 다른 젊은이들처럼, 예를 들어 아주 진지한 척 사랑에 빠진 역할을 하려고 하지 않았다. 물론 애인이 없었던 것은 아니었다. 그러나 사귀는 여인들이 소중하게 생각되는 적은 없었다. 그러고 보면 그는 나이에도 불구하고 아직 사랑을 모른다고 할 수 있었다. 이런 면 때문에 그는 여인들로부터 더욱 인기였다. 그 어떤 젊고 아름다운 여인일지라도 그에게는 또 다른 젊고 아름다운 여인과 다를 바 없었고, 다만 가장 최근에 사귄 여인이 가장 재미있게 느껴질 뿐이었으므로, 그는 늘 매력적인 냉담함을 보이며 행동할 수 있었다. 나폴리에서 최고의 미모라는 찬사를 받고 있던 귀부인 한 명이 그가 이곳에서 지내던 마지막 1년 동안 그를 열렬히 사랑했다. 이 사랑은 처음에는 그를 즐겁게 했으나 마침내 견딜 수 없이 권태롭게 만들었다. 이곳을 떠나게 되자 기뻤던 마음 한구석에는 이 아름다운 공작부인의 사랑으로부터 해방된다는 기쁨도 있었다. 1821년 파브리스는 모든 시험을 그럭저럭 치렀고, 그의 학습 감독관 혹은 가정 교사라고 해야 할 자 역시 십자훈장과 포상을 받았다. 그런 다음 마침내 파브리스는 마음속으로 종종 그려보던 파르마를 향해 출발했다. 그는 몽시뇨르[54]의 신분으로, 네 필의 말이 끄는 마차를 탔다. 파르마 관문에 있는 역참에 당도했다. 그 역참에서 말을 두 필로 줄여 시내로 들어갔다. 성 요한 성당 앞에서 마차를 멈추었다. 그 성당에는 『라틴 계보』의 저자로서 그의 종중조부뻘 되는 아스카니오 델 동고 옛 대주교의 호사스런 묘가 있었다. 그는 조상의 무덤 앞에서 기도한 후 공작부인의 저택까지 걸어서 갔다. 부인은 그가 며칠 후에나 도착하리라고 생각했다. 마침 거실에는 많은 방문객들이 있었다. 그러나 이들은 곧 자리에서 일어섰고, 이윽고 그녀 혼자만 남았다.

"자! 내가 오니까 기쁘세요?"

그는 부인의 품안으로 뛰어들며 말했다.

"고모 덕분에 4년 동안 나폴리에서 정말 즐겁게 지냈어요. 노바라에서 경찰이 허락해 준 애인과 함께 지내며 무료한 나날을 보내지 않아도 되었으니 말이에요."

공작부인은 놀라서 좀처럼 정신을 차릴 수 없었다. 거리에서 마주쳤더라면 그녀는 파브리스를 알아보지 못했을 것이다. 사실 지금의 파브리스는 이탈리아에서 가장 잘생긴 젊은이라고 할 수 있다. 공작부인도 그 점을 깨달았다. 특히 그의 얼굴은 매력적이었다. 예전에 그녀가 파브리스를 나폴리로 보낼 때만 해도 그는 분방한 개구쟁이였고, 늘 말채찍을 자신의 몸의 일부분이기라도 한 양 들고 다녔다. 그런데 지금의 그는 남들 앞에서는 지극히 점잖게 행동하더니 이제 둘만 있게 되자 유

---

54) 가톨릭 고위 성직자에 대한 존칭이다.

넌기의 열정을 그대로 내보이는 것이다. 참으로 그는 아무리 문질러도 닳지 않는 금강석이었다. 파브리스가 도착한 지 한 시간도 채 안 돼서 모스카 백작이 찾아왔다. 백작은 너무 일찍 찾아온 셈이었다. 이 젊은이는 수상에게 감사의 말을 유려하게 늘어놓았다. 자신의 가정교사에게 파르마의 십자훈장을 수여한 일과 확실히 기억나지 않는 그 밖의 여러 호의에 대한 정중한 감사였다. 수상은 단번에 그가 마음에 들었다.

"조카님은 당신이 장차 그에게 마련해 주려 하는 모든 위엄 있는 자리를 능숙하게 감당해 낼 겁니다."

그는 낮은 소리로 공작부인에게 말했다. 여기까지는 모든 일이 잘되어 나갔다. 그러나 파브리스가 마음에 들어 그의 거동이며 몸짓만 유심히 바라보고 있던 백작이 공작부인을 향해 얼굴을 돌렸을 때, 그의 시선에 들어온 것은 기묘한 열기를 띤 부인의 눈빛이었다. '이 청년이 심상치 않은 인상을 주었나 보군.' 그는 속으로 중얼거렸다. 이러한 생각이 들자 마음이 몹시도 괴로웠다. 백작은 이미 쉰 살에 접어든 나이였다. 이 말은 참으로 잔인한 것으로, 아마 미친 듯한 사랑에 빠져본 사람만이 이 말이 얼마나 가슴을 아프게 하는지 알 것이다. 재상으로서의 엄격함을 제외하면 그는 정말 좋은 사람이어서, 누군가로부터 사랑을 받기에 조금도 모자람이 없었다. 그러나 나이 쉰이라는 이 잔인한 말은 그의 입장에서 볼 때 자신의 모든 생활에 어두운 그림자를 던지는 듯했고, 그리하여 자칫 스스로에게 가혹해질 수도 있었다. 공작부인에게 권유하여 파르마에서 살도록 한 5년 동안, 부인이 그의 질투심을 불러일으킨 적이 종종 있었다. 특히 처음에는 더욱 그러했다. 그러나 그가 그런 불만을 품을 만한 원인을 부인이 실제로 만든 적은 한 번도 없었다. 그래서 그는 공작부인이 궁정 안의 몇몇 미소년 같은 청년들을 각별하게 대하는 체하는 것이 자신의 마음을 더욱 굳게 잡아 두기 위해서라고 믿었는데 이러한 짐작이 틀린 것도 아니었다. 백작은 부인이 대공의 은근한 제안까지도 거절했음을 확신했다. 대공이 의미심장한 말을 넌지시 건네올 때 부인은 웃으며 대답했던 것이다. "그러나 제가 전하의 호의를 받아들인다면 무슨 낯으로 백작을 대하겠습니까?" 대공의 대답은 이러했다. "그때는 나도 부인만큼이나 당황한 얼굴을 해야겠지. 백작은 나의 오랜 친구니까. 하지만 그런 장애야 쉽게 넘을 수 있어. 그에 대해서는 내가 생각해 둔 게 있는데, 백작을 앞으로 평생 동안 저 감옥에 넣어 두면 된단 말이오."

파브리스가 오자 공작부인은 너무나 행복에 취한 나머지 자신의 눈빛이 백작에게 어떤 생각을 불러일으킬지 전혀 신경 쓰지 않았다. 그 눈빛은 백작의 마음에 깊은 충격을 안겨 주었고, 아물지 않는 의혹을 품게 했다.

파브리스는 도착한 지 두 시간 후 대공의 초대를 받았다. 공작부인은 이처럼 빠른 시간 내에 대공을 알현할 기회를 얻는 것이 다른 사람들에 대해서도 큰 효과를 가져오리라 예상했고, 그래서 이미 두 달 전부터 대공에게 알현을 간청해 두고 있었다. 이런 호의는 처음부터 파브리스를 남들과는 비교할 수 없는 위치에 올려놓게 될 것이었다. 부인이 내세운 구실은 그가 피에몬테에 있는 모친을 만나러 가는 길에 파르마에 들린다는 것이었다. 대공이 몹시 무료해하고 있던 차에 마침 부인이 매력적인 말솜씨로 대공에게 지금 파브리스가 분부를 기다리고 있다는 전갈을 올렸다. '만나 주지. 틀림없이 멍청한 어린 성자일 테지. 굽실거리면서 엉큼한 얼굴이나 지을 거야.' 그는 이렇게 혼자서 중얼거렸다. 파브리스가 자신의 종증조부인 전대주교의 무덤에 맨 먼저 들렀다는 보고도 이미 요새 사령관으로부터 올라와 있었다. 대공의 눈에 들어온 것은 문 안으로 성큼 들어서는 키가 큰 청년의 모습이었다. 만일 자주색 긴 양말만 신고 있지 않았더라면 청년사관이라고 짐작할 수도 있을 풍채였다.

이런 작은 놀라움으로 대공의 권태는 날아가 버렸다. '흐음, 호방한 젊은이로군. 이 녀석을 위해 뭔가 내가 할 수 있는 몇 가지 은혜를 베풀어 달라는 부탁을 이제부터 받는단 말이지.' 대공은 속으로 생각했다. '이제 막 도착했다고 하니 들떠 있을 거야. 과격한 급진주의에 빠져서 어디 뭐라고 대답하는지 들어 봐야겠다.'

대공은 파브리스에게 몇 마디 상냥한 인사말을 건넨 후 물었다.

"그런데 몽시뇨르, 나폴리의 국민들은 행복해합니까? 국왕은 사랑받고 있는지요?"

파브리스는 머뭇거리지 않고 곧 대답했다.

"전하, 저는 거리를 지날 때마다 국왕 폐하의 병사들의 훌륭한 몸가짐을 보고 감탄하곤 했습니다. 상류층은, 당연히 그래야 할 일이지만, 군주를 존경하고 있습니다. 그러나 솔직히 말씀드리자면 하층민들에 대해서는 제가 뭐라고 말씀드릴 수가 없습니다. 저는 제가 보수를 지불해야 할 일이 아니라면 그들이 저에게 말을 거는 것조차 결코 용납지 않기 때문입니다."

'이런!' 대공은 생각했다. '익더귀[55]처럼 만만찮은 녀석이로군. 정말 잘 훈련된 매 같아. 산세베리나 부인의 기질 그대로야.' 승부에 오기가 난 대공은 파브리스를 이 위험스런 화제에 빠뜨리려고 온갖 술수를 부렸다. 청년은 위기감을 느끼자 오히려 생기가 돌면서 다행히도 멋진 대답을 할 수 있었다. 자기 나라 왕에 대해 지니고 있는 애정을 과시하는 것은 불손한 일이며, 왕에 대해서는 오직 맹목적인 복종만을 바칠 뿐이라는 식의 대답이었다. 대공은 이처럼 신중한 태도에 거의 화가 날 지경이었다. '나폴리에서 굴러왔다는 이 녀석은 재치가 넘치는 것 같군. 이런 '패거리'들을 보면 비위가 상해. 재치 있는 자들이란 아무리 온건 사상을 추종하고 또 성실하다 해도 아무 소용 없단 말이야. 한편으로 보면 이들은 볼테르나 루소와는 언제나 사촌간이거든.'

대공은 신학교를 갓 마친 이 젊은이의 예의 바른 태도와 빈틈없는 대답에 마치 도전장이라도 받은 듯한 느낌이었다. 대화는 도무지 그가 의도했던 대로 나아가지 않았다. 대공은 별안간 말투를 상냥하게 바꾸었다. 그리고 사회와 정부를 구성

---

55) 사나운 매의 일종이다.

하는 대원칙으로까지 화제를 거슬러 올라가며 페늘롱[56]의 시 몇 구절을 자신의 의도에 맞게 고쳐서 읊어보였다. 이 시구들은 그가 공식적인 알현에 대비해 소년 시절부터 암송해 두었던 것이었다.

"젊은이, 이런 정치 원리들은 자네를 놀라게 할 테지. (그는 처음부터 파브리스를 몽시뇨르라고 불렀고 헤어질 때도 그렇게 부를 작정이었으나, 대화를 나누는 사이 좀더 친밀하게 부르는 편이 능란한 인상을 주고 또 감동을 연출하는 데 적합하다고 생각했다.) 아마 놀랐을 거야, 젊은 친구. 이런 이야기들은 우리의 정부 기관지가 매일 되풀이하는 '절대군주제의 장광설'(그는 바로 이 용어를 썼다)과는 전혀 다르니까…… 아니, 이런! 내가 자네에게 도대체 무슨 말을 하는 거지? 자네는 이 신문의 집필자들을 전혀 모를 텐데."

"용서하십시오, 전하. 저는 파르마에서 발간되는 신문을 읽고 있으며, 그 글들이 매우 훌륭하다고 생각하고 있습니다. 또한 저 역시 이 신문의 주장에 동의하는바, 1715년 루이 14세가 서거한 이후 일어난 일들은 모두가 범죄이며 동시에 어리석다는 견해를 가지고 있습니다. 인간의 최대 관심사는 구원입니다. 이 점에 대해서는 이론의 여지가 없습니다. 구원이야말로 영원히 계속될 행복이지요. '자유'니 '정의'니 '대다수의 행복'이니 하는 말들은 파렴치하고 사악한 것들입니다. 그것

---

56) 페늘롱의 글 중에 절대군주정에 대한 비판과 새로운 정치 사상이 담겨 있음을 빗댄 것이다.

들은 인간의 정신에 논쟁과 불신의 습관을 주니까요. 국민들의 투표로 뽑힌 의원들이 모였다는 의회는 그들 스스로가 내각이라 부르는 조직을 불신합니다. '불신'이라는 이 치명적인 습관이 일단 몸에 배면 인간이 가지고 있는 결함으로 인해 매사에 이를 적용하게 되고 마침내는 성서와 교회 법규, 전통, 그 밖의 모든 것을 의심하게 됩니다. 그러면 만사는 끝장이지요. 말하기조차 대단히 허망하고 죄스러운 일이지만, '신이 내려주신' 군주의 권위를 불신함으로써 우리들 개개인이 비록 2, 30년의 행복을 누린다 하더라도, 혹은 그 기간이 50년이 되고 한 세기가 된다 하더라도 영겁의 형벌에 비하면 무슨 가치가 있겠습니까?"

파브리스가 말하는 태도로 볼 때, 그가 자신의 생각을 상대방이 되도록 알아듣기 쉽게 정리하고 있다는 사실을 알 수 있었다. 배운 내용을 그대로 암송하고 있는 것은 분명 아니었다.

곧 대공은 이 청년과 겨루고 싶다는 마음이 가시고 말았다. 그의 고지식하고 무게 있는 태도가 거북스러워졌던 것이다.

"그럼 안녕히 가시오, 몽시뇨르." 대공이 별안간 작별인사를 꺼냈다. "나폴리 신학교의 교육이 훌륭하다는 사실을 잘 알겠군요. 그런 올바른 가르침이 당신처럼 뛰어난 사람에게 주어지게 되면 눈부신 결과를 낳으리라는 것은 자명한 일이겠지요. 잘 가시오." 그러더니 돌아서 버리는 것이었다.

'나는 저 폭군의 마음에 들지 못한 것 같군.' 파브리스는 속으로 생각했다.

대공은 혼자 있게 되자 중얼거렸다. '자 이제 남은 일은 저 잘생긴 청년이 과연 무엇인가에 열정을 느낄 수 있는 사람인가 하는 거야. 열정만 가질 수 있다면 완벽하겠군…… 고모의 가르침을 그보다 더 재치 있게 되풀이할 수 있을까? 정말이지 그녀의 말을 듣고 있는 듯했어. 만약 이 나라에 혁명이 일어난다면 그 여자야말로 예전에 나폴리에서 산 펠리체 부인이 그랬던 것처럼《모니퇴르》를 만들어 낼 거야. 하지만 산 펠리체는 교수형을 당했지. 스물다섯의 나이와 미모에도 불구하고 말이야. 재능이 너무 뛰어난 여자에 대한 경고였던 셈이지.' 파브리스가 고모의 가르침을 받았으리라고 믿은 대공의 생각은 틀린 것이었다. 파브리스처럼 고귀한 자리에 앉게 될 신분으로, 혹은 그와 비슷한 높은 신분으로 태어난 사람들은 아무리 총명하더라도 곧 예민한 판단력을 모두 잃고 만다. 이들은 주위 사람들로 하여금 솔직한 이야기를 하지 못하게 만든다. 무례해 보이기 때문이다. 이들은 단지 겉에 쓴 가면에만 눈길을 주면서도 가면 밑의 얼굴색이 아름다운지 아닌지를 판단할 수 있다고 주장한다. 재미있는 점은 이들이 스스로를 판단력이 아주 뛰어나다고 믿고 있다는 사실이다. 이번 경우를 보더라도 파브리스는 자신이 말한 내용을 거의 믿고 있었던 것이다. 그렇다 해도 그는 그런 중요한 정치 원리 따위는 거의 생각하지 않고 지내는 것이 사실이었다. 그는 발랄한 취미와 재기를 갖고 있었으나 신앙심 또한 깊었다.

자유에 대한 기호, '다수의 행복'이라는 주장의 유행과 그에 대한 숭배, 19세기를 심취하게 만든 이런 사상들은 파브리스가 보기에 다른 것들이나 마찬가지로 일시적인 것에 불과했다. 즉 한 지방에 만연한 페스트가 수많은 육체를 파멸시키는 것처럼 많은 영혼을 파멸시킨 후에야 쓰러질 이교(異敎)에 지나지 않았던 것이다. 이런 생각을 하고 있었음에도 불구하고 그는 프랑스의 자유주의 신문을 즐겨 읽었으며 또 그 신문들을 구하기 위해 조심성 없는 짓도 하곤 했다.

파브리스는 궁정에서의 알현으로 아주 신경이 곤두서서 돌아왔다. 그는 고모에게 대공이 자신에게 던진 곱지 않은 질문들을 이야기했다. 부인이 말했다.

"지금 곧 이곳 파르마의 고결한 대주교 란드리아니 신부를 찾아가야 한다. 마차를 타지 말고 걸어서 간 다음, 조용히 계단을 올라가 대기실에서 얌전히 대기하는 거야. 기다리라는 지시가 있으면 정말이지 바라는 대로 되는 셈이지. 결국 중요한 것은 하느님의 '사도'다운 태도를 보여주는 것이니까 말이야."

"잘 알겠어요. 그 대주교는 타르튀프[57] 같은 사람이군요."

"천만에, 정말 덕망 높은 사람이야."

"팔란차 백작이 처형될 때 그 사람이 그런 짓을 했는데도 말이에요?"

파브리스는 놀란 듯 다시 물었다.

"물론이지. 그런 일이 있긴 했었지만. 그 대주교의 부친은 재무부의 서기였어. 보잘것없는 중류층 출신이었으니 그렇다

---

57) 프랑스 17세기 극작가 몰리에르의 희곡에 등장하는 인물로 위선자의 전형이다.

면 다 이해할 만하지. 란드리아니 예하께서는 영민한 데다 재량도 넓고 깊은 사람이야. 성실하고 미덕을 사랑하는 분이지. 만일 데키우스 황제가 이 세상에 다시 온다면, 그는 우리가 지난주에 오페라에서 본 폴리외크트[58]처럼 순교할 기라고 나는 믿어. 이건 그의 좋은 일면이지만 좋지 않은 일면도 있지. 군주 앞에 나가거나 수상 앞에만 서도 그 위엄에 주눅이 들어 어쩔 줄 모르고 얼굴이 붉어지거든. '아니요'라고 말하기가 사실상 불가능한 사람이야. 때문에 팔란차 백작 때와 같은 일을 저질렀고, 또 온 이탈리아에 그런 가혹한 평판이 나게 된 거야. 그런데 알려지지 않은 이야기지만 대주교는 팔란차 백작 사건 소송의 진상을 사람들의 말을 통해 확실히 알게 되자 속죄하기 위해 13주 동안 빵과 물만으로 버티는 벌을 스스로에게 내렸다더구나. 13주라는 기간은 다비드 팔란차(Davide Palanza)라는 이름의 글자 수를 따른 것이지. 이 궁정에는 법무대신인지 검찰총장인지 하는 라씨란 인물이 있는데, 대단히 영리한 악당이야. 이자가 팔란차 백작 사건 때 란드리아니 신부를 농락한 거야. 13주 동안 속죄를 하는 중에 모스카 백작이 그를 놀려 주려고 일주일에 한두 번씩 그를 만찬에 초대하곤 했지. 사람 좋은 대주교는 백작의 마음을 거스를까 봐 남들처럼 식사를 했어. 군주가 승인한 사건에 대해 남의 눈에 띄도록 속죄를 한다는 것은 반역이며 급진사상이라고 믿었던

---

58) 코르네유의 동명의 희곡 「폴리외크트(Polyeucte)」의 주인공. 로마 데키우스 황제가 통치하는 속국 아르메니아의 영주로서 기독교를 위해 순교했다.

가 보지. 그러나 충성스런 신하의 의무를 다하고자 이렇게 만찬에서 남들처럼 먹고 난 다음에는 그때마다 빵과 물만 먹는 벌을 이틀씩 더 연장했다는 거야.

란드리아니 신부는 뛰어난 재사이며 학자이지만 단 한 가지 약점이 있단다. 그것은 남들이 자신을 좋아해 주길 바라는 것이지. 그러니까 그 사람을 바라볼 때는 다정한 얼굴을 지어야 해. 그리고 세 번째로 방문할 때는 그에 대한 애정을 내놓고 표현하도록 하렴. 그러면 너의 출신 가문에 대한 고려도 보태지고 해서, 그는 곧 너를 아주 좋아하게 될 거야. 그가 너를 계단까지 배웅하더라도 놀란 얼굴을 하지 말고 그런 대접에는 익숙한 듯이 보여야 한다. 그는 귀족 앞에서는 무릎을 꿇기 위해 태어난 사람이니까. 또 한 가지 일러둘 말은 꾸밈없이 사도답게 행동하고, 영리하면서도 재치 있어 보이려 해서는 안 된다는 거야. 재빠른 대꾸 같은 것은 금물이야. 그를 겁먹게 하지만 않으면 널 마음에 들어 할 거야. 그 사람이 자진해서 널 자신의 보좌주교로 임명하게 만들어야 한다는 걸 잊지 말아라. 백작과 나는 그런 빠른 승진에 놀란 듯이, 오히려 언짢기까지 하다는 식으로 행동할 거니까. 이렇게 해야 대공을 대하는 데 유리하거든."

파브리스는 대주교관으로 달려갔다. 흔치 않은 행운을 만났다고 해야 할지, 이 선량한 대주교의 하인은 귀가 약간 어두웠다. 그래서 델 동고라는 이름은 듣지 못하고 다만 파브리스라는 이름의 젊은 신부가 찾아왔다고만 알렸다. 대주교는 마침 품행이 좋지 않은 어느 사제를 불러놓고 꾸짖는 중이었다.

그는 이런 종류의 일을 몹시 싫어했지만 언짢은 심정을 뒷날까지 마음속에 남겨 두고 싶지는 않았다. 그래서 그는 그 위대한 대주교 아스카니오 델 동고의 종조카를 거의 50여 분이나 기다리게 하고야 말았다.

대주교는 야단맞은 사제를 보내면서 대기실 바깥방까지 따라 나갔다. 그러고는 다시 들어오면서 기다리고 있는 사람을 발견했다.

"무슨 도와드릴 일이라도 있는가요?"

이렇게 물으면서 얼핏 상대방이 신고 있는 자주색 양말을 보고, 파브리스 델 동고라는 이름을 들었을 때, 그가 어떻게 사과를 했고 또 얼마나 절망했는가를 도저히 말로 다하기란 어려울 것이다. 우리 주인공에게는 이런 광경이 몹시 재미있었기 때문에 첫 방문에서부터 마음을 풀어놓고 이 성직자의 손에 다정하게 입을 맞추었다. 대주교는 몇 번이나 되풀이해서 이렇게 말했다.

"델 동고 집안 분을 대기실에서 기다리게 하다니!"

그러고는 변명삼아 방금 내보낸 사제가 어떤 잘못을 저질렀으며 어떤 대답을 했는가 하는 것까지 장황하게 늘어놓았다.

'이런 사람이 팔란차 백작의 처형을 재촉했다니 과연 가능한 일일까?' 파브리스는 산세베리나 저택으로 돌아오며 이런 생각에 잠겼다.

"예하께서는 무얼 그리 생각하고 계신가요?"

모스카 백작은 그가 공작부인의 저택으로 들어오는 것을 보고 웃으며 말했다. (백작 자신은 파브리스가 자신을 각하니 뭐니 하는 호칭으로 부르는 걸 좋아하지 않으면서도……)

"이상합니다. 사람의 성격이란 알 수 없는 것이에요. 만일 그 사람의 이름을 몰랐더라면 병아리 한 마리를 죽이는 장면조차 바로 쳐다보지 못할 사람이라고 생각했을 겁니다."

"아마 생각한 대로 그런 사람일 거요." 백작이 대답했다. "그는 대공 앞에서는 물론이고 내 앞에서조차 결코 '아니요'라는 말을 하지 못하는 사람이니까. 사실 그에게 위엄을 보이려면, 옷 위에 언제나 누런 휘장을 둘러야만 해요. 연미복을 입고 있으면 맞서려고 할 것 같아서 나는 그를 대할 때는 언제나 제복을 입지요. 권위를 무너뜨리는 짓은 우리 몫이 아니라오. 권위는 프랑스 신문들이 맡아서 아주 신속하게 타파하고 있지 않은가요. '편집증적인 존경심'은 우리 세대가 사는 동안에나 겨우 지속될 거요. 그리고 조카님, 당신의 시대가 되면 이미 존경 같은 것은 존재하지도 않을 것이오. 당신도 좀 괜찮은 평민 정도의 취급을 받게 되는 거지요."

파브리스는 백작과 사귀는 일이 퍽 즐거웠다. 백작은 이곳에 와서 만난 높은 신분의 사람 중에서 처음으로 꾸밈없이 자신을 대해 준 사람이었다. 게다가 두 사람은 고대 유적의 연구와 발굴이라는 공통의 취미를 가지고 있었다. 백작 역시 이 청년이 자신의 이야기에 주의 깊게 귀 기울여 주기 때문에 기분이 좋았다. 그런데 백작으로서는 마음에 걸리는 문제가 하나 있었다. 파브리스는 산세베리나 저택의 방 하나를 차지하여 공작부인과 함께 생활하면서, 이렇게 친밀하게 지내는 것이 행복하다고 거리낌 없이 말하고 있었다. 더구나 파브리스는 사랑을 불러일으키는 눈과 백작에게 절망감을 안겨 줄 만큼 생기 넘치는 젊은 혈색을 지녔던 것이다.

라뉘체 에르네스트 4세는 자신을 매정하게 대하는 여인을 거의 본 적이 없었다. 그렇기 때문에 공작부인이 궁정에서 아무리 정숙하기로 평판이 높았어도 자신에게만은 예외를 만들어 주지 않자 오래전부터 심사가 뒤틀려 있었다. 우리도 이미 보았듯이 대공은 파브리스의 총명함과 재치에 첫날부터 속이 상했다. 대공은 파브리스와 그의 고모가 경솔하게도 다른 사람의 눈에 띌 만큼 서로에게 나타내는 친밀감을 오해했다. 그는 주의 깊게, 자신의 궁정에서 신하들이 숙덕거리는 수많은 이야기들에 귀 기울였다. 청년이 도착한 일이며 그가 특별한 알현 기회를 얻었다는 점이 이후 한 달간이나 궁정의 화젯거리이자 놀라움의 대상이 되고 있었다. 이러한 상황으로부터 대공은 문득 한 가지 계획을 떠올렸다.

대공의 근위병 중에는 술이 아주 센 병사가 한 명 있었다. 이 병사는 매일 술집에서 시간을 보내면서 군대의 기강을 직접 대공에게 보고했다. 카를로네라는 이름의 이 사내는 교육만 좀 받았더라면 오래전에 더 높은 자리에 올랐을 것이다. 이 병사는 임무에 정해진 대로 매일 큰 벽시계가 정오를 치면 궁정 앞으로 발걸음을 옮겼다. 어느 날 대공은 정오가 되기 조금 전, 몸소 자신의 착의실 곁방으로 갔다. 그 방은 바닥이 조금 낮아 우묵하게 들어간 곳으로, 그는 밖에서 아무도 이곳을 엿보지 못하도록 미리 차양을 쳐 두었다. 정오가 조금 지나자 대공은 이 방으로 다시 왔다. 차양을 쳐 둔 이 우묵한 방에 그 병사도 와 있었다. 대공은 호주머니에서 종이 한 장과 필기구를 넣어 와서는 병사에게 다음과 같은 편지를 받아 적게 했다.

각하께서 많은 재능을 지녔다는 사실은 의심할 바 없습니다. 또한 이 나라가 이처럼 안정을 유지하는 것도 각하의 사려 깊은 현명함 덕분입니다. 그러나 친애하는 백작 각하, 이러한 큰 성공에는 반드시 얼마간의 질시가 따르는 법입니다. 그래서 당신의 현명함에도 불구하고 어떤 미청년이, 아마 당사자가 의도한 바는 아닐지도 모르지만, 어느 여인에게 아주 심상치 않은 감정을 불어넣고 있다는 사실을 당신이 모르고 계시다면, 세상 사람들이 당신을 우스갯거리로 삼지 않을까, 본인은 이 점이 대단히 염려되는 바입니다. 듣기로는 이 행복한 인물은 스물세 살밖에 안 되었다고 하는데, 친애하는 백작 각하, 여기서 문제를 복잡하게 만드는 사실은 당신이나 저나 이 청년의 배 이상 나이를 먹었다는 점입니다. 만약 늦은 시간에 좀 떨어진 거리에서 본다면 백작께서도 활기와 기지가 넘치는, 아주 매력적인 사람으로 보일 수도 있겠지요. 그러나 아침이 되고 가까이에서 볼 수밖에 없다면, 당연한 일이지만 아마도 그 청년이 훨씬 더 매력적일 겁니다. 우리네 여인들이란, 특히 나이 서른을 넘긴 여인이라면 이런 젊음의 싱싱함을 매우 중요하게 여기는 법이지요. 그 사랑스런 청년에게 어떤 좋은 지위를 마련해 주어서 우리 궁정에 아주 눌러 있게 하려는 이야기도 이미 나오지 않았던가요? 그리고 그 계획에 대해 각하께 가장 채근하는 사람도 과연 누구던가요?

대공은 편지를 받아들고 병사에게 2에퀴를 건네주었다. "급료 외에 주는 것이다." 대공은 위협적인 표정을 지으면서 말했다. "절대 누구에게도 말해서는 안 돼. 혹시라도 말이 새 나간다면 저기 성채의 가장 축축한 지하 감옥에 처넣어 버리겠다."

대공의 책상서랍 속에는 궁정 신하 대부분의 주소가 일일이 적힌 봉투 뭉치가 들어 있었다. 이 봉투에 글을 쓴 사람은 글을 모르는 걸로 알려져서 보고서조차 써 본 적이 없는 바로 이 병사였다. 대공은 뭉치 속에서 필요한 주소의 봉투를 꺼냈다.

몇 시간 뒤 모스카 백작은 우편으로 한 통의 편지를 받았다. 이 편지가 도착할 시간도 이미 계산되어 있었다. 그래서 손에 작은 편지를 들고 수상 관저로 들어간 배달부가 다시 나올 무렵 모스카에게 대공이 부른다는 전갈이 왔다. 이 총애받는 신하가 그토록 침울한 모습을 보인 적은 없었다. 대공은 느긋한 심정으로 백작을 놀려 주려고 그가 나타나자 이렇게 말했다.

"친구 사이로 잡담이나 나누며 기분을 바꿔 보려는 것이지, 수상과 정무를 의논하려고 부른 것은 아니오. 오늘 저녁은 몹시 머리가 아픈 데다가 우울한 생각만 떠오르는군."

수상 모스카 델라 로베레 백작이 자신의 존엄한 군주로부터 물러가도 좋다는 허락을 받고 나왔을 때 그의 기분이 얼마나 비참하게 동요하고 있었는지를 새삼 이야기할 필요가 있을까? 라뉴체 에르네스트 4세는 사람의 마음을 교묘하게 괴롭히는 데는 일가견이 있었다. 마치 호랑이가 자신의 희생물을 희롱하며 즐기는 식이었다.

백작은 자신의 집을 향해 전속력으로 마차를 몰게 했다. 집 안을 가로질러 들어가면서 누구도 2층으로 올라오지 못하게 하라고 소리치고는, 그날 당직인 하급 문관에게 일을 쉬도록 이르게 했다. (자신의 목소리가 들리는 거리에 사람이 어른거리는 것이 싫었던 것이다.) 그는 거의 뛰다시피 넓은 화랑 안쪽으로 들어가 깊이 틀어박혔다. 그곳에서야 그는 비로소 마음껏 분노에 몸을 맡길 수 있었다. 그는 불도 켜지 않은 채 정신 나간 사람처럼 실내를 빙빙 돌면서 저녁나절을 보냈다. 그러면서 마음을 진정시켜 주의력을 집중하려고 애썼다. 자신이 어떤 태도를 취해야 할지 강구해야 했던 것이다. 지금 그의 모습은 가장 무자비한 적수였을지라도 연민을 느낄 정도였다. 그렇게 고뇌에 허우적거리면서 백작은 생각했다. '그 가증스런 녀석이 공작부인의 집에서 그녀와 언제나 함께 지내고 있다. 그 집 하녀 한 명에게 두 사람의 동정을 염탐해 오게 할까? 아니, 이건 정말 위험한 짓이야. 그녀는 다정해서 하녀들을 후하게 대해 주거든. 그녀의 하녀들은 그 주인을 아주 따른단 말이야. (그런데 도대체 그 누군들 그녀를 사랑하지 않을 수 있을까?) 문제는 바로 이거야.' 그는 분노를 진정시키지 못하면서도 계속 생각에 몰두했다.

'나를 갉아먹는 이 질투심을 그녀에게 전해야 할까? 아니면 그냥 덮어 둬야 할까? 내가 잠자코 있는다면 그녀는 내게 아무것도 숨기지 않을 거야. 나는 지나를 잘 알고 있어. 그녀는 처음에 느낀 감정대로 움직이는 사람이야. 그녀의 행동은 그녀 자신조차도 예측할 수가 없어. 혹시 어떻게 행동할지를 미리 정해 놓기라도 하면 그녀는 혼란에 빠지고 말지. 그녀는 언제나 무얼 하려는 순간에 새로운 생각을 떠올려서는 새로운 생각이 가장 좋은 것인 양 열중하고, 그대로 해치우거든. 그러고는 모든 것을 망쳐 놓고 말지.

내 고통을 한마디도 내색하지 않는다면 그녀는 내게 아무것도 숨기지 않을 거고 그러면 나는 앞으로 일어날 일들을 모두 알 수 있겠지…….

그렇다. 하지만 내색을 함으로써 전혀 새로운 상황을 만들 수도 있어. 신중히 돌이켜 생각해 보라는 조언과 함께 앞으로 일어날 수도 있을 많은 불행을 경고하는 거야…… 아마도 그녀는 그 청년을 멀리하게 될 거고(백작은 한숨을 내쉬었다.), 그렇게 되면 거의 내가 이긴 것이나 다름없지. 비록 당장 그녀가 토라질지라도 다시 마음을 돌려놓을 수는 있을 거야…… 아, 그 토라지는 모습 또한 얼마나 순수한가! …… 그녀는 그를 15년 전부터 아들처럼 사랑했어. 바로 그 점에 내 모든 희망이 걸려 있었는데. 그녀가 조카를 '아들처럼' 여긴다는 것 말이야…… 하지만 그녀는 조카가 워털루를 향해 떠난 이후로 볼 틈이 없었지. 이제 나폴리에서 돌아온 그는, 특히 그녀의 눈에는, 딴 남자가 되어 있단 말이지.' 그러면서 백작은 '전혀 딴 남자'라는 말을 분노에 차서 되풀이했다. '그것도 매력적인 남자란 말이야. 무엇보다 그에게는 순진하고 다정스런 태도가 있어. 그리고 미소 짓는 듯한 그 눈은 얼마나 많은 행복을 약속해 주는가! 그런 눈은 공작부인이 이곳 궁정에서 아무리 찾으려 해도 찾을 수 없는 것이거든…… 온통 음침하게 조소를 담은 눈빛이 되어 버렸으니까. 나 자신만 해도 일에 쫓기는 데다, 또 기회만 있으면 나를 조롱하려 드는 대공에게 그래도 다소나마 영향력을 가지고 있다는 사실에 겨우 의지해서 사람들을 다스리고 있으니, 이런 처지에 있는 나의 눈이 종종 어떤 빛을 띠랴! 아, 아무리 주의를 기울인다 해도 내 몸에서 무엇보다 이 눈빛이야말로 나의 노회함을 드러내고 말 것이다. 내가 지닌 쾌활성이란 늘 빈정거림과 붙어 다니는 것이 아니던가?…… 좀 더 솔직해져 보자. 엄정해야만 한다. 내 쾌활성은 절대 권력과 아주 유사하다. 그리고 악의를 덧붙이고 다닌다. 이따금씩, 특히 화가 치밀거나 하면 스스로에게 '나는 내가 하고 싶은 대로 할 수 있어.'라고 말하곤 하지 않았던가? 심지어는 이런 바보 같은 생각까지 하지. '나는 남보다 더 행복해야만 돼. 다른 사람들이 가지고 있지 않은 것을, 즉 거의 모든 일에서의 최고 권력을 가지고 있으니까.'라고 말이야…… 자, 공정한 시각으로 나를 바라보자. 이런 생각 따위에 빠져 있으니 내 미소는 일그러지기 마련이다…… 이기적이고 자만에 찬 태도를 드러내는 것이지. 그런데 그 청년의 미소는 얼마나 매혹적인가! 그 미소는 갓 피어난 젊음의 순수한 행복을 보여 주고 또 그런 행복을 낳게 한다.'

백작에게는 불운이 겹친 격으로 이날 밤은 무덥고 숨막히는, 곧 폭풍우가 몰아칠 것 같은 날씨였다. 한마디로 말해 이런 날씨란 이 고장 사람들에게 극단적인 결정을 내리도록 부추기는 것이다. 미치도록 괴로운 세 시간 동안, 사랑에 번민하는 이 남자는 갖가지 생각으로 스스로를 고문하고, 또 자신에게 밀어닥칠 일들을 따져 보며 온갖 해석들을 펼쳐 놓았다. 그런 내용들을 여기서 어떻게 일일이 다 적을 수 있겠는가? 그는 마침내 신중히 처신하자는 쪽으로 기울어졌다. 그런 결심은 단지 다음과 같은 막다른 생각 끝에야 얻어진 것이었다. '아무래도 나는 정신이 돌아버린 모양이다. 분별 있게 생각하고 있다고 믿는 순간에도 전혀 사리를 따지지 못하고 있으니 말이다. 다만 조금이라도 고통을 덜어내 줄 유리한 입장을 가정하느라 맴돌고 있을 뿐이다. 어떤 분명한 이치가 있을 텐데도 그것을 보지 못하고 지나치고 말거든. 너무 괴로운 나머지 눈이 멀고 말았어. 그러니 현명한 사람들 누구나 인정하는 '신중'이라는 규칙을 따르기로 하자.

게다가 '질투'라는 이 치명적인 말을 일단 한 번 입 밖으로 내놓고 나면 그때부터 내 역할은 영원히 고정되고 만다. 반대로 아무 말도 않고 있으면, 이야기를 내일 꺼낼 수도 있고, 또 무엇이든 마음먹은 대로 할 수 있을 테니까.' 백작의 고민은 너무 심각해서 그런 괴로운 상태가 좀더 지속되었더라면 아마 미쳐 버렸을 것이다. 그는 잠시 마음을 가라앉혔다. 문득 그 익명의 편지에 생각이 미쳤던 것이다. '누가 보낸 것일까?' 그는 의심이 가는 인물들을 떠올려 그들 하나하나에 대해 따져 보느라 기분을 좀 바꿀 수 있었다. 마침내 백작은 알현이 끝날 무렵을 생각해 냈다. 다음과 같이 말하는 대공의 눈에 심술궂은 빛이 번쩍였던 것이다. '자, 친구. 이 점은 인정하세나. 야심을 최고로 달성했을 때 얻는 기쁨이나 그걸 위해 들이는 공도, 심지어 무한한 권력이 주는 쾌감조차도, 다정스런 관계 나 애정으로 느끼는 친밀한 행복감에 비하면 별것 아니지. 나도 대공이기에 앞서 한 사람의 남자고, 내가 사랑을 하게 된다면 내 애인은 나를 대공이 아닌 한 남자로서 대하게 되는 거야.' 대공은 이렇게 말하면서 짓궂은 재미를 느끼는 듯했다. 백작은 대공의 그 모습을 '이 나라가 이처럼 안정을 유지하는 것도 각하의 사려 깊은 현명함 덕분입니다.' 운운하는 편지의 구절과 연관시켜 보았다. '이 편지 구절은 대공이 한 말이다.' 그는 혼자 나지막이 부르짖었다. '신하 중에 누군가 쓴 것이라면 이 구절은 정말 신중치 못한 근거 없는 말이거든. 편지를 내게 보낸 사람은 바로 전하로구나.'

문제를 해결하고 알아맞혔다는 즐거움에 마음이 좀 느긋해진 것도 잠시일 뿐, 다시금 파브리스의 매력적인 모습이 잔인하게도 떠올랐다. 그것은 불행한 남자의 가슴을 짓누르는 큰 짐과도 같은 것이었다. '그 편지가 누구로부터 온 것이든 무슨 상관인가!' 그는 성난 듯 외쳤다. '그렇다고 해서 편지에 적힌 사실이 지워지기라도 한단 말인가? 그녀의 변심은 내 인생을 바꿔 놓을 수도 있어.' 그는 이처럼 흥분하는 자신의 모습을 스스로에게 변명이라도 하듯 중얼거렸다. '그녀가 그 청년을 어떤 방식으로든 사랑하고 있는 게 사실이라면 두 사람은 우선 벨지라테나 스위스 그 어디로든지 함께 떠나 버릴 것이다. 그녀에게 돈이 없는 것도 아니고, 혹여 몇 푼 안 되는 돈으로 살아야 한다고 한들 그녀에게는 대수롭지 않을 것 아닌가? 그처럼 잘 꾸며진 으리으리한 저택도 싫증이 난다고 내게 말한 것이 바로 일주일 전이지 않은가? 그 젊은 마음에는 무엇이든 새로운 것이 필요해. 그리고 그런 새로운 행복이란 얼마든지 쉽게 얻을 수 있지! 앞에 도사리고 있는 위험이나 나의 비탄 따위에는 눈길도 주지 않고 그녀는 자신의 정열이 이끄는 대로 마구 이끌려 가리라! 나는 이렇게도 불행한데 말이지!' 백작은 눈물을 쏟았다.

백작은 그날 밤은 공작부인에게 가지 않겠다고 다짐했었다. 그러나 그는 참을 수가 없었다. 그녀의 모습을 보고 싶다는 생각이 그 어느 때보다도 간절했다. 자정 무렵, 백작은 부인의 집에 나타났다. 그의 눈에 부인이 조카와 단둘이 있는 모습이 들어왔다. 그녀는 10시가 되자 방문객들을 다 보내고 문을 닫게 했던 것이다. 두 사람 사이에 감도는 다정한 친밀감과 공작부인의 꾸밈 없는 기쁨을 목격하자 백작의 눈앞에는 무서운 혼란이 일어났다. 그것도 걷잡을 수 없이! 화랑에 틀어박혀 그리도 오랫동안 질투를 감출 궁리를 하지 않았던가?

어떤 변명을 해야 좋을지 갈피도 잡지 못한 채 백작은 대공이 그날 저녁 아주 기분이 좋지 않았고 그래서 자신이 내놓은 안에 일일이 반대했다는 등의 이야기를 했다. 그는 공작부인이 자신의 말을 건성으로 들으면서 이야기에 아무런 주의도 기울이지 않는 것을 보고 고통을 느꼈다. 얼마 전이었다면 부인은 이런 이야기에 거듭 궁리하며 대책을 세우려 했을 것이다. 백작은 파브리스를 바라보았다. 그 아름다운 롬바르디아의 얼굴은 얼마나 청순하고 고상해 보이는지! 파브리스는 백작의 난처한 상황을 공작부인보다도 더 심각하게 듣고 있었다. '정말이지 이 청년의 표정에는 그 누구도 저항 못 할 순진하고 다정한 기쁨이 더없는 선량함과 어우러져서 떠돌고 있구나.' 백작은 생각했다. '이 얼굴은 마치 이렇게 속삭이는 것 같다. 이 세상에서 진실한 것은 오직 사랑과 사랑이 가져다주는 행복뿐이라고. 그러다가도 생각이 필요한 어떤 자잘한 일에 부딪히면 눈은 생기를 띠어 사람을 놀라게 하고, 그래서 모두들 어리둥절하게 만들지.

모든 것을 높은 데서 내려다보기 때문에 그의 눈에는 무엇이든 단순해 보이는 것이다. 세상에! 이런 적수와 어떻게 맞설 수 있겠는가? 그리고 무엇보다 지나의 사랑을 얻지 못한 삶이 무슨 의미가 있겠는가? 이 청년이 젊은 재기로 쏟아 놓는 매혹적인 이야기들에 어찌하여 그녀는 저토록 홀린 듯 귀기울이고 있는가! 그야 물론 젊은 재기란 여인네에게는 한없이 매력적인 것일 테지만.'

잔인한 생각 하나가 마치 경련처럼 백작을 덮쳐왔다. '여기 그녀 앞에서 이 청년을 찌르고 나도 자살해 버릴까?'

그는 휘청거리는 다리로 간신히 몸을 가누면서 방 안을 한 바퀴 돌았다. 그러나 그의 떨리는 손은 몸에 지닌 짧은 칼의 손잡이를 꼭 쥐고 있었다. 두 사람 중 누구도 백작의 거동에 관심을 갖지 않았다. 그는 자기 하인에게 무슨 지시를 내리고 오겠다고 말했으나 그 말조차도 듣지 않는 것 같았다. 공작부인은 파브리스가 방금 건넨 말을 들으며 다정한 미소를 짓고 있었다. 백작은 현관 앞 대기실로 나가 등불 가까이 서서는 짧은 칼날이 잘 벼려져 있는지 살펴보았다. '저 청년에게 친절하게, 전혀 의혹을 사지 않게 행동해야 한다.' 속으로 이렇게 다짐하며 그는 두 사람이 있는 곳으로 돌아갔다.

백작은 격정 때문에 제정신을 찾지 못하고 있었다. 그래서 그곳 바로 자신의 눈앞에서 두 사람이 몸을 가까이 당겨 입을 맞추는 장면을 본 것만 같았다. '내 앞에서 그럴 리는 없지. 내 머리가 착란을 일으키는 모양이다.' 그는 계속 생각했다.

'진정해야지. 여기서 내가 난폭한 짓이라도 하면 공작부인은 단지 자존심이 상했다는 이유만으로 이 청년을 따라 벨지라테로 가 버릴 수 있어. 그곳에 머무는 동안이든지 아니면 가는 길 위에서든지, 아무튼 두 사람이 우연히 말을 꺼내 서로에게 느끼고 있는 감정에 이름을 부여한다면, 그 뒤를 이어 순식간에 모든 일이 진행되고 말 거야.

둘만 따로 떨어져 지낸다는 사실이 그 말을 결정적인 것으로 만들고 말겠지. 게다가 일단 공작부인이 내 곁을 떠나고 나면 어떻게 되겠는가? 대공 옆에서 온갖 까다로운 업무를 처리한 다음 벨지라테로 가서 나의 이 늙고 근심 어린 얼굴을 내밀면, 행복에 취한 저 두 사람 사이에서 내게 돌아올 역할이 과연 무엇이겠는가?

이곳에서조차 나는 '테르조 인코모도'[59]일 뿐인데! (이 아름다운 이탈리아 말은 오로지 사랑 때문에 생긴 단어가 아닐까.) '테

---

59) 방해자, 제3의 인물이라는 뜻이다.

르조 인코모도' 즉 나는 사랑의 훼방꾼에 불과한 거야! 바보
가 아닌 바에야 이런 고약한 역할을 하고 있다는 걸 알면서도
벌떡 일어나 가 버릴 결심을 못 하다니 이 무슨 고통인가!'

백작의 감정은 당장에라도 폭발할 것 같았다. 곧장 얼굴을
일그러뜨리며 고통을 드러낼 지경이었다. 그는 거실 안을 이리
저리 오갔다. 그러다가 문득 문 가까이 이르렀다. 그는 애써 유
쾌하고 친밀한 듯 "안녕히 계시오, 두 분." 하고 소리치고는 달
아나듯 밖으로 나왔다. '피를 보는 일은 피해야 해.' 이렇게 중
얼거리면서.

이 무서운 밤을 겪고 집으로 돌아간 백작은 날이 새도록
파브리스 편의 유리한 점을 따져 보기도 하고 잔인하기 짝이
없는 질투심으로 미친 듯이 가슴을 쥐어뜯기도 했다. 마침내
다음 날이 밝았다. 백작은 문득 생각이 나서 자기 집의 젊은
시종 한 명을 불러오게 했다. 이 시종은 케키나라는 처녀와
연애 중이었는데, 이 처녀는 공작부인이 아끼는 시녀였다. 다
행히도 이 젊은 하인은 품행이 바른 데다 다소 인색한 구석까
지 있었다. 그는 파르마의 관공서 한 군데의 문지기 자리를 얻
는 것이 소원이었다. 백작은 이 하인에게 애인 케키나를 즉시
데려오라고 분부했다. 하인은 분부를 따랐다. 한 시간쯤 지나
서 백작은 케키나가 자신의 약혼자의 안내로 들어와 있던 방
안에 불쑥 나타났다. 백작은 이들 두 사람 모두가 깜짝 놀랄
만큼 많은 금화를 내밀고, 부들부들 떨고 있는 케키나에게 얼
굴을 똑바로 들이대며 짧게 물었다.

"공작부인께서는 몽시뇨르와 사랑을 나누고 계시냐?"

처녀는 잠시 입을 다물고 있다가 결심한 듯이 대답했다.

"아닙니다. 아직은 그렇지 않아요. 하지만 그분이 부인의 손에 입맞추는 경우가 자주 있습니다. 그럴 때마다 즐겁게 웃는 얼굴이 아주 열정적이시지요."

지금 이 증언은 백작이 뒤이어 성마르게 퍼부은 갖가지 질문에 하녀가 일일이 대답함으로써 좀 더 상세해졌다. 백작의 불안한 마음은 이 한 쌍의 남녀에게 그가 던져 준 돈의 대가를 톡톡히 치르게 만들었다. 마침내 그는 하녀가 하는 이야기를 어느 정도 믿게 되어 불행한 심정을 좀 달랠 수 있었다. 백작은 케키나에게 말했다.

"만약 공작부인께서 오늘 있었던 일을 눈치채게 된다면 너의 약혼자를 20년 간 감옥에 집어넣어 둘 테다. 그러면 백발이 되어서야 다시 만나게 되겠지."

그로부터 며칠이 흘렀다. 이 며칠 동안에는 파브리스 쪽이 쾌활함을 잃고 있었다.

"모스카 백작은 분명 나를 싫어하나 봐요."

그는 공작부인에게 이렇게 말하는 것이었다.

"그렇다면 각하께 더 안 된 일이지." 부인은 좀 언짢아지며 대답하곤 했다.

파브리스의 쾌활함을 빼앗아 간 진짜 근심은 그것이 아니었다. '우연히도 이런 입장에 처했지만 이것이 계속되지는 않을 거야.' 그는 생각했다. '물론 고모는 절대 무슨 말로 표현하려 하지는 않겠지. 너무 감정을 드러내는 말을 근친 사이의 사랑이나 되는 것처럼 두려워할 거야. 하지만 어느 날 고모가 분별없는 열정에 취해 한나절을 보내고 저녁이 되어 문득 자신의 마음을 되돌아보기라도 하면, 자신이 내게 품고 있는 애정을 나도 역시 눈치챘으리라고 생각한다면, 그때 나는 도대체 어떤 역할로 고모를 대해야 할까? 그야말로 카스토 쥬제페 꼴이 되겠지.[60]

나는 진실한 사랑을 할 수 없는 사람이라고 솔직히 이야기해서 납득을 시킬까? 하지만 내겐 이런 말을 무례하지 않게 잘 해낼 재간이 없어. 그렇다면 나폴리에 사랑하는 여인을 두고 왔다는 핑계를 내세우는 수밖에 없다. 이 경우에는 하루가 지나기 전에 그리로 돌아가야만 하겠지. 이 방법은 현명하긴 해도 가슴 아픈 일이다. 파르마에서 아무나 신분 낮은 여자를 골라 대수롭지 않은 연애를 하는 방법이 있긴 하다. 고모의 기분을 상하게 하겠지만, 그러나 남자로서 알면서도 모르는 체하는 탐탁잖은 역할을 맡기보다는 분명 낫겠지. 사실이 마지막 방법은 내 장래를 망칠 수도 있어. 되도록 신중하게, 돈을 써서라도 비밀을 유지하면서 위험을 줄여 나가야 한다.' 이런 모든 생각이 스쳐가는 와중에도 파브리스의 마음이 아팠던 이유는 그가 실상 공작부인을 세상 그 누구보다 사랑하고 있었기 때문이었다. '이토록 진실한 마음을 납득시킬 자신이 없어 말 꺼내기조차 두려워하다니, 나는 정말 우둔해!' 그는 스스로에게 화를 냈다. 이런 입장에서 능숙하게 빠져나

---

60) 쥬제페가 환관 퓨티파의 아내로부터 순결을 지키기 위해 우스꽝스런 행동을 한 것에서 비롯된 이탈리아 속담이다.

올 처신 방법을 몰랐기 때문에 그는 실쭉하니 우울한 표정을 짓고 있었던 것이었다. '아! 내가 그토록 사랑하는 세상의 단한 사람과 사이가 벌어지게 되면 나는 어찌 한단 말인가!' 한편으로는 조심성 없는 말 한 마디로 지금처럼 달콤한 행복을 깨뜨려 버릴 결심이 서지 않았다. 그만큼이나 현재 그가 누리는 상황은 매우 매력적이었다. 그토록 사랑스럽고 아름다운 여인이 보내오는 내밀한 우정이란 정말 기분 좋은 것이었다. 일상생활만 보더라도 그녀의 보호가 있었기에 이곳 궁정에서 유리한 입장을 얻을 수 있었고, 그녀가 이면의 사정을 설명해 준 덕분에 궁정 내에서 벌어지는 여러 음모도 마치 희극을 관람하는 것처럼 즐길 수 있게 된 것 아닌가! '하지만 어느 때고 벼락을 맞은 듯이 꿈에서 깨어날 수 있는 처지야.' 그는 스스로에게 타일렀다. '매력이 넘치는 여인과 거의 꼭 붙어서 지내는 이 즐겁고 달콤한 저녁 시간들이 우리 두 사람을 혹시라도 그 이상의 어떤 감정으로 이끌고 간다면, 고모는 나를 연인으로 여기게 되겠지. 그러고는 나에게 열정과 미친 듯한 몰입을 요구할 거야. 내가 줄 것이라고는 언제나 우정뿐인데. 사랑의 감정이 담기지 않은 우정일 뿐이지. 내게는 이런 종류의 숭고한 광기가 주어지지 않은 모양이다. 이 점에 대해서는 참으로 많은 비난을 받아 왔지! 아직도 A공작부인의 목소리가 귀에 들리는 것 같다. 나는 그 공작부인을 무시하곤 했었어! 그녀는 내게 자신에 대한 애정이 없는 거라고 생각했을 거야. 그게 아니라 나에게는 사랑이라는 감정 자체가 없기 때문인데. 고모는 결코 날 이해하려 하지 않겠지. 종종 고모가 나로서도

배울 점이 많은 그녀만의 독특한 말투로, 그 열정이 넘치면서
사람을 끌어당기는 말투로 궁정에서 있었던 일들을 이야기해
줄 때가 있지. 그러면 나는 고모의 손에 입을 맞추고 때로는
뺨에도 입을 맞추곤 한다. 만약 내가 입맞추고 난 그녀의 손
이 어떤 의미를 전해 주려는 듯 내 손을 마주 꼭 쥐어 온다면
어쩐다?'

파브리스는 거의 매일 파르마 공국의 가장 중요한, 그러나
가장 재미없는 저택들을 찾아다녔다. 공작부인의 빈틈없는 조
언을 얻어 대공 부자와 클라라 파올리나 대공비, 그리고 대주
교의 마음을 교묘하게 맞추면서 그들의 호감을 샀다. 이런 일
에서는 성공을 거두었다. 그렇다고 해서 공작부인과 어색한
사이가 되지나 않을까 하는 큰 두려움이 위로받는 것은 아니
었다.

8장

  이처럼 파브리스는 궁정에 도착한 지 채 한 달도 지나지 않
아 궁정인으로서의 온갖 고충을 겪었고, 삶의 행복을 느끼
게 해 주던 공작부인과의 친밀한 우정까지도 부담스럽게 여기
게 되었다. 어느 날 저녁 그는 이런 생각으로 번민하다가 손님
들이 모여 있는 공작부인의 거실에서 뛰쳐 나왔다. 그 자리에
서 자신이 부인의 가장 사랑받는 애인처럼 보였기 때문이었
다. 그러고는 정처 없이 쏘다니다가 불이 밝혀진 극장 앞을 지
나게 되었다. 그는 극장 안으로 들어갔다. 이런 행동은 성직에
몸담은 사람으로서는 매우 신중치 못한 것이었고, 그 자신 역
시 인구 4만 정도의 작은 도시인 파르마에서는 삼가려고 마음
먹었던 일이었다. 사실 그는 이곳에 처음 도착했을 때의 며칠
을 제외하고는 공식적인 복장을 차려입은 적이 없었다. 저녁

야회가 열려도 매우 격이 높은 사교 모임이 아니면 마치 상중에 있는 사람처럼 간소한 검은 옷을 입곤 했다.

극장에서 그는 사람들의 눈을 피해 3층 칸막이 좌석에 자리 잡았다. 무대에서는 골도니[61]의 「젊은 여주인」을 상연하고 있었다. 그는 극장 내부의 꾸밈새를 바라보느라고 무대에는 거의 눈을 돌리지 않았다. 그러나 많은 관객들은 줄곧 웃음을 터뜨리고 있었다. 파브리스는 여주인 역을 하고 있는 젊은 여배우를 힐끗 보았다. 재미있는 여자라는 생각이 들었다. 좀더 관심을 갖고 바라보았다. 그 여자는 아주 귀엽고 무엇보다도 꾸밈없어 보였다. 그녀는 골도니가 써 놓은 유쾌한 대사를 읊으면서, 마치 그런 대사를 하는 것이 놀랍다는 듯 자기가 먼저 웃어 버리는 순진한 아가씨였다. 그는 이 여배우의 이름을 물어보았고, 마리에타 발세라라는 대답을 들었다.

'아! 내 이름 하나와 같군. 이상한 일이다.' 그는 생각했다. 애초에 마음먹었던 것과는 달리 그는 상연이 끝나고 나서야 극장을 나왔다. 다음 날도 그는 극장에 갔다. 사흘 후 그는 마리에타 발세라가 머무는 집의 주소를 알아냈다.

꽤 고생해서 이 주소를 얻어 낸 바로 그날 저녁, 파브리스는 백작이 자신을 향해 매우 유쾌한 표정을 지어 주는 것을

---

61) 카를로 골도니(Carlo Goldoni, 1707~1793). 이탈리아의 극작가. 이탈리아의 기존 극형식인 코메디아 델라르테(commedia del l'arte, '기교의 코미디'라는 뜻)를 새롭게 변화시켰다. 즉 판에 박힌 인물을 사실적 인물로 대치하고 느슨한 구성과 반복적인 소극에 치밀함과 자연스러움을 부여한 작품을 남겼다.

알아차렸다. 질투에 빠진 이 가련한 연인은 신중하게 처신하려 애쓰고 있었고, 그래서 밀정들을 풀어 청년의 뒤를 밟게 해 두었던 것이다. 파브리스가 극장에서 벌인 경솔한 행동을 보고받은 백작은 기뻤다. 그리하여 파브리스에게 상냥하게 대할 수 있게 된 다음 날, 이 청년이 푸른색 긴 프록코트로 거의 변장하다시피 온몸을 두르고 마리에타 발세라가 살고 있는 극장 뒤 낡은 집 5층의 초라한 방으로 찾아갔다는 사실을 알았을 때, 백작이 느꼈던 기쁨을 어떻게 다 설명할 수 있겠는가? 파브리스가 가명을 썼으며 더욱이 질레티라는 불량배의 질투를 자극했다는 이야기를 듣고 그의 기쁨은 더욱 커졌다. 이 질레티라는 건달은 시내에서 공연할 때는 하인 역 따위의 단역을 맡고 시골에서 흥행할 때는 줄타기를 하는 자였다. 마리에타의 이 고상한 애인은 파브리스에 대해 욕설을 퍼부으며 죽여 버리겠다고 떠벌리고 다녔다.

오페라 극단들은 흥행주에 의해 구성되는데, 흥행주는 여기저기서 급료가 싼 배우들을 고용하거나 일자리 구하는 사람들을 모아온다. 이처럼 되는 대로 모여 만들어진 극단은 함께 일하는 기간이 한 시즌이나 잘해야 두 시즌밖에 안 된다. 그러나 희극 극단들은 다르다. 이 마을 저 마을로 흘러 다니면서 두세 달에 한번씩 거처를 바꾸는 해도 이들은 한 가족처럼 무리를 이루고 있다. 단원들은 모두가 서로 사랑하거나 서로 미워하는 관계로 얽힌다. 이런 극단 내에서는 부부 행세를 하는 짝패들이 있기 마련인데, 흥행 마당을 펼쳐놓은 마을에서 아무리 행세하는 멋쟁이 건달일지라도 이 둘의 사이를 갈

라놓기란 어지간히 어려웠다. 우리 주인공이 맞닥뜨린 경우도 바로 이런 한 쌍의 짝패였다. 귀여운 마리에타는 파브리스가 꽤 마음에 들었으나 질레티가 겁이 났다. 이자는 그녀가 자기 여자라고 으름장을 놓으며 그녀를 꼼짝 못 하게 감시하고 있었다. 그는 가는 곳마다 그 몽시뇨르라는 놈을 죽이고야 말겠다고 떠들었다. 파브리스의 뒤를 캐서 본명을 알아냈던 것이다. 이 질레티라는 사내는 지독하게 못생겼고, 연애라는 것과는 도무지 인연이 없을 듯한 인물이었다. 균형 없이 키만 크고 비쩍 마른 데다 얼굴은 곰보 자국투성이에 약간 사팔뜨기였다. 그런데 광대 짓은 아주 잘해서 자기 동료들이 모여 앉은 배우 대기소에 나타날 때면 항상 재주넘기를 하거나 다른 어떤 재주를 부리며 들어서곤 했다. 그는 밀가루를 얼굴에 하얗게 뒤집어쓴다든가, 막대기로 마구 두들기고 얻어맞는 역할을 아주 잘 해냈다. 파브리스의 이 만만치 않은 연적은 매달 32프랑의 급료를 받았는데, 그것만으로도 자신이 아주 부자라고 생각하고 있었다.

모스카 백작은 밀정들로부터 이런 상세한 보고를 듣게 되자, 다 죽어 가다가 살아난 것 같았다. 다감하고 재치 있는 언동도 되찾게 되었다. 그는 공작부인의 거실 모임에서 그 어느 때보다도 더욱 쾌활하고 재미있게 사람들과 어울렸다. 그는 자신에게 생기를 되찾아 준 그 사건에 대해 공작부인에게 전혀 내색하지 않았다. 공작부인이 이 일을 가능한 한 나중에 알도록 하기 위해 대비책을 세우기까지 했다. 비로소 그는 이성에 귀기울일 용기를 찾았다. 백작의 이성은 한 달 전부터 그 자신에게 외치기를, 연인으로서의 매력이 퇴색했을 때는 여행을 떠나야 한다고 했는데, 그는 이제야 그럴 결심을 한 것이다.

그는 어떤 중요한 용무를 처리해야 한다는 구실로 볼로냐로 갔다. 하루 두 번씩 정부 통신원들이 마리에타의 연애 사건이며 사나운 질레티의 분노며 파브리스의 여러 행동들에 대한 보고를 관청의 공문서들보다도 더 자주 그에게 전해왔다.

백작의 심복 부하 하나가 질레티의 장기인「빼빼 광대와 파이」라는 극을 주문해서 여러 번 상연시키기도 했다. (이 극중에서 질레티는 자기 경쟁자 역할인 브리겔라가 파이를 자르려는 순간 그 안에서 나와 브리겔라를 막대기로 두들긴다.) 질레티에게 백 프랑을 안겨주려는 핑계였다. 빚에 눌려 있던 질레티는 이 횡재에 대해 주위 사람들에게 떠벌리는 일만은 삼갔으나 몹시도 거만해졌다.

파브리스가 마리에타에게 품었던 일시적 호기심은 자존심에서 나온 오기로 변하고 말았다. (그 나이에 알게 된 근심이 그로 하여금 벌써 '변덕스러운 사랑'에 빠지게 했던 것이다!) 그는 이제 허영심에서 공연을 보러 갔다. 처녀는 매우 명랑하게 연기를 해서 그를 즐겁게 해 주었다. 극장을 나온 뒤 한 시간쯤은 연애하는 기분이 되곤 했다. 백작은 파브리스가 실제로 위험에 처해 있다는 소식을 듣고는 파르마로 돌아왔다. 나폴레옹의 용감한 용기병 연대 기병이었던 이 질레티란 작자가 파브리스를 죽이고야 말겠다고 진지하게 공언하면서, 일을 저지른 뒤 곧장 로마냐노로 도망칠 채비까지 하고 있다는 소식이었다. 나이 어린 독자라면 우리가 백작의 이런 덕행을 칭찬하는 것이 마음에 들지 않을지도 모르겠다. 그러나 백작으로서는 단지 우쭐한 소영웅심에서 볼로냐로부터 돌아올 결심을 한 것은 아니었다. 사실 그는 아침마다 피곤한 안색을 지었지만, 파브리스는 생기 넘치고 평온했던 것이다. 그러니 그가 없는 사이에 파브리스가 그런 어리석은 이유로 죽임을 당했다고 해서 누가 그를 비난하겠는가? 그러나 백작은 자신이 어떤 고귀한 행동을 할 수 있었는데도 실행하지 않았다면 그에 대해서는 영원히 후회하는, 흔치 않은 심성을 가진 사람이었다. 더구나 자신의 소홀함으로 인해 공작부인이 슬픔에 빠지게 되는 것은 참을 수 없었다.

백작이 돌아와 보니 공작부인은 말이 없고 침울했다. 바로 이와 같은 일이 있었던 것이다. 시녀 케키나는 양심의 가책으로 괴로워했다. 대가로 받은 돈의 액수가 너무 많았기 때문에 자기가 저지른 일이 아주 큰 잘못임이 틀림없다고 판단했고 그래서 병이 들고 말았다. 이 시녀를 아끼던 공작부인이 어느 날 저녁 그녀의 방으로 올라갔다. 처녀는 이러한 따뜻한 마음씨에 죄책감이 더욱 커져 견딜 수 없었다. 그녀는 울음을 터뜨리며 자기가 받았던 돈 중에 쓰고 남은 금액을 공작부인에게 꺼내 놓았다. 그리고 마침내 용기를 내서, 백작으로부터 무슨 질문을 받았고 그에 대해 자신이 어떻게 대답했었는지를 고백했다. 공작부인은 우선 램프가 밝혀진 곳으로 달려가 불을 껐다. 자신의 표정을 시녀에게 들키고 싶지 않았던 것이다. 그러고는 케키나에게 당부하기를, 이 일은 용서해 줄 테니 누구에게도 말하지 말라고 했다. 부인은 대수롭지 않은 듯 이렇게 덧붙였다. "가엾은 백작님께서는 웃음거리가 될까 봐 두려우신 거야. 남자란 모두 그렇다니까."

공작부인은 급히 자신의 방으로 내려왔다. 방에 들어와 문을 닫자마자 울음이 터져 나왔다. 태어나는 것까지 지켜본 파브리스와 사랑을 한다는 생각이 정말이지 두렵게 느껴졌다. 그러나 지금까지 자신이 보여준 행동을 달리 어떻게 설명할 수 있겠는가?

백작이 도착했을 때 공작부인이 보여 준 우울한 분위기는 이러한 것이 첫 번째 이유였다. 백작의 모습을 보자 그녀는 짜증을 냈고, 파브리스를 마주 대해서도 역시 마찬가지였다. 백작도 파브리스도 다시는 보고 싶지 않은 심정이었다. 그녀는 파브리스가 마리에타를 가운데 놓고 벌이고 있다는 그 우스꽝스런 노릇을 알고 분개했다. 그녀를 진정 사랑하던 백작이 결국 비밀을 지키지 못하고 모든 사실을 다 털어놓고 말았던 것이다. 그녀는 슬픔을 진정할 수가 없었다. 완벽한 사람이라고 그토록 찬탄해 온 파브리스도 결점이 있었던 것이다. 마침내 부인은 백작에게 우정을 되살려 조언을 구했다. 백작에게는 감미로운 순간이었다. 파르마로 되돌아온 자신의 성실한 행동이 보상을 받은 것이다. 백작은 웃으며 말했다.

"아주 간단한 일입니다! 젊은 남자들이란 누구나 모든 여자를 갖고 싶어 하는 법이지요. 그리고 하룻밤만 지나면 더 이상 생각하지도 않거든요. 파브리스를 델 동고 후작부인이 계시는 벨지라테로 보내는 것이 어떨까요? 그래요! 떠나보냅시다. 그가 없는 동안 나는 희극 극단이 어디 다른 곳으로 가서 공연하도록 조치하겠습니다. 그의 여행에 드는 비용은 내가 지불하도록 하지요. 그러나 머지않아 우리는 파브리스가 또다시 우연히 만난 예쁜 여자와 사랑에 빠지는 모습을 보게 될 겁니다. 나로서는 그것이 당연한 일이라고 생각하기 때문에 그렇다고 해서 파브리스를 달리 보고 싶지는 않습니다. 필요하다면 후작부인에게 부탁해서 편지를 보내 달라고 하시지요. 파브리스를 보낼 구실로 말입니다.”

백작은 짐짓 아주 무심한 듯이 이야기했다. 그러나 공작부인에게는 광명이 비치는 것 같았다. 부인은 내심 질레티란 사내가 두려웠다. 그날 저녁 백작은 마치 우연인 것처럼 가장해서, 밀라노를 거쳐 빈으로 가는 우편 집배원이 있다는 사실을 알려왔다. 그로부터 사흘 후 파브리스는 어머니가 보내 편지 한 통을 받았다. 그는 질레티의 질투 덕분에 마리에타의 각별한 호의를 아직까지 이용하지 못했음을 분하게 여기며 길을 떠났다. 이미 마리에타는 양어미 노릇을 하고 있는 할멈을 시켜 자신의 호의를 전해온 상태였던 것이다.

파브리스는 어머니와 누이 한 명을 벨지라테에서 만났다. 이곳은 피에몬테 지방에 있는 큰 마을로서 마조레 호수 오른편에 위치했다. 호수 왼편은 밀라노 공국 영토였고 따라서 그곳은 오스트리아 땅인 셈이다. 이 호수는 코모 호수에서 8킬로미터가량 서쪽으로 더 가서 같은 방향으로 나란히 북에서 남으로 펼쳐졌다. 이곳 산악의 공기와 유년의 코모 호수를 떠올리게 하는 아름다운 호반의 장엄하고 고요한 풍경은 분한 마음으로 격해져 있던 파브리스를 감미로운 우울 속으로 밀어 넣었다. 지금 그에게 떠오르는 공작부인과의 추억은 한없이 달콤한 것이었다. 어느 여인에게서도 느껴 본 적이 없는 이러한 달콤한 연정을 자신이 마치 오래전부터 공작부인에게 품어 온 것 같은 생각이 들었다. 그녀와 영원히 헤어지는 일보다 더 힘든 것은 없을 성싶었다. 그가 이런 심정에 빠져 있을 때 만일 공작부인이 그의 마음을 끌려고 조금이라도 태를 부렸다면, 예를 들어 연적을 만들거나 했다면 그의 사랑을 완전히 차지하게 되었을 것이다. 그러나 그녀는 그럴 마음을 먹기는커녕 자신의 마음이 여행을 떠난 조카에게로 변함없이 쏠리고 있음을 깨달을 때마다 스스로를 엄격히 꾸짖곤 했다. 그녀는 여전히 자신의 감정을 일시적 기분으로 치부하면서 마치 추한 것이거나 한 양 자책하고 있었다. 그럴수록 백작에게는 더욱 관심을 쏟고 상냥하게 대했다. 이러한 다정함에 끌린 백작은 그래서, 냉정한 계산에 따라 처신한다면 다시 볼로냐로 떠나는 편이 좋았음에도 불구하고 그녀 옆에 계속 주저앉아 있었다. 델 동고 후작부인은 밀라노 공작과 혼삿날이 잡혀 있는 맏딸의 결혼 준비로 바쁜 나머지, 사랑하는 아들과는 사흘밖에 함께 지내지 못했다. 아들은 모친에게 그 어느 때보다 더욱 다정스레 대해 주었다. 그러나 파브리스의 마음은 우울함 속으로 더욱더 깊이 빠져들고 있었다. 이때 엉뚱하고 우스꽝스럽기까지 한 어떤 생각이 떠올랐다. 그는 그 생각을 따르기로 결심했다. 그 생각을 우리가 밝혀야만 할지. 그것은 바로 블라네스 신부를 찾아가서 조언을 구한다는 계획이었다. 사람 좋

은 이 노인은 어떤 사람이 자신의 마음속에서 한 치의 양보
도 없이 갈라져 싸우는 몇몇 유치한 열정들 사이에서 갈팡질
팡하며 느끼는 고통을 전혀 이해할 수 없는 인물이었다. 더구
나 파브리스가 배려해야만 할 파르마 공국 내의 모든 이해관
계들을 단지 그 윤곽만이라도 짐작하는 데 일주일은 필요할
터였다. 그러나 파브리스는 그에게 조언을 구할 생각을 하자
열여섯 시절의 싱싱한 감각이 되살아나는 것 같았다. 독자 여
러분은 믿으시겠는가? 파브리스가 블라네스 신부와 이야기를
나누고 싶어 한 이유는 다만 이 노인이 현명하고 진정으로 헌
신적인 친구였기 때문만은 아니었다. 블라네스 신부를 찾아가
는 이 여정의 목적과 도착하기까지의 이틀 남짓한 시간 동안
우리 주인공을 동요시킨 갖가지 감정들은 참으로 어처구니없
는 것이었다. 그러니 지금 우리가 하고 있는 이야기를 위해서
는 이를 덮어 두는 편이 분명 좋으리라. 내가 두려운 바는 파
브리스가 품은 맹목적인 믿음에 대해 독자 여러분이 거부감
을 갖지나 않을까 하는 점이다. 하지만 결국 사정이 이러할진
데, 다른 사람보다 유독 그를 더 훌륭해 보이도록 묘사할 이유
가 무엇인가? 나는 모스카 백작이나 대공도 실제보다 결코 더
미화하지 않았다.

이왕 독자 여러분께 모든 것을 이야기하기로 했으니 계속하
는 바인데, 그리하여 파브리스는 마조레 호수 왼편 연안 오스
트리아 영토에 있는 라베노 항구까지 모친을 배웅했다. 모친
이 이 항구에 도착해 배에서 내린 시각은 저녁 8시경이었다.
(호수는 중립 지대로 간주되었으므로 상륙하지 않는 사람에게는 여

행 증명서를 요구하지 않는다.) 어둠이 깊이 깔리자 호수 위에 머물러 있던 파브리스 역시 물가로 튀어나온 작은 숲을 골라 오스트리아 쪽 기슭에 올랐다. 그는 시골에서 흔히 타는 기동력 좋은 이륜마차인 세디올라를 미리 세내 두었던 덕분에 모친이 탄 마차를 500걸음 정도의 거리를 두고 뒤따라 갈 수 있었다. 카사 델 동고가의 하인 행세를 했으므로 수많은 경찰이나 국경 감시인들 중에 누구도 그에게 여행 증명서를 보자고 요구하지 않았다. 코모 호수에 1킬로미터쯤 못 미친 곳에서 후작부인과 딸은 하룻밤을 묵기 위해 마차를 멈춰야 했다. 파브리스는 거기서 왼편으로 나 있는 오솔길로 방향을 잡아 걸어들어갔다. 이 길은 비코라는 작은 마을을 한 바퀴 휘감아서 최근에 새로 낸 호숫가의 작은 길과 곧 합쳐졌다. 자정이 다된 시각이었으므로 파브리스는 헌병과 마주칠 걱정을 덜 수 있었다. 작은 길을 따라 아담한 숲을 통과할 때마다 빽빽이 우거진 나무들이 별빛 총총한 데다 엷은 안개까지 감도는 하늘에 잎사귀들의 검은 윤곽을 그려 냈다. 호수의 물결과 밤하늘은 깊은 고요 속에 잠들어 있었다. 파브리스는 이 숭고한 아름다움에 넋을 빼앗겼다. 걸음을 멈추고 호수 위로 뻗어 나온 작은 바위 위에 걸터앉았다. 온 사방을 적신 고요함 속에서, 모래사장 위로 밀려와 스러지는 호수의 잔잔한 물결 소리만이 일정한 리듬을 타고 들려왔다. 파브리스는 이탈리아 사람의 감수성을 지녔다. 이 점에 대해서는 너그러운 이해를 부탁드리는 바이다. 이런 성격상의 결함이란 특히 다음과 같은 것인데, 이 때문에 그의 매력도 좀 손상받을지 모르겠다. 즉 그는 숭고한 아름다움을 대하면 단지 그것만으로도 감동해서 그때까지 마음에 드리우고 있던 그 따갑고 신랄한 근심마저 잊어버리고 만다. 그가 헛된 욕망에 휩쓸릴 때도 있지만 그것은 단지 감정의 격발이나 일시적 흥분에서만 그럴 뿐이었다. 쓸쓸한 바위 위에 걸터앉아서 경찰을 경계할 필요도 없이, 깊은 밤의 어둠과 한없는 정적에 잠겨 있으려니 감미로운 눈물이 그의 눈을 젖어들게 했다. 오랫동안 맛보지 못했던 가장 행복한 순간을 바로 지금 여기서 이렇게나 쉽게 찾아냈던 것이다.

그는 공작부인에게 결코 거짓을 말하지 않으리라 결심했다. 그녀를 향해 '당신을 사랑합니다.'라는 말은 하지 않겠다고 스스로에게 맹세한 것이다. 이 순간 그의 마음속에 떠오르는 부인에 대한 감정은 숭배에 가까운 것이었으므로 사랑이란 말은 옳지 않은 것이다. 그는 부인에 대하여 사랑이란 단어를 꺼내지 않을 것이다. 왜냐하면 사람들이 사랑이라 부르는 이 정열은 그에게는 낯선 것이니까. 지금 그는 고귀하고 너그러운 감정이 솟아오르는 가운데 더없는 행복을 느꼈다. 그래서 그는 언제고 부인을 다시 만나면 모든 이야기를 털어놓으리라, 즉 자신은 아직까지 사랑이라는 것을 한 번도 느껴본 적이 없다고 고백하리라 마음먹었다. 일단 이렇게 마음을 정하자 무거운 짐을 벗어 버린 것 같았다. '고모는 아마 마리에타와의 일을 질책할 거야. 좋아! 마리에타는 다시 만나지 말자.' 그는 가벼운 기분으로 결심했다.

낮 동안의 견딜 수 없던 더위도 새벽의 산들바람이 불어오면서 가시기 시작했다. 이미 희끄무레한 여명의 여린 햇살을 받아 코모 호수 북에서 동으로 뻗어 내린 알프스 산봉우리들이 윤곽을 드러내고 있었다. 6월이 되었는데도 흰 눈을 머리에 이고 앉은 한 무리의 산봉우리들이 연푸른 하늘을 배경으로 자태를 드러냈다. 하늘은 그처럼 높디높은 곳에서는 언제나 맑게 개어 있었다. 알프스의 산줄기 하나가 태양이 가득한 이탈리아를 향해 남쪽으로 뻗어 내려와 가파른 경사면으로 솟아오르며 코모 호수와 가르다 호수를 갈라 놓았다. 파브리스의 눈길은 이 장엄한 산들이 가지를 뻗어 나가는 정경을 지평선 끝까지 따라갔다. 새벽빛이 점점 밝아오면서 계곡 깊은 곳으로부터 올라오는 엷은 안개를 비추어 산과 산 사이로 굽이쳐 들어간 골짜기를 펼쳐보였다.

얼마 전부터 파브리스는 다시 걷고 있었다. 뒤리니 반도라고 불리는, 호수를 향해 뻗어 내린 작은 언덕을 넘었다. 그러자 마침내 그리앙타의 종루가 눈에 들어왔다. 블라네스 신부와 함께 올라가 그토록 열심히 별을 관측하던 그 종루였다. '그 시절 나는 어쩌면 그리도 무지했을까!' 그는 생각했다. '선생님이 뒤적이던 그 점성술책의 대단찮은 라틴어조차도 읽지 못했지. 지금 생각해 보면 내가 그 책들을 소중하게 여겼던 이유는 바로 이것인 것 같아. 책장을 넘기다 드문드문 몇 마디씩 겨우 이해하곤 했었기에 나머지 의미는 상상으로 만들어 붙였고, 그러다보니 가장 공상적인 의미를 부여하곤 했던 거지.'

그의 상념은 점차 다른 방향으로 접어들었다. '점성술이 어떤 실질적인 효용성이 있을까? 이 학문이 다른 학문들과 다를 이유가 없지 않은가? 몇몇 어리석은 자들과 꾀바른 자들이 작당해서 가령 멕시코어를 알고 있다고 내세운다고 하자. 그들은 자신들의 이런 능력에 대해 사회와 정부가 인정해 줄 것을 요구하고, 그러면 사회는 그들을 존경하고 정부는 그들에게 대가로 돈을 주지. 그러나 정확히 말해 그들은 전혀 재능이 없기 때문에, 권력자들의 눈에도 그들이 백성을 선동하거나 고귀한 감정으로 모두를 감동시키거나 할 우려가 없기 때문에 모두로부터 아낌없는 배려를 받는 것이야. 말하자면 바리 신부의 경우처럼. 일전에 에르네스트 4세는 이 신부가 고대 희랍의 시구 19행 가량을 복원했다고 4000프랑의 연금과 훈장을 상으로 수여했었잖아. 하지만, 맙소사! 내가 이런 일들을 비웃을 자격이 있을까? 불평을 하려면 바로 나 자신에게 퍼부어야 하지 않겠는가?'

여기에 생각이 미치자 그는 갑자기 멈춰 섰다. '나폴리에서 공부할 때 내 가정교사 역시 그런 훈장을 받지 않았던가.' 파브리스는 기분이 매우 언짢아졌다. 자신 역시 훔친 물건 중의 상당한 몫을 치사하게 누리며 차지하고 있었음을 깨닫자, 조금 전까지 마음을 고동치게 했던 미덕에 대한 고귀한 열정이 손상당하고 만 것이다. '어쨌거나.' 하고 그는 마침내 중얼거렸다. 자기 자신이 못마땅한 나머지 눈빛도 시무룩하게 생기를 잃었다. '내 출생 신분이 이런 폐습을 이용할 권리를 내게 주었으니까, 거기서 내 몫을 차지하지 않는다는 것도 얼토당토 않은 위선일 거야. 아무튼 사람들 앞에서 공공연히 이 폐습을 비난해서는 안 되겠다.' 이런 생각도 옳은 점이 없지는 않았다. 그러나 이로 인해 파브리스는 한 시간쯤 전에 자신을 도취시켰던 그 숭고하고 고양된 행복이라는 자리부터는 굴러 떨어지고 말았다. 자신이 누려야 하는 특권이라는 생각이 행복이라고 느꼈던 이 연약한 풀잎을 시들게 했던 것이다.

'점성술을 믿어서는 안 된다면.' 그는 기분을 돌리기 위해 애써 생각을 모았다. '수학과 관련 없는 학문들 대부분이 그렇듯이, 점성술도 무엇에든 열중하기 좋아하는 바보들과 돈을 받고 그 대가로 봉사하는 교활한 위선자들이 모인 학문이라면, 그때의 불길한 상황이 이렇게나 마음에 걸리는 이유는 무엇 때문일까? 예전에 B의 감옥에 갇혔던 일 말이야. 그때 나는 그곳을 벗어나기는 했었지. 하지만 벌 받을 만한 죄로 투옥되었던 병사의 옷과 이동 명령서를 얻어서였어.'

파브리스의 생각은 결코 더 깊게 파고들지는 못했다. 어려운 문제에 부딪치면 그 주위를 수없이 맴돌기만 할 뿐, 그 문제를 뛰어넘을 줄은 몰랐다. 그는 아직도 너무 젊었던 것이다. 한가할 때면 그의 마음은 상상력이 언제라도 꾸며내 주는 소설적인 상황에 빠져들어 그 감각을 맛보는 데 정신없이 몰두하곤 했다. 사물의 실제적인 특성을, 그 원인을 알아내기 위해 인내심을 가지고 성찰하는 일에 시간을 쓰는 적은 없었다. 그에게 있어 현실이란 역시 평범하고 비속한 것이었다. 나로서는 어떤 사람이 현실을 직시하고 싶어하지 않는 것은 이해하지만, 그렇다고 해서 현실에 대해 마음대로 판단해서는 안 된다고 생각한다. 특히 자신의 무지에서 비롯된 여러 편견과 오류를 갖고 이의를 내세워서는 안 되는 것이다.

이렇게 볼 때, 파브리스는 총명하지 않은 것도 아니었으나 다음과 같은 점을 깨닫지 못하고 있었다. 그것은 전조(前兆)라는 것을 맹목적으로 믿는 자신의 성향이, 인생에 처음으로 발을 내딛으면서 받았던 깊은 인상 때문에 생긴 것으로, 마치 하나의 종교처럼 되어 버렸다는 사실이다. 그에게 있어 전조에 대한 믿음은 어떤 느낌이었고, 그것은 행복감으로 이어졌다. 그러면서 그는 점성술이 예를 들어 기하학처럼 검증될 수 있는 실제적 학문이 될 방법은 없을까 하고 계속 생각해 보는 것이었다. 그는 기억을 더듬어 자신이 어떤 전조를 보았음에도 불구하고 그것이 예고하던 행복이나 불행한 일이 뒤따르지 않았던 경우를 빠짐없이 찾아내려 애썼다. 그러나 올바른 추론을 통해 진실을 향해 가고 있다고 믿으면서도 그 순간 그의 주의력은 어떤 전조에 따라 좋거나 나쁜 일이 거의 그대로 일어났던 경우를 회상하는 데서 어김없이 멈추어 서곤 했다. 그러면 그의 마음은 경탄으로 가득 차 감격하고 마는 것이었다. 누군가가 전조를 부정하거나 특히 조롱하는 투로 이야기하거나 했다면 그는 그 사람에게 참을 수 없는 반감을 품었을 것이다.

파브리스는 얼마나 왔는지도 모른 채 계속 걸었다. 그러면서 그의 추론이 결론을 찾지 못하고 무력하게 헤매고 있을 때 문득 고개를 들어 보니 부친의 성곽 너머로 정원의 벽이 보였다. 이 성벽은 길 오른편으로 12미터 이상 높게 솟았고 그 위로는 아름다운 테라스가 꾸며져 있었다. 꼭대기 난간 옆에 한 줄로 늘어선 돌 장식들이 마치 고대 유적 같은 풍치를 자아냈다. '그리 멋없는 곳은 아니야.' 파브리스는 냉랭한 심정으로 생각했다. '훌륭한 건축물이라고 할 수 있어. 거의 로마적인 취향이지.' 그는 고대 미술에 대해 최근에 얻은 지식을 한 번 발휘해 보았다. 그러고는 불쾌한 듯 고개를 돌렸다. 부친의 냉혹한 태도, 특히 그가 프랑스에서 돌아왔을 때 형 아스카니오가 그를 고발했던 일이 떠올랐다.

'형이 혈육의 정을 저버리고 고발했기 때문에 나는 지금처럼 살고 있는 거야. 미워할 수도 있고 경멸할 수도 있지만, 결국 그 일이 내 운명을 바꿔 놓은 것만은 사실이지. 그때 노바라로 도망쳐서 아버지의 대리인 집에 얹혀 눈칫밥을 얻어먹고 있던 내 처지에, 만약 고모가 권력 있는 재상과 사랑에 빠지지 않았다면 어떻게 되었을까? 만약 고모가 나를 그토록 열렬히 사랑해 주는 정열적이고 살가운 마음씨를 지닌 여인이 아니라, 대신 메마르고 비속한 마음의 소유자였다면? 만약 공작부인이 오라비를 닮아서, 델 동고 후작 즉 내 아버지와 같은 인품이었다면 나는 지금 어떻게 되었을까?'

이런 고통스러운 추억이 가슴을 짓눌러 파브리스의 발걸음은 머뭇거리지 않을 수 없었다. 그는 성의 웅장한 정면을 마주보고 있는 해자(垓字) 가장자리까지 왔다. 세월에 의해 검게 퇴색한 이 장대한 건물에는 눈길 한 번 주고 싶지 않았다. 이 건축물이 속삭여 오는 듯한 고상한 미적 흥취에도 무감각했다. 형과 부친에 대한 추억이 그의 마음으로 하여금 모든 아름다움에 대한 감각을 무감각하게 만든 것이었다. 그는 지금 다만 위선적이고 위험한 적들 앞에 왔으니 경계를 해야 한다는 사실에만 신경을 쏟고 있었다. 한 순간 그는 자신이 1815년까지 살았던 4층 방의 작은 창문을 올려다보았다. 그러나 불쾌함만 더해질 뿐이었다. 부친의 음침한 성격이 그가 어린 시절에 대해 지녔던 추억으로부터 모든 매력을 다 빼앗아간 것이다. '저 방에는 3월 7일 이후로 들어가 본 적이 없다.' 그는 생각했다. '바지의 여행 증명서를 가지러 가기 위해 그 방을 나왔고, 다음 날은 염탐꾼 눈에 들킬까 두려워 곧장 출발하고 말았지. 프랑스에서 돌아와 잠시 들렀을 때도 내가 모아둔 판화들을 다시 보러 올라갈 틈도 없었어. 이건 전부 형이 나를 고발한 덕분이야.'

파브리스는 더 이상 생각하기도 싫은 듯 고개를 돌렸다. '블라네스 신부님은 여든세 살이 넘었구나.' 그러고는 슬픈 마음으로 생각을 이어나갔다. '누이가 들려준 이야기로는 신부님은 이제 거의 성으로 찾아오시지 않는다던데. 나이 들어 기력이 쇠약해진 탓이겠지. 예전엔 그리도 꿋꿋하고 고결한 성격을 지녔던 분도 세월과 더불어 활기를 잃는 걸까. 그분이 자신의 종루에 더 이상 올라가지 않은 지도 한참이 되었겠구나! 지하 저장고로 가서 신부님이 일어나실 때까지 술통 밑이나 압착기 아래 숨어 있자. 그 선량한 노인의 잠을 방해하지는 말아야지. 아마도 그는 내 얼굴까지 잊어버렸을 거야. 그 나이에 6년이라는 세월은 긴 것이니까! 아마 친구의 무덤을 보는 심정으로 마음을 다져야겠지!' 그러면서 이렇게 후회해 보는 것이었다. '아버지의 성관을 보고 기분이나 상하려고 여기까지 오다니 정말 유치한 짓이야.'

파브리스는 성당의 조그마한 뜰로 들어갔다. 낡은 종루 3층의 좁고 긴 창문에 블라네스 신부의 작은 초롱불이 밝혀져 있는 것을 보고 그는 너무 놀라 소리를 지를 뻔했다. 신부는 별 관측소로 사용하는 이 나무판자 방으로 올라갈 때마다 불빛이 천체도를 보는 데 방해가 될까 봐 언제나 초롱을 그 자리에 놓아 두곤 했다. 이 천체도는 커다란 점토 화분 위로 내려뜨려 놓았는데, 이 화분은 예전에 성안에서 오렌지나무를 심어 두었던 것이었다. 화분 바닥의 구멍에서 아주 작은 남폿불이 탔고, 양철로 만든 가느다란 관이 남폿불에서 나오는 연기를 화분 밖으로 내보냈다. 양철관 그림자는 지도의 북쪽을 가리켰다. 이런 온갖 자질구레한 추억들을 떠올리고 있으려니 파브리스의 마음은 점차 감동에 젖어들며 행복감에 차오르는 것이었다.

그는 거의 무의식적으로 두 손을 입에 대고 나직한 소리로 짧게 휘파람을 불었다. 이 휘파람 소리는 예전 그가 종루 관측소에 들어갈 때마다 허락을 청하던 소리였다. 곧이어 줄을 잡아당기는 소리가 연거푸 들렸다. 그 줄은 관측소 위에서 아래로 내려오는 수고 없이 종루 문의 빗장을 열 수 있도록 장치해 둔 것이었다. 그는 감격해서 마음을 가누지 못한 채 정신없이 계단을 뛰어 올라갔다. 신부는 늘 있던 대로 나무의자에 앉아 벽에 걸린 사분의(四分儀)[62]의 작은 망원경을 열중해서

---

62) 원을 사등분한 부채꼴 눈금이 든 고리 모양의 자오선 관측 기구로서 18세기 말엽까지 사용되었다.

들여다보고 있었다. 노인은 왼팔을 들어 관측을 방해하지 말라는 손짓을 했다. 잠시 후 그는 한 장의 놀이 카드 위에 숫자를 적어 넣고는 의자 위에 앉은 채로 몸을 돌려 우리 주인공을 향해 두 팔을 벌렸다. 파브리스는 눈물을 쏟으며 그의 품 안으로 뛰어들었다. 블라네스 신부야말로 그의 진정한 아버지였던 것이다.

"네가 올 줄 알고 기다리고 있었다."

오랫동안 쌓인 말과 그리웠던 정을 풀고 나서 블라네스 신부가 말했다. 신부는 점성학자로서의 허세를 부려 본 것일까? 아니면 파브리스를 자주 생각하고 있었기에 어느 별의 움직임을 보고는 파브리스가 돌아올 거라는 사실을 우연히도 알게된 것일까?

"이제 내가 눈을 감을 때가 되었구나."

"왜 그런 말씀을!" 파브리스는 마음이 저려옴을 느끼면서 소리쳤다.

"그래." 하고 신부는 근엄하게 그러나 조금도 슬픈 빛이 없이 말을 계속했다. "너를 다시 만난 뒤, 다섯 달 반이나 여섯 달 반이 지나면 내 삶은 행복하게 끝을 맺고 스러지리라.

기름이 다한 작은 남폿불처럼 마지막 남은 한두 달 동안은 아마 말없이 지낼 것이다. 그런 후 하느님의 품에 안기게 되겠지. 그분이 보시기에 내가 그분이 맡기신 파수꾼의 임무를 잘해냈다면 말이다.

너는 몹시 지친 데다가 마음의 동요를 겪은 뒤니까 좀 자두고 싶을 테지. 네가 오기를 기다리면서부터 빵 한 조각과 브랜디 한 병을 기구 상자 속에 숨겨 두었다. 그것을 먹고 기운을 내어라. 기운을 내서 조금만 더 내 이야기를 들어다오. 날이 완전히 밝기 전까지 여러 가지 이야기를 네게 할 수 있을 거다. 그 이야기는 내일보다는 지금 훨씬 분명히 생각해 낼 수 있거든. 왜냐하면 아가야, 우리는 언제나 약한 존재이고, 또 약하다는 점을 늘 염두에 두어야만 하니까 말이다. 내일이면 아마도 내 몸속에 있는 노인, 지상의 인간이 죽음을 맞을 준비로 바빠질 거야. 그리고 내일 밤 9시가 되면 너는 떠나야만 한다."

파브리스는 늘 그랬듯이 말없이 복종했다.

"그런데 네가 워털루 전투를 보러 떠났을 적에 먼저 감옥에 갇히기부터 했던 것이 사실이냐?" 하고 노인이 말을 이었다.

"네, 신부님."

"음, 그것은 다시없는 행운이야. 내 말을 명심하고 조심한다면 네 영혼은 장차 겪어야 할 훨씬 더 혹독하고 무서운 또 하나의 감옥에 미리 대비할 수 있을 테니까 말이다. 아마도 너는 미래의 그 감옥에서 죄를 짓고서야 풀려날 수 있을 것이다. 그러나 다행히도 그 죄는 네 손으로 저질러지는 것은 아니야. 아무리 강한 유혹이 있더라도 결코 죄를 범하지 말아라. 내 생각에는 그 죄란 어느 무고한 사람의 목숨을 빼앗는 일이 될 듯한데, 그 희생자는 자기도 모르는 사이에 네 권리를 빼앗은 자일 거야. 만약 네가 명예라는 이름으로 정당화되어 보일 그 범죄의 강한 유혹을 이겨 낸다면 너의 생애는 세상 사람들의 눈으로 보아서 매우 행복한 것이 될 것이다…… 그리고 현명한 사람들이 볼 때도." 이렇게 말하면서 신부는 잠시 생각에 잠겼다. "상당히 행복한 생애일 거야. 내 아들아, 너도 나처럼 나무의자에 앉아 모든 호사스러운 것을 멀리하고 또한 그런 것에는 초연하게 죽음을 맞게 될 것이다. 또한 나처럼 아무것도 양심에 거리낄 것 없이 말이야."

"자, 장래의 일에 대해서는 그만 이야기하자. 중요한 이야기는 이걸로 됐으니. 네가 감옥에서 보내야 할 기간이 얼마나 되는지 알아보려 했으나 허사였다. 여섯 달이 될지, 1년이 될지, 10년이 될지. 나로서는 전혀 알 수 없었어. 분명 무언가 내가 잘못한 일이 있어 하늘의 벌을 받아 그 기간을 모르고 걱정만 하게 되는 것이겠지. 내가 알 수 있는 것은 다만 네가 감옥에서 나온 후, 그러나 감옥에서 나오는 바로 그 순간일지 그 이후가 될지는 모르겠으나, 그러면 내가 죄라고 부른 그 일이 일어날 거라는 점이다. 하지만 다행히 죄를 범할 사람이 네가 아니리라는 사실도 틀림없어. 만약 네가 마음이 약해져서 그 손을 범죄로 적신다면 이후의 내 예측은 전부 기나긴 착오가 되고 만다. 그러면 너는 결코 평온한 마음으로 흰 옷을 입고 나무의자에 앉아 눈을 감을 수 없게 되는 거지."

이렇게 말하면서 블라네스 신부는 일어서려 했다. 세월이 가져온 쇠약과 초췌를 파브리스가 깨달은 것도 이때였다. 신부는 한참이나 걸려 몸을 일으키고는 가까스로 파브리스 쪽으로 방향을 잡았다. 파브리스는 아무 말 없이 그가 움직이는 모습을 보고만 있었다. 신부는 청년의 팔 안으로 몸을 던지듯이 하여 지극한 애정을 담아 몇 번이고 그를 껴안았다. 그러고는 예전 같은 유쾌함을 되살려 말했다.

"여기 누워 좀 편히 눈을 붙이도록 해 보렴. 내 외투를 걸치는 게 좋겠구나. 4년 전 산세베리나 공작부인이 내게 보내준 값진 외투가 여러 벌이나 된단다. 부인은 네 장래를 예언해 달라고 청했지만, 나는 그걸 말해 주지 않았지. 그래도 외투들과 이 근사한 사분의는 받아 두었어. 미래를 미리 알려주는 것은 규칙을 어기는 일인 데다가 일어날 사건을 변화시킬 위험이 있어. 그렇게 되면 모든 학문의 가치는 땅에 떨어져서 어린애들의 장난같이 되고 말 거야. 게다가 그처럼 상냥한 공작부인에게 차마 말하기 힘든 괴로운 내용도 있었으니 말이야. 그건 그렇고 잠을 자다가 너무 놀라지는 말아라. 7시 미사를 알리는 큰 종소리가 네 귀를 멍하게 할 거다. 그런 다음에 아래층에서 커다란 파이프 오르간이 울리면서 내 관측 기구들이 전부 들썩거릴 거야. 오늘은 순교자이며 병사였던 성 지오비타의 날이지. 너도 알다시피 우리 작은 마을 그리앙타는 큰 마을인 브레시아와 동일한 수호성인을 모시고 있지. 여담이지만, 이 점 때문에 내 고명한 스승이신 라벤나의 지아코모 마리니 선생께서는 퍽 재미난 실수를 하셨지. 그분은 내가 성직자로서 상당히 출세하게 될 거라고 여러 번 말씀하셨고 브레시아의 으리으리한 성 지오비타 성당 주임 사제가 되리라고 믿고 계셨어. 그런데 나는 750가구밖에 안 되는 작은 마을의 주임 사제일 뿐이거든! 하지만 이 모두가 더 잘되기 위해서였지. 이 사실을 알게 된 지는 10년이 채 안 됐는데, 만약 내가 브레시아의 주임사제가 되었더라면 그다음에 나를 기다리고 있었을 운명은 모라비아 언덕 위에 있는 스피엘베르그 감옥에 갇히는 것이었어. 날이 새면 맛있는 음식들을 골고루 가져다주마. 내가 집전할 장엄미사에 찬송하러 올 인근 마을 사제들에게 만찬 대접을 하기로 예정되어 있으니까 음식을 덜어 올 수 있단다. 아래층으로 가져다주마. 하지만 날 보려고는 하지 말고 내가 나가는 소리를 들은 후에야 그 음식들을 가지러 내려오너라. 해가 떠 있는 동안에 나를 다시 보려 해서는 안 된다. 내일은 해가 7시 27분에 질 테니, 나는 8시경이 되면 너를 보러 오겠다. 그리고 너는 시계 바늘이 아직 9시 글자판 위에 머물러 있을 때, 즉 벽시계가 10시를 치기 전에 떠나야만 한다. 종루의 창을 통해 네 모습이 밖으로 비치지 않도록 조심해라. 헌병들이 너를 수배 중이고 또 그들은 대단한 폭군이라고 해야 할 네 형의 지시를 받고 있는 셈이거든. 델 동고 후작은 이제 노쇠해졌단다."

블라네스 신부는 슬픈 듯 덧붙였다.

"만약 후작이 너를 다시 보게 되면 아마 무언가 직접 주고 싶어할 거야. 하지만 그런 떳떳하지 못한 선물은 장차 자기 양심 속에서 힘을 길어와야 할 너 같은 사람에게는 어울리지 않아. 후작은 자기 아들인 아스카니오를 몹시 미워하게 되었지만, 그가 가진 5, 600만의 재산은 곧 그 맏아들에게 굴러들어 갈 거야. 당연한 일이지. 너는 부친이 세상을 뜨면 연수 4000프랑의 금액과 네 하인들의 상복 감으로 50온느의 검은 나사천을 받게 될 거다."

9장

파브리스는 블라네스 신부로부터 들은 이야기와 극도의 긴장, 그리고 그동안 쌓인 피로감으로 인해 흥분되어 있었다. 그는 좀처럼 잠을 이루지 못하고 뒤척이다가 살짝 잠이 들었다. 그러나 잠이 든 뒤에도 마치 미래를 예견하는 듯한 갖가지 꿈에 시달렸다. 아침 10시경, 온 종루를 뒤흔드는 소리가 그의 잠을 깨웠다. 그 요란한 소리는 밖에서 나는 듯했다. 그는 세상이 끝나는 것만 같아 혼비백산해서 일어났다. 다음 순간에는 지금 자신이 감옥에 있다는 착각이 들었다. 밖에서 나는 소리가 위대한 성 지오비타를 경배하기 위해 마흔 명의 농부들이(열 명쯤으로도 충분할 것을) 큼지막한 종을 흔들어 대는 소리라는 것을 깨닫기까지는 시간이 걸렸다.

파브리스는 남의 눈에 띄지 않고도 밖을 내다볼 수 있는 적당한 장소를 찾아보았다. 그러고 보니 이렇게 높은 곳에서는 마을 곳곳이 두루 내려다보였고, 부친이 사는 성의 안뜰까지도 살필 수 있었다. 그는 잠시 동안 아버지의 일을 잊어버리고 있었지만, 문득 그 사람 역시 머지않아 세상을 뜰 거라 생각하니 전혀 다른 감정이 들었다. 식당으로 이어지는 넓은 발코니에서 빵 부스러기를 찾는 참새들까지 눈에 들어왔다. '저 참새들은 예전에 내가 길들여 놓은 것들의 새끼일 테지.' 그는 생각했다. 그가 바라보고 있는 발코니도 성채의 다른 발코니들과 마찬가지로 큼지막한 도자기 화분에 심은 수많은 오렌지나무로 덮여 있었다. 내려다보이는 이런 전망이 그를 감동시켰다. 눈부신 태양빛을 받아 선명하고 짙은 그림자를 드리운 안뜰의 정경은 참으로 아름다웠다.

부친이 노쇠해졌다는 이야기가 다시 떠올랐다. '하지만 정말 이상하군. 아버지의 연세는 나보다 서른다섯이 많지. 서른다섯에 스물셋을 합하면 겨우 쉰여덟 살일 뿐인데!' 한 번도 자신을 사랑해 준 적이 없는 이 냉혹한 인물의 방 창문을 빤히 바라보고 있으려니 그의 눈에 눈물이 가득 고여 왔다. 갑자기 그는 몸을 부르르 떨었다. 찬 기운이 스치며 별안간 온몸이 쭈뼛해졌다. 부친의 방으로 이어지는, 역시 오렌지나무가 가득한 테라스를 걸어가는 사람이 바로 부친이라고 생각했기 때문이었다. 그러나 그 사람은 하인이었다. 종루 바로 아래에서는 흰 옷을 입은 많은 소녀들이 여러 무리로 나뉘어져 행렬이 지나갈 거리 바닥에 빨간 꽃이며 파란 꽃, 노란 꽃으로 열심히 모양을 꾸미는 중이었다. 그러나 파브리스의 마음을 더

강하게 울려오는 또 다른 풍경이 있었다. 종루에서 바라보는 그의 시선은 거기서부터 몇 리 떨어진, 호수가 두 갈래로 갈라지는 곳으로 가서 머물렀다. 이 숭고한 경치는 곧 그로 하여금 다른 모든 것을 잊게 했으며 동시에 그의 마음속에 있는 가장 고상한 감정을 일깨웠다. 소년 시절의 갖가지 추억이 한꺼번에 몰려와 그를 사로잡았다. 마치 감옥에 들어간 것처럼 종루에 갇혀 지낸 이 하루는 아마도 그의 일생에서 가장 즐거운 날 중의 하나일 것이다.

행복감으로 인해 그는 좀처럼 그럴 경우가 없었던 고상한 상념에 잠겼다. 아직도 이렇게 젊은 청년이 마치 인생의 종착점에 도달한 사람처럼 지나온 삶의 갖가지 굴곡을 헤아려 보는 것이었다. '파르마로 간 다음부터는 그전에 나폴리에서 보메로의 길을 따라 말을 달리고 미제노의 강기슭을 돌아다니며 느꼈던 그런 평온하고 온전한 기쁨을 전혀 맛볼 수 없었어. 그건 사실이야.' 그는 즐거운 몽상에 빠져 몇 시간을 보내다가 마침내 이런 생각에 도달했다. '그 심술궂은 작은 궁정의 복잡한 이해관계가 나를 심술궂게 만들었어…… 나는 결코 미워하는 일에서 기쁨을 느끼는 사람이 아니야. 만약 내게 적이 있더라도 그에게 모욕을 주며 쾌감을 느낀다는 것은 치사스럽다는 생각이 들기까지 하는걸. 하지만 내게 적이 있는 것도 아니지…… 아니, 저런!' 그러면서 문득 생각이 미쳤다.

'질레타라는 적수가 있구나…… 이상한 일이다. 이 못생긴 남자가 악마들에게 붙잡혀 가는 꼴을 보는 기쁨이 마리에타를 향한 가벼운 흥미보다도 더 오래갈 것 같은데…… 이 처녀는 A공작부인에 비하면 그래도 좀 나은 편이지. 나폴리에 있을 때 이 공작부인에게 사랑한다는 말을 했다가 사랑에 빠진 시늉을 하지 않을 수 없었지. 아이고! 그 아름다운 부인이 나를 위해 마련한 긴 밀회 시간 동안 나는 얼마나 심심했던가. 두 번인가 마리에타를 보러 갔던, 부엌으로도 쓰던 그 누추한 방에서도 그만큼 지독한 권태를 느끼진 않았어. 잠시 밖에 머물 필요는 없었지만 말이야.

아! 그 가난한 사람들은 뭘 먹고사는 것일까? 정말 가엾지. 마리에타와 그녀의 양어미에게 매일 세 끼니 고기라도 먹을 수 있게 돈을 보내 주었어야만 했는데…… 마리에타는 내가 그곳 궁정 사람들을 사귀면서 떨치지 못하고 있던 심술궂은 생각들을 잊게 해 주곤 했는데.

공작부인의 말대로 나는 카페나 출입하는 생활을 택하는 편이 나았을지도 모르겠다. 고모는 그 편에 마음을 두는 듯했으니, 나보다 훨씬 현명한 사람이지. 고모의 도움을 받을 수도 있었고, 아니면 아버지가 남겨 주신다는 그 4000프랑의 연수와 어머니가 물려주실 리옹 은행의 4만 프랑의 예금만으로도 나는 언제든지 말 한 필을 살 수 있을 것이고 발굴을 하거나 유물 보관실을 세울 돈은 지니게 될 테니까. 나는 사랑이라는 것은 아무래도 모를 사람인 듯하니 그렇게 하는 편이 내게 가장 큰 행복을 가져다줄 거야. 죽기 전에 워털루의 전쟁터에 다시 가 보고 싶다. 그리고 내가 그처럼 우스꽝스럽게 말 등에서 번쩍 들어올려져 땅바닥에 엉덩방아를 찧었던 벌판 그 장소도 찾아보고 싶다. 그곳을 둘러본 다음에는 이 숭고한 호숫가를 자주 찾아오자. 이렇게 아름다운 곳은 세상에, 적어도 내가 느끼는 바로는 다시없을 거야. 행복을 찾기 위해 그리 멀리까지 갈 필요가 무엇인가. 행복은 바로 내 눈앞에 있는데!…… 아! 걸림돌이 있었지.'

파브리스는 생각을 이어 갔다. '경찰이 나를 코모 호수로부터 쫓아내려 하잖아. 하지만 그 경찰들을 부리는 사람들보다는 내가 더 젊으니까. 이곳에서는……' 파브리스는 얼굴에 웃음을 머금었다. 'A공작부인 같은 여인을 만날 수는 없겠지. 그러나 지금 저 아래서 꽃으로 길거리를 장식하고 있는 소녀들 중에서 한 명을 만날 수 있을 거야. 정말이지 그런 소녀에게라도 마찬가지로 진심으로 대해야 돼. 연애에서도 역시 위선은 내 몸을 얼어붙게 하거든. 그러나 우리네 귀부인들은 고상하게 보이려고 너무들 꾸미곤 하지. 나폴레옹이 그네들에게 품행과 정조에 대한 관념을 심어 주었기 때문이야.'

'아니! 망할 놈의 제복을 입은 헌병 녀석들이 오고 있군.' 교회의 종이 비를 맞지 않도록 쳐둔 커다란 나무 발 그늘에 몸을 숨기고 있으면서도 혹시라도 눈에 뜨일까 봐 그는 창문 안으로 재빨리 고개를 움츠렸다. 실제로 하사관 네 명을 포함해서 열 명의 헌병들이 마을 큰길 위쪽에 나타났다. 중사는 행렬이 지나가기로 예정 된 길을 따라 헌병들을 100보 간격으로 배치했다. '이곳에서는 누구라도 내 얼굴을 알고 있어. 들키기만 하면 나는 이 코모 호수에서부터 곧장 스피엘베르그 감옥으로 끌려가야 할 거야. 거기서는 무게가 110파운드나 되는 쇠사슬로 양쪽 발을 묶어놓겠지. 그렇게 되면 공작부인이

얼마나 슬퍼할까!'

파브리스는 다음과 같은 사실을 깨닫는 데 꽤 한참이 걸렸다. 그것은 우선 자신이 있는 곳이 지상보다 24미터나 더 높다는 사실, 그리고 아래편보다 더 어두워서 사람들이 그를 쳐다보려 해도 밝은 햇빛에 눈만 부실 뿐이라는 사실, 그리고 사람들은 성 지오비타 축제를 위해 얼마 전 석회로 온통 하얗게 단장한 집들이 늘어선 거리를 눈만 둥그렇게 뜨고 왔다갔다할 뿐이라는 사실이었다. 이처럼 명백한 이치에도 불구하고 파브리스는 이탈리아 사람의 기질대로 창문에 낡은 천 조각을 못으로 걸어 헌병의 눈에 띄지 않도록 모습을 숨기고는, 그 천 조각에 구멍 두 개를 뚫어 밖을 내다보았다. 그런 수고를 하기 전까지는 걱정 때문에 아무런 즐거움도 느끼지 못하는 것이다.

10분 전부터 종소리가 공기를 흔들며 울리고 있었다. 행렬이 성당 밖으로 나오면서 모르타레티(작은 대포)들이 축포를 터뜨리는 소리가 들렸다. 파브리스가 고개를 돌리자 호수가 내려다보이는 난간 달린 작은 전망대가 눈에 들어왔다. 어릴 적에 그는 곧잘 위험을 무릅쓰고 그 작은 전망대까지 올라가서는 두 다리 사이로부터 작은 대포들이 발사되는 광경을 지켜보곤 했다. 그래서 축제일이면 어머니는 아침부터 그를 자신의 곁에 꼭 붙잡아 두려고 했었다.

사실 이 작은 대포들이란 다름 아니라 소총의 총신을 10센티미터 정도의 길이로 잘라 낸 것이다. 1796년 이래로 유럽의 정세가 빚어낸 전쟁들로 인해 롬바르디아 평원에 수없이 뿌려졌던 총신들을 농부들이 열심히 주워 모은 이유는 바로 이 대포를 만들기 위해서였다. 일단 10센티미터로 줄인 총신에 주둥이 끝까지 화약을 가득 채워 넣고 땅위에 수직으로 세워 도화선으로 연결해 놓는다. 이것들을 행렬이 지나가는 길옆 어느 지점에 이삼백 개 정도, 마치 대대 군사들의 대형처럼 세 줄로 나란히 세워둔다. 성체 행렬이 다가오면 도화선에 불을 붙이는데, 그러면 세상에 둘도 없이 불규칙하고 우스운 소리를 내며 연달아 둔탁하게 포가 터지는 것이었다. 여인네들은 기뻐서 어쩔 줄 모른다. 멀리서부터 호수의 수면을 스치며 파도와 섞여 부드럽게 울려 퍼지는 이 축포의 소리만큼 즐거운 것은 없다. 소년 시절 그에게 언제나 기쁨을 안겨 주었던 이 괴상한 소리가 그때까지 우리 주인공을 사로잡고 있던, 좀 지나친 신중성을 흩어 버렸다. 그는 블라네스 신부의 천체 망원경을 가져와서는 행렬을 뒤따르는 남녀들을 내려다보았다. 대체로 낯익은 얼굴들이었다. 파브리스가 이곳을 떠날 때에는 열한 살이나 열두 살가량이었던 많은 귀여운 소녀들이 지금은 어여쁜 처녀가 되어 가장 싱싱한 젊음의 꽃송이를 활짝 피우고 있었다. 그 처녀들의 모습은 우리 주인공의 용기를 북돋아 주었다. 그녀들에게 말을 걸기 위해서라면 그는 헌병조차 두려워하지 않았을 것이다.

행렬은 그가 있는 곳을 지나 파브리스에게는 보이지 않는 옆문을 통해 성당 안으로 들어갔다. 곧 종루 높이 자리 잡은 이곳까지도 더위가 몰려왔다. 사람들도 각자 집으로 돌아갔고 마을은 조용해졌다. 나룻배 여러 척이 벨라지오, 메나지오, 그

외의 호숫가 마을들로 되돌아가는 농부들을 태웠다. 노 젓는 소리가 파브리스에게까지 들려왔다. 이런 사소한 일도 그를 황홀하리만큼 도취시켰다. 지금 맛보고 있는 기쁨은 복잡한 궁정 생활에서 느끼던 온갖 불쾌함, 거북스러움에 대비되어 한층 더 생생하게 다가오는 것이었다. 지금 이 순간 하늘을 담아 놓은 듯 이처럼 잔잔하고 아름다운 호수 위에 배를 띄우고 한 4킬로미터쯤 노 저어 가 볼 수 있다면 그는 얼마나 행복했을까! 종루 아래 문이 열리는 소리가 났다. 블라네스 신부의 나이 든 하녀가 큰 광주리를 가지고 온 것이었다. 그는 하녀에게 말을 건네고 싶은 충동을 참느라 몹시 힘들었다. '신부님처럼 그녀도 내게 참 잘 해주었는데. 더구나 나는 오늘 밤 9시가 되면 떠나야 한다. 그녀가 단지 그때까지의 몇 시간만이라도 비밀을 지키겠다고 맹세해 준다면…… 아니야, 그러면 신부님이 화를 내실 거야! 그분이 헌병들의 의심을 사서 위험에 빠질지도 몰라!' 그래서 그는 하녀 기타가 돌아가기까지 말없이 참고 있었다. 그는 맛있게 식사를 했다. 그러고는 잠시 잠을 자두려고 누웠다. 잠에서 깨어났을 때는 저녁 8시 반이었다. 블라네스 신부가 그의 팔을 흔들었다. 벌써 온 사방이 어두웠다.

블라네스 신부는 아주 피곤했던 탓에 어젯밤보다 나이가 쉰 살은 더 들어 보였다. 그는 진지한 이야기는 더 이상 하지 않았다. 다만 나무의자에 앉아 '가까이 오너라, 내 아들아.' 하고 파브리스를 불러 몇 번이고 껴안는 것이었다. 마침내 신부가 말했다.

"그토록 길었던 내 생애도 마침표를 찍게 되겠지만, 그 죽음조차 지금의 이별만큼 고통스럽지는 않을 거다. 내게 저축해 둔 돈이 좀 있는데, 그것을 기타에게 맡겨 두마. 그녀가 돈이 필요하면 쓸 만큼 끼내 쓰고, 만약 네가 와서 달라고 하면 남아 있는 돈을 너에게 주라고 일러 두겠다. 나는 그녀를 잘 안다. 이렇게 일러 두면 그녀는 아마 네가 세심하게 당부하지 않는 한 너를 위해 절약하느라고 1년에 서너 번 고기를 사는 일조차 삼갈 거야. 너도 돈이 궁해질 때가 있을 테니 그때는 옛 친구의 쥐꼬리만 한 돈도 도움이 될 수 있겠지. 네 형으로부터는 모진 대접밖에는 기대하지 말아라. 그리고 세상 사람들에게 도움이 될 만한 일을 해서 돈을 벌도록 해라. 내 예감에 심상치 않은 파란이 일 것 같다. 아마 50년 후에는 세상이 무위도식하는 자들을 더 이상 용납하지 않을 것이다. 네 모친과 고모도 저세상 사람이 된 뒤일 테니 네 곁에 없을 거고 네 누이들은 남편에게 매인 처지가 되겠지…… 이제 가거라, 자, 빨리! 몸을 피해야 한다."

블라네스 신부가 정색을 하며 소리쳤다. 이제 곧 10시 종을 치려 하는 벽시계의 희미한 신호음을 들었던 것이다. 그는 파브리스가 마지막으로 한번 더 자신을 껴안을 시간조차 주지 않았다.

"서둘러라! 빨리!" 신부가 외쳤다. "계단을 내려가는 데 적어도 1분은 걸린다. 넘어지지 않도록 조심해라. 그건 나쁜 징조니까."

파브리스는 급히 계단을 뛰어 내려왔다. 안뜰로 나서자마자 달리기 시작했다. 그가 부친의 성 앞에 막 이르렀을 때 10시를 알리는 종소리가 울렸다. 그 종소리 하나하나가 가슴속에 메아리치면서 이상한 불안감을 주었다. 그는 잠시 생각을 가다듬기 위해 발을 멈췄다. 아니, 그랬다기보다 자신이 전날 그토록 냉담하게 외면했던 이 장엄한 건축물을 바라보면서 마음속에 떠오르는 뜨거운 감정에 잠기기 위해서였다고 말하는 편이 나으리라. 한참 상념에 잠겨 있을 때 사람의 발소리가 들렸다. 그는 깜짝 놀라 현실로 돌아왔다. 둘러보니 헌병 네 명이 자신의 주위로 다가오고 있는 것이 아닌가? 그는 몸에 성능 좋은 권총 두 자루를 지니고 있었는데, 식사를 하면서 이미 뇌관을 갈아 끼워 두었었다. 그는 권총의 안전장치를 풀었다. 그 미세한 소리를 눈치챈 헌병 한 명이 경계심을 품었다. 그들은 곧 그를 붙잡을 자세를 취했다. 자신이 위험에 처했음을 알아차린 파브리스는 먼저 총을 쏘려 했다. 무장한 남자네 명에게 대항할 방도라고는 그 수밖에 없는 이상, 이럴 때 총을 먼저 쏘는 것은 그의 권리이기도 했다. 이 헌병들은 그때 술집에서 손님들을 쫓아내기 위해 순찰을 돌고 있던 중이었다. 다행히도 이들은 마침 그런 유쾌한 장소 몇 군데에서 은근히 권해오는 대접을 모질게 뿌리치지 못했으므로 좀 거나해진 상태였고, 그래서 자신들의 의무를 수행하기 위한 태세를 재빨리 갖출 수 없었다. 이 틈을 타서 파브리스는 걸음아 날 살려라 하고 쏜살같이 달아났다. 헌병들 역시 "서라, 꼼짝마라!" 하고 소리치며 몇 걸음 뒤쫓아 왔다. 그러고는 조금 있으려니 조용해졌다. 한 300보가량 달음질친 뒤 파브리스는 멈쳐 숨을 돌렸다. '피스톨 소리를 찰깍 내는 바람에 하마터면 붙잡힐 뻔했다. 만약 공작부인을 다시 만나 그 아름다운 눈을 마주 보며 이 일을 이야기할 기회가 있다면, 고모는 이렇게 말할 거야. 내 마음은 10년 뒤에 일어날 일은 즐거 상상하면서, 현재 자기 옆에 무슨 일이 일어나고 있는지 살피는 데는 소홀하다고 말이야.'

파브리스는 방금 벗어난 위험을 생각하고는 몸을 떨었다. 그는 걸음을 더욱 재촉하다가 마음이 초조해져서 곧 뛰기 시작했다. 이것은 그리 신중한 행동은 아니었다. 왜냐하면 집으로 돌아가던 농부 여러 명이 그를 유심히 쳐다보았기 때문이다. 그는 그리앙타에서 4킬로미터 이상 떨어진 산속에까지 와서야 멈출 생각을 했다. 그리고 걸음을 멈춘 뒤에도 스피엘베르그 감옥을 생각하자 등에서 식은땀이 흐르는 것이었다. '정말 겁을 먹고 있구나!' 그는 혼자 중얼거렸다. 이렇게 말하는 자신의 목소리를 들으면서 스스로도 부끄러워질 지경이었다. '하지만 고모가 말하기를, 내게 가장 필요한 일은 자신을 용서할 줄 아는 것이라고 하지 않았던가? 나는 언제나 실제로 존재하지 않는 완벽한 본보기를 놓고 나를 비교하거든. 좋아! 내 두려움을 용서하기로 하자. 어느 면으로 보면 나는 내 자유를 지키려는 마음이 간절했던 것이고, 또 그 네 명의 헌병이 날 감옥에 끌고 가려고 나섰다면 분명 그들도 내 손에 무사하지는 못했을 테니까.' 그는 생각을 이어갔다. '그런데 지금 내 행동은 군인답지 못해. 목적을 달성하고 난 뒤, 아마도 눈치를 채버린 적들이 경계를 펴는데도 불구하고 재빨리 후퇴하지는

않고 엉뚱한 짓을 하면서 꾸물대고 있으니. 내가 하는 행동이
란 신부님의 온갖 예언들보다 더 터무니없는 짓이잖아.'

실제로 그는 가장 가까운 지름길로 빠져나가 나룻배가 기
다리는 마조레 호수 기슭으로 가는 대신, '자신의 나무'를 보
러 가기 위해 아주 먼 길로 돌아가고 있는 것이었다. 아마 독
자는 파브리스가 23년 전 자신이 태어날 때 그의 어머니가 심
어 놓은 마로니에나무에 애착을 갖고 있음을 기억할 것이다.
'그 나무가 베어졌다면 그건 형이나 했을 만한 짓이지. 하지
만 그런 부류의 인간들은 섬세한 감정이란 것을 모르니까, 아
마도 그 나무에까지는 생각이 미치지 못했을걸. 게다가 나무
에 혹시 무슨 일이 생겼다 해도 나쁜 징조는 아닐 거야.' 그는
애써 마음을 꿋꿋하게 먹었다. 그로부터 두 시간 후 그는 자
신의 나무를 만났고, 몹시 놀라고 말았다. 심술궂은 인간들
이거나 아니면 폭풍에 의해 어린 나무의 중간 가지 하나가 꺾
여 마른 채 매달려 있었다. 파브리스는 작은 칼을 꺼내 정성
스럽게 그 마른 가지를 잘라 내고 빗물이 줄기 안으로 스며들
지 못하도록 잘린 자리를 잘 다듬었다. 그러고는 사랑하는 나
무 밑둥치의 흙을 북돋아 주느라고 한 시간 남짓이나 흘려 보
냈다. 날이 밝아오고 있었기에 여유가 없었음에도 말이다. 이
모든 어처구니없는 일을 마친 다음에야 그는 급히 마조레 호
수를 향해 다시 걷기 시작했다. 전체적으로 볼 때 그는 전혀
슬픈 기분은 아니었다. 나무는 잘 자랐으며 그 어느 때보다도
더욱 튼튼해졌고, 5년 만에 거의 두 배의 크기가 되어 있었다.
부러진 나뭇가지는 대단치 않은 사고일 뿐이었다. 일단 잘라냈

으니 더 이상 나무에 해를 주지는 않을 것이다. 오히려 더 높은 곳에서 새 가지가 날 테니 나무는 더 미끈하게 뻗어 오를 것이다.

파브리스가 채 4킬로미터도 가기 전에 이 고장에서 가장 유명한 레제공디레크산의 뾰족한 산봉우리들이 한 줄기 하얗게 빛나는 햇살을 받아 동쪽 하늘에 모습을 우뚝 드러냈다. 그가 가고 있는 길에도 농부들의 모습이 점점 많아지고 있었다. 그러나 파브리스는 무사히 빠져나갈 궁리는커녕 코모 호수 주변의 숭고하고도 마음을 감싸는 듯한 경치에 홀려 넋을 놓고 있었다. '이곳은 아마도 세상에서 가장 아름다운 숲일 거야. 스위스 사람들은 이곳을 두고 새로 주조한 돈을 가장 많이 벌어들이는 숲이라고 말하지. 그들식으로 부르고 싶은 생각은 없어. 하지만 분명 사람의 영혼에 가장 많은 이야기를 속삭여 주는 숲이라고는 말할 수 있어.' 롬바르디아 베네치아 왕국 헌병 양반들의 표적이 되어 쫓기는 몸인 파브리스의 입장에서 이런 말을 하고 있다는 것은 정말 어린애 같은 짓이었다. '국경까지 2킬로미터쯤 남았나 보다.' 겨우 이 점에 생각이 미쳤다. '아침 순찰을 도는 국경 감시원이나 헌병들과 마주칠지도 모르겠군. 이런 고급 나사옷을 입고 있으니 의심을 사게 될 거야. 그들은 내게 여행 증명서를 보자고 할 텐데, 지금 지니고 있는 이 여행 증명서에는 감옥에 집어넣어야 할 이름이 글자 하나 빠짐없이 똑똑히 적혀 있단 말야. 아무래도 누군가를 다치게 해야 할 것 같군. 헌병들이 평소처럼 두 명씩 짝을 지어서 다닌다면 그 두 사람 중 한 명이 내 목덜미를 잡으려 할 때까지 총을 쏘지 않고 순진하게 기다릴 수는 없지. 한 명이 내 총에 쓰러지면서 잠시라도 날 붙잡고 늘어진다면 난 영락없는 스피엘베르그 감옥행이야.' 파브리스는 예전 자신의 고모부였던 피에트라네라 백작의 부하였을지도 모를 사람에게 먼저 총을 쏘아야만 하리라는 생각에 무서워져서 커다란 밤나무 밑동의 움푹 파인 구멍 안으로 달려가 숨었다. 그는 거기서 권총의 뇌관을 또다시 갈아 끼웠다. 그때 어떤 남자가 당시 롬바르디아에서 유행하던 노래 「메르카당테」의 매력적인 곡조를 멋들어지게 흥얼거리면서 산길로 들어오는 소리가 들렸다.

'이건 괜찮은 징조인데.' 파브리스는 남자의 노랫소리를 들으면서 생각했다. 이 곡조에 귀기울이고 있으려니 이제 막 그가 분별 있게 일깨우려고 하던 적개심의 작은 싹이 사라지는 것이었다. 그는 큰길 양편을 유심히 살펴보았으나 아무도 보이지 않았다. '저 노래꾼은 어느 샛길로 오고 있나 보다.' 이런 생각을 하는 것과 거의 동시에 영국풍으로 아주 말쑥하게 차려입은 한 하인이 수행원용의 말을 타고 나타났다. 이 하인은 혈통은 좋아 보이지만 좀 여윈 듯한 아름다운 말을 끌면서 종종걸음으로 다가오고 있었다.

'자, 지금 이 자리에서 모스카 백작의 방식대로 이치를 따져본다면, 한 사람이 처해 있는 위험의 정도가 그가 이웃에 대해 누릴 수 있는 권리의 척도가 되는 셈인데, 그렇다면 나는 저 하인의 머리를 향해 권총 한 방을 쏘아야만 하리라.' 파브리스는 생각했다. '그래서 일단 저 야윈 말 위에 올라타게 되면 세상의 모든 헌병들이 두렵지 않겠지. 파르마에 돌아가자마자 요행히 살아난 저 하인에게나 아니면 그의 과부에게 돈을 보내 주고…… 하지만 그 얼마나 몹쓸 짓인가!'

10장

파브리스는 양심의 가책을 느끼면서 큰길로 뛰어 나왔다. 롬바르디아에서 스위스로 통하는 그 길은 숲에서 1미터가량 더 낮았다. '만약 저자가 겁을 집어먹는다면 말을 달려 도망쳐 버릴 테지. 그러면 나는 멍청한 얼굴로 여기 우두커니 서 있을 수밖에 없겠구나.' 파브리스가 이렇게 생각하는 순간 그와 하인 사이의 거리는 이미 열 걸음 정도밖에 떨어져 있지 않았다. 이 사나이는 벌써부터 노래를 뚝 그친 상태였다. 파브리스는 상대방의 겁에 질린 눈빛을 알아차렸다. 그는 아마도 말을 돌려 도망치려는 듯했다. 그러나 미처 행동으로 옮기지 못하고 머뭇거리는 사이, 파브리스가 날쌔게 달려들어 여윈 말의 고삐를 잡아채며 말했다.

"이봐, 친구. 나를 여느 도둑으로 보지는 마. 자네에게 먼저

20프랑을 줄 참이니까. 하지만 자네 말은 내가 꼭 빌려가야만 되겠어. 빨리 도망치지 않으면 나는 죽게 되거든. 리바의 4형제가 나를 쫓고 있어. 자네도 분명 그 이름난 사냥꾼들을 알고 있겠지. 그들의 누이동생 방에 있다가 들켜 창문으로 도망쳐 나와 여기까지 온 거야. 놈들은 개를 몰고 총까지 들고 숲속으로 뒤쫓아왔어. 그들 중 한 놈이 이 길을 가로질러 가는 것을 보고 저 커다란 밤나무 구멍 속에 숨어 있었지. 하지만 개들은 나를 찾아낼 거야. 나는 이제부터 자네의 말을 타고 코모 호수 저편으로 4킬로미터쯤 전속력으로 내뺄 작정이야. 밀라노에 가서 부왕께 탄원할 생각이지. 자네가 기분 좋게 응해 준다면 나는 나폴레옹 금화 두 닢을 더 주고, 어느 역참에 말을 맡겨 둘 생각이지만, 만일 조금이라도 반항한다면 이 권총으로 자네 머리를 쏘아 버리겠어. 그리고 내가 떠난 다음 자네가 헌병에게 신고해 내 뒤를 쫓게 한다면 내 사촌이자 황제의 시종인 저 충직한 알라리 백작이 널 그냥 두지 않을 거야."

파브리스는 아주 침착하고 온화한 태도로 이런 엉터리 이야기를 생각나는 대로 꾸며 댔다.

"그건 그렇고." 하며 그는 웃었다. "내 이름을 숨길 건 없겠지. 나는 아스카니오 델 동고 소후작이다. 여기서 아주 가까운 그리앙타에 내 성이 있다. 이놈아, 이제 말을 내놔!"

그는 큰 소리로 고함을 쳤다. 하인은 얼이 빠져 한 마디도 못하고 있었다. 파브리스는 왼손에 권총을 옮겨 쥐고 하인이 놓친 말고삐를 잡아채 말에 올라타고는 재빨리 내뺐다. 한 300보쯤 달렸을 때 약속한 20프랑을 주지 않았음을 깨닫고는 멈춰 섰다. 돌아보니 하인이 저만치서 뒤쫓아 오고 있을 뿐 길 위에는 여전히 아무도 없었다. 그는 손수건을 흔들어 하인을 가까이 오라고 불렀다. 하인이 50보가량 떨어진 곳까지 오자 그는 한 줌의 돈을 길 위에 던지고 또다시 달리기 시작했다. 멀리 가면서 돌아보니 하인은 그가 던진 은화를 주워 모으고 있었다. 파브리스는 웃으며 생각했다. '분별 있는 녀석이었군. 쓸데없는 말은 한 마디도 하지 않는데.' 그는 빠르게 말을 달렸다. 정오경 외딴 집에 들어가 잠시 쉬고는 몇 시간 후 다시 길을 떠났다. 새벽 2시에 마조레 호수 기슭에 도착했다. 물 위에 떠 있는 그의 나룻배가 곧 눈에 띄었다. 신호를 보내자 배가 다가왔다. 타고 온 말을 맡기려 했으나 한 명의 농부도 보이지 않았으므로 그는 이 고상한 가축을 자유롭게 놓아주었다. 세 시간 후 벨지라테에 도착했다. 이 지방은 마음을 놓을 수 있는 곳이었으므로 그는 잠시 휴식을 취했다. 기분이 아주 유쾌했다. 일을 뜻대로 잘 해치운 것이다. 그가 기뻤던 진정한 이유를 다시 말해야만 할까? 그의 나무는 훌륭하게 자라고 있었고, 또 블라네스 신부의 품안에서 느낀 깊은 감동으로 인해 그의 마음은 생기를 되찾았던 것이다. 그는 생각했다. '신부님은 내게 말씀해 주신 그 모든 예언들을 실제로 믿고 계시는 걸까? 아니면 형이 나에 대해서, 급진파에다 명예도 법도 모르는 인간이고 양심의 거리낌 없이 아무 일이나 저지르는 자라고 소문을 퍼뜨려 놓은 까닭에, 신부님은 단지 미리 나를 타일러서 경계시키려 하신 걸까? 누가 시비를 걸어온다 해도 그 사람을 해치우려고 성급하게 덤비지 말고 자제하도록 말이야.' 다음 날 파브리스는 파르마에 도착했다. 그는 여행 중에 있었던 모든 일을 언제나처럼 자세히 이야기해서 공작부인과 백작을 아주 즐겁게 했다.

그런데 그가 도착했을 때 산세베리나 저택의 문지기와 하인들이 전부 상복을 반듯하게 갖추어 입고 있는 것이 눈에 들어왔다.

"누가 돌아가셨나요?" 그는 공작부인에게 물었다.

"사람들 사이에서 내 남편으로 통하는 그 선량한 양반이 바텐에서 세상을 떠났단다. 그가 내게 이 저택을 물려주었어. 이 일은 처음부터 그렇게 하기로 약속되어 있던 것이지만, 그 밖에도 호의의 표시로 30만 프랑의 유산을 남겨 주었기 때문에 나는 무척 난처하단다. 상속을 포기해서 이 돈을 그의 조카딸인 라베르시 후작부인에게 고스란히 돌려준다는 데에는 마음이 내키지 않아. 그 여자는 내게 늘 못된 짓만 하거든. 너는 미술에 식견이 있으니 누구든 훌륭한 조각가를 물색해 주렴. 30만 프랑으로 공작의 무덤을 꾸밀 생각이야."

모스카 백작이 라베르시 부인과 관련된 일화를 이야기해 주었다.

"그 여자에게 호의를 보여 기분을 맞춰 보려 했지만 허사였어." 공작부인이 말했다.

"내가 힘을 써서 공작의 조카들을 모두 대령이나 장군으로 앉혀 놓았는데도, 이런 내 노력에 대한 그들의 보답이란 고작 매달 빠짐없이 밉살스런 편지를 익명으로 보내온 것이란다. 그 편지들을 읽기 위해 비서 한 사람을 따로 고용해야만 했을 정도야."

"그런데 그런 익명의 편지란 그들이 저지르는 못된 짓들 가운데서 가장 참을 만한 것이지요." 모스카 백작이 말을 받았다. "그들은 파렴치한 밀고를 자신들의 전문적인 업으로 삼고 있습니다. 만일 그럴 마음만 먹었더라면 나는 이 패거리들을 스무 번도 더 법정에 세울 수 있었습니다만." 하고 그는 파브리스를 보며 덧붙였다. "예하께서도 상상할 수 있겠지요. 우리 공국의 저 덕망 높은 판사들께서 과연 그들에게 유죄를 선고할 수 있겠는가를."

"그래요! 그런 점 때문에 저는 다른 것까지 전부 싫어져요."

파브리스는 궁정에서였다면 웃음거리가 되었을 정도로 순진하게 대답했다.

"차라리 그들이 양심적으로 판결을 내리는 사법관들에게 유죄 판결을 받게 했으면 좋겠어요."

"자네는 공부하러 여러 곳을 다녀보았으니까 그런 사법관이 있는 곳을 알면 주소를 가르쳐 주게나. 오늘 당장 잠자리에 들기 전에 편지를 쓸 테니."

"만일 제가 재상이라면 자기 나라에 정직한 판사가 없다는 사실에 자존심이 상할 겁니다."

"그러나 내가 보기에, 그처럼 프랑스인들을 좋아하고, 또 예전에는 불굴의 무용(武勇)을 보태어 그들을 도우려고 나서기까지 했던 예하께서 지금 이 순간에는 그들의 중요한 격언 하나를 잊고 계신 것 같군. '악마에게 죽임을 당하기보다는 악마를 죽이는 편이 낫다.'는 격언 말일세. 만일 자네라면, 온종일 『프랑스 혁명』이라는 역사책을 읽는 열렬한 정신의 소유자들과 또한 내가 고발하는 사람들을 무죄로 석방시켜 버리는 판사들을 어떻게 다스리는지 한번 보고 싶군. 그들은 명백한 죄를 지은 악당들에게 유죄를 선고하지 않음으로써 스스로 브루투스[63]인 양 자처하려는 속셈이야. 그런데 물어보고 싶은 일이 있는데, 그토록 마음이 섬세한 자네는 마조레 호숫가에다 내버리고 왔다는 그 좀 여윈 듯한 말에 대해 어떤 가책을 느끼지 않는가?"

"저는 그 말 주인에게 말을 찾기 위한 광고비며 그 외의 다른 비용들을 모두 물어주려고 생각하고 있습니다."

파브리스는 아주 진지한 태도로 대답했다.

"그러면 말 주인은 누구든지 말을 발견한 농부를 통해 말을 되찾을 수 있을 겁니다. 그리고 저는 혹시 주인 잃은 말의 광고가 실렸는지 살펴보기 위해 밀라노 신문을 빼놓지 않고 읽으려 합니다. 그 말의 특징은 잘 기억하고 있으니까요."

"정말이지 원초적인 사람이군요!"

백작은 공작부인에게 말했다. 그러고는 웃으면서 말을 계속했다.

"만일 예하가 그 말을 타고 전속력으로 달리다가 말이 발이라도 헛디뎌 넘어졌다면 예하는 어찌 되었을까? 아마 지금쯤 스피엘베르그 감옥에 들어가 있을 거야, 친애하는 조카님. 그리고 내가 갖고 있는 모든 영향력을 다 동원하더라도 자네 양

---

63) 고대 로마의 정치가이자 장군인 시저를 암살한 인물이다.

쪽 다리에 채운 쇠사슬의 무게를 17킬로그램가량 줄이는 것이 고작이었을 거야. 자네는 그 별장 같은 곳에서 한 10년쯤 지내게 될 거고, 아마 자네 두 다리는 부어오르고 썩게 되겠지. 그러면 그 다리를 솜씨 좋게 잘라 내어야…….”

“아! 제발 그런 끔찍한 이야기는 그만두세요.”

공작부인은 눈물을 글썽거렸다. “이 아이는 여기 이처럼 무사히 돌아왔잖아요.”

“그 점은 나도 당신 이상으로 기뻐하고 있어요. 당신도 아시지요.”

백작은 아주 진지하게 대답했다. “그러나 이 말썽쟁이는 롬바르디아로 몰래 들어가고자 했으면서도 왜 내게 적당한 이름의 여행 증명서를 만들어 달라고 하지도 않았습니까? 그가 붙잡혔다는 소식이라도 듣게 되면 즉시 내가 밀라노로 달려갔을 것이고, 그러면 그곳에 있는 내 친구들은 기꺼이 눈감아 줘서, 자기네 헌병이 체포한 사람은 파르마 대공의 신민 한 명이었다고 믿는 척했을 텐데요. 자네의 여행담은 매력적이고 재미있네. 그 점은 유쾌히 인정하는 바일세.”

백작은 어조를 좀 누그러뜨렸다.

“숲에 숨어 있다가 큰길로 뛰어나왔던 일은 마음에 들어. 그러나 우리끼리니까 하는 말이지만, 그 하인이 자네의 생명을 손에 쥐고 있었던 만큼 자네도 그의 생명을 빼앗을 권리가 있었던 거야. 우리는 예하께 빛나는 장래를 마련해 주려고 하네. 적어도 여기 계신 이 부인께서 내게 그리 하도록 분부하시니 말일세. 나에게 완전히 등을 돌린 적들조차 내가 단 한번이라도 이 부인의 명령을 거역한 적이 있다고는 말하지 못할 걸. 자네가 그리앙타의 종루를 찾아가는 이런 모험을 벌이면서, 만약 그 홀쭉한 말을 타고 달리다가 말 등에서 떨어지기라도 했다면 부인과 내가 얼마나 슬퍼했겠는가!" 그러고는 이렇게 덧붙였다. "차라리 말에서 떨어진 그 자리에서 목이 부러지는 편이 더 나았을 거야."

"당신을 오늘 저녁 정말 우울한 말씀만 하시는군요."

공작부인이 몹시 심란해하며 말했다.

"그건 우리 주위가 온통 비극적인 사건들로 둘러싸여 있기 때문이지요."

이렇게 대답하는 백작 또한 마음이 편치 않은 듯했다.

"이곳은 프랑스가 아닙니다. 거기서라면 노래를 부르거나 아니면 1, 2년 정도 감옥에 집어넣는 일로 만사가 끝나겠지요. 그리고 이런 이야기들을 웃으면서 당신께 말씀드리는 나 역시 잘못입니다만, 아, 참! 조카님, 내 생각에 이제 자네를 주교 자리에 앉힐 때가 된 것 같은데. 솔직히 말해 처음부터 파르마 공국의 대주교로 시작하게 할 수는 없으니까 말이야. 비록 여기 계신 공작부인께서는 그러기를 바라고 계시지만, 그리고 그러는 것도 당연한 일이지. 자네가 우리의 충고를 듣기 힘든 먼 곳의 주교가 될 경우를 생각해서 묻는 건데, 자네의 처신책은 무엇인지 좀 들려주겠나?"

"악마에게 죽임을 당하기보다 악마를 죽인다, 바로 이것이지요. 제가 좋아하는 프랑스 사람들이 늘 하는 이야기처럼 말입니다."

10장

파브리스는 눈을 반짝이며 대답했다.

"가능한 모든 수단을 동원해서, 필요하다면 권총을 쏘는 일도 마다 않고 당신이 제게 마련해 주신 자리를 지키겠습니다. 저는 델 동고 집안의 가계사에서 그리앙타성을 세운 한 조상의 이야기를 읽은 적이 있는데, 그 조상의 이름은 베스파시앙 델 동고였어요. 그 조상의 만년에, 친한 친구이자 밀라노 공작인 갈레아스가 그를 코모 호반에 있는 한 성채로 시찰을 보냈었지요. 스위스인들이 다시 침략해 올 염려가 있다는 겁니다. '그렇지만 성채 대장에게 인사말을 써 보내야겠지.' 밀라노 공작은 그가 떠날 때 이렇게 말하면서, 두 줄의 글이 적힌 편지를 써 주었습니다. 그러고는 다시 달라고 해서 봉한 다음 되돌려주는 것이었습니다. '이렇게 봉하는 편이 더 정중하겠지.' 하면서 말입니다. 베스파시앙 델 동고는 출발했고, 호수를 건너는 도중 희랍의 옛 이야기를 생각해 냈습니다. 이분은 학식이 있었거든요. 그래서 그는 군주의 편지를 뜯어 보았는데, 거기에는 그가 도착하는 즉시 죽이라는 내용의 성채 사령관에게 보내는 명령이 쓰여 있었습니다. 그런데 스포르차 가문의 이 군주는 우리 조상이 이 일을 눈치채지 못하도록 하는 데만 너무 신경을 썼던 바람에 쪽지의 마지막 행과 서명 사이를 비워 두고 말았지요. 베스파시앙 델 동고는 그 빈칸에 자신을 호수 주변 모든 요새의 총사령관으로 대우하라는 명령을 적어 넣고는 편지의 윗부분은 찢어 버렸습니다. 요새에 도착해서 편지에 적힌 대로 시행되자, 그는 성채 사령관을 우물 속에 집어넣어 버리고 스포르차 가문에 대해 선전포고를 했습니다. 그러고는 몇 년 후 이 성채를 광대한 토지와 맞바꾸었는데, 이 토지가 우리 일가의 재산을 만들어 주었고, 또 내게도 앞으로 연수 4000프랑을 가져다줄 겁니다."

"자네는 마치 학술원 회원처럼 이야기하는군." 백작은 웃었다. "자네가 지금 우리에게 들려준 이야기는 믿어지지 않을 만큼 대담한 내용이야. 그러나 그런 재미난 일을 할 수 있을 즐거운 기회는 10년에 한 번 올까 말까. 다소 우둔한 인간이라 하더라도 주의 깊게, 늘 신중하게 행동한다면 상상력이 풍부한 자들을 이겨내는 쾌감을 흔히 맛볼 수 있는 법이지. 나폴레옹이 아메리카로 달아나는 대신 신중한 존 불[64]에게 항복했던 것은 그의 풍부한 상상력이 낳은 오류였어. 존 불은 계산대에 앉아 테미스토클레스[65]를 인용한 나폴레옹의 편지를 보고 몹시 웃었지. 어느 시대나 결국 비천한 산초 판사가 숭고한 돈키호테를 이기는 법일세. 만일 자네가 엉뚱한 짓을 하지 않겠다는 약속만 해주면, 내가 장담하지. 자네를 아주 존경할 만한 주교는 아니라도 아주 존경받는 주교로 만들어 주겠어. 내가 조금 전 지적했던 점은 여전히 사실이야. 예하는 말을 빼앗으면서 경솔하게 행동했고, 자칫하면 영원히 감옥에 들어가

---

64) John Bull, 전형적인 영국인을 의미하는 말로, 여기서는 나폴레옹이 워털루 전투에서 영국의 웰링턴 장군에게 패배했음을 빗대어 한 말이다.
65) Themistocles(BC 524경~460경), 고대 그리스 아테네의 정치가이자 군인. 아테네를 강력한 해군국으로 육성하여, 기원전 480년 살라미스 해전에서 크세르크네스의 함대를 격파했다. 스파르타에 반대하는 정책을 주장하여 기원전 471년 오스트라시즘에 의해 추방되었다.

있을 뻔했단 말일세."

이 말을 듣자 파브리스는 등골이 서늘해졌다. 그는 깊은 놀라움에서 헤어나지 못했다. '나를 위협하고 있는 감옥이란 바로 그곳이었을까? 내가 범해서는 안 될 죄라는 것도 바로 그 일을 말하는 것이었을까?' 그는 생각했다. 믿을 수 없는 여느 예언 중의 하나라고 무시하려 했던 블라네스 신부의 말이 그의 눈앞에 뭔가 의미심장한 예감으로 다가왔다.

"아니! 왜 그러고 있니?" 공작부인이 놀란 듯 말했다. "백작님의 이야기가 네게 불길한 상상을 불러일으킨 모양이구나."

"새로운 진실이 내 눈을 뜨게 해 주었어요. 나는 그 진실을 외면하지 않고 받아들이렵니다. 정말이지 나는 영원히 빠져나올 수 없는 감옥 바로 옆을 지나온 것이군요! 하지만 영국식 복장을 한 그 하인은 인상이 참 좋았어요. 그를 죽인다는 것은 정말 마음 내키지 않는 일이었어요!"

수상은 파브리스가 조금 분별이 생긴 태도를 보이자 마음이 흡족해졌다.

"어느 모로 보나 이 청년은 아주 훌륭합니다." 그는 공작부인을 쳐다보며 말했다.

"그런데 여보게, 자네가 어떤 사람의 마음을 사로잡게 되었다는 사실을 말해 줘야겠군. 더구나 이건 아마도 가장 바라던 성공일 거야."

'아! 마리에타의 일로 나를 놀리려는 것이구나.' 하고 파브리스는 생각했다.

"'복음서에서 튀어나온 것 같은' 자네의 그 순진성이 우리의

302

존경할 만한 란드리아니 신부의 마음을 사로잡았다네. 머지않아 우리는 자네를 대주교의 보좌역에 앉히려 하는데, 이번 일에서 재미있는 점은 현재 있는 세 명의 보좌주교들이 대주교에게 간곡한 편지를 보내서 자네를 그들 중에서도 수석 자리에 임명해 달라고 청원하기로 되어 있다는 것이지. 이 사람들은 모두 훌륭한 사람들이고 근면하며, 또 그들 중 두 사람은 자네가 태어나기도 전부터 보좌주교였을걸. 이 보좌주교님들은 청원의 근거로 우선 자네의 덕성을 내세울 예정이고, 다음에는 자네가 유명한 전 대주교 아스카니오 델 동고의 종손자가 된다는 사실을 내세울 거야. 자네의 덕성을 칭찬하는 말을 듣고 나는 그 보좌주교들 중 최고참자의 조카를 즉시 대위로 임명했네. 이자는 쉬세 원수의 타라고네 포위작전 때부터 줄곧 중위에 머물고 있었거든."

"지금 곧장 네가 입고 있는 허름한 옷차림 그대로 대주교를 방문하거라. 그에게 가서는 친밀감을 표시하는 거야." 공작부인이 말소리에 힘을 주었다. "그에게 네 누이의 결혼 이야기를 하렴. 누이가 공작부인이 되리라는 것을 알면 너를 더욱 사도답다고 생각할 테니까. 그러나 방금 백작께서 네게 말씀하신 장래의 보좌주교 임명에 대해서는 전혀 모르는 체해야 한다."

그는 대주교관으로 달려갔다. 거기서 그는 소박하고 겸손하게 행동했다. 그런 태도를 취하기란 그로서는 아주 쉬운 일이었다. 오히려 대귀족 역할이 더 힘든 것이다. 란드리아니 대주교 예하의 좀 장황한 이야기를 들으면서 그는 이렇게 자문하고 있었다. '그 여윈 말을 끌고 오던 하인을 총으로 쏘아야만 했던 걸까?' 그의 이성은 그랬어야만 했다고 대답했다. 그러나 그의 마음은 그 잘생긴 젊은이가 처참한 꼴로 말에서 굴러 떨어지는 피투성이 장면을 생각만 해도 견딜 수 없었다.

'만약 말이 발을 헛디뎌 넘어지기라도 했다면 내가 영락없이 잡혀 들어가야만 했을 감옥이 바로 그토록 많은 전조를 보여 주며 나를 위협하고 있는 바로 그 감옥일까?'

이 문제는 그로서는 가장 중요한 것이었다. 그리고 대주교는 그의 주의 깊은 태도에 아주 만족했다.

11장

대주교관을 나서자마자 파브리스는 마리에타의 집으로 달려갔다. 멀리서 질레티의 괄괄한 목소리가 들려오고 있었다. 이 사내는 술을 받아다놓고 자기 친구들과 어울려 한바탕 먹고 마시는 중이었다. 무대 뒤에서 대사를 불러주는 사람과 조명용 양초의 심지를 자르는 이들이 그의 친구였다. 파브리스의 신호에 양어미 행세를 하는 할망구가 혼자 문을 열었다.

"나리가 없는 사이에 새로운 일이 있었지요." 할멈이 큰소리로 말했다. "우리 배우 두세 명이 위대한 나폴레옹 축제날에 술을 마시고 떠들며 축하를 했다고 고발을 당했지 뭐요. 그리고 우리 불쌍한 극단은 급진파라는 누명을 쓰고 파르마 공국을 떠나라는 명령을 받았다우. 정말이지 나폴레옹 만세다! 그래도 사람들이 그러던데, 수상이 마지못해 여비는 주었다는

구려. 확실한 건 질레티가 그 돈을 가졌다는 건데, 얼마나 되는지는 모르겠고. 하지만 그가 은화를 한 움큼이나 가지고 있는 걸 본 적은 있지. 마리에타는 만토바와 베네치아까지 갈 여비로 단장한테서 은화 다섯 닢을 받았고, 나도 한 닢 받았우. 그 아이는 나리를 마냥 좋아하지만 질레티가 그 아이에게 겁을 주고 있다우. 사흘 전 우리가 마지막으로 공연했을 때 그는 기어이 우리 애를 죽이겠다고 법석을 부렸거든. 그 애 뺨을 두 번씩이나 지독하게 때려붙이고는 글쎄, 그 나쁜 놈이 밉살맞게도 우리 애가 두른 파란 숄까지 찢어 버렸다니까. 나리가 만약 그 아이에게 파란 숄을 다시 사 준다면 정말 좋은 일을 하는 걸 텐데. 돈이야 복권에서 땄다고 둘러대면 될 거고. 헌병대 군악대장이 내일 시합을 연다는데, 거리 모퉁이마다 광고가 나 붙었으니 몇 시에 열리는지는 알 수 있을 거요. 시간을 봐서 이리로 오구려. 그자가 시합에 가서 좀 오랫동안 집을 비우게 되면 내가 창가로 나가 나리더러 올라오라는 신호를 할 테니. 뭔가 좋은 걸 좀 가져오구려. 그러면 마리에타가 나리한테 홀딱 빠질 거야."

이 지저분한 집의 나선형 계단을 내려오면서 파브리스는 후회하는 마음이 가득했다. '나는 조금도 변하지 않았어. 그 호숫가에서 그처럼 철학자인 양 인생을 관조할 때의 가상한 결심들은 전부 어디론가 사라져 버렸으니. 그때 내 영혼은 평소와는 달리 들떠 있었나보다. 모든 것이 꿈이었고, 그 꿈은 쓰디 쓴 현실 앞에서는 사라지고 마는구나.' 밤 11시경 산세베리나 저택으로 돌아오면서 파브리스는 생각했다. '지금이 그 말을 해야 할 때가 아닐까.' 그러나 코모 호숫가에서 지새운 그 날 밤에는 얼마든지 낼 수 있을 것만 같았던 그 용기를, 품격을 잃지 않으면서 솔직하게 이야기할 용기를 지금 자신의 마음속에서는 전혀 길어낼 수 없었다. '내가 세상에서 가장 아끼는 사람을 괴롭히게 될 거야. 그런 말을 꺼낼 나는 서투른 배우 같아 보이겠지. 나는 정신이 고양되어 있을 때나 좀 쓸모 있는 인간이 되나 보다.'

"백작님은 내게 정말 친절하게 대해 줍니다." 파브리스는 공작부인에게 대주교관을 방문했던 일을 보고한 뒤 이렇게 말했다.

"내가 그분의 마음에 들 만한 행동을 별로 하지 못했다는 생각이 드는 만큼 더욱더 그분이 고맙게 여겨집니다. 그러니까 나도 그분을 깍듯이 대해야겠지요. 백작님은 상기냐에서 발굴 작업을 벌이고 있는데 그저께 그리로 간 것만 보아도 아주 열중하고 계신 모양이에요. 인부들이 작업하는 모습을 2시간가량 지켜보려고 47킬로미터나 말을 달려갔으니 말입니다. 최근 고대 사원 터를 발굴했기 때문에 거기서 조각상들이 발견되면 누가 갖고 가지나 않을까 염려하시는 거예요. 내가 상기냐에 가서 하룻밤을 자면서 감독하겠다고 그분께 말해 보겠어요. 내일 5시경에는 대주교를 다시 만나야 하지만, 그래도 저녁에는 떠날 수 있을 거예요. 길을 가면서 신선한 밤공기를 맛볼 수 있겠지요."

공작부인은 즉시 대답하지는 않았다. "너는 내 곁에서 떠날 구실만 만드는 것 같아."

그러고는 잠시 후 아주 다정하게 말했다. "벨지라테에서 겨우 돌아왔는가 했더니 또다시 떠날 구실만 찾고."

'자, 그 이야기를 꺼낼 만한 기회가 왔다.' 파브리스는 생각했다. '하지만 그 호숫가에 있을 때 나는 조금 정신이 이상해졌었어. 진실하려는 열정이 과한 나머지 내가 생각해 낸 멋들어진 말이 무례하게 들릴 거라는 사실을 깨닫지 못했으니 말이야. '난 고모를 더할 수 없이 헌신적인 우정으로 사랑합니다…… 그러나 내 마음은 사랑을 느낀다는 것이 불가능해요.' 내가 고모에게 이렇게 말하면 그것은 결국, 당신이 날 사랑한다는 사실을 알고 있습니다만 주의하세요, 나는 당신의 사랑에 같은 방식으로 보답할 수는 없으니까요, 라고 이야기를 하는 셈 아닌가? 만약 고모 마음에 연정이 숨어 있다면, 내가 그걸 눈치챘다는 사실에 화를 낼 수도 있어. 그리고 나에 대한 마음이 아주 단순한 혈육의 정일 뿐이라면 나의 뻔뻔스런 말에 몹시 분개할 거야…… 그런 모욕이야말로 그 누구라도 용서하기 힘든 것이니까.'

파브리스는 이런 심란한 생각에 깊이 빠져 마치 불행이 눈앞에 닥친 사람처럼 무겁고 진지한 태도가 되었다. 그러면서 그는 자신도 모르는 사이에 거실을 이리저리 거닐고 있었다.

공작부인은 감탄하는 심정으로 그를 바라보았다. 이제 그는 더 이상 자신의 눈으로 태어나는 모습을 지켜보았던 그 아이가 아니었다. 언제든지 자신의 말을 따를 태세를 갖추던 조카도 아니었다. 그는 한 사람의 듬직한 남자, 그로부터 사랑받는다면 행복할 것 같은 남자였다. 그녀는 앉아 있던 긴 의자에서 벌떡 일어나 그의 품안에 열정적으로 몸을 던졌다.

"너는 내게서 도망치려 하는 거지?" 공작부인은 물었다.

"아닙니다." 이렇게 대답하는 그는 로마의 황제처럼 의젓했다. "다만 분별 있게 행동하려는 것입니다."

이 말은 여러 가지 의미로 들릴 수 있었다. 파브리스는 그 이상의 말을 해서 이 사랑스런 여인의 마음을 감히 아프게 할 용기가 자신에게는 없다고 느꼈다. 그는 너무 젊었고 너무나 쉽게 감동해 버리곤 했다. 자신의 의향을 잘 전달할 좋은 표현이 떠오르지 않았다. 분별을 잃지 않았음에도 불구하고 자연스런 격정의 발로에 의해 그는 그만 이 아름다운 여인을 두 팔로 끌어안고 뺨과 이마에 키스를 퍼부었다. 바로 그때 백작의 마차가 저택 안뜰로 들어오는 소리가 들렸다. 그리고 곧 백작이 거실에 모습을 나타냈다. 그는 매우 흥분하고 있는 것 같았다.

"자네는 사람들에게 아주 특이한 정열을 불러일으키는군." 백작이 파브리스에게 말했다. 파브리스는 이 말에 무척 당황했다.

"대주교가 오늘 저녁 대공 전하를 알현했지. 그에게는 목요 일마다 알현이 허락되어 있거든. 대공이 내게 들려준 말에 따르면 대주교는 아주 서두르면서 이야기를 꺼냈는데, 그 이야기라는 것이 미리 외어 온 현학적인 내용이라서 처음에는 전혀 이해할 수 없었다는군. 마침내 란드리아니가 밝힌 본론이란, 파브리스 델 동고를 자신의 수석 보좌주교로 임명하고 그러다가 나중에 스물네 살이 되면 '대주교 계승권'을 주는 일이 파르마 교회를 위해 긴요하다는 것이었어."

"솔직히 말하네만 나는 이 말을 듣고 몹시 걱정이 됐네. 일을 좀 성급하게 벌인 듯했거든. 게다가 대공이 심술을 부리지나 않을까 마음이 쓰였지. 하지만 그는 웃는 낯을 지으며 프랑스말로 이렇게 말하는거야. '선생, 이건 당신이 꾸민 일이지!' 나는 성심껏 대답했지. '하느님과 전하 앞에서 맹세하건대, 소신은 정말이지 '대주교 계승권'이라는 말은 모르는 일입니다.' 하고 말이야. 그러고는 있는 그대로 즉, 몇 시간 전에 우리가 바로 여기서 했던 이야기를 그대로 했네. 그런 다음 '우선 어디든지 작은 마을 주교 자리를 전하께서 내려주신다면 그보다 더 큰 은혜가 없을 것입니다.'라고 덧붙였지. 상냥하게 대해주기로 마음먹은 것을 보면 대공은 내 말을 믿은 모양이야. 그는 아주 허심탄회하게 말하더군. '이 일은 대주교와 과인이 알아서 할 공무이니까 수상은 상관하지 마오. 저 선량한 대주교는 공적인 제안을 내밀 때마다 무슨 보고문이라도 읽는지 꽤나 길고 지루하게 늘어놓곤 하지. 나는 그의 제안에 냉담하게 대꾸했네. 당사자는 아직 젊고, 무엇보다도 이곳 궁정에 온 지 얼마 되지 않는다고 말이야. 그리고 롬바르디아 베네치아 왕국의 고관 아들이 파르마에서 그런 높은 자리에 앉을 가능성도 있다는 걸 보여 준다면, 그건 바로 그 왕국 통치자인 오스트리아 황제가 내 이름으로 발행한 어음을 대신 지불해 주는 꼴이 될 게 아니냐고 말했지. 대주교는 그런 뜻으로 추천한 것이 결코 아니라고 중언부언했지만, 어쨌거나 그런 말을 내게 하다니 정말 어리석은 짓이야. 그렇게 영리한 사람으로부터 그런 이야기를 듣게 되다니 어이가 없더군. 하기야 그는 내게 이야기할 때는 늘상 허둥거리지만, 오늘 저녁에는 한층 더 심했지. 그런 걸 볼 때 대주교는 이 일이 잘되기를 몹시 바라고 있다는 생각이 들더군. 나는 그에게 이렇게 말했지. 당신이 델 동고를 추천한 데 있어 어떤 권세 있는 사람의 입김이 없었다는 사실은 내가 더 잘 알고 있으며, 이 궁정에 그 청년의 능력을 불신하는 사람은 없다, 또 그의 품행에 대해서도 그리 험구하는 사람은 없다고 말이야. 그리고 내가 우려하는 점은 델 동고 그 젊은이가 열광하기 쉬운 성격이 아닌가 하는 것인데, 나로서는 이런 종류의 미치광이들을 절대 중요한 자리에 앉히지 않기로 마음먹고 있다고, 일국의 군주라면 이런 종류의 인간에게는 마음을 놓을 수 없는 법이라고 말해 주었지. 그랬더니 처음과 거의 같은 길이로 또 한번 감동적인 연설을 늘어놓는 바람에 그걸 들어주느라 고역을 치렀어. 대주교는 과인이 교회에 베푸는 정성을 찬미하더군. 서투른 자라는 생각이 들었어. 당신은 길을 잘못 들었다, 당신처럼 행동하면 허락해 주고 싶은 마음이 거의 들다가도 싫은 법이다, 이제 당신이 해야만 할 일은 쓸데없는 장광설을 그만두고 감격하며 내게 감사하는 것이다, 라고 말해 주고 싶더군. 하지만 그는 그럴 생각은 전혀 하지도 못하고, 우스꽝스러울 정도로 끈질기게 설교를 계속하는 거야. 나는 델 동고 청년에게 지나치게 섭섭하지는 않을 대답이 무얼까 궁리하다가 마침내 찾아냈지. 꽤 괜찮은 답변이었던 것 같아. 수상 생각에는 어떤지 한번 들어 보시오. 과인이 그에게 말하기를, 대주교 예하, 피우스 7세는 홀륭한 교황이자 위대한 성자였지요. 유럽의 모든 지도자 가운데 오직 그분만이 유럽을 발아래 내려다보던 그 폭군[66]에게 '아니오'라고 말할 수 있었소. 그러나 아뿔싸! 그분은 쉽게 열광하는 성격이었소. 이 성격 때문에 그분은 이몰라의 주교로 있을 때, 치살피나 공화국을 위해 저 유명한 목가 「시민추기경 키아라몽티」를 쓰기에 이르렀던 겁니다, 하고 말이지.

가엾은 대주교는 어리둥절하고 있더군. 나는 그의 얼을 완전히 빼놓으려고 아주 정색을 해서 말했다오. '그만, 이제 안녕히 가시오. 대주교 예하. 앞으로 스물네 시간 동안 당신의 제안을 잘 생각해 보겠습니다.' 그런데 그 요령 없는 자는 내가 잘 가라는 말을 건넸음에도 불구하고 서투른 말솜씨로 눈치도 없이 몇 마디 애원을 더 늘어놓더란 말이야. 자. 그런데 모스카 델라 로베레 백작, 당신이 공작부인에게 내 말을 좀 전해 주시오. 나는 그녀가 기뻐할 일을 두고 대주교에게 말했던 것처럼 스물네 시간 동안이나 미룰 생각은 없다는 것을 말이오. 거기 앉아 대주교 앞으로 보낼 인가장을 써서 이 일을 완전히 매듭지읍시다.' 내가 인가장을 다 쓰자 대공은 서명을 하고는 '이것을 즉시 공작부인에게 가져가서 보여 주시겠소.'라고 말하는 거야. 자, 부인, 여기에 바로 그 인가장이 있습니다. 이것 덕분에 나는 오늘 저녁 행복하게도 당신을 다시 만날 구실이 생겼습니다그려."

공작부인은 정신없이 기뻐하며 인가장을 읽었다. 한편 파브

---

66) 나폴레옹을 가리킨다.

리스는 백작이 이 긴 이야기를 하는 동안 자신의 마음을 진 정시켰다. 덕분에 그는 이야기를 듣고도 조금도 놀란 빛을 보 이지 않았다. 일개 평민이었다면 너무 기쁜 나머지 극도로 흥 분했을 이런 행운, 흔치 않은 출세를 그는, 자신은 언제나 그 럴 권리가 있다고 믿고 있는 대귀족답게 담담히 받아들였을 뿐이었다. 그는 궁정 예법에 맞춰 감사의 말을 한 다음 마침내 백작에게 자신의 뜻을 비쳤다.

"훌륭한 궁정인이 되려면 다른 사람이 열의를 보이는 취미 생활에 자신을 맞출 줄 알아야겠지요. 어제 백작님께서는 상 기냐 인부들이 고대 조각품의 파편을 발견할 경우에 그걸 훔 치지나 않을까 하고 걱정하셨습니다. 저도 발굴하는 일을 무 척 좋아합니다. 만약 허락해 주신다면, 제가 가서 인부들을 감독하겠습니다. 내일 저녁 궁정과 대주교관에 들러 적절한 감사의 인사를 한 다음 상기냐로 떠날 생각입니다."

"그런데 그 사람 좋은 대주교가 왜 그처럼 갑자기 파브리스 에게 애착을 느끼게 되었는지 짐작이 가세요?" 공작부인이 백 작에게 물었다.

"그건 짐작해 보려고 애쓸 필요도 없었지요. 내 힘으로 동 생이 대위가 된 보좌주교가 어제 내게 이렇게 귀띔해 주었으 니까요. 란드리아니 신부는 실제 직함을 가진 사람이 그 직함 의 보좌역보다는 지위가 높다는 확실한 원칙에서 출발한 것 이라고 말입니다. 그래서 델 동고 가문의 사람을 자기 아랫사 람으로 부리며 그에게 은혜를 베풀게 된다는 사실에 기뻐 어 쩔 줄 모르는 겁니다. 파브리스가 명문귀족 출신이라는 사실을 세상 사람들에게 밝히게 될 일이라면 어느 것이든 그에게 내밀한 기쁨을 보태 주겠지요. 그건 자신이 그런 대귀족을 보좌로 부린다는 사실을 드러내는 것이니까요. 그 다음 이유로는 파브리스 예하가 그의 마음에 들었기 때문입니다. 대주교는 파브리스 앞에서는 소심하게 굴지 않아도 될 만큼 마음이 편해지는 겁니다. 그리고 마지막 이유가 있습니다. 그는 10년 전부터 피아첸차의 주교에 대한 미움을 키워오고 있었는데, 그도 그럴 것이 피아첸차 주교는 방앗간집 아들인 데다가, 다음번 파르마 대주교 자리를 차지하려는 야심을 공공연히 내보여 왔거든요. 피아첸차의 주교가 라베르시 후작부인과 아주 돈독한 관계를 맺은 것도 이처럼 장래의 대주교 계승권에 욕심이 있어서지요. 지금으로서는 이 두 사람의 친한 사이가 대주교를 전전긍긍하게 만들고 있습니다. 그들의 협력이 자신의 유쾌한 계획, 즉 델 동고 가의 사람을 자기 수하로 삼아 부리는 일에 방해가 될까 봐 걱정이란 말입니다.”

그로부터 이틀 뒤 파브리스는 아침 일찍부터 콜로르노(이곳은 프랑스 왕의 베르사유궁처럼 파르마 대공들의 별궁이 있는 곳이다.) 맞은편에 위치한 상기냐에서 발굴 작업을 감독하고 있었다. 발굴 현장은 오스트리아 영토에서 국경선에 가장 가까운 마을인 카살 마조레의 다리로부터 파르마를 잇는 큰 도로 바로 옆 평야에 펼쳐져 있었다. 인부들은 이 평야에 좁다란 구덩이를 길게 파고 있었는데, 구덩이 깊이가 2미터나 됐다. 이 고장에서 전해 오는 이야기로는 부근에 중세기까지도 로마 제2 신전의 유적이 남아 있었다는데, 그것을 찾기 위해 옛 로마 도로의 자취를 따라 탐색을 계속하고 있는 것이었다. 대공의 명령이 있었음에도 불구하고 인근의 많은 농부들은 자기네 토지를 가로지르는 이 기다란 구덩이를 다소 시기 어린 마음으로 보고 있었다. 아무리 설명을 해도 그들은 이 발굴 작업이 무슨 보물을 찾기 위한 것이리라고 생각했다. 그런 연유로 해서 파브리스가 이곳에 모습을 드러냈다는 것은 무엇보다 사소한 소요라도 일어나지 않게 막는 효과가 있었다. 그는 지루해하기는커녕, 이 일에 정열적으로 몰두했다. 간혹 고대 화폐가 발견되더라도 그는 인부들이 서로 짜고 그것을 빼돌릴 틈을 주지 않았다.

화창한 날씨였다. 아침 6시쯤이었을 것이다. 파브리스는 빌려온 고물 단발총으로 종달새 몇 마리를 겨누어 쏘았다. 그중 한 마리가 맞아서 한길 위로 떨어지는 것이 보였다. 쫓아가던 파브리스의 눈에 저 멀리, 파르마로부터 카살 마조레 국경 쪽으로 달려오는 마차가 보였다. 그가 소총에 탄환을 다시 장전하는 사이, 그 낡은 마차는 털털거리며 가까이 왔다. 마차 안에 앉아 있는 마리에타의 모습이 보였다. 그녀 양옆에는 그 키가 껑충하고 어설프게 생긴 질레티와 그녀 양어미인 할멈이 앉아 있었다.

질레티는 파브리스가 자신을 모욕하려고, 그리고 아마도 마리에타를 빼앗기 위해 이렇게 길 복판에 총을 들고 서 있다고 생각했다. 용맹한 남자를 본따 그는 마차에서 뛰어내렸다. 이 사나이는 왼손에 지독하게 녹슨 권총을 들고, 오른손에는 검을 칼집째로 들고 있었다. 이 검은 극단 사정으로 부득이 그가 후작 역할을 해야 할 때 사용하는 것이었다.

"이 악당놈아!" 사내가 소리질렀다. "여기 이 국경 근처에서 너를 만나다니 정말 반갑구나. 이제 끝장을 내주마. 여기서는 네 자주색 양말도 별 볼일 없을걸."

파브리스는 마리에타에게 정신이 팔려서 질레티가 질투심을 끓이며 고함을 질러도 별로 신경을 쓰지 않았다. 그래서 가슴에서 겨우 세 자밖에 떨어지지 않은 거리에서 별안간 녹슨 권총의 총구가 자신을 겨누는 것을 보았을 때, 당황한 나머지 엉겁결에 손에 들고 있던 소총을 막대기처럼 휘둘러 총구를 간신히 뿌리쳤다. 질레티의 총은 불을 뿜었으나 파브리스를 맞히지는 못했다.

"거기 꼼짝 말고 기다리라고, 제기랄." 질레티는 마부에게 소리질렀다. 동시에 번개처럼 몸을 날려 상대방의 총 끝을 잡고 자신을 겨누던 총구의 방향을 비껴 올렸다. 파브리스와 사내는 서로 있는 힘을 다해 총을 잡아당겼다. 완력에서는 질레티 편이 훨씬 센 탓에 사내가 방아쇠를 향해 총신을 한 손 한 손 먹어 들어와 총을 잡아챌 순간이었다. 질레티에게 총을 막 빼앗길 찰나 파브리스는 총 끝이 질레티 어깨 위로 세 치 이상 빗겨나 있는 것을 보고 방아쇠를 당겨 버렸다. 빼앗긴 다음에도 사내가 총을 사용하지 못하게 하려던 것이었다. 총성이 질레티의 귀 바로 옆에서 터졌다. 사내는 조금 움찔하더니 곧 정신을 차렸다.

"아니! 네깐 놈이 내 머리를 날려 버리겠다고, 이 악당놈! 자, 되갚아 주마."

질레티는 들고 있던 후작역 소도구 칼의 칼집을 벗겨 던져 버리고는 칼을 쳐들어 비호처럼 덤벼들었다. 파브리스는 빈손이었으므로 이제 끝장이라고 생각했다. 그는 질레티 뒤쪽으로 열 걸음 정도 떨어져 멈춰 서 있는 마차를 향해 달아났다. 그리고 마차 왼편을 지나 손으로 마차 스프링을 잡고는 재빨리 반대 방향으로 한 바퀴 몸을 돌려 열려 있는 오른편 승강구 바로 곁으로 빠져나갔다. 긴 다리로 바싹 쫓아오던 질레티는 마차 스프링에 매달려 몸의 방향을 바꿀 생각은 못 하고 그대로 몇 걸음 더 앞으로 밀려 나가서야 멈춰 섰다. 파브리스가 오른편 승강구 옆을 스쳐가는 순간 마리에타가 낮은 소리로 이렇게 외치는 소리가 들렸다.

"조심해요. 그가 당신을 죽일 거예요. 자, 받아요!"

동시에 커다란 사냥용 칼 같은 것이 승강구로부터 던져졌다. 파브리스는 그걸 줍기 위해 몸을 굽혔다. 그 순간 질레티가 공격한 칼이 어깨를 베고 스쳐 갔다. 파브리스가 몸을 일으키자 바로 코앞까지 다가온 질레티는 칼의 손잡이로 파브리스의 얼굴을 사납게 내려쳤다. 얼마나 사정없이 얻어맞았던지 파브리스는 정신이 아찔해졌다. 당장에 이자의 손에 죽게 될 것 같았다. 파브리스로서는 다행스러운 일이지만 질레티는 너무 가까운 거리까지 다가섰기 때문에 그 긴 칼을 휘두르지 못하고 있었다. 파브리스는 정신을 수습하자 걸음아 날 살려라 도망을 쳤다. 줄달음질치면서 사냥칼의 칼집을 벗겨 던지고 민첩하게 뒤돌아섰다. 뒤쫓아 오던 질레티가 바로 세 발자국 앞에 있었다. 질레티가 달려들었다. 파브리스는 그를 맞아 칼을 한 번 휘둘렀다. 질레티는 들고 있던 검으로 파브리스의 사냥칼을 슬쩍 뿌리치기는 했으나 이미 왼쪽 뺨을 어지간히 찔린 뒤였다. 그가 파브리스 옆으로 날쌔게 빠져나갔다. 그때 파브리스는 넓적다리에 칼날이 박히는 것을 느꼈다. 질레티가 따로 품고 있던 단도를 꺼내 재빨리 칼집을 벗겨 찌른 것이었다. 파브리스가 오른쪽으로 몸을 날려 뒤돌아섰다. 이제 두 사람은 결투하기에 적당한 거리를 두고 맞서게 되었다.

질레티는 지옥에서 날뛰고 있는 사람처럼 연신 욕을 퍼부어댔다.

"자! 목을 베어 버리겠다. 이 망할 신부놈아."

파브리스는 너무 숨이 차서 한마디도 할 수 없었다. 칼의 손잡이로 얻어맞은 얼굴이 몹시 아팠고, 코에서는 코피가 흘렀다. 그는 사냥칼로 사내의 칼끝을 여러 번 막아냈고, 몇 번은 공격하기도 했다. 그러면서도 자신이 무엇을 하고 있는지도 모를 정도로 정신이 없었다. 관중들 앞에서 시합을 벌이고 있는 듯한 착각도 어렴풋이 들었다. 스물다섯에서 서른 명 가까이 되는 인부들이 결투자들을 둥글게 에워싸고 있었던 것이다. 이 인부들은 서로 치고받는 두 사람과는 꽤 거리를 두고 있었는데, 그것은 두 사람이 엎치락뒤치락하면서 계속 뛰어다니고 있었기 때문이었다.

싸움이 조금 느슨해지는 듯이 보였다. 서로 칼을 휘두르는 움직임도 처음만큼 재빠르지 못했다. 숨을 좀 돌린 파브리스는 얻어맞은 얼굴이 몹시 아프자 분명 많이 상했나 보다고 생각했다. 화가 치밀어 올랐다. 그는 사냥칼을 겨누어 잡고 적에게 달려들었다. 칼 끝이 질레티의 오른편 가슴을 뚫고 들어가 왼편 어깨로 빠져나왔다. 그 순간 질레티의 긴 칼이 파브리스의 팔 윗부분을 깊숙이 찔렀다. 이 칼끝은 살갗 아래를 뚫고 지나갔으므로 그다지 치명적인 상처는 아니었다.

질레티가 쓰러졌다. 파브리스는 쓰러진 자에게 가까이 다가가면서 그가 왼손에 아직도 단도를 쥐고 있는 것을 보았다. 그 순간 손가락이 스르르 펴지면서 쥐고 있던 칼이 굴러 떨어졌다. '이 불한당 놈은 이제 끝났구나.' 파브리스는 생각했다. 얼굴을 들여다보았다. 질레티는 입으로 많은 피를 토하고 있었다. 파브리스는 마차로 뛰어갔다.

"거울을 가지고 있어요?" 마리에타에게 물었다. 마리에타는 아주 창백해진 그의 얼굴을 보고 꿀 먹은 듯 있었다. 할멈이 침착하게 초록색 바느질 가방을 열고 손잡이가 달린, 손바닥만 한 크기의 거울을 꺼내 내밀었다. 파브리스는 거울을 들여다보며 얼굴을 만졌다. '눈은 무사하군.' 그는 생각했다. '이만하길 다행이야.' 이를 살펴보았다. 부러진 것은 없었다. "그런데 왜 이렇게 아픈 걸까?" 그가 중얼거렸다. 할멈이 대답했다.

"뺨 위쪽 광대뼈를 얻어맞아서 살이 터진 거라우. 뺨이 무섭게 부어올라 시퍼렇게 되잖았수. 지금 당장 그 상처에 거머리를 붙이라고. 그럼 괜찮을 거요."

"아하! 즉시 거머리를 붙인단 말이지." 파브리스는 이 와중에도 웃었다. 그는 침착성을 완전히 회복했다. 인부들이 질레티를 에워싸고 어쩔 줄 몰라 바라만 보고 있는 것이 눈에 들어왔다.

"그 녀석을 살려 주게." 그는 인부들을 향해 소리쳤다. "옷을 벗기고……" 말을 계속하면서 눈을 들어 보니, 큰길 위 300보 가량 떨어진 거리에 대여섯 명의 남자가 보조를 일정하게 맞춰 사고가 난 이쪽을 향해 걸어오는 것이 눈에 들어왔다.

'헌병들이구나.' 하고 그는 생각했다. '살해된 사람이 있으니 저들은 나를 체포하려 할 거야. 그러면 나는 정말이지 대단히 명예로운 꼴사니로 파르마에 끌려가게 될 테지. 라베르시 후작부인과 한패가 되어 고모를 미워하는 궁정인들에게 얼마나 즐거운 이야깃거리가 되겠는가!'

이 점에 생각이 미치자마자 그는 번갯불처럼 재빨리 주머니 속의 돈을 전부 꺼내, 깜짝 놀라 멍하니 서 있는 인부들에게 던져 주고는 마차 안으로 뛰어올랐다.

"저 헌병들이 나를 뒤쫓지 못하게 막아주게나." 그는 인부들에게 소리쳤다. "그러면 큰 돈을 주지. 나는 죄가 없고, 이 남자가 내게 먼저 덤벼들어 죽이려 했다는 걸 그들에게 이야기해 줘. 그리고 자네는……" 하고 그는 마부를 향해 말했다. "말을 최대한 달려라. 저자들에게 붙잡히지 않고 포 강을 건너게 되면 나폴레옹 금화 네 개를 주겠다."

"좋습니다!" 마부가 대답했다. "하지만 겁낼 것은 없다구요. 저들은 걸어오고 있고, 내 말은 조금만 속력을 내도 그들을 넉넉히 따돌릴 수 있는걸요."

이렇게 외치며 마부는 말을 몰아대기 시작했다.

우리 주인공은 마부가 '겁내지 말라'는 말을 쓰자 기분이 상했다. 사실 그는 얼굴을 칼자루로 얻어맞고는 몹시 겁이 나 있었기 때문이었다.

"맞은편에서 말을 타고 나타날 수도 있어요."

신중한 마부는 나폴레옹 금화 네 개를 생각하면서 이렇게 말했다. "그러면 우리를 뒤쫓아 오던 놈들이 그들에게 우리를 붙잡으라고 소리칠 수도 있다고요."

이 말은 파브리스에게 총에 탄환을 재어 두라는 뜻이었다.

"아이고! 용감하기도 해라, 내 귀여운 사제님!"

마리에타는 파브리스에게 입을 맞추면서 이렇게 외쳤다. 할멈은 창을 통해 밖을 내다보고 있었다. 조금 후 노파는 다시 머리를 안으로 돌렸다.

"아무도 쫓아오지 않는구먼요, 나리." 할멈은 전혀 걱정 없는 기색으로 말했다. "그리고 길 앞쪽에도 아무도 없구. 오스트리아 경찰이 얼마나 까다로운지는 알고 있잖우. 포 강가의 제방 위를 이렇게 빨리 달리고 있는 모습이 눈에 띄면 틀림없이 붙잡으려고 달려들 거요."

파브리스는 창밖을 내다보았다.

"속력을 좀 줄이게." 그가 마부에게 말했다. 그러고는 노파에게 물었다.

"할멈은 어떤 여행증을 가지고 있소?"

"하나가 아니라 자그마치 세 개라우." 노파가 대답했다. "이걸 만드는 데 4프랑씩이나 들었어. 정말 지독하게 비싸지. 1년 내내 떠돌아다니는 배우들한테야 말이우! 자, 여기 배우라고 쓰여 있는 질레티의 여행 증명서가 있우. 앞으론 나리가 이 사람이 되는 거요. 나머지 둘은 마리에타와 내 것이지. 그런데 질레티가 우리 돈을 전부 가지고 있는데 이걸 어쩌면 좋겠우?”

“얼마나 가지고 있었는데?” 파브리스가 물었다.

“5프랑 에퀴가 마흔 개나 됐지.” 할멈이 대답했다.

마리에타가 웃으며 말했다. “실은 여섯 개하고 잔돈 조금뿐이었어요. 우리 귀여운 신부님을 속이는 건 싫어요.”

“나리한테서 에퀴 서른네 잎쯤 더 얻어 내려 했다 해서 뭐 그리 탓할 일이겠우, 안 그러우?” 노파는 눈 하나 깜짝이지 않고 천연덕스럽게 말했다. “나리에게야 에퀴 서른넷 정도의 돈은 아무것도 아니잖우? 게다가 우리는 보호자를 잃었어. 그러니 앞으로 누가 우리 숙소를 마련하고, 여행할 때 마부들과 삯을 흥정하고, 사람들이 우릴 얕보지 못하게 으름장 놓는 일을 하겠어? 질레티는 생긴 모습은 그랬어도 쓸모는 있었는데. 여기 이 아이는 당신을 만나자마자 앞뒤 안 가리고 반해 버리고 말았지만, 사실 이 아이가 꾀만 좀 있었더라면 질레티는 아무것도 눈치채지 못했을 테고, 우리도 당신한테서 돈을 좀 받아 냈을 텐데. 정말이지 우리는 가난하다우.”

파브리스는 그네들이 측은해졌다. 그는 지갑을 꺼내 나폴레옹 금화 몇 개를 할멈에게 주었다. 그리고 말했다.

“눈으로 보다시피 이제 남은 것은 열다섯 개밖에 없어. 그러니 앞으로 더 얻어 내려고 무슨 수를 쓰더라도 소용없소.”

마리에타는 그의 목을 얼싸안았고 노파는 손에 입을 맞추었다. 마차는 계속 달리고 있었다. 오스트리아 영토임을 표시하는 노란 바탕에 검은 줄무늬 방책이 저 멀리 보이자 할멈이 파브리스에게 말했다.

"나리는 질레티의 여행 증명서를 지니고 걸어서 들어가는 편이 낫겠우. 우리는 화장을 고친다는 구실로 조금 뒤쳐질 테니. 게다가 세관 관리들이 우리 짐을 조사할 거요. 나리는 내 말대로 하시우. 어슬렁거리면서 카살 마조레를 건너가요. 그러고는 카페에라도 들어가서 브랜디나 한 잔 마시도록 하구려. 일단 마을 밖으로 빠져나오면 돌아보지 말고 곧장 도망쳐요. 오스트리아 경찰은 지독스레 날쌔거든. 그들은 남자 하나가 살해됐다는 소식을 곧 듣게 될 거요. 나리는 남의 여행 증명서로 나다니고 있으니 그것만으로도 족히 2년 감옥살이감은 될걸. 마을을 나서는 즉시 곧장 포강 쪽으로 가요. 나룻배를 하나 빌려서 라벤나나 페라라로 달아나서 숨는 거지. 오스트리아 영토에서 되도록 빨리 벗어나야 돼. 2루이만 치러도 세관원에게서 딴 여행 증명서를 살 수야 있겠지만, 위험하거든. 나리는 사람을 죽였다는 사실을 잊지 마시구려."

파브리스는 카살 마조레의 선창으로 걸어가면서 한 번 더 주의 깊게 질레티의 여행 증명서를 읽어 보았다. 우리 주인공은 몹시 겁이 났다. 오스트리아 영토에 발을 들여놓는다는 것이 얼마나 위험한가에 대해 모스카 백작이 일러주던 말이 생생하게 되살아났다. 그런데 지금 저 앞에는 그곳으로 들어가는 무시무시한 다리가 보이지 않는가. 지금 그에게는 다리 건너편 그 나라의 수도가 바로 스피엘베르그 감옥인 것처럼 생각되었다. 그렇지만 다른 무슨 수가 있겠는가. 파르마 남쪽으로 국경을 맞대고 있는 모데나 공국은 파르마와 특별 협정을 맺어 도망자들을 다시 파르마로 소환하고 있었다. 제노바 쪽

산악 지대로 뻗어 있는 국경은 너무 멀었다. 그 산악 지대까지 닿기도 전에 파르마에서는 그가 저지른 일을 다 알게 될 것이다. 결국 도망칠 곳은 포강 왼편 기슭 오스트리아 영토밖에 없었다. 오스트리아 당국에 그의 체포를 요청하는 서한이 전달되려면 하루 반나절이나 이틀 정도는 걸릴 것이다. 이런저런 궁리 끝에 파브리스는 입에 피워 물고 있던 여송연 불로 자신의 본래 여행 증명서를 태워 버렸다. 오스트리아 영토 내에서는 파브리스 델 동고이기보다 일개 유랑자가 되는 편이 나을 것이다. 더구나 몸 수색을 당할 염려도 있었다.

불행한 꼴을 당한 질레티의 여행 증명서에 자신의 목숨을 걸어야 한다는 데 대한 당연한 불쾌감과는 상관없이 이 여행 증명서는 실제적인 문제점들을 안겨 주고 있었다. 여행 증명서에는 키가 177센티미터로 적혀 있지만, 파브리스의 키는 고작해야 165센티미터 정도였다. 질레티는 서른아홉이었지만 그는 스물넷도 채 되지 않은 데다가 나이보다도 어려 보이는 것이었다. 솔직히 말하건대 우리 주인공은 근처 포강 제방을 반시간도 넘게 서성인 다음에야 다리 있는 곳으로 내려갈 결심을 할 수 있었다. 마침내 그에게 떠오른 생각은 이런 것이었다. '누군가 다른 사람이 지금 나와 같은 입장에 처해 있다면 나는 뭐라고 충고할 것인가? 분명 다리를 건너가라고 하겠지. 파르마에 머무는 것은 위험하다. 아무리 정당방위라고 해도 사람을 죽였으니 헌병이 체포하려고 쫓아올 것이다.' 파브리스는 호주머니를 뒤져 종이쪽지 따위는 모두 찢어 버리고 손수건과 담뱃갑만 남겼다. 앞으로 치러야 할 검사 절차를 간단하게 만드는 일이 중요했다. 그는 검문소 직원들이 물어 올지도 모르는 난처한 질문들을 미리 짚어 보았지만 썩 좋은 대답이 생각나지 않았다. 자신의 이름이 질레티라고 대답해야 할 텐데 입고 있는 속옷에는 전부 'F. D.'라는 머리글자가 수놓여 있었다.

여기서 보다시피 파브리스는 상상력이 풍부한 나머지 오히려 고통을 불러들이는 불행한 성격을 지닌 사람에 속했다. 이런 성격이란 이탈리아에서는 재능이 뛰어난 사람들에게서 흔히 보게 되는 결점이다. 프랑스인 병사였다면 용기가 파브리스만 하거나 혹은 그보다 못하다 할지라도 닥쳐올 곤경을 미리 앞질러 재 보는 법 없이 곧장 다리를 향해 돌진했을 것이다. 별로 동요하는 빛도 보이지 않았을 것이다. 그러나 파브리스는 다리 건너편 끝에서 회색 복장을 한 작은 남자가 나와 "여행 증명서를 조사해야 하니 검문소 안으로 들어오시오."라고 말하자, 침착해지고 어쩌고 할 정신도 없었다.

국경 검문소 안으로 들어섰다. 구질구질한 벽에는 못이 죽박혀 있었는데, 거기에 직원들의 파이프며 때에 찌든 모자들이 걸려 있었다. 직원들이 앉는 자리 앞에 놓인 큼직한 전나무 책상은 잉크와 흘린 술자국으로 온통 얼룩투성이였다. 초록색 가죽을 덧씌운 두꺼운 장부 두서너 권에도 온갖 색깔의 자국이 나 있고, 게다가 페이지 가장자리는 손때가 타서 시커멨다. 포개서 쌓아놓은 장부 위에는 이틀 전 황제 탄신 축일에 사용했던 멋진 월계관 세 개가 얹혀 있었다.

이런 구석구석의 정경을 본 파브리스는 움츠러들고 말았다. 이제까지 산세베리나 저택의 아름다운 방에서 화려하고 정갈

한 호사를 누려온 대가를 이렇게 치르게 된 것이다. 그는 이 지저분한 사무소에, 그것도 풀이 죽은 채 들어가야 했다. 심문이 기다리고 있었다.

여행 증명서를 받아들려고 누런 손을 뻗친 검문원은 키가 크고 얼굴이 꺼먼 사내였다. 그는 넥타이에 황동 장식핀을 꽂고 있었다. '이 속물 같은 사내는 심성이 고와 보이지 않는데.' 파브리스는 생각했다. 남자는 여행 증명서를 살펴보면서 뭔가에 몹시 놀라는 것 같았다. 여행 증명서를 읽는 데 5분이나 걸렸다.

"무슨 사고를 만났나 보군요."

사내는 이 외국인의 부풀어 오른 뺨을 빤히 쳐다보며 말했다.

"마부란 녀석이 우리를 포강 제방 아래로 처박았거든요."

다시 침묵이 흐르면서 검문원은 사나운 눈초리로 여행자를 쏘아보았다.

'이제 끝장이다.' 파브리스는 생각했다. '이제 곧 이렇게 말하겠지. 안됐지만 너를 붙잡으라는 통고문이 이미 와 있다, 너는 체포된 거다, 라고 말이야.' 이 순간 그다지 논리적이지 못한 우리 주인공의 머릿속에는 온갖 어처구니없는 궁리들이 소용돌이쳤다. 예를 들면 문이 열려 있는 것을 흘깃거리며 검문소 밖으로 뛰쳐나가 달아날까 생각해 보는 것이었다. '옷을 벗어 던지고 포 강으로 뛰어드는 거야. 분명 헤엄쳐 건너갈 수 있어. 어쨌거나 스피엘베르그 감옥으로 가는 것보다야 낫겠지.' 그가 이런 무모한 행동이 성공할 확률을 따지는 동안 검문소 직원은 그를 유심히 바라보고 있었다. 서로 딴생각을 하면서 이렇게 마주 보고 있는 두 사람의 엇갈리는 표정은 정말 우스운 광경이었다. 만약 이성적 인간이라면 위험에 직면했을 때 기지를 써서, 말하자면 자기 능력 이상을 발휘할 수 있다. 반면 공상적인 사람은 그럴 경우 대담하긴 해도 대부분 황당하기 그지없는 상황을 머릿속에 떠올리는 것이다.

황동 장신구로 멋을 낸 검문원이 탐색하듯이 쏘아보고 있는 동안 우리 주인공이 분해서 눈빛을 번쩍이고 있는 꼴은 참으로 볼만했다. 파브리스는 생각했다. '만약 내가 이자를 죽인다면 20년의 중노동형을 선고받거나 사형을 당하겠지. 그러나 그 편이 스피엘베르그 감옥에 갇히는 것보다는 덜 끔찍하다. 그곳에 갇히면 무게 72킬로그램의 쇠사슬로 양발을 묶인 채 먹을 것이라고는 하루 200그램 정도의 빵뿐일 테고 게다가 그런 생활이 20년이나 계속되는 것이다. 그렇게 되면 나는 마흔 네 살이 되어서야 거기서 나올 수 있을 테지.' 이런 생각에 골몰하고 있는 동안 파브리스는 중요한 사실을 잊고 있었다. 즉 자신의 여권을 이미 태워 버린 이상 그가 반역자 파브리스 델 동고임을 경찰에게 알려 줄 물증은 아무것도 없었던 것이다.

보다시피 우리 주인공은 이렇게도 겁을 먹고 있었다. 만약 그가 지금 이 검문원의 머릿속을 오가는 생각을 알았더라면 훨씬 더 얼어붙었을 것이다. 이 사내는 질레티의 친구였다. 다른 사람이 자기 친구의 여행 증명서를 지니고 다니는 것을 본 순간 그가 얼마나 놀랐는지는 말하지 않아도 짐작될 것이다. 우선 떠오른 생각은 이 녀석을 체포해야겠다는 것이었다. 그러나 다시 생각을 해보니 파르마에서 무슨 좋지 못한 일을 저지른 게 분명한 이 잘생긴 청년에게 질레티가 자기 여행 증명서를 팔았을 수도 있었다. '그렇다면 내가 이자를 체포할 경우 질레티도 위험해진다.' 국경 경찰은 생각했다. '그 친구가 자기 여권을 팔아 먹은 사실이 곧 들통 날 테니 말이다. 그렇다고 해서 그냥 통과시키는 방법 역시 문제가 있다. 질레티의 친구인 내가 그의 여행 증명서를 다른 사람이 갖고 다니는 걸 알면서도 사증을 찍어 준다면, 나중에 혹시라도 사실이 들통 나 누군가 확인하러 나왔을 경우 상관들에게 어떤 추궁을 당하겠는가.' 이 직원은 짐짓 하품을 하며 일어서더니 파브리스에게 말했다.

"잠깐 기다리시오, 선생." 그리고 경찰이라면 으레 써먹는 말을 덧붙였다. "좀 곤란한 일이 생겼소."

파브리스는 자기대로 속으로 중얼거렸다. '그래, 나도 이제 곧 도망칠 참이다.'

이 국경 경찰은 정말로 일어서더니 문을 열어놓은 채로 검문소를 나갔다. 여행 증명서는 전나무책상 위에 펼쳐져 있었다. 파브리스는 생각했다. '틀림없이 위험에 빠진 거야. 이 여행 증명서를 도로 집어넣고 다리 저편으로 되돌아가자. 눈치 채이지 않게 살금살금 걸어가야 해. 헌병이 무얼 하느냐고 물어오면, 파르마 국경 마을에서 경찰로부터 여행 증명서에 사증을 받는 절차를 빼먹었다고 대답하면 돼.' 파브리스는 이미 여행 증명서를 집어 들고 있었다. 바로 그때, 그는 가슴이 철렁했다. 황동 장식핀을 단 검문원의 목소리가 들려왔던 것이다.

"정말 견딜 수가 없구먼. 더워서 숨이 막힐 지경이야. 카페에 가서 커피나 한 모금 마시고 오겠네. 자네, 그 파이프 담배를 다 피우거든 안으로 들어가 보게. 사증을 내주어야 할 여행 증명서가 하나 있어, 외국인 한 명이 와 있거든."

살금살금 빠져나오던 파브리스는 한 잘생긴 젊은이와 마주쳤다. 그는 콧노래를 흥얼거리듯 혼자 중얼거렸다. '어디 보— 오자. 여행증명서에 사증(査證)을 내줄거—어나. 내 서명을 넣어드리—지.'

"어디로 가십니까?"

"만토바, 베네치아, 그리고 페라라로 갈 겁니다."

"페라라—라 …… 좋지."

검문소 직원은 휘파람을 불면서 대답했다. 그리고 검인을 집어 여행 증명서에 푸른 잉크로 도장을 찍고는 검인의 여백에다 만토바, 베네치아, 페라라라고 솜씨 좋게 써 넣었다. 그런 다음 손을 허공에 대고 몇 번씩이나 휘돌려 보고 나서 자기 이름을 적어 넣고, 펜을 잉크에 다시 적셔 천천히 아주 공을 들여서 사인을 했다. 파브리스는 펜의 움직임을 하나하나 지켜보고 있었다. 수결(手決)이 끝나자 검문원은 만족스러운 듯 자신의 사인을 바라보고 대여섯 개의 점을 더 찍어 넣었다. 그리고 마침내 파브리스에게 여행 증명서를 되돌려 주면서 유쾌하게 말을 건네는 것이었다.

"여행 잘하쇼, 선생."

파브리스는 걸음이 빨라지는 것을 짐짓 감추려고 했지만 어쩔 수 없이 종종걸음으로 검문소를 떠났다. 그때 누군가가 갑자기 왼팔을 붙잡았다. 그는 본능적으로 짧은 칼자루를 움켜잡았다. 둘레에 집들이 늘어서 있지 않았더라면 그는 엉겁결에 일을 저질렀을지도 몰랐다. 왼팔을 붙잡은 사내는 그가 질겁하는 모습을 보고 사과하듯이 말했다.

"세 번이나 불렀는데 대답을 하지 않아서요. 뭐 세관에 신고할 것은 없습니까?"

"지닌 것이라고는 손수건밖에 없소. 사냥 차 바로 이 근처에 있는 친척집에 가는 길이거든요."

만약 그 친척이 누구냐고 물어 왔다면 그는 정말 당황했을 것이다. 격심한 동요를 겪은 데다가 푹푹 찌는 날씨까지 더해져서 파브리스는 마치 포강에 빠졌다가 올라온 사람처럼 흠뻑 젖어 있었다. '나는 희극배우들 앞에서는 용기를 부릴 수 있지만, 황동 장신구로 멋을 부린 경관들 앞에서는 정신도 못 차리는구나. 이걸 주제로 공작부인에게 재미있는 소네트나 한 수 지어 보내야겠다.'

카살 마조레에 들어서자마자 파브리스는 오른편으로 돌아서 포 강 쪽으로 내려가는 험한 길을 따라 들어갔다. '내겐 지금 바쿠스와 케레스의 도움[67]이 몹시도 필요하다.' 그는 이런 생각을 하며 걸레조각 같은 회색 헝겊을 막대기에 매달아 문밖에 내놓은 한 가게로 들어갔다. 헝겊 위에는 '간이 식당'이라고 쓰여 있었다. 누덕누덕 기운 홑이불 한 장이 문 위의 아주

---

67) 그리스 신화에서 디오니소스라고도 하는 로마 신화의 바쿠스(Bacchus)는 주신(酒神)이며, 케레스(Ceres)는 식용 식물의 성장을 관장하는 여신이다. 여기서는 술과 음식을 의미한다.

가느다란 나무 고리에 걸려 바닥에서 1미터쯤 되는 곳까지 축 늘어져 있었다. 이 홑이불은 작은 식당의 출입구 위로 내려쬐는 태양의 직사광선을 가리기 위해 쳐놓은 것이었다. 가게 안에서 옷을 온통 걷어붙인 예쁜 여자가 우리 주인공을 상냥하게 맞이했다. 우리 주인공은 기분이 좋아졌다. 그는 여자에게 배가 고파 죽을 지경이니 먹을 것을 가져다 달라고 서둘러 말했다. 가게 주인여자가 식사를 준비하고 있을 동안 서른 살쯤 되어 보이는 남자가 인사도 없이 불쑥 들어와서는 마치 자기 집인 것처럼 의자에 걸터앉았다. 그러더니 갑자기 벌떡 일어나 파브리스에게 말하는 것이었다. "각하, 안녕하셨습니까." 마침 기분이 매우 좋던 파브리스는 일을 언짢게 만들고 싶지 않아서 웃으며 대꾸했다.

"도대체 당신이 이 각하를 어떻게 아시오?"

"저런! 각하께서는 산세베리나 공작부인댁 마부였던 루도빅을 몰라보십니까요? 매년 부인을 모시고 사카의 별장에 갈 때마다 저는 열병이 나곤 했지요. 그래서 저는 마님께 연금을 주십사는 청을 올리고 일을 그만두었습니다. 팔자가 편해진 거지요. 고작해야 1년에 12에퀴면 충분한 제게 마님께서는 24에퀴나 주시겠다고 하셨지요. 제가 가끔 시를 지으며 살 수 있는 여유를 내려주신 겁니다. 이래뵈도 저는 비록 고상한 어법은 몰라도 우리네가 늘 하는 말로는 시를 좀 읊을 줄 알거든요. 그리고 백작님께서도 혹시 제 처지가 어려워지면 언제라도 찾아와서 도움을 청하라고 말씀해 주셨습니다. 일전에 몽시뇨르께서 벨레자의 수도원으로 가실 적에 제가 어느 역참까지 모시고 간 일도 있는뎁쇼."

파브리스는 이 사내를 찬찬히 쳐다보았다. 어렴풋이 기억이 났다. 그는 산세베리나 저택에서 가장 멋을 부리던 마부 중 하나였다. 지금 그 자신 말로는 편한 신세라고 하고 있지만 입고 있는 옷이라고는 찢어진 싸구려 셔츠에다가 겨우 무릎까지 오는 무명바지이고, 이 무명바지는 얼마 전에 검정색 물을 들인 것 같았다. 거기에다 단화와 값싼 모자가 차림새의 전부였다. 더구나 수염은 족히 두 주일 가량은 면도를 한 적이 없는 사람처럼 덥수룩했다. 오믈렛을 먹으면서 파브리스는 이 사나이와 신분에 개의치 않고 아주 데면데면하게 이야기를 나눴다. 그는 루도빅이 주인 여자의 애인일 거라고 짐작했다. 식사를 서둘러 마친 후 그는 루도빅에게 낮은 소리로 말했다.

"자네에게 할말이 있는데."

"이 여자 앞에서는 마음 놓고 말씀하셔도 됩니다, 각하. 정말 착한 여자니까요." 루도빅은 친근하게 대답했다.

"그럼 좋아, 친구들."

파브리스는 주저 없이 이야기를 꺼냈다.

"나는 지금 곤란한 처지에 처해서 자네 도움이 필요해. 우선 말해 둘 것은 내가 겪고 있는 일이 정치적인 문제는 아니라는 점이야. 아주 간단히 말하지. 내가 한 남자를 죽였는데, 그자는 내가 자기 애인에게 말을 건다고 달려들어 날 죽이려던 놈이었어."

"아이고 저런!" 여주인이 소리쳤다.

"각하께서는 저를 믿고 맡기십시오." 마부는 충성심이 가득 담긴 눈빛으로 말했다.

"그럼 각하, 이제 어디로 가실 생각입니까?"

"페라라가 어떨까. 여행 증명서는 지니고 있지만, 헌병과 맞닥뜨리고 싶지는 않아. 사건을 이미 알고 있는지도 모르니까."

"그자를 저세상으로 보내버린 건 언제입니까?"

"오늘 아침, 6시."

"옷에 핏자국은 나지 않았나요, 각하?" 여주인이 물었다.

"나도 그 생각을 하고 있었는데." 하고 마부가 말을 받았다. "게다가 이 옷감은 너무 고급이야. 이런 시골에서는 좀체 볼 수 없는 것이어서 눈에 띄기 십상이라고. 유태인에게 가서 옷가지를 사오겠습니다. 각하께서는 좀 마르시긴 했어도 저와는 대충 비슷한 체격이시구먼요."

"제발 그 각하라는 말은 빼줘. 그 말 때문에 남들 눈에 띄겠어."

"알겠습니다, 각하." 마부는 가게 밖으로 나가면서 이렇게 대답했다.

"잠깐, 잠깐!" 파브리스가 소리쳤다. "이리 와서 돈을 가져가야지."

"돈이라니요!" 여주인이 말했다. "저이는 에퀴 예순일곱 개쯤은 가지고 있으니 나리를 넉넉히 도울 수 있을 거예요. 그리고……." 그녀는 목소리를 낮췄다. "저도 40에퀴가량은 기꺼이 드릴 수 있어요. 이런 뜻밖의 일을 겪을 때는 누구라도 돈이 궁한 법이니까요."

파브리스는 식당에 들어설 때 더위 때문에 겉옷을 벗고 있었다.

"나리께서 입고 계신 그 조끼 때문에 누군가 들어오면 귀찮은 일이 생길지도 몰라요. 이런 고급 영국천은 쉽게 눈길을 끄니까요."

그녀는 자기 남편의 검정물 들인 무명 조끼를 가져와서 우리의 도망자에게 내주었다. 몸집이 큰 젊은 남자가 안채로 통하는 문을 열고 가게 안으로 들어왔다. 그는 은근히 태를 부린 옷차림을 하고 있었다.

"제 남편이에요." 여자가 말했다.

"피에르 앙트완느, 이분은 루도빅의 친구 되시는 분인데, 오늘 아침 강 건너에서 어떤 사고가 생기는 바람에 페라라로 도망치시려 해요."

"그렇다면야 무사히 보내 드려야지." 남편이 아주 친절하게 말했다. "샤를르 조제프의 배가 있어."

앞서 다리 끝 검문소에서 우리 주인공이 겁에 질려 있었다는 사실을 그대로 이야기했듯이 지금도 역시 솔직히 고백하지 않을 수 없는데, 우리 주인공의 또 다른 약한 심성으로 인해 그의 눈에는 벌써 눈물이 고여 있었다. 이 시골 사람들이 보여 주는 더할 바 없는 친절에 몹시 감격했던 것이다. 또한 고모의 남다른 인정스러움에 감사한 마음도 들었다. 그는 할 수만 있다면 이 사람들 모두를 부자로 살게 해 주고 싶었을 것이다. 루도빅이 보따리를 하나 안고 들어왔다.

"옷을 갈아입으면 영 딴사람이 되겠구먼."

남편이 온화한 표정으로 말했다.

"그게 문제가 아니야."

이렇게 대답하는 루도빅은 몹시 걱정스러운 듯 보였다.

"벌써 나리에 대한 말이 퍼지기 시작했어요. 나리께서 몸을 숨기려는 사람처럼 한길을 벗어나 우물쭈물 망설이면서 여기 뒷골목으로 들어오시는 걸 누군가 보았다는구면요."

"빨리 방으로 올라가시지요." 남편이 말했다.

꽤 넓고 정성 들여 치장된 그 방에는 창문이 두 개나 있었는데, 창문에는 유리 대신 회색 천을 내려뜨려 놓았다. 가로가 180센티미터, 세로가 150센티미터가량 되는 침대 네 개가 눈에 들어왔다.

"자, 빨리! 서두르십시오!" 루도빅이 재촉했다. "최근 이 마을에는 거들먹거리기 좋아하는 헌병 한 놈이 새로 왔는뎁쇼, 이놈이 아래층의 저 예쁜 여자에게 맘이 있거든. 그래서 제가 그 녀석한테 으름장을 놓기를, 거리로 순찰교대 나갈 적에 총알 한방 먹을 각오를 해 두라고 을러두었지요. 만약 녀석이 각하에 대한 이야기를 듣는다면 우리를 골탕 먹이려고 이곳에서 나리를 체포하러 들이닥칠 겁니다. 테오올린다의 식당에 나쁜 평판이 나돌게 하려고 말입니다."

"아이고, 맙소사!" 루도빅은 파브리스의 핏자국이 범벅된 셔츠와 손수건으로 동여맨 상처를 보고 소리쳤다.

"그 돼지 같은 놈도 꽤 완력이 있었나 보구먼요. 이래가지고서야 영락없이 붙잡히겠습니다그려. 셔츠까지는 사 오지 않았는데."

그는 서슴없이 그 집 남편의 옷장을 열어 셔츠 한 벌을 꺼내 파브리스에게 주었다. 옷을 갈아입은 파브리스는 시골의 유복한 평민으로 보였다. 루도빅은 벽에 걸린 망태를 벗겨 파브리스가 벗어 놓은 옷가지들을 물고기 담는 바구니 속에 쑤셔 넣고는 계단을 뛰어 내려가 뒷문을 재빨리 빠져나갔다. 파브리스도 그를 쫓아갔다.

루도빅이 가게 옆을 지나면서 소리쳤다.

"테오돌린다, 위층에 있는 것들을 좀 숨겨 줘. 우리는 버드나무 있는 데서 기다리겠어. 그리고 이봐, 피에르 앙트완느, 우리에게 곧장 배를 보내주게. 사례는 후하게 할 테니."

루도빅은 파브리스를 데리고 도랑을 스무 개도 넘게 건넜다. 도랑 중에서 폭이 넓은 곳에는 낭창거리는 판자를 다리 삼아 걸쳐 놓았는데, 루도빅은 도랑을 건넌 다음에 일일이 그 판자들을 끌어당겨 치워 버렸다. 마지막 도랑을 건너자 그는 급히 판자를 끌어당겨 치우고는 말했다.

"자, 숨을 좀 돌립시다요. 헌병 녀석이 각하를 쫓아 여기까지 오려면 빙 둘러오느라 8킬로미터도 더 걸어야 할 겁니다. 저런, 얼굴이 창백하시구면요. 제가 잊지 않고 브랜디 한 병을 챙겨 왔습지요."

"마침 잘 가져왔어. 넓적다리에 입은 상처가 욱신거리기 시작하는데. 게다가 다리 끝 검문소에서 겁이 나서 꽤 떨었거든."

"정말 그러실 겁니다요." 루도빅이 대답했다. "그처럼 핏자국 투성이 옷을 입고 어떻게 그리도 대담하게 거기 들어가셨는지 생각도 못 할 정도구면요. 제가 상처를 좀 돌볼 줄 압니다.

시원한 곳으로 모시고 갈 테니 거기서 한 시간가량 눈을 붙이세요. 배가 우리를 데리러 올 겁니다. 배를 얻을 방법이 통했다면 말이지요. 달리 수가 없었다면 좀 쉰 다음에 한 8킬로미터쯤 더 모시고 물레방앗간까지 걸어가서 제가 직접 배를 구해보겠습니다. 각하가 저보다 더 잘 알고 계시겠지만 공작부인께서 이 일을 알게 되면 몹시 슬퍼하실 겁니다요. 나리가 심한 상처를 입었다는 말을 듣게 되실 테고, 아마 나리가 상대방을 비겁한 수를 써서 죽였다는 소문까지 돌아다니겠지요. 라베르시 후작부인은 이때다 싶어 온갖 나쁜 소문을 퍼트려 마님의 가슴을 아프게 할 겁니다. 각하께서 편지를 쓰시는 게 좋겠습니다그려.”

“그러면 편지는 어떻게 전하지?”

“우리가 가려고 하는 물레방앗간에는 거기서 일을 봐주는 청년들이 있는데, 그들은 품삯으로 하루 12수우를 받지요. 그들이라면 하루하고 반나절 정도에 파르마까지 갈 수 있으니 저처럼 가난한 사람이 부탁하는 경우에는 여비로 4프랑, 신발값으로 2프랑, 이렇게 해서 6프랑으로도 될 겁니다만, 각하의 심부름이니 12프랑은 주셔야겠지요.”

오리나무와 버드나무가 우거진 숲 속에서 사방이 울창하고 아주 시원한 위치에 쉴 자리를 잡고 난 후 루도빅은 잉크와 종이를 구하러 한 시간도 더 걸리는 곳까지 갔다. ‘아, 이곳은 정말 기분 좋은 곳이구나.’ 파브리스는 감탄했다. 그리고 혼자 중얼거렸다. ‘나는 출세와는 이별이다. 이제 결코 대주교는 될 수 없을 테지!’

루도빅이 돌아와 보니 그가 깊은 잠이 들어 있어서 깨우지 않고 그냥 두었다. 배는 해 질 무렵에야 도착했다. 멀리 배가 보이자 루도빅은 파브리스를 깨웠다. 파브리스는 편지 두 통을 썼다.

"각하께서 저보다 더 잘 알고 계실 텐데 제가 이런 이야기를 보태면, 말은 안하셔도 아마 마음속으로는 안 좋으시겠지요." 루도빅은 어색한 표정으로 입을 열었다.

"난 자네가 생각하는 것만큼 그리 바보는 아냐." 파브리스가 대답했다. "자네가 무슨 말을 하든지 간에 자네는 내게 있어 고모의 충실한 하인이고, 나를 아주 어려운 처지에서 구해주기 위해 최선을 다해준 사람이라는 것은 변함이 없을 거야."

루도빅이 마침내 말할 결심을 하도록 하기 위해 파브리스는 이밖에도 여러 가지 맹세를 덧붙여야만 했다. 이야기를 꺼낼 마음을 굳힌 뒤에도 루도빅은 다른 이야기를 하며 5분이나 시간을 끌었다. 파브리스는 조바심이 났으나 곧 이렇게 생각했다. '이것이 누구 잘못이겠는가? 그건 이 사나이가 마부 석에 앉아 속속들이 들여다본 바로 우리 높은 이들의 허영심 때문이 아니겠는가?' 충성스러운 루도빅은 결국 낭패를 무릅쓰고라도 솔직히 이야기해야 한다고 스스로 결단을 내렸다.

"나리께서 파르마로 심부름 보내실 배달꾼한테서 두 통의 편지를 가로채기 위해서라면 라베르시 후작부인은 얼마나 많은 돈을 뿌려 대겠습니까! 이 편지들은 나리의 필적이니 재판이 열리면 나리께 불리한 증거가 됩니다요. 각하께서는 저를 호기심 많은 경솔한 놈이라 여기시겠지요. 또한 저 같은 보잘것없는 마부의 필체를 공작부인께서 읽으시도록 하기 수치스러우실 겁니다요. 하지만 아무리 저를 무례한 놈이라고 생각하셔도 각하의 안전을 생각하면 말씀드리지 않을 수 없습니다. 각하께서 제게 이 편지 두 통을 읽어 주셔서 제가 다시 받아쓰도록 하실 수 없으신지요? 그렇게 하면 위험한 건 저 혼자뿐이고 또 그것마저 대단찮게 넘어갈 수 있을 겁니다. 만일의 경우 저는 나리가 한 손에 뿔로 만든 이 잉크병을, 다른 한 손에 총을 들고 들판 한가운데 나타나서 제게 그걸 쓰도록 명령했다고 둘러댈 테니까요."

"손을 이리 주게, 고마운 루도빅." 파브리스는 외쳤다. "자네 같은 친구에게는 아무것도 숨기고 싶지 않아. 그러니 이 편지 두 통을 그대로 베껴 주게나."

루도빅은 이 신뢰감의 표시를 알아차리고 몹시 감격했다. 그런데 몇 줄 베끼고 나자 배가 강 위를 빠른 속도로 미끄러져 오는 것이 보였다. 그는 파브리스에게 다시 말했다.

"수고스러우시겠지만 각하께서 제게 편지를 불러 주신다면 훨씬 빨리 베낄 수 있겠는데요."

편지를 다 베끼고 나자 파브리스는 편지 마지막 줄에다 A라는 글자와 B라는 글자를 적었다. 그러고는 따로 작은 종이조각에 프랑스어로 'A와 B를 믿으시오.'라고 쓴 뒤 바로 구겨서 뭉쳤다. 심부름꾼이 이 구겨진 종잇조각을 옷 속에 숨겨 가게 될 것이다.

말소리가 들릴 만한 거리까지 배가 다가오자 루도빅은 뱃사공들을 본래 이름을 두고 다른 이름으로 불렀다. 뱃사공들은 대답 대신 세관 관리들에게 들키지나 않았을까 사방을 살 피며 500트와즈[68] 더 아래쪽에 배를 댔다.

"저는 각하의 지시를 따르겠습니다요. 제가 직접 편지를 가 지고 파르마로 갈까요? 아니면 각하를 따라 페라라로 갈까 요?" 루도빅이 파브리스에게 물었다.

"내가 먼저 부탁하기는 어려웠네만, 페라라로 함께 가 준다 면 정말 고맙겠어. 상륙하고 나면 어떻게 해서든 여행 증명서 를 내보이지 않고 마을로 들어가야 할 테니까. 솔직히 말해 질 레타라는 이름으로 돌아다니는 일은 정말 내키지 않아. 내게 다른 여행 증명서를 구해 줄 사람은 자네밖에 없잖아."

"그 이야기라면 진작 카살 마조레에서 말씀하시지요! 제가 아는 염탐꾼한테서 적당한 여행 증명서를 살 수 있었을 텐데 요. 그리 비싸게 들지도 않습니다. 4, 50프랑 정도면 됐을걸."

두 뱃사공 중 한 명이 포 강 오른편 연안 출신이어서 파르 마로 가는데 여행 증명서가 없어도 됐으므로, 그가 편지 전하 는 일을 맡았다. 루도빅은 노 젓는 법을 익혀두었던 터라 다른 뱃사공 한 명과 함께 배를 몰겠다고 나섰다.

"포 강 하류에는 무장한 경찰 감시선이 많습니다요. 제가 그 것들을 따돌리는 방법을 알고 있습지요." 루도빅이 말했다.

그들은 강을 따라가면서 수면보다 그리 높지도 않은 작은 버드나무 섬들 사이에 열 번도 더 몸을 숨겨야 했다. 감시선 앞을 빈 배로 지나가기 위해 배에서 내린 적도 세 번이나 있었

---

68) 길이의 옛 단위, 1트와즈는 1.949m이다.

다. 그 때문에 생긴 긴 휴식 시간을 이용해서 루도빅은 자기가 지은 시 몇 편을 파브리스에게 들려주었다. 감정은 그런 대로 정확했지만 표현은 진부한지라 여기 옮겨 적을 만한 가치는 없는 시들이었다. 이상한 점은, 전직이 마부였던 이 사나이는 마음속에 정열이 있고 사물을 생생하고도 회화적으로 볼 줄 알면서도 막상 글을 쓰기 시작하면 열기를 잃고 상투적이 된다는 사실이었다. '우리네 사교계에서 흔히 보는 것과는 정반대 현상이군.' 하고 파브리스는 생각했다. '요즘 사교계 사람들은 무엇이든 우아하게 표현할 줄은 알아도 마음은 텅 비어서 할 말이 하나도 없잖아.' 이 충실한 하인을 기쁘게 해 주기 위해 자신이 할 수 있는 일은 그의 시 속에서 틀린 철자를 골라내 고쳐 주는 것임을 파브리스는 깨달았다.

"제 공책을 빌려가서 본 사람들은 모두 절 놀려 댑니다요." 루도빅은 말했다. "하지만 각하께서 틀린 글자를 하나하나 짚어 주신다면, 시샘하는 녀석들도 더는 할 말을 잃고 고작 철자법 잘 안다고 천재는 아냐, 어쩌고 저쩌고 하다 말겠지요."

다음 날 밤이 되어서야 파브리스는 폰테 라고 오스쿠로 항구에서 한 4킬로미터쯤 못 미친 오리나무 숲에 안전하게 상륙할 수 있었다. 그가 온종일 삼밭에 숨어 있는 동안 루도빅이 먼저 페라라로 가서 가난한 유태인네 집 작은 방 하나를 빌렸다. 이 유태인은 입만 다물고 있으면 돈이 생기는 일임을 곧 눈치 챘다. 그날 저녁 해질 무렵 파브리스는 작은 말 위에 걸터앉아 페라라로 들어갔다. 그는 말이 꼭 필요했다. 강 위에서 더위에 지친 데다가 단도에 찔린 넓적 다리와 격투 초반에 질

레티의 긴 칼에 베인 어깨의 상처가 염증을 일으켜 그의 몸은
열이 끓기 시작한 것이다.

12장

    하숙집 주인인 유태인은 조심성 많은 외과의사 한 명을 불러왔다. 이 의사도 상대방 주머니 속에 돈이 있음을 짐작하고 루도빅에게, 당신의 아우라는 청년의 부상에 대해 자신의 양심상 경찰에 보고하지 않을 수 없다고 말했다.

    "이치는 명백하오." 의사는 덧붙였다. "당신의 아우는 자기가 단도를 손에 세워 쥐고 있다가 계단에서 넘어져 다친 상처라고 말하고 있지만, 사실 그런 상처가 아니란 건 너무나 분명하잖소."

    루도빅은 이 정직한 의사 양반에게 만약 당신이 그 양심의 명령이라는 것에 기어이 따르겠다면, 자신은 페라라를 떠나기 전에 말 그대로 손에 단도를 세워들고 그의 몸 위로 넘어질 것이라고 냉랭하게 대답했다. 이 일을 파브리스에게 이야기하자 파브리스는 그를 몹시 나무랐다. 하여간 한순간도 지체할 새 없이 서둘러 도망쳐야 했다. 루도빅은 유태인에게 동생이 바깥 공기를 쐬도록 해 주고 싶다고 말해서 마차 한 대를 구해 오게 했다. 그리고 두 사람은 그 집에서 나와 다시 도피를 시작했다. 여행 증명서가 없어서 빚어지는 이와 같은 온갖 복잡한 이야기가 독자에게는 분명 너무 지루할 것이다. 여행 증명서에 대한 이런 종류의 골치 아픈 문제는 프랑스에서는 더 이상 찾아볼 수 없지만 이탈리아에서는, 특히 포강 유역 지방에서는 모두들 여행 증명서를 문제 삼는다. 산책을 가장해서 일단 별 문제없이 페라라를 빠져나오자 루도빅은 샀 마차를 되돌려 보내고 자신은 다른 문을 통해 다시 마을로 들어가 세디올[69]을 빌려서 파브리스를 태우러 왔다. 이 마차를 타고 그들은 47킬로미터를 갈 참이었다. 볼로냐 가까이 이르러 두 사람은 들판을 가로질러 피렌체와 볼로냐를 잇는 길 위를 달려갔다. 그들은 허름한 여인숙이 눈에 띄자 거기서 밤을 보냈다. 다음 날, 파브리스가 좀 걸을 수 있을 만큼 기운을 차렸으므로 두 사람은 산보하는 사람들처럼 어슬렁거리며 볼로냐로 들어갔다. 질레티가 죽었다는 사실은 이미 알려져 있을 터이므로 이 희극배우의 여행 증명서는 불태워 버렸다. 살해당한 자의 여행 증명서를 지니고 있다가 붙잡히기보다는 여행 증명서가 없어서 붙잡히는 편이 덜 위험했던 것이다.

---

69) 이탈리아에서 사용하는 일인승 작은 마차이다.

루도빅은 볼로냐의 권세 있는 집 하인을 두서너 명 알고 있었으므로 그들을 만나 형세가 어떻게 되어가는지 이야기를 듣기로 했다. 루도빅은 그들에게 이렇게 말했다. 즉 자신은 아우와 함께 여행 중이고 피렌체에서 오는 길인데, 아우가 졸음이 쏟아진다고 해서 혼자 해 뜨기 한 시간 전쯤에 출발했다. 아우는 자신이 한낮의 더위를 피하기 위해 쉬고 있을 마을로 올 예정이었다. 그런데 아무리 기다려도 아우가 오지 않아서 온 길을 되짚어 가 보았더니, 아우는 돌에 맞고 단도로 여러 번 찔려 쓰러져 있었다. 게다가 싸움을 건 놈들이 돈까지 빼앗아 가 버렸지 뭔가. 동생은 잘생겼고 말을 다루는 방법도 알고, 읽고 쓸 줄도 아는데 어디 좋은 집이 있으면 일자리를 얻었으면 한다, 대강 이런 내용이었다. 파브리스가 쓰러졌을 때 도둑놈들이 자신들의 속옷과 여행 증명서가 든 작은 자루까지 빼앗아 달아났다는 말은 다음 기회로 미루었다.

　　볼로냐에 도착한 파브리스는 아주 피곤했지만 여행 증명서도 없이 여인숙으로 들어갈 용기는 없었으므로 웅장한 산 페트로니오 성당 안으로 들어갔다. 그곳은 시원하고 기분 좋은 곳이었다. '나는 신의 은혜를 모르는 자로구나.' 별안간 이런 생각이 들었다. '마치 카페에 들어가 앉듯이 성당에 들어오다니!' 그는 무릎을 꿇고, 불행히도 질레티를 죽이게 된 이후 신의 가호가 자신을 지켜 주었음을 감사드렸다. 지금 생각해도 여전히 몸이 떨려올 만큼 위험했던 때는 카살 마조레의 검문소에서 정체가 탄로 날 뻔했던 그 순간이었다. '어째서 그 경관은 그처럼 의심에 찬 눈초리로 세 번씩이나 여권을 훑어보았으면서도 눈치채지 못했을까. 나는 키가 177센티미터에는 미치지 못하고 나이도 서른여덟 살이나 들었다 하기에는 어림도 없고 얼굴에 곰보 자국도 없는데 말이다! 오 나의 하느님, 제게 얼마나 큰 은혜를 내려 주셨는지! 그런데도 저는 지금 이 순간까지 당신 발 아래 보잘것없는 이 몸을 내던져 경배 드린 적조차 없습니다. 제 오만한 마음으로 말미암아, 이미 이 몸을 삼키려고 입을 벌리고 있었을 스피엘베르그 감옥을 용케도 빠져나온 것이 저의 조심성 때문이라 믿었지만, 그러한 인간의 조심성이란 얼마나 무의미한 것인지요!'

파브리스는 신의 무한한 사랑을 느끼며 한 시간 이상이나 깊은 감동에 젖어 있었다. 루도빅이 살금살금 소리 없이 그의 앞으로 다가와서는 그를 마주 보았다. 두 손에 얼굴을 파묻고 있던 파브리스가 고개를 들었다. 이 충실한 하인은 그의 뺨에 흐르는 눈물을 보았다.

"한 시간 후에 다시 와 줘." 파브리스는 이 충성스런 하인에게 무뚝뚝하게 말했다.

루도빅은 경건한 신앙심에서 비롯된 이런 말투를 탓하지 않았다. 파브리스는 자신이 외고 있던 속죄의 시 일곱 편을 되풀이 암송하며 현재 자신의 상황과 연관될 만한 구절에 이르러서는 오랫동안 그것을 음미하곤 했다. 파브리스는 여러 가지 일을 상기하며 신에게 용서를 빌었다. 그런데 주목할 만한 점은 그가 대주교가 되려는 계획을 죄라고 여기지 않는다는 사실이었다. 다만 그는 모스카 백작이 수상이기 때문에, 그리

고 공작부인의 조카에게는 대주교의 지위와 그것이 누리도록
해 주는 호사스런 생활이 합당하다고 생각했기 때문에 그 자
리를 원했다. 사실 열렬한 마음은 없었다. 요컨대 그는 그 지
위를 재상 자리나 장군 자리처럼 여기고 있었기 때문이었다.
공작부인의 이 계획 때문에 자신의 양심이 상처를 입을 수도
있다는 생각은 조금도 들지 않았다. 이러한 모습은 그가 밀라
노의 제수이트 교단 신부들로부터 교육받은 신앙심의 놀랄 만
한 특징이었다. 이 신앙심은 '이례적인 것들에 대해 사고할 수
있는 용기를 빼앗고', 특히 '개인의 반성 정신'을 가장 큰 죄악
으로 여겼다. 신부들의 눈에는 이러한 것들이 프로테스탄티즘
을 향해 발을 내딛는 자세였다. 자기가 무슨 죄를 지었는지 알
려면 담당 신부에게 물어보든가, 혹은 『고해성사를 위한 준비』
라는 제목의 책들에 나와 있는 죄의 목록을 읽어 보아야 한
다. 파브리스는 나폴리의 신학교에서 배운 라틴어로 적힌 죄
의 목록을 외우고 있었다. 그래서 그는 이 목록을 암송하면서
살인 항목에 이르러서는 비록 정당방위였을지라도 사람을 죽
인 데 대해 신 앞에서 참회했다. 반면 '시모니'[70]와 관련된 여
러 항목들에서는 전혀 개의치 않고 지나쳤다. 만약 누군가가
파르마 대주교의 수석 보좌신부 자리를 얻는 대신 100루이를
내놓으라고 제안해 왔더라면 그는 이런 제안을 몹시 혐오스러
워하며 거절했을 것이다. 그러나 재기나 논리적 사고력이 없는

---

70) simonie(영어로는 simony, 성직매매). 영적인 것을 팔거나 돈으로 고위
성직을 얻는 행위를 말한다.

사람은 아니었지만 아이러니컬하게도 그는 모스카 백작의 권세를 이용해서 출세한다는 것이 성직매매에 해당된다고는 전혀 생각하지 못했다. 제수이트 교단의 교육은 이런 점에서 개가를 올리고 있는데, 즉 한낮의 햇빛보다도 더 명백한 사실에는 주의를 기울이지 않는 습관을 기르는 일이다! 개인적 이해관계가 중시되고 빈정거리기 좋아하는 파리의 분위기에서 성장한 프랑스인이라면, 특별히 개인적 반감이 있는 것은 아니라 해도, 지금 이 순간 아주 깊은 감동에 잠겨 성의를 다해 신에게 자신의 마음을 열어 놓고 있는 파브리스에 대해 위선자라고 비난했을 것이다.

파브리스가 성당을 나온 것은 다음 날 하기로 마음먹은 고해의 준비까지 마친 후였다. 루도빅이 산페트로니오 성당 앞 넓은 광장에 서 있는 커다란 석주 계단에 걸터앉아 있었다. 폭풍우가 한바탕 몰아친 후 하늘이 더 맑아지듯이 파브리스의 마음도 평온하고 행복하여 마치 새로 태어난 것 같았다.

"기분이 아주 좋아졌어. 상처가 아프다는 느낌도 거의 사라져 버렸는걸." 그는 루도빅에게 다가가며 말했다. "하지만 우선 사과부터 해야겠군. 자네가 성당 안으로 들어와 내게 무슨 말을 했을 때 퉁명스럽게 대했지만, 그때 나는 양심을 검토하던 중이었어. 자, 마음을 풀어! 그건 그렇고 우리 일은 어떻게 되어가고 있지?"

"다 잘되고 있습지요. 제가 방을 하나 얻어 두었습니다. 사실 각하께서 머무르시기에는 터무니없는 곳입니다만, 제 친구 한 사람의 아내가 사는 집이거든요. 그의 아내는 얼굴도 예쁘고 게다가 높은 자리에 있는 경찰과도 아주 친하지요. 내일 저는 우리가 어떤 경위로 여행 증명서를 도둑맞았는지를 신고하러 갈 예정입니다. 이렇게 신고해 두면 잘 처리될 겁니다. 경찰은 카살 마조레에 편지를 보내 그곳에 루도빅 산미켈리라는 자가 살고 있는지, 그에게 파브리스라는 이름의 동생이 있는지, 산세베리나 공작부인 댁의 하인인지를 확인할 것이고, 그 편지의 우편료는 제가 부담할 겁니다. 그러면 모든 일이 다 해결되는 거지요. 치아모 아 카발로.[71]"

별안간 파브리스는 아주 진지한 표정이 되더니 루도빅에게 잠시만 기다려 달라고 말하고는 거의 뛰다시피 성당으로 다시 들어갔다. 안으로 들어서자마자 그는 몸을 내던져 무릎을 꿇고 성당의 돌바닥에 경건하게 입 맞추었다. '주여 이것은 기적입니다.' 그는 눈에 눈물을 글썽이며 외쳤다. '제 영혼이 다시 의무를 깨달은 걸 보시고 주님께서 저를 구해 주셨습니다. 주님! 언젠가는 제가 무슨 일로 죽임을 당할 수도 있겠지요. 그 죽음의 순간이 다가올 때 주님께서는 지금 이 시간 제 영혼이 얼마나 진실했던가를 기억해 주십시오.' 그러고는 한없는 기쁨에 취해 또다시 속죄의 시 일곱 편을 암송하는 것이었다. 성당에서 나오기 전 파브리스는 키 큰 성모상 앞에 앉아 있는 노파에게로 다가갔다. 옆에는 쇠로 만든 삼각 틀을 역시 쇠로 만든 다리를 수직으로 세워 그 위에 올려 놓았는데, 그 삼각

---

71) siamo a cavallo, 이탈리아 속담으로 '말을 탔다' 즉 '우리는 살았다'라는 의미이다.

틀 가장자리에 빙 둘러서 못이 뾰족하게 솟아 있었다. 그 큰 촛대는 신자들이 저 유명한 치마부에[72]의 성모상 앞에 바치는 작은 초를 세워두기 위한 것이었다. 파브리스가 가까이 갔을 때는 불이 밝혀진 초가 일곱 자루밖에 없었다. 지금과 같은 상황이 무엇을 의미하는지 나중에 여유 있을 때 찬찬히 생각해 보려고 그는 이 장면을 기억 속에 넣어두었다.

"초 값이 얼마입니까?" 그는 노파에게 물었다.

"한 자루에 2바요씩 받습니다요."

사실 그 초들은 굵기가 겨우 펜대만 했으며 길이도 30센티미터가 채 안 됐다.

"저 촛대 위에 초를 몇 자루나 더 세울 수 있지요?"

"지금 꽂혀 있는 것이 일곱이니 예순세 자루가 있으면 다 차겠구먼요."

'아! 예순셋에 일곱을 보태 모두 일흔 자루가 되겠구나. 이것도 기억해 둘 일이다.' 파브리스는 생각했다. 그는 값을 치르고 자신이 직접 일곱 자루를 먼저 촛대에 꽂아 불을 붙였다. 그리고 무릎을 꿇어 봉헌 기도를 올렸다.

"은총을 입은 데 감사하며 바친 것이오." 그는 일어서면서 노파에게 말했다.

파브리스는 루도빅이 있는 곳으로 다시 돌아갔다.

"배가 고파 죽을 지경이야."

---

72) Cimabue(1240~1302), 중세 초기에 이탈리아 회화를 지배한 비잔틴 양식의 최후를 장식한 거장. 『성삼위일체의 성모』 등의 작품을 남겼다.

"주막에 가기보다는 얻어놓은 숙소로 갑시다요. 집 안주인이 식사할 거리를 사다 드릴 겁니다. 20수우쯤은 얼렁뚱땅 자기 주머니에 챙겨 넣으려 하겠지만, 그런 만큼 손님에게는 성의를 보이겠지요."

"그렇다면 한 시간이나 더 이렇게 죽을 지경으로 배가 고파야 한다는 말이잖아." 파브리스는 어린아이처럼 천진하게 웃으며 말하고는, 산 페트로니오 근처의 주막으로 들어갔다. 그런데 놀랍게도 자리를 잡은 옆 탁자에 고모의 수석 시종인 페페가 앉아 있는 것이 아닌가. 예전에 제네바까지 자신을 맞으러 왔던 바로 그 하인이었다. 파브리스는 그에게 잠자코 있으라는 눈짓을 했다. 그러고는 서둘러 식사를 마치고 입가에 느긋한 미소를 띠며 일어섰다. 페페가 그를 따라 나왔다. 이렇게 되자 우리 주인공은 세 번째로 산페트로니오 성당 안으로 들어갔다. 그러는 동안 루도빅은 경계심을 발휘하여 광장에 남아 왔다 갔다 하고 있었다.

"어이구, 하느님! 이제야 도련님을 만났구먼요. 상처는 어떠십니까요. 공작부인께서는 걱정 때문에 넋을 놓으실 지경입니다. 꼬박 하루 동안 마님께서는 도련님이 돌아가셔서 포강 어느 섬에 숨이 끊어진 채 버려져 있을 거라고 믿고 계셨습지요. 지금 즉시 마님께 사람을 보내 알려 드려야겠습니다. 저는 엿새 전부터 도련님을 찾아다녔구먼요. 그중 사흘은 페라라의 여인숙이란 여인숙은 모두 뒤지며 지냈습니다그려."

"내 여행 증명서는 만들어 왔는가?"

"각각 다른 세 가지를 가져왔지요. 하나는 각하의 이름과 지위가 적혀 있는 것이고 다른 하나는 각하의 이름만 적힌 것, 나머지는 조제프 보씨라는 가명을 쓴 것입니다. 어느 여행 증명서건 간에 2부씩 만들어 왔으니, 도련님께서는 피렌체나 모데나 중 아무 곳에서나 온 것으로 해도 됩니다요. 이제 마을 밖으로 슬슬 걸어 나가시면 좋겠는데요. 백작님은 각하가 델 펠레그리노 여관에 묵으시길 바랄 겁니다. 그곳 주인이 제 친구거든요."

파브리스는 무심히 발걸음을 옮기는 척하면서 교회당 중앙 홀 오른편으로 걸어가 자신이 바친 촛불이 타고 있는 곳까지 갔다. 그의 눈은 치마부에의 성모를 응시하고 있었다. 그리고 무릎을 꿇으며 페페에게 이렇게 말했다.

"잠시 감사의 기도를 올려야겠어."

페페도 그가 하는 대로 따라했다. 성당을 나오는 길에 페페는 파브리스가 적선을 구걸하는 한 거지에게 20프랑짜리 주화를 내주는 것을 보았다. 그 거지는 큰 소리로 감사를 표했다. 그 소리를 듣고 산 페트로니오 광장에 늘상 모여 있는 각양각색의 구걸꾼들이 구름처럼 몰려들어 이 자선가의 뒤를 줄줄 따라왔다. 모두들 나폴레옹 금화를 자신에게도 달라고 애원하는 것이었다. 파브리스를 에워싼 무리를 헤치고 끼어들 엄두를 못 내던 여인네들은 아예 그를 향해 덤벼들면서 나폴레옹 금화를 준 뜻은 가난한 백성들이 모두 나누어 가지라는 뜻이 아니냐고 소리쳤다. 페페는 금손잡이가 달린 자신의 지팡이를 흔들어대며 각하로부터 물러서라고 호령했다.

"아이구! 각하, 이 불쌍한 여자들에게도 나폴레옹 금화를 한 닢 베풀어 주십시오."

여자들은 더욱더 악다구니를 치며 제각각 외쳐 댔다. 파브리스는 걸음을 재촉했다. 여자들도 소리를 지르며 그를 따라왔다. 거리에 흩어져 있던 많은 남자 거지들도 사방에서 몰려와 마치 무슨 폭동이라도 일어난 것 같았다. 끔찍하게도 더럽고 그러면서도 원기 왕성한 떼거리들이 '각하, 각하!' 하고 외쳐 댔다. 파브리스는 한참이나 고생한 끝에 이 혼잡한 무리로부터 벗어났다. 그러나 이 광경은 둥둥 떠다니던 그의 공상을 다시 땅바닥으로 끌어내리고 말았다. '내 분수에 맞는 곤욕을 치렀을 뿐이야.' 그는 생각했다. '천한 자들과 사귀어왔으니 말이지.'

여자 두 명은 마을 밖으로 나가는 사라고사 문까지 그를 뒤쫓아 왔다. 페페는 그들에게 지팡이를 휘둘러 을러 대고 잔돈 몇 푼을 던져 쫓아 버렸다. 파브리스는 산미켈레 인 보스코의 아름다운 언덕을 올라가 성벽의 바깥 쪽을 타고 마을 한편을 휘감아돈 뒤 오솔길로 접어들었다. 그리고 피렌체로 통하는 큰길을 따라 500걸음쯤 걸어간 다음 다시 볼로냐로 들어가 자신의 용모가 아주 정확하게 기재되어 있는 여행 증명서를 경찰관에게 위엄 있게 내보였다. 이 여행 증명서에는 신학생 조제프 보씨라고 적혀 있었다. 파브리스는 여행 증명서 밑부분 오른편 귀퉁이에 붉은색 작은 잉크 자국이 마치 실수로 떨어진 것처럼 얼룩져 있는 것을 알아차렸다. 두 시간 후 그의 뒤에는 밀정 한 명이 따라붙었다. 여행 증명서에는 하인들로부터 각하라고 불릴 만한 지위가 적혀 있지 않았는데도 그의 동행인이 산페트로니오 성당의 거지들 앞에서 그를 각하라고 불렀던 일 때문에 의심을 샀던 것이다.

파브리스는 밀정이 뒤를 밟고 있음을 알았지만 무시해 버렸다. 그는 더 이상 여행 증명서니 경찰 따위에 대해서는 생각하지 않았으며 마치 어린애처럼 사건을 즐기고 있었다. 페페는 그의 곁에 머무르며 그를 보살피라는 분부를 받은 터였으나 주인이 루도빅을 아주 신뢰하는 것을 보고 자기는 이 좋은 소식을 공작부인에게 알리러 돌아가고 싶었다. 파브리스는 친애하는 두 사람 앞으로 두 통의 긴 편지를 썼다. 그러다가 문득 존경할 만한 란드리아니 대주교에게 또 한 통의 편지를 써 보내야겠다는 생각을 했다. 질레티와 싸운 경위를 자세하게 밝힌 이 편지는 대단한 효력을 발휘했다. 사람 좋은 대주교는 아주 감동해서 지체 없이 대공 앞에서 이 편지를 읽으러 달려갔다. 대공은 젊은 몽시뇨르가 자신이 저지른 그런 끔찍한 살인을 어떻게 변명하는지 궁금해서 편지 내용을 들어 보려 했다. 라베르시 후작부인을 편드는 많은 인사들이 이야기를 퍼뜨려 놓은 덕분에 대공도 여느 파르마 사람들이 믿고 있는 것과 마찬가지로, 파브리스가 2, 30명의 농부들을 불러 모아 마리에타를 두고 감히 자기와 겨루려 든 한 괘씸한 희극 배우를 때려 죽였다고 믿고 있었다. 전제군주가 지배하는 궁정에서는, 마치 파리에서 유행이 진실을 좌우하듯이, 맨 처음 능란하게 일을 꾸미는 자가 진실을 좌우하는 법이다.

"하지만 바보스럽기 짝이 없군!" 대공은 대주교에게 말했다. "그런 일들은 다른 사람을 시켜야지 자신이 직접 나서다니. 어처구니없는 짓을 했어. 게다가 질레티 같은 배우 따위는 죽이거나 해서는 안 돼. 돈을 줘서 해결해야지."

파브리스는 파르마에서 무슨 일이 일어나고 있는지 짐작도 못 하고 있었다. 살아 있을 때는 한 달에 고작 32프랑밖에 못 벌던 이 광대가, 죽어서는 극우 왕당파 내각과 그 수장인 모스카 백작의 실각까지도 초래하지나 않을까 우려될 만큼 문제를 확대시키고 있었던 것이다.

질레티의 죽음을 보고받은 대공은 공작부인이 전혀 애걸하는 기색을 보이지 않자 화가 났다. 그는 검찰총장 라씨에게 이 사건을 자유주의자들을 다룰 때와 똑같이 취급하라고 명령했다. 한편 파브리스는 자신과 같은 지위에 있는 사람을 법률로 어떻게 할 수는 없을 거라고 믿고 있었다. 책략이라는 것은 명문가의 사람들이 처벌받는 경우가 결코 없는 나라에서조차 그 명문 출신이라는 보호막을 무력화시킬 만큼 전능하다는 사실을 그는 몰랐다. 그래서 그는 자신의 완전무죄가 곧 선포될 거라고 루도빅에게 몇 번이나 되풀이 말하는 것이었다. 아무 죄도 없으니 당연하지 않느냐면서.

"각하처럼 명민하시고 공부도 많이 하신 분이 저같이 충성밖에 모르는 하인놈에게 왜 그런 말씀을 애써 하시는지 모르겠구먼요. 각하께서는 너무 조심성이 많으십니다요. 그런 말씀일랑 남들 앞이나 재판정에 나가서 하시는 것입지요."

'이 사나이는 나를 살인자라고 믿는구나. 그렇다고 나를 섬기는 데 소홀하지는 않겠지만.' 파브리스는 깜짝 놀라며 이렇게 생각했다.

12장

페페가 떠난 지 사흘 후 파브리스는 루이 14세 시대풍으로 비단끈을 감아 봉한 두툼한 편지를 받아보고 놀랐다. 이 편지에는 '파르마 교구 수석 보좌주교이자 주교좌 성당 참사원 등등의 지위에 있는 파브리스 델 동고 예하 귀하'라고 적혀 있었다.

'내가 아직까지 이 모든 지위를 갖고 있었던가?' 그는 이런 생각을 하며 웃었다. 란드리아니 대주교의 편지는 논리와 명징성에 있어 탁월한 글이었다. 그 편지는 커다란 편지지로 열아홉 장이나 이어졌는데, 질레티의 살해와 관련해 파르마에서 일어났던 모든 일을 아주 상세하게 알려 주었다. 선량한 대주교는 편지에 이렇게 쓰고 있었다.

네 원수가 지휘하는 프랑스 군대가 이 도시로 진격해 왔다 할지라도 이보다 더한 소동을 빚어내지는 못했을 거라오. 나의 진정 사랑하는 아들이여, 공작부인과 나를 제외하고는 모든 이들이 믿고 있기를, 당신이 장난으로 익살 광대 질레티를 죽였다는구려. 비록 그 같은 불행한 짓을 당신이 저질렀다 해도 그것은 200루이의 돈을 쓰고 6개월 정도 피신하는 것으로 해결될 일이오. 그러나 라베르시 후작부인은 이 사건을 이용해서 모스카 백작을 쓰러뜨리려 하고 있소. 사람들이 당신을 비난하는 이유는 살인이라는 무서운 죄 때문이 아니라오. 그것은 단지 아랫사람을 시키지 않고 손수 처리한 당신의 어수룩함, 혹은 차라리 그 거만함에 원인이 있다오. 나는 지금 내 주위에서 오가는 이야기들을 숨김없이 당신에게 전하는 것이오. 왜냐하면 심히 유감스러운 이 불행한 사건 이후로 나는 당신을 변호하기 위해 이 도시의 가장 권세 있는 저택 세 곳을 매일 찾아다니고 있으니 말이오. 나는 하늘이 내려 주신 미약한 나의 언변이 이보다 더 가치 있는 용도로 사용된 적은 없었다고 믿고 있소.

파브리스는 이제야 모든 일을 깨닫게 되었다. 공작부인이 보내온 여러 장의 편지에는 애정이 넘쳐흐르기는 해도 이런 이야기는 조금도 언급되지 않았다. 공작부인은 만약 조만간 파브리스가 당당하게 돌아올 상황이 되지 않으면 자신도 파르마를 영원히 떠나겠다고 마음을 다지고 있었다. 대주교의 것과 동시에 도착한 편지 속에 공작부인은 이렇게 써 보냈다.

백작은 너를 위해 할 수 있는 일이라면 무엇이든 할 것이다. 네가 용감하게도 저지른 그 무모한 행동 덕분에 나는 성격까지 변해 버렸단다. 지금 나는 은행가 톰본느처럼 인색해졌어. 하인들은 모두 내보냈고, 또한 백작에게 구술해서 재산 목록을 작성해 보았는데, 내 재산이란 것이 생각보다는 대단치 않더구나. 훌륭한 남자였던 피에트라네라 백작이 죽었을 때를 생각해 보렴. 여담이지만 너는 질레티 같은 인물과 싸우느라 위험을 무릅쓰기보다는 차라리 피에트라네라 백작의 복수를 했어야 옳았을 것을. 하여간 그때 내게는 1200리브르의 연금과 5000프랑의 빚이 남아 있었지. 다른 무엇보다 기억에 생생한 것은 파리에서 주문해 온 흰색 비단 구두는 두 다스하고도 반이나 있었지만 막상 거리에 신고 나갈 구두는 단 한 켤레밖에 없었던 일이란다. 나는 산세베리나 공작이 내 몫으로 물려준 30만 프랑을 받기로 거의 마음을 정했어. 그 돈 전부를 공작을 위한 호사스러운 묘를 세우는 데 쓰려고 생각했었지만 말이야. 아울러 말해 두어야 할 점은 라베르시 후작부인이 너의 가장 위험한 적이라는 사실이야. 그러므로 그녀는 나의 적이기도 하지. 네가 볼로냐에서 혼자 지내기가 무료하다면 언제든 말해 다오. 내가 곧 달려갈 테니. 여기 환어음 네 장을 또다시 동봉해 보낸다.

공작부인은 그가 저지른 사건을 두고 파르마 사람들이 떠들어 대고 있는 이야기에 대해서는 파브리스에게 한 마디도 하지 않았다. 그녀는 우선 그의 마음을 달래 주려 했다. 여하튼 그녀가 생각하기에 질레티 같은 천한 인간의 죽음이란 그 때문에 델 동고 집안의 한 사람이 비난받아야 할 만한 성질의 것은 아니었던 것이다. 그녀는 모스카 백작에게 이런 말을 하기도 했다. "우리 집안 조상들은 질레티 같은 인간을 얼마나 많이 저세상으로 보내 버렸는지 몰라요. 하지만 누구도 그런 일을 비난한 적은 없었지요!"

비로소 사태의 진상을 알아차린 파브리스는 매우 놀라서 대주교의 편지를 찬찬히 따져 보기 시작했다. 불행한 일이지만, 대주교 자신도 파브리스가 실제보다 상황을 더 잘 알고 있으리라 믿고 있었다. 파브리스는 라베르시 후작부인이 특히 기세를 올릴 수 있었던 이유가 싸움을 목격한 증인을 찾아내지 못한 데 있다는 사실을 깨달았다. 파르마에 맨 처음 소식을 전하러 달려간 자신의 시종은 결투가 벌어지고 있는 동안 상기냐 마을의 여인숙에 머물러 있었으며, 마리에타와 그녀의 어미 노릇을 하던 할멈은 그 후 어디로 갔는지 종적을 알 수 없었다. 게다가 라베르시 후작부인은 그 당시 파브리스가 타고 달아났던 마차의 마부를 매수했다. 그 마부는 지금 가증스러운 거짓 진술을 떠벌리고 있었다. 대주교는 편지에 키케로 같은 웅변 투로 이렇게 썼다.

비록 이 사건의 심리가 엄중한 비밀에 붙여진 채 검찰총장라씨에 의해 지휘되고 있긴 해도(객담이지만, 검찰총장이라는 이 인물에 대해 본인은 단지 기독교인으로서의 사랑 때문에 욕을 삼가하고 있을 뿐으로, 이자는 마치 사냥개가 산토끼를 쫓듯 불쌍한 피의자들을 무자비하게 몰아 대서 출세한 사람이라오. 이자의 파렴치함과 돈 욕심은 당신의 상상력으로는 도저히 가늠하기 힘들 것이오만) 이러한 라씨가 진노한 대공으로부터 사건 소송의 지휘권을 위임받기는 했어도, 나는 그 마부의 세 가지 진술이라는 것을 읽어 볼 수 있었다오. 흔치 않은 행운에 힘입은 덕인지, 이 비열한 사나이의 진술은 앞뒤가 맞지 않는 구석이 있더군요. 지금 나는 수석 보좌주교, 즉 내 뒤를 이어 이 교구를 이끌어가야 할 사람에게 이야기하고 있으니만치 덧붙여 말하건대, 뭐냐 하면 나는 그 길 잃은 죄인이 살고 있는 소교구의 사제를 불러들였다오. 고해의 비밀을 지킨다는 전제하에서 당신에게 말하오만, 내 아들이여, 이 사제는 이미 그 마부의 아내를 통해 그가 라베르시 후작부인으로부터 돈을 얼마 받았는지 알고 있었소. 후작부인이 그에게 당신을 중상하도록 강요했다고는 단언할 수 없겠으나, 충분히 그럴 수 있는 일 아니겠소. 돈은 후작부인 측근에서 바람직하지 못한 일을 도맡아 보는 한 졸렬한 신부를 통해 전달되었다는구려. 그래서 나는 이미 있었던 전례에 이어 두 번째로 이 신부에게 미사 집전을 금하지 않을 수 없었다오. 당신이 나에게 아마도 기대했을, 그리고 나의 의무이기도 한 그 밖의 몇 가지 조처에 대해서는 구구히 이야기하지 않으리다. 대성당의 참사원이며, 주님의 뜻에 따라 마침 자기 가문의 유일한 상속인이 되어 물려받은 그 재산 덕분에 꽤나 세도를 부리려 드는 당신 동료가 한 명 있다오. 이자가 내무대신 쥐를라 백작에게 가서 말하기를, 자신은 이번 소동에서 당신이 불리한 처지임을 알고 있다고 했다는구려. (질레티 살해 사건을 언급한 거지요.) 나는 이자를 내 앞에 불러다 놓고 그 자리에 다른 보좌주교 세 명과 내 부속사제, 그리고 마침 무슨 일 때문에 대기실에 와 기다리고 있던 두 명의 신부를 입회시킨 다음 그에게 물었소. 그가 성당 동료 한 사람에 대해 내린 그런 불리한 확신의 근거가 무엇인지 형제들인 우리에게 말해줄 수 없겠느냐고 말이오. 이 참사원은 모호한 근거밖에 대지 못했소. 자리에 있던 모든 이들이 그의 말에 반박했소. 나는 이자에게 아주 작은 언질도 주어서는 안 되겠다고 생각하긴 했지만, 그가 눈물을 쏟으며 우리들 앞에서 자신의 완전한 잘못을 고백했으므로, 나는 그가 2주일 전부터 퍼뜨려온 말로 인해 야기된 그릇된 세평을 바로 잡는 데 전력하겠다는 조건하에, 나와 그 자리에 참석한 사람 모두의 이름을 걸고 비밀을 지켜 주기로 약속했다오.

당신도 오래전부터 알고 있었으리라 생각되어 되풀이 말하고 싶지는 않으나, 내 아들이여 모스카 백작이 착수한 발굴 작업에 서른네 명의 인부가 고용되어 일하지 않았소. 라베르시 부인은 당신이 그들을 자신의 범죄를 돕도록 매수했다고 주장하고 있다오. 그런데 그중 서른두 명은 당신이 별안간 덤벼든 사나이로부터 목숨을 지키기 위해 사냥칼을 집어들고 휘두를 당시 구덩이 속에서 작업에 열중하고 있었소. 나머지 두 명이 구덩이 밖에 나와 있다가 '누가 나리를 죽이려 한다!' 하고 다른 사람들에게 소리질렀소. 이 외침소리만으로도 당신의 무죄를 명백히 입증할 수 있소. 그런데 딱하게도 글쎄, 검찰총장 라씨는 이 두 사람이 행방불명되었다고 주장하는 것이오. 게다가 구덩이 속에 있었던 인부 여덟 명을 찾아내어 신문했는데, 첫번째 신문에서는 그들 중 여섯이 '누가 나리를 죽이려 한다!'는 고함을 들었다고 증언했는데, 내가 간접적인 통로로 알아낸 바에 따르면, 어제 저녁 열린 다섯 번째 신문에서는 다섯이 증언을 번복하기를, 자신들이 이 외침소리를 직접 들었는지, 혹은 동료 중 누군가가 그렇다고 이야기하는 것을 전해 들은 것뿐인지 잘 기억이 나지 않는다고 했다는군요. 나는 이 흙일 하는 인부들이 사는 곳을 알아오라고 지시했다오. 그래서 이제 곧 그들 교구의 사제들이 그들을 불러, 몇 푼의 돈을 벌기 위해 진실을 날조한다면 지옥에 떨어질 거라고 타이르게 될 겁니다.

이러한 내용을 보아서도 알 수 있겠지만, 대주교는 아주 자세한 일까지 편지에 적어 놓고 있었다. 그런 다음에도 라틴어로 이렇게 덧붙였다.

　　이번 일은 다름 아니라 내각을 뒤집으려는 음모일 뿐이오. 만약 당신이 유죄를 선고받으면 징역이나 사형에 처해질 텐데, 그럴 경우 나는 대주교 자리에 있는 사람으로서 이렇게 선언하며 사건에 개입하려 하오. 즉 당신은 결백하며 다만 어떤 악당으로부터 자신의 생명을 지켰을 뿐이고 또한 당신으로 하여금 적들이 기세를 올리고 있는 파르마에 돌아오지 못하게 막은 사람도 나라고 말이오. 나는 검찰총장 라씨에게 창피를 줄 작정이오. 그는 그런 일을 당해 마땅한 자라오. 그의 품성을 칭찬하는 사람이 거의 없는 만큼 세상 모든 이가 그를 미워하고 있는 게 아니겠소. 그래도 결국 검찰총장이 당신에 대해 심히 부당한 체포령을 내린다면, 그 전날 산세베리나 공작부인은 이 도시를, 아마도 파르마 공국 영토를 떠날 것입니다. 이 경우 백작이 사직하리라는 것은 분명합니다. 그러면 파비오 콘티 장군이 입각하리라는 것은 거의 틀림없는 사실이고, 결국 라베르시 후작부인이 승리하는 결과가 되겠지요. 이번 사건에 있어서 지극히 곤란한 점은 당신의 무죄를 밝히고 증인들을 매수하려는 적의 흉계를 막아내기 위해 필요한 조치를 맡아서 해줄 유능한 사람이 아무도 없다는 것입니다. 백작은 자신이 이런 역할을 하고 있다고 믿고 있지만, 너무 지위가 높은 분인지라 몇몇 세세한 일들은 직접 다루지 못하지요. 게다가 경찰 최고 책임자로서의 지위 때문에 애초부터 당신에 대해 준엄하게 다루라는 명령을 내리지 않을 수 없었다오. 마지막으로, 이 점은 당신에게 이야기해도 좋을지 모르겠소만, 우리 군주께서는 당신이 죄가 있다고 믿고 계시오. 혹은 적어도 그렇게 믿는 척하신다오. 군주의 이러한 태도 역시 이 사건을 난감하게 만드는 요인이지요.

('우리 군주'와 '믿는 척하다'라는 말은 희랍어로 쓰여 있었다. 파브리스는 그런 말을 써 준 대주교에게 큰 고마움을 느꼈다. 그는 작은 칼로 이 단어가 적힌 행을 잘라 내어 그 자리에서 없애 버렸다.) 대주교의 편지를 파브리스는 단숨에 읽어 내려갈 수 없었다. 더없는 감사의 마음이 북받쳐 진정할 수가 없었던 것이다. 그래서 그는 곧장 여덟 장이나 되는 답장을 썼다. 편지를 쓰면서 눈물이 종이 위에 떨어지지 않게 하려고 자주 고개를 쳐들어야 했다. 다음 날 편지를 봉할 때는 아무래도 어투가 너무 세속적인 것 같다는 생각이 들었다. '편지를 라틴어로 고쳐 쓰자. 그러는 편이 품위 있는 대주교 마음에 들 거야.' 이렇게 해서 키케로를 본뜬 길고 아름다운 라틴어 문장을 꾸미느라 애쓰는 중에, 대주교가 어느 날 나폴레옹에 대해 언급하면서 이 영웅을 뷰오나파르트라고 짐짓 틀린 이름으로 불렀던 일이 생각났다. 순식간에 전날 그로 하여금 눈물까지 흘리게 했던 모든 감동이 사라져 버렸다. '오, 이탈리아의 왕이시여!' 하고 그는 외쳤다. '당신이 살아 있을 때는 그리도 많은 사람들이 당신께 충성을 맹세했건만. 그러나 나는 당신이 죽은 후에도 그 충성을 간직하겠습니다.' 파브리스는 생각했다. '대주교는 분명 나를 아끼고 있지만, 그건 내가 델 동고 집안사람이고 그

자신은 평민의 아들이기 때문이다.' 이탈리아어로 쓴 아름다운 편지를 그대로 버리기는 아까웠다. 파브리스는 그 편지를 몇 군데 호칭 부분만 고쳐서 모스카 백작에게 보냈다.

바로 그날 파브리스는 거리에서 마리에타를 만났다. 이 처녀는 기쁨으로 얼굴이 발개져서 그에게 좀 떨어져 따라오라는 손짓을 했다. 급히 인적 없는 회랑으로 들어선 그녀는 이지방 유행대로 머리에 쓰고 있던 검은 레이스를 앞으로 내려뜨려 다른 사람들이 얼굴을 보지 못하게 하고는 돌아서며 말했다.

"이렇게 마음대로 거리를 쏘다니다니 어떻게 된 일이에요?"

파브리스는 그녀에게 지금까지의 일을 이야기해 주었다.

"세상에! 페라라에 계셨다구요! 거기서 내가 얼마나 당신을 찾아다녔다구요! 난 그 할멈과 다투었어요. 할멈이 날 베네치아로 데려가려고 했거든요. 하지만 당신은 오스트리아에서 수배 중인 사람이니까 그곳으로는 결코 오지 못할 게 아니겠어요? 볼로냐로 오면 어쩐지 당신을 만날 수 있을 것 같은 예감이 들길래 내 금목걸이를 팔아 이곳에 온 거예요. 내가 도착한 이틀 후에 할멈도 이곳에 왔어요. 그래서 당신께 우리 집으로 오라고 권하고 싶지는 않아요. 할멈이 또 돈을 얻어 내려고 할 테니까요. 난 그게 정말 창피하다고요. 그 사건이 있었던 다음 날부터 우리는 아주 팔자 좋게 지냈어요. 그러고도 당신이 할멈에게 준 돈의 사분의 일도 다 못 썼지요. 그렇다고 당신을 만나러 펠레그리노 여관으로 갈 수는 없어요. 사람들이 수군거릴 게 아니겠어요. 어디 한적한 거리에다 작은 방을 하나 얻어 줘요. 아베마리아 기도 시간(해 질 무렵)에 내가 여기 이 회랑으로 다시 올게요."

　이렇게 말하고 그녀는 쏜살같이 가 버렸다.

13장

이 사랑스런 여자의 뜻하지 않은 출현 덕분에 모든 진지한 생각은 잊히고 말았다. 파브리스는 볼로냐에서 즐겁고 안전하게 생활하기 시작했다. 생활 속에서 마주치는 온갖 일에 기쁨을 느끼는 그의 순진한 기질이 공작부인에게 보내는 편지들 속에도 드러나서 공작부인은 그 때문에 기분이 언짢을 정도였다. 파브리스는 그런 점을 전혀 눈치채지 못했다. 다만 그는 자신의 회중시계 문자판에 약어로 이렇게 써놓았을 뿐이었다. 'D[73]에게 써 보낼 편지에서는 '내가 고위 성직자였을 때'라든가 '내가 성직에 종사하고 있을 때' 같은 말은 쓰지 말도록. 이 말에 고모는 기분을 상하게 될 것이다.' 그는 작은 말 두 필을

---

73) 공작부인(Duchesse)의 머리글자이다.

샀다. 그 말들은 마음에 쏙 들었다. 마리에타가 볼로냐 부근 어느 경치 좋은 곳에 가자고 할 때마다 그는 사륜마차를 세 내어 이 말들에 매서 달리곤 했다. 거의 매일 밤 그는 마리에 타를 데리고 레노의 폭포로 갔다. 돌아오는 길에는 사람 좋은 크레셴치니의 집에 들르곤 했는데, 이 사내는 자기가 일면 마리에타의 아비 노릇을 하고 있다고 믿고 있었다.

'아! 어느 정도 재능을 지닌 인간이 세월을 보내는 방법으로는 어리석게만 보였던 그 카페 생활이라는 것이 바로 이러한 것이라면, 솔직히 말하건대 내가 그걸 거절해 온 것이 잘못이구나.' 그는 자신이 《입헌신문》을 읽기 위해서가 아니라면 카페에 드나든 적이 없었고 또 볼로냐의 상류 사회와 전혀 교제가 없었기 때문에, 현재 자신이 누리고 있는 행복에는 허영심이 끼어들 틈이 없었다는 사실을 잊고 있었다. 마리에타와 함께 있지 않을 때면 그는 늘 천문대에서 시간을 보냈다. 그는 거기서 천문학 강의를 들었다. 교수가 호의를 가지고 대해 주었다. 파브리스는 교수가 일요일마다 자신의 아내를 데리고 몽타놀라 거리로 으스대며 산책을 나갈 수 있도록 그에게 말들을 빌려주곤 했다.

천성적으로 그는 어떤 사람이, 아무리 하찮은 사람일지라도 불행해지는 것이 아주 싫었다. 마리에타는 그가 할멈을 만나지 못하도록 극력 말리고 있었다. 그러나 그는 어느 날 마리에타가 성당에 가고 없는 틈을 이용해서 할멈이 머물고 있는 집 계단을 올라갔다. 노파는 그가 들어오는 것을 보자 화가나서 얼굴을 붉혔다. '델 동고 가문 사람의 본때를 보여 주어야만 하겠군.' 파브리스는 생각했다.

"마리에타가 극단 일을 할 때 한 달에 얼마나 벌었소?" 그는 우쭐대는 청년이 파리 희가극 극장의 특등석에 들어설 때와 같은 태도를 보이며 큰소리로 물었다.

"50에퀴는 됐지."

"여전히 거짓말을 하는군. 솔직히 말해요. 그렇지 않으면 한 푼도 못 얻을 테니."

"좋아요. 우리가 파르마 극단에 있었을 때, 그러니까 운 나쁘게도 당신을 알게 되었을 때 그 아이는 22에퀴를 받고 있었우. 나는 12에퀴를 받았고. 그리고 그 애와 난 각자 받은 돈의 3분의 1씩을 떼어서 보호자 격인 질레티에게 주고 있었우. 대신에 질레티는 거의 달마다 마리에타에게 선물을 하나씩 했지. 적어도 2에퀴 값어치는 나가는 것으로 말이우."

"또 거짓말을 하고 있잖아. 할멈, 당신은 4에퀴밖에 받지 못 했으면서. 하지만 만약 할멈이 마리에타에게 잘해 준다면 내가 흥행주가 된 것처럼 두 사람에게 돈을 주겠어. 매달 할멈에게는 12에퀴를, 마리에타에게는 24에퀴를 주지. 그러나 만약 그녀가 울어서 눈이 발개진 모습을 보이거나 하면 돈을 주는 일을 당장 그만둘 거야."

"무척이나 거만하시구면. 흥! 당신이 인심을 후하게 쓰는 바람에 우린 망하게 될 거야." 노파는 화난 어조로 대답했다. "단골 손님들을 잃고 말 테니 말이야. 각하가 우릴 더 이상 보호해 주지 못할 운 나쁜 처지가 된다면, 그땐 어떤 극단도 우릴 알아주지 않을 거요. 자리가 다 차 있을 테니까. 우리는 일자리도 얻지 못할 거고 그러니 우린 당신 덕분에 굶어 죽을걸."

"그럼 지옥에나 가 버려." 파브리스는 방을 나서면서 말했다.

"지옥이라니 천만에, 이 나쁜 놈! 그 대신에 경찰에게 가서 네가 몽시뇨르 신분이었다가 성직을 떠났고, 조제프 보씨라는 이름은 가짜라고 일러바칠 테다."

파브리스는 이미 몇 계단 내려가고 있던 참이었으나 다시 올라왔다.

"무엇보다도 먼저 일러둘 말은 경찰이 내 본명을 할멈보다도 더 잘 알고 있다는 점이야. 하지만 만약 할멈이 비열하게도 날 고발할 마음을 먹는다면, 내 하인 루도빅이 할멈에게 할 말이 있을걸." 그는 아주 정색을 해서 말했다. "그렇게 되면 할멈의 늙은 몸뚱이는 여섯 군데 정도는 어림도 없고, 적어도 스물네 군데쯤은 칼자국이 날걸. 그래서 여섯 달은 병원에 누워 있게 될 거야. 담배도 못 피우고 말이지."

새파랗게 질린 노파는 파브리스에게 달려들어 그의 손에 입을 맞추려고 했다.

"나리가 하라는 대로 고맙게 따르겠우. 마리에타나 이 몸이나 달리 할말이 뭐가 있겠우. 당신이 너무 친절해 보이길래 난 당신이 아무것도 모르는 숙맥인지 알았구려. 그러니까 나리도 명심해 둬요. 남들도 나 같은 실수를 저지를 수 있으니. 내 생각에는 당신이 좀 더 세도 있는 사람처럼 행세하는 게 좋을 것 같구먼." 그러고는 정말 뻔뻔하게도 이렇게 덧붙였다. "내 충고를 귀담아들어 두구려. 그리고 겨울이 멀지 않았으니 마리에타와 나에게 근사한 외투를 한 벌씩 사 주시우. 산페트로니오 광장의 큰 상점에서 파는 고급 영국제 옷감으로 지은 것 말이우."

어여쁜 마리에타와의 사랑 놀이는 파브리스에게 달콤한 연애의 갖가지 매력을 맛보게 해 주었다. 이러한 행복은 또한 만약 그가 공작부인 곁에 머물러 있었다면 누릴 수 있었을 같은 종류의 기쁨을 생각나게 했다.

'하지만 정말 이상하게도 나는 사람들이 사랑이라고 부르는, 단 하나의 대상을 향해 열정적으로 몰입하는 그 감정을 전혀 못 느끼고 있지 않은가?' 그는 가끔 이런 생각이 들었다. '노바라나 나폴리에서 우연한 기회에 여인들과 사귈 때에도 그랬었지. 만난 지 얼마 되지 않은 여인과 시간을 함께 보내는 것이 새로 산 말을 타고 달려 보는 일보다 더 즐거웠던 적이 한 번이라도 있었던가? 사랑이라는 것은 역시 거짓에 불과한 것일까? 물론 나도 사랑을 하기는 한다. 그러나 그것은 6시가 되면 배가 고파 식욕이 생기는 것이나 마찬가지 경우일 뿐! 이러한 다소 천박한 성향을 가지고 거짓말쟁이들이 오셀로의 사랑이니 탕크레드[74]의 사랑이니 하는 것을 만들어 낸 것일까? 아니면 내가 다른 사람들과 다른 것일까? 내 영혼은 한 가지 정열을 갖추지 못했나 보다. 어째서 그럴까? 이상한 운명이 닥

---

74) 탕크레드는 볼테르의 비극 『탕크레드』의 주인공. 1005년 시실리의 마지막 자치 도시 시라퀴즈가 무대로, 기사 탕크레드는 사랑하는 아메나이드가 적과 정략결혼을 해야 할 운명에 처해 자신에게 도움을 청하자 이를 오해하여 그녀를 미워하게 된다. 결국 오해가 풀리지만 두 연인은 죽음을 맞이한다.

처올 것만 같다!'

예전에 나폴리에서 머무는 동안, 특히 그곳 체류가 끝나갈 무렵에 파브리스는 여러 여인들과 사귀었다. 그 여인들은 자신의 신분이나 미모를 자랑하면서, 또 파브리스를 위해 자신들이 사회에서 이러저러한 지위에 있던 구애자들을 저버렸노라고 과시하면서 그를 마음대로 다루려 했었다. 이런 속내를 눈치 챌 때마다 파브리스는 즉시 아주 단호하게 관계를 끊어 버렸다.

'자, 그러니.' 하고 그는 생각했다. '만약 내가 산세베리나 공작부인이라 불리는 그 아름다운 여인과 친밀감을 나눈다는 기쁨, 분명 강렬하기 그지없는 그 기쁨에 취해서 행여 나 자신을 잊는다면, 경솔하게도 나는 어느 날 황금 알을 낳는 암탉을 죽이고 말았다는 그 프랑스 우화 속의 인물 꼴이 되는 것이다. 내가 이제까지 다정한 감정으로 인한 행복을 유일하게 누릴 수 있었던 것도 고모 덕분이며, 고모를 향한 나의 애정은 나를 지탱하는 생명과도 같다. 또한 고모가 아니었더라면 나는 어떻게 되었겠는가? 노바라 근처의 다 쓰러져 가는 집에서 근근이 목숨을 이어 가는 가련한 추방자 신세였겠지. 가을 장마 동안 비가 샐까 봐 밤이면 침대 천장에 우산을 씌워 놓아야만 했던 일이 지금도 기억난다. 나는 집사의 말을 빌려 타고 다니곤 했지. 그는 나의 푸른 피[75]를 생각해서 참아 주었지만, 차츰 내가 너무 오래 머문다고 생각하는 눈치였어. 아버지

_____

75) 고귀한 가문의 출신이라는 뜻이다.

는 내게 1200프랑의 연금을 주었지만, 위험한 사상을 품은 급진파 녀석에게 빵을 준다는 생각에 스스로 큰 죄를 지었다고 믿고 계셨지. 불쌍한 어머니와 누이들은 내가 애인들에게 작은 선물 몇 가지 정도는 해 줄 수 있도록 하기 위해 자신들의 옷가지가 부족한 것도 감내해 냈어. 그처럼 내게 잘해 주는 걸 생각하면 마음이 아파 오곤 했지. 게다가 사람들이 내 빈곤한 처지를 눈치 채기 시작해서 근방 귀족 청년들이 날 동정하려 했어. 아마도 얼마 후에는 어떤 거만한 자가, 모든 계획이 물거품이 되고 만 가난뱅이 급진공화파에 대한 경멸을 드러내 보였을 거야. 그런 자들의 눈에는 내가 다름 아닌 그런 모습으로 비쳤을 테니까. 그래서 나는 결투를 벌여 칼을 주거니 받거니 하다가 페네스트렐 감옥에 잡혀 들어가거나 또 한번 스위스로 도망을 치거나 했을 테지. 주머니에는 여전히 1200프랑의 연금밖엔 없는 처지로 말이야. 내가 다행히도 이 모든 고생을 겪지 않게 된 것은 공작부인 덕분이다. 더구나 내가 고모에게 느껴야만 할 열렬한 애정을 오히려 그녀가 내게 베풀어 주고 있는 것이다.

나를 우울하고 아둔하게 만들었을 그런 어리석고 초라한 생활 대신에, 4년 전부터는 큰 도시에 살고 멋진 마차도 갖게 되었다. 덕분에 누굴 부러워하는 감정 같은, 촌사람이나 품을 만한 온갖 천박한 감정을 경험하지 않아도 된 거야. 고모는 다정한 마음이 넘친 나머지 내가 은행에서 돈을 충분히 가져다 쓰지 않는다고 언제나 나무란다. 이런 더 바랄 바 없는 처지를 아주 망쳐 버릴 셈인가? 세상에 단 하나뿐인 친구를 잃어도 좋다는 것인가? 단지 거짓말 한 마디면 될 일인데. 아마 세상에 다시없을 사랑스런 여인이자 또한 내가 가장 열렬한 애정을 품고 있는 여인에게 '당신을 사랑합니다.'라고 말하기만 하면 되는데. 마음을 다 바쳐 사랑하는 것이 어떤 것인지는 정녕 모르겠지만…… 그렇게 말하지 않는다면 고모는 내게 열정이 없다며 내내 책망할 것이다. 나도 알 수 없는 그 열정이 말이다. 반면에 내 마음을 알 리 없는 마리에타는 애무를 마음에서 솟아나는 열정이라고 착각하고 있지. 그런 만큼 그녀는 내가 사랑에 빠졌다고 믿으면서 자신이 가장 행복한 여자라고 생각한다.

사실 나도 예전에 벨기에 국경 근처 존데르 마을에 살던 소녀 아니캉에게 남들이 사랑이라 여길 듯싶은 그런 감미로운 도취를 조금 느껴 보기는 했었지.'

유감스럽게도 우리는 여기서 파브리스가 저지른 가장 나쁜 행동 한 가지를 이야기하지 않을 수 없다. 이런 평온한 생활을 누리는 동안에도 어떤 치사한 허영심의 충동이 도무지 사랑하는 일에는 맞지 않는 그의 마음을 사로잡아 아주 극단적인 사태로까지 몰고 간 것이다. 그가 볼로냐에 머무는 동안 마침 그 도시에 저 유명한 파우스타도 와 있었다. 그녀는 의심할 바 없이 당대 최고 가수 중 한 명이며 아마 일찍이 본 적도 없을 만큼 변덕이 대단한 여자였다. 베네치아의 뛰어난 시인 뷔라티는 그녀에 대해 유명한 풍자시를 지었는데, 이 시는 당시 군주들로부터 아래로는 거리의 건달들의 입에까지 오르내리고 있었다.

13장

좋다 하다가 싫다 하고, 하루에도 열두 번씩 사랑했다, 미워했다, 자신의 변덕만을 즐길 뿐이네. 세상 사람들은 그녀를 숭배하지만 그녀는 사람들의 숭배를 경멸하지. 파우스타의 결점은 이것만이 아니라오. 그러니 이 뱀을 절대 쳐다보지 마시오. 만약 경계심을 늦추고 그녀를 바라보면 그녀의 변덕일랑은 잊어버리고 말 테니. 만약 그녀의 노랫소리라도 듣는다면 자기 자신마저도 잊고 말걸. 그 옛날 키르케가 율리시즈의 선원들을 난파시켰던 것처럼, 순식간에 사랑이 당신을 난파시킬 거라오.

그 무렵 이 굉장한 미녀는 M이라는 젊은 백작의 거창한 볼수염과 거만한 성격에 반해, 이 청년이 지겨울 만큼 질투심이 센 것에도 별로 개의치 않고 몰두해 있었다. 파브리스도 이 백작을 볼로냐의 거리에서 본 적이 있는데, 그때 이자가 자신의 매력을 과시하면서 도도한 자세로 온통 거리를 휘젓고 다니는 바람에 기분이 상했었다. 이 귀족 청년은 매우 부유했고 자기는 무슨 짓을 해도 된다고 생각하고 있었다. 그래서 횡포를 부려 여기저기 적을 만들었고, 그러는 바람에 브레시아 근처 자기 영지에서 열 명가량의 깡패를 불러와 자기 집 하인 제복을 입혀 늘 데리고 다녔다. 파브리스는 이 성가신 백작과 한두 번 눈길이 마주친 적이 있던 차에 마침 우연히 파우스타의 노래를 듣게 되었다. 그는 천사처럼 부드러운 그녀의 목소리에 놀랐다. 그처럼 아름다운 목소리는 없을 것 같았다. 그는 이 노랫소리를 들으면 한없이 행복해졌었다. 그것은 현재의 생활에서 느끼는 평온함과는 전혀 다른 것이었다. '마침내 이런 느낌이 사랑일까?' 그는 생각해 보았다. 이러한 감정을 경험하는 일에 호기심을 느껴서, 그리고 고적대 대장보다도 더 빼기는 표정을 짓고 있는 M백작에게 도전하는 것이 재미있어서, 우리 주인공은 어린애 같은 장난을 벌이기 시작했다. 즉 M백작이 파우스타를 위해 얻어 준 타나리 저택 앞을 지나치게 자주 지나다니기 시작한 것이다.

어느 날 어두워질 무렵 파브리스가 파우스타의 시선을 붙잡으려고 어슬렁거리고 있을 때 타나리 저택 문 앞에 나와 있던 백작의 부하 자객들이 그를 보고 왁자지껄 웃음을 터뜨렸다. 파브리스는 집으로 달려가서 쓸 만한 무기 몇 가지를 집어 들고는 다시 저택 앞으로 돌아왔다. 파우스타는 창문 차양 뒤에 숨어서 그가 돌아오기를 기다리고 있었다. 그녀는 그가 다시 온 것을 보고 호감을 품었다. 세상 누구에게나 질투심을 품는 M은 특히 조제프 보씨라는 신사에 대한 질투를 누르지 못하고 별별 말도 안 되는 소리를 다 퍼부으며 펄펄 뛰었다. 일이 이렇게 되자 우리 주인공은 다음과 같이 적힌 편지를 매일 아침 그에게 배달시켰다.

조제프 보씨 씨는 성가신 벌레들을 없애 버린다. 그의 숙소는 라르가 거리 79번지 펠레그리노 여관.

막대한 재산과 훌륭한 가문, 그리고 용맹한 서른 명의 하인 덕분에 어디를 가나 존경만 받아 오던 M백작이 이 짧막한 편지 내용을 참고 있을 리 없었다.

파브리스는 파우스타에게도 편지를 몇 장 보냈다. M은 밀정을 시켜 애인이 싫어하지 않는 눈치인 이 경쟁자의 신변을 염탐하게 했다. 우선 그의 본명을 알아냈고 다음으로 그가 당분간은 파르마에 얼굴을 드러내서는 안 된다는 사실도 알게 되었다. 며칠 후 M백작은 자신이 부리는 자객들과 건장한 말들, 그리고 파우스타를 데리고 파르마로 떠났다.

파브리스는 이 장난에 열중한 나머지 다음 날로 그들을 뒤쫓아 갔다. 성실한 루도빅이 진심으로 만류했건만 파브리스는 듣지 않았다. 파브리스는 이 심복에게 돌아가서 자신의 일이나 하라며 쫓아 버렸다. 그 자신 매우 용감한 사나이인 루도빅 역시 그의 용기에 탄복했다. 게다가 이번 행보로 카살 마조레에 있는 귀여운 애인 곁에 갈 수도 있는 것이었다. 루도빅이 애를 쓴 덕분에 나폴레옹 군대 출신 사내 열 명가량이 모여 하인이라는 명목으로 조제프 보씨를 수행했다. 파브리스는 파우스타를 쫓아다니는 어처구니없는 짓을 하면서도 이렇게 생각했다. '경찰청장 모스카 백작이나 공작부인과 아무런 연락을 취하지 않는 한, 만일의 경우 위험에 처할 사람은 나뿐이다. 고모에게는 나중에 말해야지. 나는 사랑이라는, 여태껏 한 번도 느껴 보지 못한 아름다운 것을 찾아 떠났던 거라고 말이야. 파우스타가 눈앞에 없어도 그녀 생각이 나는 것은 사실이니까…… 하지만 내가 사랑하는 것은 그녀의 목소리에 대한 추억일까, 아니면 그녀 자신일까?' 자신이 성직자 신분이라는 데 더 이상 연연하지 않았으므로 파브리스는 코밑수염이며 또 M백작의 것만큼이나 탐스러운 볼수염을 길렀다. 그래서 그는 쉽게 알아보기 어려울 정도로 다소 인상이 달라져 있었다. 그는 거처를 파르마 시내가 아닌(그건 너무 경솔한 짓이 될 것이다.) 그 근처 한 마을에 마련했다. 그곳은 고모의 성이 위치한 사카로 가는 길 옆 숲 속에 자리 잡고 있었다. 루도빅의 충고에 따라 그는 이 마을에서 어떤 괴짜 영국 대귀족의 하인 행세를 했다. 사냥을 즐기기 위해 1년에 10만 프랑이나 뿌려대는 이 영국 귀족은 현재 송어 낚시 때문에 코모 호숫가에 머물고 있지만, 얼마 후에는 이곳에 도착할 예정이라고 말해 두었다. M백작이 아름다운 파우스타를 위해 빌린 아담한 저택은 다행히도 파르마 남쪽 끝, 정확히 말해 사카로 가는 도로변에 있었다. 파우스타의 방 창문에서는 키 큰 나무 사이로 난 아름다운 가로수 길이 보였는데 그 나무들은 성곽의 높은 탑 아래까지 늘어서 있었다. 한적한 이 거리에서 파브리스의 얼굴을 알아볼 사람은 아무도 없었다. 물론 그는 M백작의 거동을 살피게 했다. 그래서 어느 날 백작이 이 뛰어난 가수의 집에서 금방 나갔다는 말을 전해 듣고는, 대담하게도 대낮에 거리로 나섰다. 사실 그는 힘센 말을 탔고, 빈틈없이 무장한 상태였다. 이탈리아의 악사들, 즉 거리를 돌아다니며 그중 몇몇은 간혹 뛰어난 솜씨를 보여 주기도 하는 악사들이 파우스타의 창문 아래 그들의 콘트라베이스를 갖다놓았다. 그들은 전주곡을 연주한 뒤 그녀를 위한 칸타타를 멋들어지게 불렀다. 파우스타가 창가에 나타났다. 그러자 길 복판에 말을 타고 서서 그녀를 향해 아주 정중히 인사를 하는 젊은이의 모습이 쉽게 눈에 들어왔다. 젊은이는 즉시 그녀를 향해 의미가 아주 분명한 눈짓을 보내기 시작했다. 파브리스가 입고 있는 과장된 영국풍 옷에도 불구하고 그녀는 이 젊은이가 자신으로 하여금 볼로냐를 떠나게 만든 그 열렬한 편지의 주인공임을 알아차렸다. '이상한 사람이구나.' 그녀는 생각했다. '어쩐지 그가 좋아질 것 같다. 내 수중에 100루이가 있으니 저 귀찮은 M백작을 차 버릴 수도 있어. 사실 그는 재치도 없고, 뜻밖의 즐거움을 만들어 줄 줄도 모른단 말이야. 다만 그가 거느린 사람들의 사나운 표정이나 좀 재미있을까.'

다음 날 파브리스는 파우스타가 매일 11시경 마을 한복판, 자신의 조상 아스카니오 델 동고 옛 대주교의 무덤이 있는 성 요한 성당으로 미사를 드리러 간다는 사실을 알아내고 대담하게도 그녀를 뒤쫓아 갔다. 사실은 루도빅이 아주 멋진 붉은색의 영국제 가발을 그에게 마련해 준 터였다. 그는 이 가발의 색깔이 마음을 태우는 불꽃의 색깔과도 같다는 내용으로 시를 한 수 지어 파우스타에게 보냈는데, 이 시가 그녀 마음에 들었다. 누군지는 모르지만 이 시를 그녀의 피아노 위에 갖다놓은 사람이 있었던 것이다. 이런 작은 전투가 일주일이나 계속되었다. 하지만 파브리스는 그 자신도 깨달은 바와 같이 온갖 수단을 다 썼음에도 불구하고 실제로는 아무런 진전도 얻지 못했다. 파우스타가 그를 만나 주려 하지 않았던 것이다. 사실 그의 행동에는 좀 기이한 면이 있었다. 그녀가 나중에 털어놓은 말에 의하면 그녀는 그가 좀 무서웠다. 파브리스는 사람들이 사랑이라고 부르는 감정을 느껴 보려는 한 가닥 희망으로 이 일을 계속하기는 했지만 종종 권태를 느끼곤 했다.

"이제 그만 돌아갑시다요." 루도빅은 몇 번이나 권했다. "나리는 결코 사랑을 하고 있는 게 아니구먼요. 제가 보기에는 비길 데 없이 냉정하고 분별이 있으십니다. 게다가 아무런 진전도 없지 않습니까? 체면을 생각해서라도 물러나십시다."

파브리스 역시 무엇이든 기분 상할 계기가 만들어지기만 하면 떠나 버릴 생각을 하고 있었다. 그럴 무렵 파우스타가 산세베리나 공작부인의 저택에서 노래를 부를 예정이라는 사실을 알게 되었다. '그 숭고한 목소리를 들으면 아마 내 마음의 불이 타오를 거야.' 그는 생각했다. 그래서 그는 대담하게도, 자기를 못 알아볼 눈이 없을 이 저택에 변장을 하고 들어갔다. 음악회가 끝날 무렵, 넓은 거실의 문 가까이 사냥용 하인 제복을 입고 서 있는 한 사나이를 보았을 때 공작부인의 심정은 어떠했겠는가. 그 사나이의 모습은 누군가를 연상케 했다. 그녀는 모스카 백작을 찾아 달려갔고, 그로부터 파브리스의 당치도 않은, 도무지 믿어지지도 않는 그 미친 짓에 대한 이야기를 들었다. 백작 자신은 파브리스의 행동에 아주 흡족해하고 있었다. 그가 공작부인이 아닌 다른 여인을 마음에 두고 있다는 점이 매우 기분 좋았던 것이다. 정치 외의 일에 있어서는 무척이나 친절한 신사인 백작은 공작부인이 행복해야만 자신도 행복해질 수 있다는 원칙하에 매사를 결정하고 있었다. 그는 부인에게 말했다.

"내가 이런 무모한 행동으로부터 그를 건져 내리다. 만약 그가 이 집에서 체포된다면 우리의 적들이 얼마나 기뻐하겠소?

그래서 나도 100명이 넘는 부하들을 여기에 데려다놓았어요. 당신에게 급수탑의 열쇠를 달라고 사람을 보냈던 것도 그 때문이라오. 그는 내놓고 정신 나간 듯이 파우스타에게 구애를 하고 있지만 아직까지 M백작에게서 그 여자를 빼앗지는 못했다는군요. 이자는 그 경박한 여자에게 마치 여왕 같은 생활을 시키고 있거든요."

공작부인의 얼굴에는 몹시도 고통스런 표정이 떠올랐다. '그러면 파브리스는 다정하고 진지한 감정이라는 것을 도무지 모르는 난봉꾼에 불과한 걸까?' 이런 생각이 공작부인의 마음을 아프게 했다.

"게다가 우리를 만나러 오지도 않다니요! 이 점은 정말이지 용서할 수 없을 거예요." 그녀는 마침내 털어놓고 말했다. "나는 매일 그에게 편지를 써서 볼로냐로 보내고 있는데 말이에요."

"그의 신중함은 칭찬할 만해요." 백작이 대답했다. "그는 자신이 저지르고 있는 무모한 행동으로 우리를 곤혹스럽게 하고 싶지 않았을 테지요. 그가 이번 일을 자기 입으로 이야기하는 걸 들으면 퍽 재미있을 겁니다."

파우스타는 참으로 분별없는 여자였기에 마음속에 무엇을 담아둘 수가 없었다. 음악회에서 그녀는 노래를 부르면서 수렵복을 입은 키 큰 청년을 향해 이 곡조는 모두 당신을 위한 것이라는 듯 묘한 눈짓을 던졌고, 그다음 날에는 M백작에게 어떤 모르는 이가 자신을 따라다닌다고 이야기해 버린 것이다.

"그를 본 곳이 어디요?" 화가 난 백작이 물었다.

"거리에서, 성당에서." 파우스타가 당황해서 대답했다. 그녀는 곧 자신의 경솔한 말을 얼버무리려 했다. 적어도 파브리스라는 이름을 암시할 말을 전혀 비치지 않으려 작정한 것이다. 그래서 그녀는 붉은 머리에 파란 눈을 가진 키 큰 청년을 자세히 그려 보였다. 필경 그 청년은 돈이 엄청 많고 꽤나 멍청한 영국인이거나, 어떤 군주의 아들일 거라고 둘러댔다. 이 말을 들은 M백작은 통찰력을 지닌 사람은 아니었으므로, 그 경쟁자란 다름 아닌 파르마의 왕자일 거라고 상상하는 것이었다. 이런 상상은 그의 허영심을 만족시켰다. 대여섯 명의 가정교사와 보조 교사, 교육관들에게 둘러싸여, 이들이 회의를 열어 합의한 뒤에야 겨우 외출할 수 있는 청년 왕자는 자신이 다가갈 기회가 있는 그럭저럭 괜찮은 여자라면 누구에게나 가리지 않고 이상한 눈짓을 보내곤 하는 것이 사실이었다. 공작부인의 음악회에서도 왕자는 신분상 청중들 맨 앞에 따로 놓인 의자에 앉았는데, 파우스타로부터 겨우 세 걸음 정도 떨어진 거리에서 그녀를 뚫어지게 바라보는 눈길이 M백작의 심사를 아주 불편하게 했던 것이다. 왕자를 경쟁자로 삼는다는 미묘한 허영심이 깔린 이러한 어처구니없는 상상을 재미있게 여긴 파우스타는 백작을 놀릴 심산으로 세세한 점까지 있는 그대로 늘어놓아 그의 상상을 부채질했다.

"당신 가문도 그 젊은 공자의 파르네제 가문만큼이나 유서 깊은가요?" 그녀는 백작에게 물었다.

"무슨 소리를 하는 거요? 그만큼 오래됐냐고 묻다니! 우리

가문에는 사생아의 피는 전혀 섞여 있지 않아.[76]"

우연히도 M백작은 소위 연적이라는 그 사나이를 자세히 본 적이 한 번도 없었다. 그래서 백작은 왕자를 적수로 삼았다는, 자존심을 북돋아 주는 그 생각을 더욱 굳히게 되었다. 사실 파브리스는 자신의 계획을 실천하기 위해 파르마로 갈 필요가 없을 때는 사카 근처 숲이나 포강 부근에 머물러 있었다. M백작은 자기가 파우스타의 마음을 두고 왕자와 겨루고 있다는 생각에 더욱 거만을 떨긴 했지만 또한 훨씬 신중해지기도 했다. 그는 그녀에게 매사에 아주 조심해서 처신해 줄 것을 진지하게 부탁했다. 질투에 빠진 열렬한 애인답게 그녀 앞에 무릎을 꿇고는, 자신의 명예는 그녀가 그 젊은 왕자에게 속아 넘어가지 않는 데 달려 있다고 솔직하게 호소했던 것이다.

"잠깐만요, 만약 내가 그를 사랑하게 된다면 그에게 속아 넘어간 여자로 그치지는 않을 거예요. 나는 말이에요, 이제껏 군주가 내 발 아래 엎드려 사랑을 호소하게 하지는 못했거든요."

"당신이 유혹에 넘어간다 해도." 하고 그는 거만한 눈초리로 대꾸했다. "아마 내가 왕자를 상대로 복수할 수야 없을지도 모르지. 그러나 분명히 말해 두지만, 나는 복수하고야 말겠어."

---

76) (원주)파르네제 가문의 첫 군주이자 덕망으로 이름 높았던 피에르 루이는 알려진 바와 같이 교황 파올로 3세의 사생아였다.

이렇게 말하고 그는 문을 세차게 닫으며 나가 버렸다. 만약 이때 파브리스가 이 자리에 나타났더라면 자신의 뜻대로 파우스타를 얻을 수 있었을 것이다.

그날 밤, 극장을 나온 뒤 헤어지면서 M백작은 파우스타에게 말했다.

"당신의 목숨이 아까우면 그 젊은 공자가 당신 집에 출입하는 걸 내가 모르게 하시오. 내 힘으로 왕자에게야 어찌 손써 볼 수 없다 하더라도, 젠장! 당신에게는 무슨 짓이든 할 수 있다는 점을 나에게 상기시키지 말란 말이오."

파우스타는 속으로 외쳤다. '아! 귀여운 파브리스. 어디 가면 당신을 만날 수 있을까?'

부자인 데다가 어려서부터 늘 아첨꾼들에게 둘러싸여 살아온 젊은이가 자존심에 상처를 입었을 때는 자칫 극단적인 행동으로 나아가기 쉽다. M백작이 파우스타에게 품어 왔던 꽤 진실한 열정은 더욱 거세게 불타올랐다. 그래서 그는 위험을 예상하면서도 지금 자기가 머물고 있는 이 나라 군주의 외아들과 겨루는 일을 그만둘 수 없었다. 그러면서도 또한 그 왕자를 만나 보려 하거나 적어도 그의 뒤를 미행시켜 볼 일은 생각도 못 했다. 달리 그를 해치울 방도가 없었으므로 M백작은 상대에게 창피나 주려고 마음먹었다. '파르마 공국에서 영원히 추방되고 말겠지. 쳇! 무슨 상관이야!' 그는 생각했다. 만약 M백작이 자신의 적수가 처해 있는 입장을 살펴볼 여유가 있었다면, 그는 이 가엾은 왕자가 예절 감시인인 서너 명의 성가신 노인을 수행하고서야 외출할 수 있다는 사실과 그가 즐기고 있는 것이라고는 오직 광물학뿐이라는 사실을 알게 되었을 것이다. 파르마 사교계 인사들이 모여드는 파우스타의 아담한 저택은 밤이나 낮이나 감시자들에게 둘러싸여 있었다. M백작은 매시간 그녀가 무슨 일을 하는지 그리고 특히 그녀의 하녀나 마부가 어떤 행동을 하는지 보고받고 있었다. 그러나 이 변덕스러운 여자는 처음에는 감시가 훨씬 심해졌다는 사실을 전혀 깨닫지 못하고 있었는데, 이것은 질투에 눈먼 사내가 그래도 신중하게 처신한 결과로서 한 가지 칭찬할 만한 일이었다. M백작이 풀어놓은 염탐꾼들이 한결같이 보고해 오기를, 붉은 색 가발을 쓴 청년이 파우스타의 창문 아래 빈번히 모습을 나타내는데 매번 변장을 바꾸고 있다고 했다. '젊은 왕자임이 틀림없어.' M은 확신했다. '그렇지 않다면 뭣 때문에 변장을 하고 다니겠는가? 하지만 나는 그가 그런 지위에 있다고 굴복할 인물이 아니다. 아무렴, 그렇고 말고! 베네치아를 공화국 놈들에게 빼앗기지만 않았더라면 나 역시 한 나라의 군주였을 테니까.'

산스테파노 축제일에 염탐꾼들이 가져온 보고 내용은 한층 더 우울한 것이었다. 이 보고 내용들이 의미하는 바는 파우스타가 그 미지의 청년이 바치는 열성에 응하기 시작한 듯하다는 것이었다. '나는 지금 당장에라도 그 여자를 데리고 떠나 버릴 수 있어!' M백작은 생각했다. '하지만 이럴 수가 있나! 볼로냐에서는 델 동고라는 작자 때문에 도망 왔는데, 여기서는 왕자 때문에 도망가야 하다니! 이걸 알면 그 젊은 녀석이 뭐라고 말할까? 내가 자기에게 겁을 집어먹었다고 할 테지. 나

역시 그자만큼이나 좋은 가문 출신인데. 암, 그렇고말고!' M
은 미칠 듯이 화가 치밀었다. 그러나 그를 더욱 비참하게 만드
는 것은 빈정거리기 좋아하는 파우스타 앞에서 질투에 눈이
먼 우스꽝스러운 모습을 애써 감춰야만 한다는 점이었다. 그
런 사정으로 그는 산스테파노 축제일에 그녀의 가식적인 다정
한 대접을 받으며 한 시간을 보낸 뒤 11시경 작별 인사를 했
다. 헤어질 때 그녀는 성 요한 성당에 미사를 들으러 가기 위
해 옷을 입고 있었다. M백작은 자신의 숙소로 돌아와서 젊은
신학생이 입는 낡은 검정 옷을 걸치고 성 요한 성당으로 달려
갔다. 성당에 들어가 오른편 세 번째 제단의 장식 묘석 중 하
나를 골라 그 뒤에 몸을 숨겼다. 그 장소에서는 무덤 위로 무
릎을 꿇고 앉은 한 추기경 조각상의 팔 아래로 교회에서 일어
나고 있는 일을 전부 볼 수 있었다. 이 조각상이 성당 안으로
들어오는 빛을 가려주었으므로 그의 모습은 쉽게 눈에 띄지
않았다. 얼마 지나지 않아 M백작은 파우스타가 들어오는 것
을 보았다. 여느 때보다 더욱 아름다운 그녀는 한껏 차려입은
채 자신을 숭배하는 많은 상류층 인사들에게 둘러싸여 눈과
입술 가장자리에 기쁜 미소를 빛내고 있었다. '분명 저 여자는
여기서 자기 마음을 설레게 만든 남자와 만날 작정이구나.' 질
투에 불타는 가엾은 사내는 이렇게 짐작했다. '나 때문에 아마
도 오랫동안 만나지 못했을 테지.' 갑자기 파우스타의 눈이 훨
씬 생생한 행복의 표정을 띠었다. '내 경쟁자 녀석이 도착한 모
양이로군.' M은 생각했다. 그러자 자존심의 상처로 인한 분노
가 한없이 끓어오르는 것이었다. '지금 내 꼬락서니가 이게 뭔

가? 변장한 젊은 공자에게 질질 끌려 다니는 하인 꼴이 아닌가! 하지만 그의 굶주린 듯한 사나운 눈초리가 아무리 주의 깊게 구석구석을 살펴도 연적의 모습은 눈에 띄지 않았다.

그런데 파우스타 쪽에서는 교회 안을 한바퀴 둘러본 다음 사랑과 행복감을 실은 눈길을 거듭 M이 숨어 있는 어두운 구석으로 보내 오는 것이었다. 정열로 달아오른 마음속에서 사랑이란 아주 사소한 징조까지도 과장하기 마련이어서 몹시 우스꽝스러운 결과에 이르기 십상이다. 가엾은 M은 파우스타가 자기 모습을 발견한 거라고 생각했다. 그러고는 이렇게 믿어 버리는 것이 아닌가. 즉 자신이, 비록 내색하지 않으려고 애썼지만, 들끓는 질투심을 가누지 못하고 있음을 알아차린 그녀가 그것을 책망함과 동시에 위로하려고 저렇게 다정한 눈길을 보내오는 걸로 말이다.

M이 주위를 훔쳐보며 숨어 있는 추기경의 묘는 성 요한 성당의 대리석 바닥으로부터 150센티미터 정도 높았다. 당시 유행하던 방식으로 진행된 미사가 1시경에 끝나자 대부분의 신자들이 돌아갔다. 파우스타는 좀더 기도를 올리고 싶다는 구실로 이 도시의 멋쟁이 신사들을 쫓아 버렸다. 자기 자리에 무릎을 꿇고 앉은 그녀는 눈을 더욱 다정하게 빛내며 줄곧 M 쪽을 응시하는 것이었다. 성당 안에 사람의 기척이 사라지자 이곳저곳을 확인하던 그녀의 시선은 이제 추기경 조각상을 향해 행복한 듯 머물렀다. '얼마나 세심한 마음씨인가!' 그녀가 자신을 바라보고 있다고 믿은 M백작은 이렇게 감동에 젖었다. 마침내 파우스타가 몸을 일으켰다. 그리고 묘한 손짓을

보내더니 급히 밖으로 나가 버렸다.

M은 사랑에 취해, 어리석은 질투에서 헤어난 심정으로, 애인의 집으로 달려가 수만 번이고 감사하려고 마음먹었다. 그가 막 자리를 뜨는 순간이었다. 추기경 무덤 앞을 지나던 그의 눈에 검은 옷을 입은 청년이 얼핏 들어왔다. 이 불길한 존재는 그때까지 묘비에 바싹 붙어 꿇어앉아 있었기 때문에, 질투에 미쳐 연적을 찾아 두리번거리던 사내의 눈길이 그를 미처 발견하지 못하고 그 머리 위로 스쳐 지나가기만 했던 것이다.

그 청년은 일어서서 빠른 걸음으로 나갔다. 기묘한 차림새를 한 만만치 않아 보이는 일고여덟 명의 사내가 순식간에 청년의 주위를 호위하듯 에워쌌다. 사내들은 그의 부하로 보였다. M도 급히 그의 뒤를 쫓아갔다. 그러나 그는 출입문 옆에 나무로 칸을 막아 대기실을 만드느라 좁아진 통로에서 그만 연적을 호위하던 이 어색한 몸놀림의 사내들에게 가로막혀 앞으로 재빨리 나아갈 수 없었다. 겨우 사내들의 뒤를 따라 거리로 나오자 외관이 보잘것없는 한 마차의 문이 막 닫히는 것이 보였다. 특이한 점은 마차의 허술한 겉모습과는 대조적으로 마차를 끄는 두 필의 말은 훌륭해 보인다는 사실이었다. 그리고 눈 깜박할 사이에 마차는 사라졌다.

그는 분노로 시근거리며 집으로 돌아왔다. 곧 그의 밀정들이 달려와서 주인의 기분은 아랑곳없이 다음과 같은 내용을 보고했다. 즉 그날, 여가수의 새 애인은 신부로 변장해 정체를 알 수 없게 해서는 성 요한 성당 안, 한 어두운 예배당 입구에 있는 묘를 바싹 등지고 아주 경건하게 꿇어앉아 있었다는 것,

파우스타는 사람들이 거의 다 돌아갈 때까지 성당 안에 남아 있다가 그 정체 모를 사내와 몇 가지 신호를 나누었다는 것, 그녀는 손으로 십자가를 그리는 듯이 보였다는 것, 등등. M 은 부정한 애인의 집으로 달려갔다. 이번만은 여자도 당황하는 기색을 감추지 못했다. 그녀는 정열적인 여인의 거짓 순진함을 꾸며 보이면서, 자신은 여느 때처럼 성 요한 성당에 가긴 했어도 자신을 귀찮게 하는 그 남자를 보지는 못했다고 둘러댔다. 이 말을 듣자 속이 뒤집힌 M은 마치 짐승에게나 할 법한 욕설을 여자에게 마구 퍼부으며 자신이 직접 본 장면을 모두 이야기했다. 그가 맹렬하게 비난을 퍼부으면 퍼부을수록 그녀의 거짓말도 더욱 뻔뻔해졌다. 그는 단도를 빼어들고 여자에게 달려들었다. 그러자 여자는 냉랭하게 이렇게 쏘아붙이는 것이었다.

"그래요! 당신이 나를 몰아붙이는 그 이야기는 전부 사실이에요. 하지만 나는 당신이 무모하게도 복수 계획을 꾸밀까 봐 숨기려 했어요. 당신의 그런 계획 때문에 우리 두 사람 다 신세를 망치게 될 테니까요. 왜냐하면 내 추측으로는, 날 따라다니며 귀찮게 하는 그 남자는 적어도 이 나라 안에서는 자기가 하고자 마음먹은 일에 방해를 받지 않을 신분이거든요. 다시 한번 잘 생각해 봐요."

요컨대 파우스타는 M이 자신에 대해 아무런 권리도 갖고 있지 않다는 사실을 아주 교묘하게 깨우쳐 준 다음, 이제 다시는 성 요한 성당에 가지 않을 작정이라는 말로 끝을 맺었다. M은 사랑 때문에 제정신이 아니었다. '신중을 기하기 위해 그

놈에게 어느 정도 교태를 부리려 한 것이 이 젊은 여인의 본 마음일지도 몰라.' 이렇게 생각하자 그의 감정은 누그러졌다. 그는 파르마를 떠날 생각을 했다. 왕자가 아무리 권력이 있다 하더라도 자신을 뒤쫓아 오지는 못할 것이고, 설령 쫓아온다 하더라도 그때는 대등한 입장으로 맞설 수 있으니까. 그러나 이렇게 떠나는 방법이 도망치는 것으로 비칠지도 모른다는 자존심이 다시금 머리를 쳐들었다. M백작은 이런 생각을 단념하기로 했다.

'그는 내 귀여운 파브리스에 대해서는 전혀 눈치채지 못했어.' 여가수는 속으로 기뻐했다. '자, 이제 우리는 그를 멋지게 놀려 줄 수 있어!'

파브리스는 자신의 이런 승리를 모르고 있었다. 다음 날 여가수 집의 창문은 꼭 닫혀 있었고 어디에도 그녀의 모습이 보이지 않았기 때문이었다. 그래서 이번 장난이 너무 길었다는 생각이 들기 시작했다. 그는 후회했다. '모스카 백작이 얼마나 난처했을까! 그분은 바로 이 나라 경찰의 수장인데! 사람들은 그분이 나와 공모했다고 믿을 거야. 나는 그의 앞날을 망치려고 이 나라에 온 셈이 되었어! 하지만 이만큼 오랫동안 꾸며 온 일을 그만둔다면, 나중에 공작부인을 만나 내가 사랑을 맛보고 싶어 이 일을 시작했다고 이야기할 경우 고모가 뭐라고 할까?'

어느 날 밤 그는 이제 장난을 그만둘 결심을 하고 이처럼 자신의 마음을 타이르면서 파우스타의 집과 성곽 사이로 키가 큰 가로수 길을 어슬렁거리고 있었다. 그때 그는 체구가 아주 작은 밀정 한 명이 자신의 뒤를 밟고 있음을 눈치챘다. 밀정을 따돌리려 몇 번씩이나 샛길로 빠져보았지만 소용없었다. 이 조그마한 녀석은 그의 뒤를 잘도 따라왔다. 조바심이 난 그는 파르마강에 인접한 한적한 거리로 뛰어 들어갔다. 그 거리에는 부하들이 매복하고 있었다. 그의 신호를 받은 부하들이 그 작은 밀정을 덮치자 이 녀석은 그만 부하들의 무릎에 매달리는 것이었다. 밀정은 다름 아니라 파우스타의 하녀 베티나였다. 여주인도 하녀도 꼼짝없이 갇혀 사흘을 보낸 후 M백작의 단도가 겁이 나서 견딜 수 없게 되자, 어떻게든 궁지를 모면해 보려고 하녀가 남자로 변장해서 파브리스에게 말을 전하러 온 것이었다. 하녀는 자기 아씨가 파브리스를 무척 사모하고 있으며 그를 못 견디게 보고 싶어 하지만 이젠 성 요한 성당으로 갈 수 없게 되었다고 말했다. '때가 왔구나.' 하고 파브리스는 생각했다. '고집을 부린 보람이 있군!'

이 자그마한 몸집의 하녀가 아주 귀엽게 생겼기 때문에 파브리스는 조금 전까지 품고 있던 도덕적인 상념들을 잊어버리고 말았다. 하녀는 그에게 그날 밤 지나온 산책로는 물론이고 다른 거리들도 전부, 겉으로 드러나지만 않을 뿐이지 M의 첩자들이 물샐틈없이 감시하고 있다는 사실을 일러 주었다. 염탐꾼들은 건물 1층이나 2층의 방을 세 내서 쥐 죽은 듯 차양 뒤에 숨어 있으며, 이들은 텅 빈 듯이 보이는 거리에서까지 무슨 일이 일어나는지 빠짐없이 감시하고 또 사람들의 이야기를 엿듣고 있다는 것이었다.

"만약 그 첩자들이 제 목소리를 알아들었다면 저는 집으로 돌아가자마자 가차없이 칼에 찔릴 거예요. 아마 아씨도 저와 같은 꼴을 당하게 될걸요." 베티나가 말했다.

이렇게 겁에 질려 있는 처녀의 모습이 파브리스의 눈에는 매력적으로 보였다. 그녀는 계속해서 종알거렸다.

"M백작은 화가 머리끝까지 나 있어요. 아씨도 그가 무슨 짓이든 저지를 사람이라는 걸 알고 계세요…… 그래서 아씨는 당신과 함께 여기서 멀리 떨어진 곳으로 달아나고 싶다는 말을 전하라고 절 보내신 거예요."

그리고 나서 하녀는 산스테파노 축제일에 있었던 일과 M이 불같이 화를 낸 이야기를 했다. 그날 백작은 파브리스에게 마음이 끌린 파우스타가 그를 향해 던진 눈짓이며 애정의 표시를 하나도 놓치지 않고 목격했으며, 그래서 백작은 단도를 빼어 들이대면서 파우스타의 머리채를 움켜잡기까지 했으며 만약 파우스타의 임기응변이 없었더라면 그녀는 아마 목숨을 잃었을 거라는 이야기였다.

파브리스는 근처에 얻어놓은 작은 집으로 베티나를 데리고 갔다. 그는 하녀에게 자신이 토리노 출신으로 지금 잠시 파르마에 체류하고 있는 고관의 아들인데, 신분상 여러 가지로 조심하지 않을 수 없다고 말했다. 베티나는 그가 지금 스스로 밝힌 신분보다는 훨씬 높으신 분일 거라고 웃으며 대답했다. 우리 주인공은 시간이 좀 지나자 이 귀여운 아가씨가 자신을 왕자로 오해하고 있음을 눈치챘다. 파우스타는 상당히 겁을 먹기 시작했고 또 파브리스가 좋아졌기 때문에, 자기 하녀에게도 그의 이름을 말하지 않고 왕자라고 둘러댔던 것이다. 파브리스도 하녀에게 그녀가 바로 맞추었다고 맞장구를 쳐 주었다. 그리고 이렇게 덧붙였다.

"하지만 만약 내 이름이 소문나면 내가 지금까지 네 아씨에 대한 사랑을 여러 모로 입증해 보였음에도 불구하고 더 이상은 만나지 못하게 될 거야. 내 부친의 대신들은, 그들은 심술 사나운 자들이라서 언젠가는 내가 모두 쫓아 버릴 작정이지만, 네 주인에게 지체없이 이 나라를 떠나라고 명령할 거야. 그녀 덕분에 이때까지 이 나라가 아름다웠는데도 말이지."

새벽이 밝아올 무렵, 파브리스는 하녀와 함께 파우스타를 만나러 가기 위한 여러 가지 방법을 궁리했다. 그는 부하를 불러 베티나와 의논하게 했다. 그리고 자신은 터무니없이 과장된 내용을 담아 파우스타에게 보낼 편지를 썼다. 파브리스는 지금의 상황은 비극의 온갖 극단적인 요소를 갖추고 있다고 적으면서 자신이 그 비극의 주인공인 양 행세했다. 그가 하녀와 헤어진 것은 날이 훤히 밝아올 때였다. 하녀는 젊은 공자의 태도에 아주 만족하고 있었다.

하녀는 그에게 거듭 간곡한 부탁을 했다. 즉 파우스타와 그가 이제 마음이 일치한 이상, 그를 집으로 맞아들일 수 있을 때는 연락할 것이니 그렇지 않을 경우에는 창문 밑에서 서성이지 말아 달라는 것이었다. 그러나 베티나에게 마음이 끌린 파브리스는 파우스타와 결별할 때가 가까워졌다고 생각했다. 그는 파르마에서 8킬로미터 떨어진 마을에 가만히 머물러 있을 수 없었다. 다음 날 자정 무렵 그는 말을 타고 부하들의 호위를 받으며 파우스타의 창문 아래로 갔다. 거기서 그는 유행

하는 노래의 가사를 바꾸어 불렀다. 그는 생각했다. '사랑에
빠진 남자들은 이렇게 해야 하는 것이 아닐까?'

파우스타가 만나고 싶다는 마음을 전해 온 뒤로 파브리스
는 이렇게 그녀를 뒤쫓아 다니는 일이 너무 지루해졌다. '아니
야, 이건 사랑이 아니야.' 파우스타의 저택 창문 아래서 변변
찮은 솜씨로 노래를 부르면서 그는 생각했다. '베티나가 파우
스타보다 훨씬 귀여운걸. 지금 내가 가까이 가고 싶은 사람은
오히려 베티나 쪽이야.' 싫증이 난 파브리스는 묵고 있던 마을
로 돌아가기로 했다. 그런데 파우스타의 집으로부터 500보가
량 멀어졌을 때 열다섯 명에서 스무 명가량 되는 사내들이 그
를 향해 달려들었다. 그들 중 네 명이 파브리스가 탄 말의 고
삐를 잡아채자 다른 두 명이 그의 팔을 붙잡았다. 루도빅을
비롯해서 파브리스가 거느리고 있던 다른 자객들도 공격을
받았으나 그들은 달아날 수 있었다. 몇 발의 총성이 울렸다.
이 모든 일이 눈 깜박할 사이에 일어났다. 50여 개의 횃불이
순식간에 마치 마술을 부린 것처럼 거리에 나타났다. 이 사내
들은 모두 무장을 하고 있었다. 파브리스는 자신을 붙잡고 있
는 남자들을 뿌리치고 말에서 뛰어내렸다. 어떻게든 도망칠
길을 찾으려 했다. 그러느라 자기 팔을 억센 손으로 조이는 한
사내에게 상처를 입히고 말았다. 그러자 놀랍게도 이 사내는
아주 공손한 어조로 이렇게 말하는 것이었다.

"전하께서는 제가 입은 상처에 대해 보상을 넉넉히 해 주시
리라 믿습니다. 군주를 상대로 칼을 빼들어 대역죄로 몰리느
니보다는 그 편이 더 낫겠지요."

13장

'내 어리석은 행동에 대한 벌을 받는 거구나.' 파브리스는 생각했다. '전혀 마음 내키지 않았던 죄를 짓다가 또 그 대가를 치르게 되겠군.'

그리 변변치 못한 격투가 끝나자마자 제복을 훌륭히 차려입은 하인 여러 명이 괴상하게 색칠한 번쩍이는 가마를 들고 나타났다. 사육제 때 난봉꾼들이 가면을 쓴 채 타고 다니는 그런 우스꽝스러운 가마였다. 손에 단검을 든 여섯 명의 사내가 이렇게 청했다. '전하, 가마에 오르시지요. 찬 밤공기가 목을 상하게 할지 모르니까요.' 사내들은 짐짓 공손한 척 꾸미며 말끝마다 '전하, 전하!' 하고 거의 고함치듯 되풀이하는 것이었다. 행렬이 움직이기 시작했다. 파브리스는 길 위에 50명도 넘는 남자들이 횃불을 들고 따라오는 것을 보았다. 새벽 1시경은 되었을 텐데도 사람들이 모두 깨어 창가로 나와 밖을 구경하고 있었다. 일은 꽤나 엄숙하게 치러졌다. 파브리스는 궁리해 보았다. 'M백작이 단도 세례를 퍼부을까 봐 걱정했더니, 그는 아마 나를 조롱하는 걸로 만족할 모양이군. 그자가 이런 고상한 취미를 가진 줄은 몰랐는데. 그런데 그는 정말 자기가 왕자를 상대하고 있다고 믿는 걸까? 만약 내 정체를 알게 되면 그때야말로 단도 세례를 피할 수 없겠구나!'

횃불을 치켜든 쉰여 명의 사내와 무장한 스무 명은 파우스타의 집 창문 아래에서 한참이나 멈춰 있다가 이 도시의 쟁쟁한 저택들 앞을 보란 듯이 행진해 갔다. 가마 양쪽에 붙어선, 아마도 하인 우두머리인 듯한 놈들이 때때로 "전하, 무슨 분부하실 일은 없으십니까?" 하고 묻곤 했다. 파브리스는 전혀 흥분하지 않고 침착했다. 횃불이 사방으로 던지는 불빛 너머로 그는 루도빅과 자신의 부하들이 행렬을 놓치지 않고 따라오고 있음을 보았다. '루도빅 쪽은 열 명도 채 안 되니 공격을 못 하고 있는 것이다.' 이런 고약한 장난을 벌이고 있는 자들이 빈틈없이 무장하고 있다는 것은 가마 안에 탄 파브리스도 훤히 알 수 있었다. 그는 옆에 있는 하인과 농담을 나누는 체했다. 보무도 당당하게 두 시간 이상이나 돌아다닌 끝에 그는 문득 눈에 익은 거리를 알아보았다. 행렬은 이제 산세베리나 저택이 있는 길모퉁이를 지나갈 참이었다.

행렬이 저택으로 통하는 길을 막 돌아가려는 순간 그는 재빨리 가마 앞문을 열어젖히고 가마채 하나를 뛰어넘었다. 호위하던 하인 한 명이 그의 얼굴을 향해 횃불을 휘둘렀고 그는 짧은 칼로 그 하인을 찔러 넘어뜨렸다. 그 자신도 어깨를 한 차례 찔렸다. 또 다른 호위꾼 하나가 불 붙은 횃불을 바싹 내밀어 그의 수염을 그슬리게 했다. 그래도 마침내 파브리스는 루도빅이 있는 곳까지 내뺐다. 그는 루도빅에게 소리질렀다. "없애 버려! 횃불을 든 놈들을 전부 없애 버려!" 루도빅은 뒤쫓아온 사내 두 명에게 칼을 휘둘러 그를 구해 냈다. 파브리스는 달음박질로 산세베리나 저택 문까지 왔다. 문지기가 호기심이 나서 대문 한쪽 귀퉁이에 난 석 자 높이의 쪽문을 열고 이 수많은 횃불들을 눈이 휘둥그레져서 내다보고 있었다. 파브리스는 이 쪽문 안으로 뛰어 들어가서 문을 닫아 버렸다. 그러고는 정원을 재빨리 가로질러 한적한 뒷길로 통하는 문으로 빠져나갔다. 한 시간 후 그는 도시를 벗어났고, 동이 틀 무렵에는 모데나 공국 국경을 지나 안전한 곳에 도달했다. 저녁이 되자 볼로냐로 들어갔다. '쳇! 대단한 모험을 했군.' 그는 서둘러 백작과 공작부인에게 용서를 구하는 편지를 썼다. 마음속의 생각을 자세히 전달하면서도 적이 보았을 때는 무엇 하나 눈치채지 못하도록 하는 신중한 편지였다. '나는 사랑의 감정을 사모하고 있었습니다.' 편지에서 그는 공작부인에게 이렇게 고백했다. '사랑이라는 것을 알기 위해 온 힘을 다 바쳤지만, 그러나 나는 사랑을 하거나 애상(哀想)에 잠길 수 있는 마음을 태어날 때부터 갖추지 못한 것 같습니다. 나는 평범한 쾌락 이상의 것은 느낄 수 없나 봅니다……'

이 사건이 파르마에 불러일으킨 소동은 말로 다 표현할 수 없을 정도이다. 수수께끼처럼 도무지 영문 모를 일이었으므로 사람들의 호기심만 증폭되었다. 횃불과 가마를 본 사람은 셀 수 없이 많았다. 그러나 붙잡혀 가면서도 지극히 공손한 대접을 받던 그 남자는 대체 누구였을까? 이 도시의 지체 높은 인사 중에 다음 날로 자취를 감춘 사람은 아무도 없었던 것이다.

가마 안에 갇혀 있던 인물이 탈출했던 바로 그 거리에 사는 하층민들은 시체 한 구를 보았다고 수군거렸다. 그러나 날이 훤히 밝은 뒤 주민들이 용기를 내서 밖으로 나와보았을 때, 지난 밤 격투의 흔적이라고는 보도 위에 흥건히 뿌려진 핏자국 외에 아무것도 찾을 수 없었다. 그날 하루 동안 2만 명도 넘는 구경꾼이 이 거리로 몰려들었다. 이탈리아의 도시에서는 사람들이 기괴한 볼거리에 익숙한 법이지만, 그래도 그들은 '무슨 이유로', 그리고 '어떤 식으로' 그런 일들이 일어났는지 정도는 알고 있기 마련이다. 그러나 이번 경우 파르마 사람들이 놀라워했던 점은, 사건이 일어난 지 한 달이 지나 이제 사람들이 그 횃불 행렬을 화젯거리로 삼는 데 싫증을 낼 무렵까지도 M백작으로부터 파우스타를 빼앗으려 했던 그 연적의 이름을 알아낸 사람이 아무도 없다는 사실이었다. 그건 물론 모스카 백작이 신중한 조치를 취해 둔 덕분이기도 했다. 질투심 많고 복수심에 불타던 그 백작은 행렬이 시작되자 곧 줄행랑을 쳤다. 모스카의 명령으로 파우스타는 성채 감옥에 갇혔다. 대공의 호기심을 막기 위해 모스카 백작이 부득이하게 취할 수밖에 없었던 이런 불공정한 조치를 알자 공작부인은 몹시 웃었다. 이렇게라도 하지 않았다면 대공은 이 사건에 파브리스의 이름이 개입되어 있음을 눈치챘을지도 모르는 일이었다.

그 무렵 파르마에는 북부지방 출신의 학자 한 명이 중세의 역사에 대한 책을 쓰기 위해 머물고 있었다. 그는 여러 서고를 다니며 원본들을 조사하고자 했고, 모스카 백작은 그에게 가능한 한 최대의 편의를 제공해 주었다. 그런데 이 학자는 아직 매우 젊었던 터라 성미가 조급했다. 가령 파르마 사람들은 모두들 자기를 놀리려 든다고 생각하는 것이었다. 사실 이 남자가 연한 붉은색 머리카락을 뽐내듯 늘어뜨리고 다니는 모양이 우스워 거리의 장난꾸러기들이 그의 뒤를 몇 번 줄줄 따라다닌 적도 있었다. 이 학자는 자기가 묵는 여인숙에서 무엇이든 너무 비싼 값을 요구한다고 여기며, 몇 푼 안 되는 물건 값을 지불할 때도 일일이 스타크 부인의 여행기에서 그 값을 찾아본 다음에야 돈을 치르곤 했다. 이 여행기는 지금까지 20판이나 거듭 찍어 냈는데, 그것은 이 책이 조심성 많은 영국인에게 칠면조 한 마리, 사과 한 개, 우유 한 잔 등등의 값을 가르쳐 주기 때문이다.

붉은 머리를 덥수룩하게 늘어뜨린 이 학자는 파브리스가 납치되어 행렬 소동을 벌이던 날 밤, 자신의 숙소 근처에서 볼품없는 복숭아 한 개에 2수우를 내놓으라는 여인숙 하녀에게 울화통을 터뜨리고 있었다. 그는 하녀를 혼내 주려고 호주머니에서 작은 권총을 꺼내 들었다. 그런데 몸에 권총을 지니고 있다는 것은 중대한 죄였기 때문에 그만 체포되고 말았다.

이 성마른 학자는 키가 크고 마른 체구였다. 그래서 다음 날 아침 모스카 백작은 이자가 바로 M백작에게서 파우스타를 빼앗으려다 놀림감이 된 그 무모한 인물이라고 둘러댈 계책을 세웠다. 권총을 몸에 지니는 일은 파르마에서는 3년간의 징역형에 처해진다. 그러나 이 형벌은 좀처럼 시행되는 경우가 없었다. 이 학자가 감옥에 갇혀 지낸 15일 동안 한 명의 변호인이 그를 찾아왔다. 변호인은 권력을 잡고 있는 높은 사람들이 그들의 소심함 때문에 무기를 몰래 소지한 자들에게 얼마나 가혹한 벌을 내리는지를 이야기하여, 몹시도 겁을 주고 돌아갔다. 그 후 다른 변호인이 감옥으로 찾아와서는 M백작이 한 연적을 납치해 행렬을 벌인 이야기를 했다. 그런데 이 연적이 누구인지는 아직도 밝혀내지 못했다, 그러나 경찰로서는 아직도 그 정체를 모른다는 사실을 대공에게 털어놓고 싶지 않은 처지라고 말했다. "그러니 당신이 파우스타에게 구애

했던 그 사내라고 고백하지 않겠소? 당신이 그녀의 집 창문 아래서 노래를 부르고 있는데 50명가량의 불한당들이 당신을 납치해 한 시간 동안이나 가마에 태우고 돌아다녔으며 겉으로는 아주 공손한 시늉을 했다고 말이오. 이렇게 고백하는 것은 전혀 창피한 일도 아니고, 당신은 단지 한 마디만 하면 되는 거요. 그 한마디로 당신이 경찰의 체면을 세워 준다면, 그 즉시 경찰에서는 당신을 역마차에 태워 국경까지 모신 다음 편히 떠날 수 있도록 빌어 드릴 겁니다."

학자는 이 은근한 제안을 한 달이나 거절하며 버텼다. 그 사이 대공은 두서너 번 이자를 내무부에 끌어오게 해서 직접 심문해 볼까 하는 생각을 했다. 그러나 결국 그 역사학자는 갇혀 있는 상태가 지긋지긋해진 나머지 모든 것을 시키는 대로 고백할 결심을 했고, 그에 따라 국경으로 모셔졌으며, 그리하여 대공은 더 이상 이 일을 염두에 두지 않게 되었다. 대공은 M백작의 연적이 붉은 머리카락을 길게 기른 그 학자라고 믿어 버리고 만 것이다.

행렬 사건이 일어난 지 사흘 후, 볼로냐에 숨어 있던 파브리스는 충성스런 루도빅과 함께 M백작을 찾아낼 방도를 이리저리 궁리해 보았다. 그리하여 M백작 역시 피렌체로 가는 길 옆 어느 산중 마을에 몸을 숨기고 있다는 사실을 알아냈다. 백작은 부하를 세 명밖에 데리고 있지 않았다. 다음 날 백작은 산책에서 돌아오는 길에 파르마 경찰이라고 자칭한 복면을 한 사내 여덟 명에 의해 납치되었다. 이 사내들은 백작의 눈을 가린 채 산속으로 8킬로미터나 더 깊숙이 들어간 어느 여인숙으로 끌고 갔다. 여인숙에서의 대접은 아주 정중했다. 저녁 식사 또한 대단한 진수성찬이었다. 이탈리아와 스페인에서 생산된 최고급 포도주까지 나왔다.

"그렇다면 내가 국사범으로 체포된 건가?" 백작이 물었다.

"천만의 말씀!" 복면을 한 루도빅이 지극히 공손히 대답했다. "당신은 어떤 한 사람을 가마에 강제로 태워 끌고 다님으로써 그를 모욕했습니다. 그는 내일 아침 당신과 결투를 벌이길 원합니다. 만약 당신이 그를 죽이면 당신은 품종 좋은 말 두 필과 돈을 받게 되며, 또한 제노바로 가는 도중에 있는 역참마다 바꿔 탈 말을 제공받을 겁니다."

"이런 허세를 부리는 그자의 이름이 무엇이냐?" 백작이 화를 내며 물었다.

"봄바체라고 합니다. 무기는 당신이 고르십시오. 그리고 결투 입회인도 원하시는 대로 충성스러운 사람들로 선정하십시오. 하지만 두 사람 중 한 명은 죽어야만 결투가 끝납니다!"

"그건 살인이야!" 백작은 소리쳤다. 겁이 난 것 같았다.

"당치 않은 말씀입니다. 당신은 그 젊은 양반을 납치해서 한밤중에 파르마 거리로 끌고 다녔으니, 그를 상대로, 간단히 말해 목숨을 내건 결투를 하지 않을 수 없다는 겁니다. 그는 당신이 살아 있는 한 불명예스럽게 살아야 할 테니까요. 당신들 두 사람 중 한 명은 이 땅 위에서 사라져야 합니다. 그러니 상대를 이길 방도나 모색하십시오. 검이건 권총이건 사벨이건 몇 시간 안에 구할 수 있는 무기라면 무엇이든 쓸 수 있습니다. 서둘러야 하니까요. 아시겠지만 볼로냐의 경찰은 아주 민첩하거든요. 경찰 때문에 결투를 방해받을 수야 없지요. 당신이 모욕한 그 젊은 양반의 명예를 회복하기 위해서는 이 결투를 반드시 진행시켜야 합니다."

"그런데 혹시 그 젊은이가 왕자라면……."

"그분 역시 당신과 마찬가지로 일개 개인입니다. 게다가 당신만큼 부자도 아니지요. 그러나 그는 목숨을 건 결투를 바랍니다. 미리 말씀드리지만 그는 강제로라도 당신을 결투에 끌어낼 것입니다."

"나는 하나도 두려울 게 없어!" M이 소리쳤다.

"상대방도 당신이 그러시기를 진심으로 원하고 있습니다." 루도빅이 말을 받았다. "내일 아침 일찍부터 당신의 목숨을 지킬 준비나 단단히 하십시오. 상대가 몹시 격분할 만한 이유가 충분한 만큼, 당신 생명이 위태로울 거요. 그는 가차없을 테니 말이오. 다시 한번 말씀드리지만 무기는 당신이 원하는 대로 선택하시오. 그리고 유서를 써 두시오."

다음 날 아침 6시경 M백작에게 식사가 나왔다. 잠시 후 감금되어 있던 방문이 열리고 여인숙의 안뜰로 인도되었다. 이 안뜰은 상당히 높은 울타리와 담장으로 둘러싸였고, 밖으로 통하는 문은 빈틈없이 닫혀 있었다.

마당 한구석에 놓인 탁자로 안내받아 가까이 간 M백작은 그 위에 포도주와 브랜디 몇 병, 권총 두 자루, 검과 사벨[77]이 각각 두 자루, 그리고 종이와 잉크가 놓인 것을 보았다. 스무

---

77) sabel, 군인이나 경관이 허리에 차던 서양풍의 칼이다.

명쯤 되는 농부가 마당을 향한 여인숙 창문으로 내다보고 있었다. 백작은 동정을 구하듯 그들을 향해 외쳤다.

"나를 죽이려 한다! 사람 살려!"

"잘못 알고 있군. 아니면 다른 사람들을 속이려는 속셈이거나."

마당 반대편 구석에 있던 파브리스가 소리쳤다. 그의 옆에도 무기가 놓인 탁자가 있었다. 그는 웃옷을 벗은 채 검술 도장에서 사용하는 철망으로 된 마스크로 얼굴을 감추고 있었다.

"너도 옆에 있는 마스크를 써라. 그리고 칼이든 권총이든 마음대로 집어들고 이리로 나와. 어젯밤에 말했듯이 무기는 네 마음대로 선택할 수 있다." 파브리스가 말했다.

M백작은 수없이 불평을 늘어놓았다. 결투를 해야 하는 것이 도무지 마음 내키지 않는 모양이었다. 한편 파브리스로서는 비록 볼로냐에서 20킬로미터는 족히 떨어진 산속이라고는 해도 경찰이 들이닥치지나 않을까 걱정되었다. 다급해진 파브리스는 상대방에게 심한 모욕을 퍼부었고 마침내 M백작의 화를 돋워 내었다. 백작은 손에 칼을 쥐고 파브리스 쪽으로 다가섰다. 결투는 처음에는 아주 미적지근했다.

몇 분쯤 지났을까, 떠들썩한 소리 때문에 두 사람은 싸움을 중단했다. 우리 주인공은 이번 행동이 앞으로 살아가는 데 있어서 비난거리가 되거나 적어도 중상모략의 원인을 제공할 수도 있겠다는 생각에 루도빅을 들판으로 보내 자신의 증인이 되어 줄 사람들을 모아 오도록 했던 것이다. 루도빅은 인근 숲에서 벌목일을 하고 있던 타지방 노동자들에게 돈을 뿌렸다. 이 일꾼들은 자기네들이 해야 할 일이 돈을 준 사람의 적수를 때려눕히는 거라고 생각하고 함성을 지르면서 몰려왔다. 여인숙 마당에 들이닥친 그들에게 루도빅은, 이곳에서 결투를 벌이는 두 젊은이 중 누가 비겁한 행동을 하고 정당하지 못한 짓으로 상대를 이기려 하는지 눈을 똑바로 뜨고 지켜봐 달라고 부탁했다.

일꾼들의 '죽여라! 죽여라!' 하는 고함 소리에 일순 중단되었던 싸움은 좀처럼 다시 시작되지 않고 있었다. 파브리스는 한 번 더 백작의 자존심을 건드렸다.

"백작 양반, 무례하게 굴려면 우선 용감해야 하는 거야. 하기야 지금 입장이 당신에게는 괴로울 테지. 너는 돈으로 용감한 자들을 사는 편이 더 좋을 테니까."

백작은 자존심이 한 번 더 상하자, 불손하게 구는 네놈의 버릇을 단단히 고쳐 주겠노라고 소리치기 시작했다. 자신은 나폴리에 있는 유명한 바티스티니 검술 도장에서 오랫동안 수련한 몸이라는 것이었다. 다시금 화가 솟구친 M백작은 아주 맹렬한 기세로 덤벼들었다. 그러나 파브리스는 멋진 일격을 가해 그를 쓰러뜨렸다. 이 때문에 백작은 몇 달 동안이나 누워 있어야만 했다. 루도빅은 부상을 당한 그에게 응급 처치를 해 주며 귀에다 대고 이렇게 속삭였다.

"이 결투를 경찰에 고발한다면 당신은 침대에서 또 한 번 칼을 맞을 거요."

파브리스는 피렌체로 달아났다. 볼로냐에서는 주소를 알리

지 않고 숨어 있었던 터라 공작부인의 질책이 가득 담긴 편
지들을 피렌체에 와서야 비로소 받을 수 있었다. 부인은 그가
집에서 열린 음악회에 왔었으면서도 자신에게 말을 건네려 하
지 않았다는 사실을 용서할 수 없다고 썼다. 반면 모스카 백
작의 편지는 파브리스를 기쁘게 했다. 그것은 솔직한 친밀감
과 아주 고상한 감정들을 담고 있었다. 파브리스는 백작이 볼
로냐로 편지를 띄웠던 이유가 파브리스 자신에게 돌아올지도
모를 혐의를 털어 버리기 위한 것이었음을 알아차렸다. 경찰
의 수사는 공정했다. 경찰이 조사해서 확인한 바에 의하면 두
외국인이 서른 명 이상의 농부들이 지켜보는 가운데 칼을 들
고 결투를 벌였는데, 두 명 중 부상을 입은 편의 이름(M백작)
만 밝혀졌다는 것이다. 싸움이 한참 진행된 뒤, 구경꾼들 틈
에 끼어든 마을의 사제가 결투자들을 말리려 했으나 소용없
었다고 했다. 조제프 보씨라는 이름은 어디에서도 드러나지
않았으므로 파브리스는 대담하게도 두 달도 지나지 않아 볼
로냐로 돌아왔다. 그는 자신이 사랑이라 불리는 고귀한 감정
을 영원히 알 수 없을 운명이라는 예감을 전보다 더욱 확고하
게 믿게 되었다. 그리고 이러한 심정을 설명하는 긴 편지를 기
꺼운 마음으로 공작부인에게 보냈다. 그는 고독한 생활에 싫
증이 나서 백작과 고모와 어울려 즐기던 즐거운 야유회들을
간절히 그리워했다. 그들과 헤어진 후로는 사교 생활의 감미로
움을 더 이상 누릴 수 없었던 것이다. 공작부인에게 보낸 그의
편지에는 이렇게 적혀 있었다.

　그토록 누려 보고자 했던 사랑에 대해서도, 파우스타라는

여인에 대해서도 나는 이제 아주 싫증이 났습니다. 비록 아직까지는 그 여자의 변덕에 호감을 잃진 않았습니다만, 그 마음을 확실히 얻으러 78킬로미터 길을 달려갈 생각은 전혀 없습니다. 그러니 걱정은 하지 마세요. 고모가 염려하는 것처럼 그 여자가 대단한 갈채 속에 데뷔하는 모습을 보러 파리까지 뒤쫓아 가는 일은 없을 테니까요. 그 대신 고모와, 또 친구들에게 그토록 다정히 대해 주는 백작님과 더불어 하룻저녁을 보내기 위해서라면 아무리 먼 길이라도 달려가련만…….

14장

파브리스가 파르마 근처 마을에 머물며 사랑을 찾아다니고 있는 동안 검찰총장 라씨는 그가 그처럼 가까운 곳에 있는 줄도 모르고, 여느 자유주의자를 다룰 때와 같은 방식으로 그의 사건을 처리해 나가고 있었다. 즉 그의 무죄를 입증할 증인들을 찾지 못한 것처럼 꾸미고 있었는데, 사실은 그럴 만한 증인들에게 위협을 가해 모습을 드러내지 못하게 했다는 편이 적절할 것이다. 그리하여 거의 1년에 걸친 교묘한 공작 끝에 마침내 어느 금요일, 라베르시 후작부인은 자기 집 거실에서 기쁨에 겨운 소리로 떠들어 델 수 있었다. 파브리스가 최근 볼로냐로 돌아가서 2개월가량 지났을 때였다. 후작부인이 떠드는 내용이란, 한 시간 전에 청년 델 동고에게 판결이 내려졌고, 이 판결은 아마 내일쯤이면 대공의 서명을 받기 위해 제출될 것이며, 또 승인을 얻을 게 틀림없다는 것이었다. 얼마 후 공작부인도 자신의 적수가 무슨 말을 떠들어 댔는지 보고 받았다.

'틀림없이 백작은 자기 아랫사람들한테 얼렁뚱땅 속아넘어 간 거야!' 부인은 생각했다. '오늘 아침까지만 해도 그 사람은 판결이 일주일 내로는 내려질 리 없다고 믿고 있었어. 아마도 그이는 내 젊은 보좌주교를 파르마에서 쫓아내는 일이 그다지 싫지 않은 모양이지. 하지만……' 하고 부인은 콧노래를 불렀다. '그 아이는 꼭 돌아오게 될걸. 그리고 언젠가는 이 나라의 대주교가 될 테니 두고 보라지.' 공작부인은 종을 울렸다.

"집안사람들 모두에게 대기실에 모이라고 일러라. 요리사들 까지 모두." 부인은 시종에게 분부했다. "수비대 사령관에게 가 서 말 네 필을 빌리는 허가를 얻어, 그 말들을 지체 없이 우리 집 마차에 매어놓아라."

집안의 하녀들은 짐을 꾸리느라 바쁘게 움직였다. 공작부 인도 서둘러 여행 옷차림을 차렸다. 이 모든 일이 백작에게 알 리지 않고 처리되었다. 그를 좀 무시하고 있다는 느낌이 그녀 에게 즐거움을 주었다.

부인은 하인들이 모여들자 이렇게 말했다.

"여러분, 내 조카가 어떤 미치광이의 습격을 받아 용감하게 자신의 생명을 지켰다는 이유로 결석 재판을 통해 유죄를 선 고받았다는군요. 죽이려고 덤벼든 쪽은 질레티라는 자였는데 말이에요. 여러분들은 모두 파브리스가 얼마나 상냥하고 온순 한지 알고 있을 겁니다. 바로 이런 부당한 처사를 참을 수 없기 때문에 나는 피렌체로 떠나려고 해요. 여러분 각자에게 10년치 급료를 남겨 주겠어요. 혹시 앞으로 곤란한 일을 당하면 내게 연락하세요. 내 수중에 금화 한 닢이라도 남아 있는 한, 힘자라는 데까지 여러분을 도울 테니까."

공작부인은 마음속에 있는 그대로를 이야기하고 있었다. 그래서 그녀의 마지막 말에 하인들은 눈물을 쏟았다. 부인 또한 눈물을 글썽거렸다. 그녀는 떨리는 목소리로 덧붙였다.

"나를 위해 그리고 이 파르마 교구의 수석 보좌주교인 몽시뇨르 파브리스 델 동고를 위해 기도해 줘요. 그는 내일 아침이면 징역형을 선고받거나, 아니면 그보다는 차라리 덜 고통스럽게 사형 선고를 받게 되겠지요."

하인들은 더욱더 눈물을 쏟다가 점차 그 부당한 재판에 항의하여 폭동이라도 일으킬 듯이 울부짖었다. 공작부인은 마차에 올라타고 대공의 궁정으로 달려갔다. 적절치 않은 시각이었음에도 불구하고 부인은 당직 시종인 퐁타나 장군을 통해 알현을 청했다. 이 시종무관은 부인이 궁정에 나오면서 정식 예복도 차려입지 않은 것을 보고 몹시 당황했다. 그러나 대공은 이런 알현 요청에 전혀 놀라지 않았을뿐더러 언짢은 기색도 없었다. '아름다운 눈에서 눈물이 줄줄 흐르는 모습을 보게 되겠군.' 대공은 양손을 마주 비비면서 중얼거렸다. '조카의 용서를 빌러 왔을 테지. 마침내 이 거만한 미녀가 무릎을 꿇게 되었구나! 그 오만한 태도에 정말 속이 뒤집히곤 했는데! 조금이라도 마음에 들지 않는 것이 있으면 뭔가를 의미하는 듯한 그 흔들리는 눈망울로 내게 이렇게 말하는 것 같았지. 나폴리나 밀라노는 당신의 작은 도시 파르마와는 비교될 수도 없이 즐거운 곳이에요, 하고 말이야. 사실 내가 나폴리나 밀라노를 어떻게 할 수는 없지만, 그녀의 경우는 다르지. 여하튼 그 고상한 여자는 내게 뭔가를 간청하러 온 데다가, 그녀의 애를 이만저만 태우는 것이 아닌 그 일이란 것이 오직 내 처분에 달려 있거든. 전부터 해 온 생각이지만, 그녀의 조카가 이곳에 온 일이 그녀를 굴복시킬 좋은 기회를 주었군.'

대공은 이런 생각에 빙긋이 미소를 띠고, 온갖 유쾌한 상상을 하며 넓은 집무실 안을 왔다 갔다 했다. 문 앞에는 퐁타나 장군이 '받들어총' 자세의 병사처럼 꼿꼿이 서 있었다. 장군은 대공의 번쩍이는 눈빛을 힐끔거리면서 공작부인의 여행복 차림새를 상기해 보았다. 순간 이 군주국은 이제 끝장이구나, 하는 생각이 들었다. 대공이 그를 향해 "공작부인에게 가서 한 15분쯤 기다려 달라고 전하게."라고 말하자 그의 놀라움은 극에 달했다. 시종무관은 열병식을 벌이는 병사처럼 '뒤로돌아'를 해서 나갔다. 대공은 또 한번 빙긋이 웃음을 머금었다. '퐁타나는 그 자존심 강한 공작부인이 기다리는 모습을 아직 본 적이 없지. '한 15분쯤' 기다리라는 말을 전할 장군의 놀란 얼굴이 이제부터 이 방안에 뿌려질 애처로운 눈물의 전주곡이 되는 셈이야.' 대공에게는 유쾌한 15분이었다. 그는 자신감에 찬 침착한 걸음걸이로 방안을 이리저리 거닐었다. 이 순간만큼은 그는 '지배자의 위치'에 있었다. '조금이라도 흠 잡힐 말을 해서는 안 된다. 공작부인에 대한 내 감정이 어떻든 간에, 그 여자가 이 궁정에서 신분이 높은 귀부인들 중의 하나라는 사실을 잊지 말자. 루이 14세는 자신의 딸인 어린 왕녀들에게 못마땅한 점이 있으면 어떤 식으로 말하곤 했을까?' 이런 생각을 하며 그는 저 위대한 군주의 초상화로 눈길을 옮기는 것이었다.

재미있는 점은 대공이 파브리스에게 특사를 내려야 할지 그리고 특사를 내린다면 그 내용은 어떠해야 할지에 대해서는 전혀 생각하지 않고 있다는 사실이었다. 마침내 20여 분 후 충실한 퐁타나가 다시 문 앞에 나타났다. 장군은 입을 꾹 다물고 있었다.

"산세베리나 공작부인을 들어오시라 하게."

대공은 연극 대사를 외듯이 높은 소리로 말했다. 그러고는 생각했다. '자, 이제 눈물이 시작되겠구나.' 그는 마치 닥쳐올 광경에 미리 대비하려는 것처럼 손수건을 꺼내 들었다.

공작부인은 그 어느 때보다도 더욱 세련되고 매혹적이었다. 스물다섯도 안 되어 보일 정도였다. 경쾌하게 융단을 스치듯 발을 옮기는 부인의 걸음새를 보고 가엾은 시종무관은 가슴이 뛰어 정신이 아득할 지경이었다.

"전하께 여러 가지 일로 사과드리려 합니다." 부인은 우아하고 명랑한 목소리로 말을 꺼냈다. "예의에 어긋나는 줄 알면서도 이런 옷차림으로 뵙게 되어 죄송합니다. 하지만 전하께서는 늘 너그러이 보아주셨으니 이번에도 용서하시리라 믿습니다."

공작부인은 대공의 변하는 표정을 즐기기라도 하듯이 천천히 말을 이어갔다. 대공의 놀란 표정을 바라보는 것은 확실히 재미있었다. 게다가 그 놀란 표정에 어울리지 않게 머리며 두 손의 위치는 여전히 거만스러운 자세에 머물러 있었다. 대공은 마치 벼락이라도 맞은 것처럼 멍하니 있다가 이따금씩 당황해서 갈라지는 소리로 '이럴 수가! 이럴 수가!'를 불분명하게 연발할 뿐이었다. 공작부인은 인사말을 마치자 예절을 차리려는 듯 상대방이 답변할 시간을 두고 말을 이어 갔다.

"전하께서는 이런 버릇없는 차림새를 용서하실 테지요?"

하지만 이렇게 말하는 부인의 눈이 조롱의 빛을 띠고 반짝반짝 빛나고 있었으므로 대공은 그 눈빛을 견딜 수가 없었다. 그는 천장을 올려다보았다. 이것은 그가 극도로 당황했을 때 취하는 태도였다.

"이럴 수가! 이럴 수가!"

여전히 이 말밖에는 나오지 않았다. 그러다가 간신히 말 한마디가 생각났다.

"공작부인, 좀 앉으시지요."

그는 손수, 아주 정중하게 의자를 앞으로 내밀었다. 공작부인도 이런 정중한 대접을 외면할 수 없어 눈빛을 좀 누그러뜨렸다.

"이럴 수가! 이럴 수가!"

공작은 또 같은 감탄사를 반복하면서 자신의 의자 속에서 몸을 뒤척였다. 마치 그 의자 밑에 가시라도 박혀 있는 듯한 모습이었다.

공작부인이 말했다.

"이제부터 저는 신선한 밤공기를 즐기며 역마차를 타려고 합니다. 당분간은 이곳에 돌아오지 않을지도 모르기 때문에, 지난 5년 간 전하께서 제게 베풀어 주신 무한한 호의에 감사의 말씀을 올리지도 않고 이 나라를 떠날 수는 없었습니다."

이 말을 듣자 대공은 비로소 사태를 알아차렸다. 그는 얼굴이 창백해졌다. 이 인물은 무엇보다도 자신의 예상이 어긋나는 경우를 참지 못하는 사람이었다. 곧 그는 자신의 눈앞에 걸린 루이 14세의 초상화에 부끄럽지 않을 당당한 태도를 회복했다. '그래, 잘됐어.' 하고 부인은 생각했다. '이제야 사내대장부답군.'

"이처럼 갑작스럽게 떠나는 이유는 무엇인가요?" 대공이 아주 침착한 어조로 물었다.

공작부인이 대답했다.

"오래전부터 계획하고 있었던 일입니다. 그러던 중에 몽시뇨르 델 동고를 모욕하는 일이 생겨, 내일이면 그에게 사형 아니면 징역형을 선고한다고 하므로 출발을 앞당기게 된 것입니다."

"그럼 어디로 가실 작정이오?"

"글쎄요, 나폴리로 갈까 합니다." 부인은 몸을 일으키며 덧붙였다. "이제 그만 전하 앞에서 물러갈까 합니다. '지난 시간의' 호의에 진정 감사드립니다."

그녀 또한 단단히 결심한 듯 아주 확고한 태도로 일어섰기 때문에 대공은 눈 깜짝할 사이에 만사가 끝장나리라는 것을 알아차렸다. 이 여인이 일단 문 밖으로 나가 떠나 버리고 나면, 어떤 타협도 불가능하리라는 사실을 깨달을 것이다. 그녀

는 한번 시작한 일을 돌이키는 사람이 아니었다. 그는 부인의
뒤를 쫓아 나갔다.

"하지만, 공작부인." 그는 부인의 손을 잡으며 말했다. "당신
도 잘 아시겠지만, 과인은 언제나 당신을 사모해 왔소. 이 우
정은 당신의 의사 여하에 따라 다른 이름의 것으로 바뀔 수도
있었소. 어쨌거나 살인이라는 죄는 저질러진 상황이오. 이건
부인할 수 없을 거요. 사건의 심리를 이 나라에서 가장 훌륭
한 재판관들에게 맡겼으니……."

이 말을 듣자 공작부인은 몸을 젖혔다. 짐짓 갖추고 있던
공손한 태도와 예의 바른 세련된 외양까지도 순식간에 벗어
버렸다. 모욕을 당한 여인의 표정이 역력했다. 그리고 이제는
이 모욕당한 여인이 한 인간을 불성실하다고 몰아대며 그에게
마구 화를 퍼붓는 형국이 되었다. 부인은 말 한 마디 한 마디
에 또박또박 힘을 주어 몹시도 불쾌한 표정으로 경멸감까지
내비치며 대공에게 쏘아붙였다.

"저는 전하의 나라에서 영원히 떠나겠습니다. 제 조카와 다
른 많은 이들을 사형대로 몰아간 그 검찰 라씨를 비롯해서 그
밖의 뻔뻔스런 살인자들의 이름을 더 이상 듣고 싶지 않기 때
문입니다. 속고 있지 않을 때는 친절하고 총명하신 군주 곁에
서 보내는 이 마지막 순간에 불쾌한 감정이 끼어들게 하고 싶
지 않으시다면, 전하께서는 부디 1000에퀴나 훈장 하나로 자
신의 양심을 팔아먹는 그 몰염치한 재판관들을 제 앞에서 거
론하지 말아 주세요."

이처럼 놀라운 언변과 그리고 무엇보다도 진실이 담긴 부인

의 말을 듣자 대공은 몸이 부르르 떨렸다. 한순간 이렇게 마주 대놓고 퍼붓는 비난으로 인해 위엄을 손상당하지나 않을까 걱정도 되었다. 그러나 전체적으로 봐서 그녀로부터 그가 받은 느낌은 불쾌하지 않은 것이었다. 그는 공작부인에 대해 찬탄을 금할 수 없었다. 그녀의 사람됨 전부가 지금 이 순간 숭고하리만치 아름다워 보였다. 대공은 생각했다. '정말이지 아름다운 여자다! 이런 경탄할 만한 여인에게는 다소 눈감아주지 않을 수 없지. 온 이탈리아 안을 다 찾아본다 해도 이런 여인은 아마 다시 없을 테니까…… 그렇지! 좀더 꼼꼼하게 일을 꾸며 본다면 장차 이 여인을 내 애인으로 삼는 것도 불가능하지는 않을 것 같은데. 이 여자와 비교할 때 인형에 불과한 그 발비 후작부인은 한참 멀었어. 게다가 그 여자는 내 가엾은 신하들로부터 매년 적어도 30만 프랑은 뜯어내고 있단 말이야…… 그런데 지금 내가 이 여인에게서 들은 말이 명확하게 무엇이었더라?' 그는 별안간 생각을 돌렸다. '자기 조카며 그 밖의 사람들을 사형에 처했느니 어쨌느니 했겠다.' 그러자 다시 화가 솟구쳤다. 잠시 침묵을 지킨 후 대공은 지극히 군주다운 위엄을 갖춰서 말했다.

"그렇다면 그대가 떠나지 않게 하기 위해 어떻게 하면 되겠소?"

"전하께서는 하실 수 없는 일입니다." 이렇게 대답하는 부인의 어조에는 지극히 신랄한 조롱과 노골적인 경멸이 담겨 있었다.

대공은 노여움이 끓어올랐다. 그러나 절대군주라는 지위에 있음으로 해서 몸에 익은 처신 덕분에 그는 자신의 울컥 하는 감정을 다스릴 수 있었다. 그는 생각했다. '이 여자를 내 것으로 만들어야 한다. 그것이 내 의무다. 그런 다음 죽도록 경멸해 줄 테다…… 하지만 만약 이 여자가 이대로 여기서 나가 버리면 결코 다시는 볼 수 없을 테지.' 그러나 지금처럼 분노와 증오로 속이 뒤집힌 상태에서, 스스로에게 맹세한 정복이라는 의무를 수행해 가면서도 동시에 이 궁정을 곧장 떠나려 하는 공작부인을 만류할 수 있는 적절한 말을 어떻게 궁리해 낼 것인가? '내가 보인 몸짓 하나라도 세상 사람들에게 알려지거나 웃음거리로 만들어서는 안 된다.' 그는 문으로부터 부인을 가로막아 섰다. 조금 후 문을 가볍게 두드리는 소리가 들렸다.

"어떤 놈이야!"

대공은 버럭 소리를 질렀다.

"이런 때 바보처럼 어슬렁거리며 나타나는 놈이 대체 누구야?"

가엾은 퐁타나 장군이 너무 당황한 나머지 창백해진 얼굴을 내밀었다. 그러고는 곧 숨을 거둘 듯한 사람처럼 우물우물 잘 알아들을 수도 없는 말을 중얼거렸다. 모스카 백작 각하께서 뵙기를 청한다는 내용이었다.

"들어오라고 해!"

대공이 고함치듯 말했다. 모스카가 들어와 인사를 했다. 그러자 대공은 이렇게 말했다.

"자! 여기 산세베리나 공작부인께서 와 계시오. 지금 곧 파르마를 떠나 나폴리로 살러 가시겠다는군. 게다가 무례하기 그지없는 말을 퍼부으면서 말이야."

"뭐라고요!"

모스카는 안색이 변했다.

"아니! 당신도 부인의 출발 계획을 모르고 있었단 말이오?"

"전혀 몰랐습니다. 6시에 부인과 헤어졌는데, 그때만 해도 명랑하고 유쾌해 보였습니다."

이 대답은 대공에게 상당한 효과를 주었다. 우선 그는 모스카를 살펴보았다. 점점 더 창백해져 가는 백작의 안색은 그의 말이 사실이며, 그가 공작부인의 느닷없는 결심의 공모자가 결코 아님을 보여 주고 있었다. '그렇다면 이 경우 저 여자는 영원히 내 곁을 떠날 생각을 한 것이로군. 그럼 쾌락과 복수, 이 모든 것도 함께 사라지는 거야. 저 여자는 나폴리에 가서 자기 조카인 파브리스와 함께 얼마나 나를 조롱할 것인가. 파르마의 대단치 않은 군주가 대단한 화를 내더라고 말이야.' 대공은 공작부인을 바라보았다. 격렬한 멸시와 분노가 그녀의 마음속에서 소용돌이치고 있었다. 그때 그녀의 눈은 모스카 백작에게 뚫어질 듯 고정되어 있었고 그 아름다운 입술의 섬세한 윤곽에는 더할 수 없이 매서운 경멸이 드러나 있었다. 그녀는 이러한 얼굴 표정 전체로 백작을 향해 이렇게 말하는 것 같았다. '비굴한 아첨꾼!' 그녀의 표정을 살핀 대공은 생각했다. '저 여자를 다시 이 나라로 불러들일 방도마저 사라지겠구나. 그러니 지금 이 방에서 나가 버리고 나면, 나로서는 영영 이 여자를 잃어버리는 거야. 나폴리에 가서 이 나라 재판관들에 대해 어떤 험담을 할지 누가 알겠는가…… 사람들을 휘어 잡는 재치와 설득력을 타고 났으니, 세상 사람들이 전부 저 여자의 말을 믿을 거야. 덕분에 나는 밤마다 일어나서 자기 침대 밑을 조사하는 우스꽝스러운 폭군이라는 평판을 얻게 되겠지.' 대공은 능란함을 발휘하여 마치 흥분된 마음을 진정시키기 위해 잠시 방안을 거닐려고 하는 것처럼 다시 방문 앞으로 가서 막아 섰다. 그 오른편으로 세 걸음쯤 떨어진 곳에는 백작이 창백하게 얼굴을 일그러뜨리고 서 있었다. 조금 전 공작부인이 앉아 있던 의자 등받이에 몸을 기대고 있는 품이 그렇게라도 하지 않으면 몸이 떨려 서 있지도 못할 것만 같았다. 그 의자는 대공이 조금 전 화를 삭일 길이 없어 밀쳐낸 것이었다. 백작은 사랑에 빠져 있었다. 그는 속으로 이렇게 되뇌고 있었다. '공작부인이 떠난다면 나도 따라가리라. 하지만 부인도 내가 그렇게 하기를 바라고 있을까? 바로 이것이 문제다.'

대공의 왼편에는 공작부인이 팔짱을 끼고 가슴에 바싹 붙이고는 무례한 태도로 백작을 바라보며 서 있었는데, 그런 당당함은 정말 감탄스러울 정도였다. 조금 전 그 아름다운 얼굴을 빛내 주던 생기 있는 혈색은 이젠 극도로 창백해져 새하얬다.

대공은 이 두 사람과는 반대로 얼굴을 붉게 상기시킨 채 불안한 듯한 표정을 짓고 있었다. 왼손으로는 상의 밑으로 늘어뜨린 휘장에 달린 십자훈장을 신경질적으로 만지작거리면서 오른손으로는 턱을 쓰다듬었다.

"어떻게 하면 좋을까?"

대공이 백작에게 물었다. 자신이 뭘 하고 있는지 스스로도 모르는 상태에서, 무슨 일이든 늘 백작에게 자문을 구하던 버릇이 무심코 나온 것이다.

"저도 정말이지 잘 모르겠습니다, 전하."

백작은 이제 막 숨을 거두려는 사람과 같은 기색으로 대답했다. 그로서는 이 대답도 간신히 입을 열어 한 것이었다. 그 절망적인 목소리를 들은 대공은 비로소 상처받은 자존심에 위안을 얻었다. 그는 이 작은 만족감에 힘을 얻어 다행히도 위신을 세울 수 있을 만한 말 한 마디를 찾아냈다.

"좋아! 세 사람 중에서 내가 제일 이성적인 것 같군. 나는 세상에서의 내 지위 같은 것에는 조금도 개의치 않고 싶소. 한 사람의 친구로서 이야기하려는 거요."

그리고 나서 그는 행복했던 시절의 루이 14세를 흉내 낸 관대한 미소를 보기 좋게 지으며 덧붙였다.

"친구가 친구에게 이야기하듯이 말이오."

대공은 말을 이어갔다.

"공작부인, 그대의 이 느닷없는 결심을 돌이키게 하자면 어떻게 하면 될까요?"

"사실 저도 모르겠습니다." 공작부인은 긴 한숨을 내쉬며 대답했다. "정말 모르겠습니다. 그만큼이나 제게는 파르마가 지긋지긋한 도시가 되었어요."

이 말 속에 비웃어 주려는 의도는 조금도 없었다. 누가 보기에도 부인은 자신의 솔직한 심정을 그대로 표현하고 있었다.

백작은 그녀 쪽으로 몸을 휙 돌렸다. 조정의 고관으로서 자부심이 상한 것이었다. 그러고는 대공에게 애원하는 듯한 시선을 보냈다. 대공은 위엄과 침착성을 보이며 잠시 침묵을 지키다가 백작에게 말을 건넸다.

"이 아름다운 친구분께서 지나치게 흥분하신 것 같소. 이유야 간단하지, 자기 조카를 끔찍이도 사랑하니까."

그리고 공작부인 쪽으로 돌아서서는 환심을 사려는 듯 은근한 눈짓을 보내며 덧붙였다. 마치 희극의 대사 한마디를 인용할 때와 같은 말투였다.

"이 아름다운 눈에서 기쁜 빛을 보려면 어떻게 해야 할까?"

공작부인은 이미 냉정을 되찾아 앞뒤를 재어 생각을 해 둔 터였다. 그녀는 확고한 어조로 느릿느릿, 마치 '최후통첩'이라도 하듯이 말했다.

"전하께서는 자비로운 편지 한 장만 써 주시면 됩니다. 어떻게 써야 할지는 잘 아시겠지요. 파르마 대주교 예하의 수석 보좌주교인 파브리스 델 동고가 죄를 지었다는 것은 결코 믿을 수 없으므로 판결문이 제출된다 하더라도 결코 서명하지 않으리라고 써 주십시오. 그리고 이번의 부당한 소송은 앞으로도 아무런 효력도 갖지 못한다는 점도 명시해 주십시오."

"뭐라고, 부당하다고!"

대공은 다시 화가 치미는지 눈의 흰자위까지 붉어지면서 소리쳤다.

"또 있습니다!"

공작부인은 로마인처럼 도도하게 대꾸했다. 그러고는 괘종시계를 쳐다보며 말했다.

"전하께서는 오늘 밤 안으로, 벌써 11시 15분이군요, 하지만 오늘 밤 안으로 라베르시 후작부인에게 사람을 보내, 오늘 야회가 시작될 때부터 살롱에서 그 어떤 재판의 이야기를 떠들어 대느라 피곤할 테니 당분간 시골로 가서 쉬고 오라고 분부하셨으면 합니다."

대공은 화를 진정시키지 못하겠다는 듯이 집무실 안을 왔다 갔다 했다. '이런 여자를 이제껏 본 적이나 있었던가?……내게 이처럼 당돌하게 굴다니.'

공작부인은 기품이 넘치는 태도로 대답했다.

"저는 결코 전하를 업신여길 생각은 없었습니다. 전하께서는 관대하게도 '친구가 친구에게 이야기하듯이' 말해 보자고 하지 않으셨습니까? 게다가 저는 파르마에 남고 싶은 생각은 추호도 없으니까요."

이렇게 말하면서 부인은 더할 나위 없이 경멸에 찬 시선을 백작에게 던졌다. 이 눈빛을 본 대공은 마침내 결심했다. 그는 지금까지 말로는 어떤 약속을 해 줄 것처럼 굴고 있었지만, 사실 속으로는 마음이 내키지 않았던 것이다. 그는 말로써 한 약속 따위에는 개의치 않는 사람이었다.

다시 몇 마디 말이 오갔다. 그러나 결국 공작부인이 요청한 그 자비로운 편지를 쓰라는 명이 모스카 백작에게 내려졌다. 그런데 모스카 백작은 명령서를 쓰면서 마지막 문장 하나를 빼 버렸다. 그것은 '금번의 부당한 소송은 앞으로도 아무런 효력을 갖지 못한다.'라는 구절이었다. 백작 생각에는 '판결문이 제출되더라도 대공이 결코 서명하지 않겠다고 약속했으니, 그것으로 충분하다.'고 여겨졌던 것이다. 대공은 서신에 서명하면서 그에게 감사의 눈길을 보냈다.

　사실 백작은 여기서 큰 실수를 한 셈이다. 대공은 아주 피곤했기 때문에 명령서가 어떤 내용이었을지라도 서명을 하고 끝냈을 것이다. 대공은 이로써 어려운 입장을 아주 멋지게 모면했다고 생각했다. 그의 가장 큰 걱정거리는 '만약 공작부인이 떠나 버린다면 일주일도 지나지 않아 내 궁정은 권태롭기 그지없는 곳이 되리라.'는 염려였기 때문이다. 백작은 자신이 섬기는 군주가 명령서의 날짜를 지우고 다음 날로 고쳐 다시 써 넣는 것을 보았다. 괘종시계를 쳐다보니 시계바늘이 거의 자정을 가리키고 있었다. 백작은 대공이 날짜를 고쳐 넣은 것이 정확성과 훌륭한 행정을 과시하려는 현학적인 욕심이라고만 생각했다. 라베르시 후작부인의 추방건에 대해서는 문제될 것이 없었다. 대공은 사람들을 추방하는 데 대해서는 특별한 기쁨을 느끼고 있는 터이니까. 대공은 문을 조금 열고 시종을 소리쳐 불렀다.

　"퐁타나 장군!"

　달려온 장군의 얼굴 표정이 몹시도 놀란 데다가 궁금증이 잔뜩 묻어 있었으므로 공작부인과 백작은 유쾌한 눈빛으로 서로를 쳐다보았다. 이렇게 시선을 나누게 되자 둘 사이의 격했던 감정이 좀 진정되었다.

　대공이 말했다.

　"퐁타나 장군, 주랑(柱廊) 아래 대기 중인 내 마차를 타고 라베르시 후작부인 집으로 가시오. 가서 부인을 만나러 왔음을 알리고, 만약 부인이 잠자리에 들었다고 해도 내 전갈임을 내세워 방에 들어가 정확하게 다음과 같이 전하시오. '라베르시 후작부인, 전하께서는 부인이 내일 아침 8시 이전에 이곳을 떠나 귀댁의 벨레자 성관으로 가서 계시기를 권유하시는 바입니다. 부인이 파르마에 돌아오실 수 있는 날은 전하께서 나중에 통고하실 것입니다.'"

대공은 공작부인의 눈빛을 살폈다. 그러나 부인은 그가 기대하던 감사의 말도 없이 아주 공손한 인사만 올리고 재빨리 나가 버렸다.

"무슨 저런 여자가 있을까!"

모스카 백작을 돌아보며 대공이 말했다.

백작은 라베르시 후작부인의 추방 덕분에 대신으로서의 업무를 편하게 수행할 수 있게 되었으므로 꽤 홀가분한 기분이었다. 그래서 그는 노련한 신하답게 대공에게 거의 반 시간가량이나 듣기 좋은 말을 늘어놓았다. 그는 방금 상당한 양보를 하고 만 이 군주의 자존심을 위로하려고 했다. 그래서 루이 14세의 일화 중에서도 오늘 밤 대공이 미래의 역사가들에게 제공해 준 것만큼 훌륭한 이야기는 없다는 말을 대공이 확실히 믿는 것을 보고서야 그 자리를 떠났던 것이다.

집으로 돌아오자 공작부인은 방문을 닫고, 아무도 만나지 않겠으니 백작이 왔다 해도 거절하라고 일렀다. 그녀는 혼자 있고 싶었다. 그리고 마음을 좀 가라앉혀서 방금 있었던 일을 생각해 보고 싶었다. 그녀는 다만 무턱대고 그때그때의 순간에 따라 기분 내키는 대로 행동했을 뿐이었다. 그러나 자신의 행동이 단지 즉흥적인 기분에 따라 이끌렸다 할지라도 그녀는 단호하게 밀고 나갔을 것이고, 냉정을 되찾고 나서도 조금도 자신을 책망하거나 뉘우치지 않았을 것이다. 이러한 성격이 그녀가 서른여섯이 되어서도 이 궁정에서 가장 매혹적인 여인일 수 있었던 이유였다.

그녀는 이제 마치 긴 여행에서 돌아온 것 같은 새로운 기분이 되어, 파르마에서 일어날 유쾌한 일들을 생각하고 있었다. 그럴 수밖에 없는 것이, 9시에서 11시 사이만 해도 그녀는 이 나라를 영원히 떠나리라고 단단히 마음먹고 있었으니까 말이다.

'백작이 대공에게서 내가 떠나려 한다는 말을 들었을 때 보여 주었던 그 가련한 얼굴 표정은 정말 생각만 해도 재미있어…… 사실 그이는 상냥하고 좀처럼 보기 드문 훌륭한 심성을 가진 사람이야. 내 뒤를 따라오기 위해서라면 아마 자신의 수상 지위도 내던졌을 테지…… 또한 이제까지 5년의 세월 동안 한 번도 지나치게 날 책망한 적도 없었어. 정식으로 결혼한 여자라도 자기 남편에 대해 이렇게 말할 수 있는 사람이 몇이나 될까? 그이가 전혀 거드름을 피우거나 유식한 척하지 않는다는 사실은 인정해야 해. 그래서 그를 속여 보려는 생각 따위를 사라지게 만드는 거야. 내 앞에서는 자신의 권세를 언제나 부끄러워하는 눈치였어…… 대공의 면전에서 그는 얼마나 기묘한 표정을 짓고 있었던가. 만일 그가 지금 이 자리에 있다면 위로의 입맞춤을 해 줄 텐데. 하지만 만일 사직당한 대신의 기분을 달래 주는 일이라면 절대 사양할 테야. 지위에 대한 욕심이야말로 죽기 전에는 결코 치유되지 않는……

게다가 그 때문에 죽음에 이르기도 하는 병이니까. 젊어서 대신이 된다는 것은 얼마나 불행한 일인가! 그에게 편지를 써야겠다. 이런 점은 그로서는 대공과 사이가 틀어지기 전에 확실하게 알아 두어야 할 일이거든…… 그런데 우리 집 착한 하인들을 잊고 있었구나.'

공작부인은 종을 울렸다. 집안일을 하는 여자들이 계속해서 부지런히 짐을 꾸리고 있었고, 마차가 현관 아래까지 들어와 하인들이 그 위에 짐을 싣고 있었다. 일이 없는 하인들은 눈물을 글썽거리며 마차 주위에 서 있었다. 지금처럼 공작부인이 방문을 닫고 누구도 만나지 않겠다고 했을 경우 유일하게 그녀의 방에 들어갈 수 있는 케키나가 이런 소란들을 상세히 보고했다. 공작부인이 일렀다.

"모두에게 이리로 올라오라고 해라."

조금 후 부인은 대기실로 갔다.

"군주(이탈리아에서는 이렇게 부른다.)께서는 내 조카의 판결문에 서명하지 않겠다고 약속하셨어요. 그래서 나는 출발을 미루려고 합니다. 나의 적들이 이미 이렇게 결정된 일을 다시 뒤집어 놓을 만한 역량이 있는지는 두고 봅시다."

잠시 동안 조용히 듣고 있던 하인들이 함성을 지르기 시작했다. "공작부인 만세!" 그러면서 열렬하게 박수를 쳐댔다. 말을 마친 뒤 옆방으로 들어갔던 공작부인이 다시 나왔다. 부인은 마치 관중의 갈채에 답하는 여배우가 된 것처럼 하인들에게 매력적인 답례를 보냈다. "여러분, 고마워요." 지금 이 순간 부인이 말 한 마디만 내비쳤더라도 모두들 달려나가 궁전이라도 습격했을지 모른다. 부인은 마부 한 명을 손짓해 불렀다. 그녀의 뒤를 따라간 이 마부는 예전에는 밀수를 하다가 지금은 충실하게 주인을 섬기고 있었다.

"부유한 농부인 양 차려입고 아무도 모르게 파르마를 빠져나갈 수 있겠지? 세디올라 한 대를 세내 되도록이면 빨리 볼로냐로 가거라. 볼로냐에 도착하면 그냥 산책 나온 사람으로 가장하고 피렌체 쪽 성문으로 들어가라. 그리고 펠리그리노 여관으로 가서 거기에 머물고 있는 파브리스에게 꾸러미 하나를 전하거라. 그 꾸러미는 케키나가 네게 내어 줄 거야. 파브리스는 숨어 지내는 처지니까 거기서는 조제프 보씨라는 이름을 쓰고 있지. 덤벙거려 그의 본래 이름이 알려지게 해서는 안 된다. 그를 아는 척도 하지 말아라. 적들이 아마 네게 밀정을 붙일지도 모르니까 말이다. 파브리스는 몇 시간 후나 아니면 며칠 지나서 너를 이리로 돌려보낼 거야. 돌아오는 길에는 특히 정신을 똑바로 차리고 그의 본명이 드러나지 않도록 조심해야 한다."

"아! 라베르시 후작부인의 패거리들 때문이군요!" 마부가 큰소리로 말했다. "우리는 그놈들을 기다리고 있는 걸요. 만약 마님께서 그러라고만 하신다면 한 놈도 남기지 않고 끝장내 버리겠습니다요."

"그 일은 나중에! 하지만 내 지시 없이 멋대로 행동해서는 안 된다는 것을 잊지 마라."

공작부인이 파브리스에게 보내려는 것은 대공이 라베르시 후작부인에게 쓴 명령장의 사본이었다. 그녀는 파브리스에게 이 즐거운 소식을 전해 주고 싶어 견딜 수가 없었다. 그리고 이 편지를 손에 넣기까지 있었던 일을 몇 줄 적어 넣으려 했는데, 이 몇 줄이 그만 열 장이 넘는 편지가 되고 말았다. 부인은 그 마부를 다시 불러오게 했다.

"4시에 성문이 열려야 떠날 수 있을 거야."

"하수도를 통해 빠져나갈까 했는뎁쇼. 아마 물이 턱까지 차겠지만 기어코 헤치고 나가서……."

"안 돼." 부인이 말했다. "가장 충실한 하인 한 사람을 열병이 들게 할 순 없지. 대주교님 댁에 누구 아는 사람은 없느냐?"

"그 댁 차석마부가 제 친굽니다요."

"자, 이건 대주교님께 보내는 편지다. 몰래 대주교관으로 들어가서 네 친구더러 시종에게 데려다달라고 해라. 만약 그분이 이미 침실로 들어가서 잠을 청하셨다면 그 댁에서 밤을 지내거라. 대주교님의 잠을 방해하고 싶지 않으니까 말이야. 그분은 새벽에 일어나시는 습관이 있으니, 내일 새벽 4시가 되면 내 심부름을 왔다고 알려 대주교님께 축복을 부탁드리고는, 여기 이 편지를 드려라. 그러면 아마 볼로냐로 보낼 편지를 하나 네게 주실 거다."

공작부인은 대주교에게 대공의 명령서 원본을 보냈다. 그녀는 대주교에게 이 편지가 그의 수석 보좌주교의 일신에 관계된 것인만큼 대주교관의 문서보관소에 보관해 달라고, 또한 이 일을 조카의 동료인 다른 보좌주교들과 성당 참사원들에게도 알려 달라고 부탁했다. 이 모든 것은 절대 비밀로 한다는 단서를 달고서였다.

란드리아니 대주교에게 보낸 편지에서 공작부인은 매우 친밀한 말투를 사용하여 이 선량한 평민 출신 성직자를 기쁘게 했다. 그러나 서명만은 석 줄이나 되는 긴 것이어서, 이 대단히 다정한 편지 아래 '앙젤리나 코르넬리아 이조타 발세라 델 동고, 산세베리나 공작부인'이라는 서명을 써 넣었던 것이다. '이렇게 긴 서명을 써 본 적은 그 불쌍한 공작과의 결혼 서약서를 쓴 이후로 처음인 것 같군.' 공작부인은 웃으며 생각했다. '하지만 그런 사람들을 다루는 데는 이 방법밖에 없어. 평민의 눈에는 과장된 그림도 아름답게 보이는 법이니까.' 그녀는 잠자리에 들려고 했으나 가엾은 백작에게 편지를 써서 몇 마디 빈정거려 주고 싶은 유혹을 참을 수 없었다. 그래서 공식적인 어투로 편지에, 군주의 총애를 잃은 대신의 기분을 맞추는 일은 '왕관을 쓴 사람들을 대할 때 자신이 취하는 행동 지침상' 자신은 할 수 없을 것 같다고 적었다. '당신은 대공을 두려워하시지요. 대공을 더 이상 알현할 수 없는 처지가 되면 당신이 두려워해야 할 사람은 필경 내가 되겠지요?' 부인은 이 편지를 즉시 백작에게 보냈다.

한편 대공은 다음 날 아침 7시가 되자 내무대신 쥐를라 백작을 불러들였다.

"각지의 행정관들에게 빠짐없이 지령을 내려 보내시오. 파브리스 델 동고라는 자를 체포하도록 말이오. 들은 바에 의하면 이자는 우리나라에 감히 다시 나타나리라는 거요. 이 도망자는 볼로냐에 머물면서 자신을 기소한 이 나라 사법권을 무시하는 모양인데, 그자에 대해 알고 있는 경찰들을 첫째, 볼로냐에서 파르마로 들어오는 길목 마을마다, 둘째, 사카에 있는 산세베리나 공작부인의 성관과 카스텔노보의 그녀 저택 주변에, 셋째, 모스카 백작의 저택 주위에 배치시키시오. 나의 이 지시를 눈치 빠른 모스카 백작이 알아차리게 해서는 안 되오. 이 점에 대해서는 백작, 당신이 아주 명민하다는 것을 믿는 바요. 내가 파브리스라는 자의 체포를 원하고 있다는 사실을 유념하시오."

내무대신이 물러가자 검찰총장 라씨가 비밀문을 통해 들어왔다. 그는 걸음을 옮길 때마다 윗몸이 땅에 닿을 정도로 굽신거려 절을 하면서 대공에게로 다가왔다. 이 악당은 그림을 그려 두고 싶을 정도로 특징 있는 얼굴을 지니고 있었다. 그 얼굴을 보면 그가 온갖 파렴치한 일을 자신의 몫으로 떠맡은 것도 당연하다고 여길 만했다. 한편 잠시도 가만 있지 못하고 이리저리 움직이는 그의 눈을 보면 이 악당이 자신의 재능을 믿고 있음을 알 수 있었고, 거만하고 짐짓 까탈스러운 자신감이 입가에 떠도는 것을 보면 이자가 자신에 대한 멸시쯤은 아무렇지도 않게 여길 인물이라는 사실을 알 수 있었다.

이 인물은 파브리스의 운명에 상당히 큰 영향을 미칠 것이기 때문에 여기서 몇 마디 그에 대한 설명을 해 두어야겠다. 키가 크고 총기로 반짝이는 매력적인 눈을 지녔으나 얼굴은 마마자국 투성이였다. 재치가 넘치는 데다가 아주 날카로운 면이 있었다. 세인들의 말로는 법률에 대한 지식에 있어 그를 따를 사람이 없다고 하지만, 그의 재능이 특히 빛을 발하는 경우는 책략을 발휘하여 교묘하게 일을 꾸려 나갈 때였다. 사건의 성격이 어떻든 간에 그는 법적 근거가 충분한 방법을 쉽사리, 또한 신속하게 찾아냈고, 그 방법으로 유죄 판결을 끌어내든가 아니면 무죄 석방으로 결말짓곤 했다. 무엇보다도 이 자는 검사로서의 민첩한 솜씨에 있어 최고였던 것이다.

대군주들 중에 많은 사람이 파르마의 대공에게서 탐을 낸 이 자도 약점이라고 할 만한 어떤 열정이 하나 있었는데, 그것은 높은 사람들과 친밀하게 교유하면서 익살로라도 그들의 환심을 붙들어 두고자 하는 욕망이었다. 권세 있는 사람이 자신의 언동이나 인물됨을 두고 우스갯거리로 삼건, 자기 아내의 일을 가지고 거슬리는 농담을 하건 그는 개의치 않았다. 상대방이 웃는 것을 보기만 하면, 또 그가 자신에게 친근하게 대해 주기만 하면 그는 만족했다. 간혹 대공은 이 빼어난 재판관의 체면을 좀 손상시켜 볼 양으로 그에게 발길질을 하여 그의 울음을 터뜨리곤 했다. 그러나 이자의 익살 광대로서의 본능은 대단한 것이어서, 나라 안의 법관들을 모두 호령할 수 있을 자신의 집 응접실보다도 자신에게 망신을 주는 대신의 집 거실에 매일 얼굴을 내미는 것이었다. 특히 이 라씨라는 자에게는 아무리 오만불손한 귀족이라 할지라도 마음 놓고 그의 기를 꺾으려 들 수 없는 각별한 위치가 마련되어 있었는데, 그것은 이자가 무엇이건 대공에게 일러바친다는 사실이었다. 이 고자질은 그에게 있어 자신이 온종일 받고 다닌 모욕에 복수하는 방법이기도 했다. 대공은 이자에게 모든 것을 말해도 좋다는 특권을 부여해 주었던 것이다. 사실 대공으로부터 대답 대신 뺨이 얼얼할 정도로 호되게 얻어맞은 적도 자주 있었지만, 그는 전혀 기분을 상하거나 하지는 않았다. 대공으로서는 기분이 우울할 때면 이 대단한 재판관을 앞에 데려다놓는 것이 기분전환이 되었으며, 그때마다 놀이 삼아 그에게 모욕을 주곤 했다. 이만 하면 라씨가 궁정에서는 거의 완벽에 가까운 인물이라는 사실을 알 수 있을 것이다. 즉 명예도 자존심도 모르는 인물이라는 점을 말이다.

"무엇보다도 비밀을 지켜야 돼." 대공은 그에게 인사말도 건네지 않고 소리쳤다. 대공은 누구에게나 아주 정중했지만, 라씨에게만은 마치 사환을 부리듯이 마구 대하고 있었다.

"판결 날짜는 언제로 되어 있지?"

"예, 전하, 어제 아침으로 해두었습니다."

"판사 몇 명이 서명했나?"

"다섯 명 전원이 했습니다."

"그래, 형벌은 뭐야?"

"성채 감옥에 20년 간 가두어 두는 것입니다. 전하께서 분부하신 그대로 했습지요."

"사형이었다면 볼만했을걸." 하고 대공은 혼잣말을 하듯 중얼거렸다. "유감이군! 그랬다면 그 여자에겐 대단한 타격이었을 텐데! 하지만 어쨌든 그 청년은 델 동고 집안이거든. 그 이름은 파르마에선 존경의 대상이란 말이야. 거의 연달아 세 명의 대주교를 배출했으니까…… 20년간의 금고형이라고 했겠다?"

"예, 전하." 여전히 몸이 둘로 접힐 만큼 굽히고 서 있던 검사 라씨가 대답했다. "선행 조건으로 전하의 초상화 앞에서 공개적으로 사과를 해야 하고, 매주 금요일과 중요 축제일 전날에는 빵과 물만 먹으며 단식해야 합니다. '이 죄인은 세상이다 아는 불경한 자'이므로 그래야 하는 것이지요. 이와 같은 처벌 조항은 앞으로의 일을 생각할 때 그가 장래에 출세할 여지를 미리 잘라놓으려는 것입니다."

대공이 말했다.

"지금 부르는 말을 받아써라. '전하께서는 죄인의 모친인 델 동고 후작부인과 고모 산세베리나 공작부인의 애절한 탄원을 어진 마음으로 받아 주셨다. 범행 당시 죄인이 아주 어린 나이였고, 또한 피해자 질레티의 아내에 대한 미친 듯한 연정으로 제정신이 아니었다고 하니, 이런 종류의 살인죄는 극히 가증스러운 것임에도 불구하고 탄원을 참작하여 파브리스 델 동고에게 언도된 형을 20년의 금고형으로 감형하는 바이다.'

자, 이리 줘 봐. 서명을 해야 하니까."

대공은 서명을 하고 날짜를 전날로 적어 넣었다. 그러고는 판결문을 라씨에게 되돌려 주며 말했다.

"내 서명 아래 지금 즉시 이렇게 써 넣어라. '산세베리나 공작부인이 전하의 무릎 아래 다시금 몸을 던져 탄원했으므로, 대공께서 허락하신 바 죄인은 목요일마다 세칭 파르네제 탑이라고 불리는 사방형(四方形) 탑의 전망대를 한 시간가량 산책할 수 있다.'

거기에다 다시 서명해. 무엇보다 입을 다물고 있어야 해. 사람들이 뭐라고 떠들어 대든지 말이야. 판사 중에 데 카피타니라는 자가 금고 2년의 형량을 내리자고 표를 던지고, 또 이 터무니없이 적은 형량을 주장하는 장광설까지 늘어놓았다고 했겠다. 그에게 가서 내가 법률책을 다시 읽어 보라 한다고 전해라. 한번 더 이르는데, 절대 비밀을 지켜라. 자, 그만 가 봐."

라씨는 대공이 눈길조차 주지 않는데도 천천히 몸을 굽혀 세 번이나 큰절을 했다.

이 장면은 아침 7시에 있었던 것이다. 그로부터 몇 시간 뒤 라베르시 후작부인의 추방 소식이 온 시내로 카페로 퍼져나가서, 모두들 이 대사건을 놓고 이야기꽃을 피웠다. 권태란 소도시나 작은 궁정들에 있어서 물리치기 어려운 적이라 할 수 있는데, 후작부인의 추방은 이러한 권태를 파르마에서 잠시 동안 몰아내 준 셈이었다. 자신이 대신에 임명될 것으로 믿고 있던 파비오 콘티 장군은 통풍이 심해졌다는 핑계를 대고 며칠 동안이나 외출을 하지 않았다. 중류층 시민은 물론이고 하층민들까지도 덩달아 이 사건을 두고 대공이 파르마의 대주교 자리를 몽시뇨르 델 동고에게 주기로 마음먹은 것이 틀림없다고 결론지었다. 카페에 드나드는 기민한 정객들은 한술 더 떠서, 현 대주교인 란드리아니 신부가 신병을 가장하여 사직하도록 권유받았다고 주장했다. 신부에게는 담배에 부과하는 세금을 재원으로 삼아 막대한 연금을 마련해 주기로 되어 있으며, 이러한 약속이 오갔다는 것은 확실한 사실이라고들 떠들어 댔다. 이런 소문은 대주교의 귀에도 들어가서 이 선량한 노인은 걱정이 컸던 나머지 며칠 동안은 우리 주인공에게 가지고 있던 애정이 상당히 식어 버렸을 정도였다. 두 달이 지나자 이 떠들썩한 소문은 파리의 신문들에까지 실렸다. 그러나 그 내용은 좀 달라서 대주교로 임명될 거라는 사람이 산세베리나 공작부인의 조카인 모스카 백작으로 바뀌어 있었다.

한편 라베르시 후작부인은 자신의 벨레자성에서 미친 듯이 화를 내고 있었다. 부인은 적들에게 모욕적인 말이나 쏘아붙이면 복수가 된 것으로 믿는 여인네들처럼 소심한 사람은 결코 아니었다. 대공으로부터 추방 명령을 받은 다음 날, 부인의 지시로 기사 리스카라와 다른 세 명의 친구가 대공을 알현하고 성관으로 부인을 만나러 가도 좋다는 허락을 청했다. 전하께서는 이 신사 양반들을 아주 친절하게 대접해 주었고, 이 친구들이 벨레자에 도착하자 후작부인은 커다란 위안을 얻었다. 2주일이 채 되기도 전에 서른 명이나 이 성관에 모여들었다. 모두가 자유파 내각이 들어설 경우에 한 자리씩 차지할 사람들이었다. 매일 저녁, 후작부인은 친구들 중에서 가장 정보에 밝은 사람들을 데리고 정기적으로 회의를 열곤 했다. 어느 날 부인은 파르마와 볼로냐로부터 여러 통의 편지를 받았는데, 그래서인지 부인은 일찍부터 자신의 방으로 들어가 버렸다. 심복하녀가 현재의 애인인 발디 백작을 먼저 안내해 들어왔다. 이 청년은 아주 잘생긴 얼굴만 빼면 지극히 평범한 자였다. 조금 후 옛날 애인이었던 기사 리스카라가 들어왔다. 조그마한 체구의 이 사나이는 살결도 검고 뱃속도 검은 자로서 처음에는 파르마 귀족 학교의 기하학 복습 교사였으나 지금은 평의원이자 훈장도 여러 개 탄 기사였다.

후작부인이 이 두 사람에게 말했다.

"나는 어떤 서류라도 결코 없애지 않는 좋은 습관이 있는

데, 이 습관이 이번에 큰 도움이 되었어요. 여기 있는 아홉 통의 편지는 산세베리나 공작부인이 무슨 일이 있을 때마다 내게 보내온, 각각 다른 내용이 담긴 것들이에요. 두 분 다 제노바로 가서 현재 복역 중인 죄수 가운데 전에 공증인이었던 자를 찾아내세요. 뷔라티라는 사람으로 꼭 베니스의 유명한 대시인 같은 이름이지요. 혹시 이름이 뒤라티일지도 모르겠군요. 발디 백작, 당신은 내 책상에 앉아 이제부터 내가 부르는 편지를 받아 적으세요.

문득 어떤 생각이 떠올라서 네게 편지를 쓴다. 나는 카스텔노보 근처에 있는 내 시골 별장으로 가려 하는데, 혹시 네가 그곳으로 와서 반나절이나마 함께 지낸다면 얼마나 기쁠까. 내가 보기에는 얼마 전에 있었던 일 덕분으로 더 이상 큰 위험은 없을 듯하다. 구름은 물러가고 이제 날이 개인 거야. 그렇다고는 해도 카스텔노보로 곧장 들어와서는 안 된다. 잠시 멈춰서 살피면 길 위에 우리 집 하인 한 사람이 있을 거야. 우리 집 하인들은 모두 널 지극히 사랑한단다. 물론 이번의 짧은 여행 중에도 보씨라는 이름을 쓰도록 해라. 들려오는 소식으로는 네가 수염을 길러 아주 풍채 좋은 카푸친회 수도사처럼 보인다고 하더구나. 파르마에서는 모두들 보좌주교로서의 얌전한 네 모습밖에 모르는데.

이해하겠지요? 리스카라."
"무슨 계획인지 알고말고요. 하지만 제노바로 가는 일은 쓸데없는 낭비입니다. 내가 파르마에서 알고 있는 어떤 사람이 있는데, 이자는 사실 아직까지는 징역 맛을 보지 못했습니다만 틀림없이 붙잡혀서 그리 될 녀석이지요. 이자라면 산세베리나 공작부인의 필체를 멋지게 위조해 낼 겁니다."

이 말을 듣자 발디 백작의 그 아름다운 눈이 휘둥그레졌다. 이제야 짐작이 간 것이다.

후작부인이 리스카라에게 말했다.

"당신이 그 재간꾼이라는 파르마 사람을 알고 있고 그의 출세를 도모해 주고 있다면, 그도 분명 당신을 알고 있을 텐데. 그의 애인이라든가 고해신부, 친구가 산세베리나에게 매수될 수도 있고. 나는 이 장난에 며칠 더 걸리더라도 뜻하지 않은 위험은 절대로 피하고 싶어요. 두 시간 안으로 당신들 두 사람은 순순히 떠나세요. 말 잘 듣는 어린 양들처럼 말이에요. 제노바에서는 아무도 만나지 말고 곧 되돌아 와야 해요."

기사 리스카라는 웃음을 터뜨리며 폴리치넬라[78]처럼 콧소리로 '여행을 떠날 봇짐을 꾸려야겠구나' 하고 읊조리더니 우스꽝스런 몸짓으로 껑충껑충 뛰어 나갔다. 그는 발디를 부인 옆에 혼자 있게 하고 싶었던 것이다. 닷새 후, 리스카라는 온몸이 상처투성이가 된 발디 백작을 데리고 후작부인에게로 돌아왔다. 24킬로미터 길을 줄이려고 산길을 넘어 노새 등을 타고 온 것이었다. 백작은 그런 훌륭한 여행은 다시는 하지 않겠노라며 진저리를 냈다. 발디는 후작부인에게 그녀가 구술한

---

78) 이탈리아 소극(笑劇)에 등장하는 어릿광대이다.

편지의 사본 세 통과 또한 동일한 필적으로 베껴 쓴 대여섯 통의 편지들을 내놓았다. 이 나중 편지들은 리스카라가 작성한 것으로서, 차후에 이용할 수 있으리라고 예상하고 미리 마련한 것들이었다. 이 편지들 중 한 통은 대공이 한밤중에 공포심으로 벌벌 떤다는 이야기며, 그의 애인인 발비 후작부인이 어찌나 말랐는지 안락의자에 잠깐 앉았다 일어나기만 해도 방석 위에 부지깽이 자국 같은 것이 날 정도라는 이야기를 꺼내면서 이 둘을 유쾌한 놀림감으로 삼고 있었다. 이 편지들은 누가 보더라도 산세베리나 부인의 손으로 쓰였다고 장담할 만했다.

"이젠 의심할 여지가 없는 것 같은데, 파브리스라는 그 귀여운 친구는 볼로냐 아니면 그 근방에 숨어 있을 거야……."

후작부인이 이야기를 꺼내자 발디 백작이 황급히 말을 가로막았다.

"나는 몸이 너무 불편해서…… 이 두 번째 여행에서는 빠졌으면 좋겠는데요. 아니면 적어도 사흘은 쉬어서 건강을 회복하든가."

"내가 댁의 입장을 변호해 드리지." 리스카라가 이렇게 말하면서 일어나더니 후작부인에게 낮은 소리로 뭐라고 속삭였다.

"으흠! 좋아요, 그렇게 합시다."

부인이 웃음을 흘리며 대답했다. 그러고는 꽤나 경멸적인 어투로 발디에게 말하는 것이었다.

"안심해요. 당신은 떠날 일이 없으니까."

"감사합니다."

백작은 진심으로 고마워하며 소리쳤다. 지금 오고 간 말대로 리스카라는 혼자서 역마차에 올랐다. 볼로냐에 도착한 지 겨우 이틀 밖에 되지 않아서 그는 파브리스와 마리에타가 지붕 없는 마차를 타고 가는 모습을 목격했다. '쳇! 장래의 우리 대주교님께서는 세월 좋으시군 그래. 이 장면을 공작부인에게 알려 줘야겠어. 얼마나 기뻐할까.' 리스카라는 파브리스의 뒤를 추적해서 쉽사리 그의 거처를 알아낼 수 있었다. 다음 날 아침 파브리스는 제노바에서 작성된 문제의 그 편지를 배달받았다. 그는 편지 내용이 너무 짧다고 생각했지만 그렇다고 조금도 의심해 보지는 않았다. 공작부인과 백작을 다시 만날 수 있다는 생각에 기쁜 나머지 그는 루도빅이 뭐라고 만류하든 듣지 않고 역마를 잡아타고 전속력으로 달렸다. 파브리스는 전혀 눈치채지 못하고 있었지만, 기사 리스카라가 좀 거리를 두고 그를 뒤쫓아오고 있었다. 리스카라가 쾌재를 부른 것은 파르마에서 24킬로미터가량 떨어진 지점, 즉 카스텔노보에 닿기 전 역참에 이르러서였다. 감옥 앞 광장에는 많은 사람들이 모여 웅성거리고 있었다. 그 이유는 우리의 주인공이 이곳 역참에서 말을 갈아타고 있을 때 쥐를라 백작이 선발해서 파견한 경관 두 명이 그를 발견하여 이 감옥으로 막 끌고 온 참이었기 때문이다. 기사 리스카라의 작은 눈은 기쁨으로 반짝반짝 빛이 났다. 그는 이 작은 마을에서 방금 일어난 일을 참으로 모범적인 끈기를 가지고 일일이 확인한 다음 라베르시 후작부인에게 전갈을 보냈다. 이 일을 마친 후 그는 대단히 공을 들였다는 이곳 성당을 구경하러 온 사람처럼, 그리고 이 고장에 있다는 소문을 들은 적이 있는 파르미자니노[79]의 그림을 찾으러 다니는 것처럼 거리를 어슬렁어슬렁 돌아다니다가 마침내 마을 행정장관과 마주쳤다. 행정장관은 이 평의원에게 서둘러 경의를 표하느라 정신이 없었다. 리스카라는 요행히 붙잡은 그 모반자를 왜 즉시 파르마 성채로 보내지 않느냐고 뜻밖이라는 표정을 지어 보이며 그를 다그쳤다. 그러고는 냉랭한 어조로 이렇게 덧붙였다.

"걱정해야 할 일은 그 모반자를 감싸고 도는 많은 무리들이 그저께부터 그를 찾아 나섰다는 사실이오. 전하의 영내를 그놈이 무사히 지나가도록 돕자는 뜻일 텐데, 호송 헌병들이 그들 무리와 마주치게 되면 어쩌겠소? 그 반역자들은 족히 열너덧 명은 되어 보이는 데다 말도 타고 있더구면."

"똑똑한 자는 몇 마디 말만 듣고도 충분히 대응할 수 있죠!" 행정장관은 어림도 없다는 듯한 표정으로 대답했다.

(2권에서 계속)

---

79) Parmigianino(1503~1540). 이탈리아 르네상스 시대의 화가. 파르마 출신으로 1540년 36세의 일기로 짧은 생애를 마쳤다. 로마 체재 후 고향 파르마에 돌아와서 유명한 「긴 목의 마돈나」를 그렸다.

세계문학전집 **48**

파르마의 수도원 1

1판 1쇄 펴냄   2001년 8월 1일
1판 39쇄 펴냄   2022년 11월 30일

지은이   스탕달
옮긴이   원윤수, 임미경
발행인   박근섭, 박상준
펴낸곳   (주)민음사

출판등록   1966. 5. 19. (제 16-490호)
서울특별시 강남구 도산대로1길 62(신사동) 강남출판문화센터 5층 (우편번호 06027)
대표전화 02-515-2000   팩시밀리 02-515-2007
www.minumsa.com

© 원윤수, 임미경, 2001. Printed in Seoul, Korea

ISBN 978-89-374-6048-7 04800
ISBN 978-89-374-6000-5 (세트)